大矿山

刘道云　袁育文　著

CNS PUBLISHING & MEDIA
湖南电子音像出版社
Hunan Electronic And Audio-visual Publishing House

图书在版编目（CIP）数据

大矿山/刘道云，袁育文著．—长沙：湖南电子音像出版社，2021.7
ISBN 978-7-83004-431-2

Ⅰ．①大… Ⅱ．①刘…②袁… Ⅲ．①长篇小说—中国—当代
Ⅳ．①I247.5

中国版本图书馆 CIP 数据核字（2021）第 124353 号

大矿山

DA KUANGSHAN

出 版 人：贺永祥
著　　者：刘道云　袁育文
责任编辑：钟　可　尹梦娜
封面设计：罗志义

出　版：湖南电子音像出版社　*www. xyin. com*
印　刷：湖南天闻新华印务有限公司
开　本：880mm×1240mm　1/32
印　张：12.75
字　数：264 千字
版　次：2021 年 7 月第 1 版
印　次：2021 年 8 月第 1 次印刷
书　号：ISBN 978-7-83004-431-2
定　价：49.00 元

如有印装问题，请与我社生产服务中心联系调换。
联系电话：0731-82228602

谨以此书

告慰觉醒抗争的矿山先辈！

致敬舍生忘死的锑都英烈！

序一

革命英雄永在　红色精神长存

“世界锑都”锡矿山是一片神奇的土地，在这片沸腾的热土工作、生活，我常常心潮澎湃，感慨万千。这里，不论是清风明月，还是云飞雾绕，不论是古街小道，还是飞水流韵，都那么深情地孕育着一方底蕴深厚的人文；这里不仅有悠久的历史、富饶的矿藏，更有红色文化的厚重积淀、红色精神的世代传承和红色思想的不断启迪。

峥嵘岁月，百年风华。作为中国锑工业发祥地和湖南省工人运动先驱的锡矿山，120 多年的风雨历程波澜壮阔，它有过鼎盛的辉煌，饱尝过萧条的苦涩，经受过转型升级的阵痛；它有过跌宕起伏的求索，有过血与火的淬炼，更有过英勇顽强的抗争。掠夺与压迫下，它是一部血泪斑斑的苦难史；炮火与硝烟里，它是一部如火如荼的革命斗争史；求索与开拓中，它是一部拼搏进取的锑业开发史，动人心魄，催人奋进。不同的时期，锡矿山都镌刻着厚重的历史，记载着辉煌的历程，铭刻着红色的记忆，谱写着壮丽的篇章。在这片沸腾的土地上，英勇的锑都儿女前赴后继，浴血奋战，励精图治，勇往直前。有折戟沉沙、慷慨就义的悲壮，有铁马冰河、枕戈待旦的英勇，更有红旗漫卷、所向披靡的豪迈。几经挫折而不断奋起，历尽磨难而淬火成钢。顽强求索练就了锡矿山人的坚韧与通达，开拓创新展现着锡矿山蝶变的曙光。腔腔热血，铮铮铁骨，熔铸了锡矿山昂首世界的丰碑。

习近平总书记说过："历史是最好的教科书，也是最好的清醒剂。"以史鉴今，资政育人，传承革命传统，增强历史担当，是矿山儿女义不容辞的责任和使命。基于此，长篇历史题材小说《大矿山》在这片燃烧的热土上诞生了。

《大矿山》以1925年受当时湖南省区委派遣的萧怀玉与邹海全、清缘、侯兴宇等革命先驱在锡矿山成立中国共产党湖南工矿第一支部为主线，以20余万字的篇幅塑造典型人物，呈现历史事件，讴歌"矿山英雄"，弘扬奉献精神。作品通过对地下党组织在锡矿山传播共产主义思想，深入矿区发动工人运动，组织工人纠察队“护矿迎解”，以及与国民党政府、矿霸、洋买办、把头、商行及矿山的垄断资本家进行艰苦卓绝斗争等史实的描写，艺术性地再现了锡矿山锑工业的发展和红色革命斗争的光辉历程。

小说写作手法自然简洁，笔调明快有力，语言及所刻画的形象鲜明具体，没有着意渲染，没有精雕细刻，多以白描的手法，对特定历史条件下发生并产生影响的故事进行描述，立体刻画主题人物，多维塑造典型形象，所述故事跌宕起伏，所选情节撼人心魄。创作风格务实严谨，地方特色显性突出，人文个性别具一格，艺术魅力丰富感人。字里行间诠释共产党人的使命与初心，展示共产党人越是艰险越向前的革命意志和锡矿山人民特别能吃苦、特别能战斗、特别敢牺牲的大无畏精神。格局恢弘，立意深远，具有独特的艺术感染力。

“文章千古事，得失寸心知。”《大矿山》的出版，对于宣传锡矿山光辉的革命历史，对于锡矿山的发展和未来，意义十分重大。历史告诉我们：落后就会挨打，发展才能自强。习近平总书记也特别强调：“现在国家发展了，人民生活变好了，我们要饮水思源，不要忘了革命先烈，不要忘了党的初心和使命，不要忘了我们的革命理想、革命宗旨。”锡矿山集百年锑工业文化、工运党建文化、红军长征文化、解放斗争文化、建设奉献文化于一体，将红色基因传承好，将红色故事宣讲好，将锑矿遗产保护好，将工矿红色文化资产利用好，既是凝心聚力、攻坚克难的需要，也是践行新发展理念转型提质的需要，更是引导员工弘扬革命先辈精神，树立团队意识和危机意识，增强荣誉感、责任感、使命感、归属感的重要途径。

春满人间，九万里风鹏正举；朝霞满天，百年锑都沧海扬帆。锡矿山的工业文明和红色文化孕生了《大矿山》，这红色记忆，是信念不衰、志向不改的崇高气节；这红色记忆，是敢为人先、披荆斩棘的开拓精神；这红色记忆，是风雨同舟、逐梦前行的无私无畏；这红色记忆，是百年锑都璀璨无比的宝贵精神财富。

人事有代谢，传承无绝期。愿《大矿山》不负使命，给人启迪，催人奋进。愿今天和未来的锡矿山，继续保持无惧无畏的斗争精神，永远呈现碧水蓝天、鱼翔浅底的美好画卷，为实现美丽锑都梦、美丽中国梦阔步前行。

康东升

锡矿山闪星锑业有限责任公司党委副书记、总经理

2021 年 5 月 18 日于锡矿山

序二

观古以鉴今　薪火永传承

“手挽雪峰，脚踏资江，锡矿山美名传遍四方……”立于雪峰山中段东麓的锡矿山，群山逶迤，层峦叠嶂。走进这一方古老的土地，你便能感受到它深沉厚重的历史。羊牯岭碉楼、老采矿场遗址等古迹文物见证着过往的沧桑；红军驻地旧址、革命烈士纪念碑等红色记忆传播着革命的火种。这里是一方沸腾的热土，湖南省首个工矿企业党组织——锡矿山特别支部在这里诞生。红军进驻于此，千名矿工北上抗日救亡；“蓝田事件”及解放战争中，矿山英雄血染热土，功载史册。这里更是一方希望的热土，它不仅是世界最大的锑业基地，锑产品质量优良，誉满全球，而且蕴藏着深厚的文化底蕴，历史悠久，内容丰富，独树一帜……这里，是“世界锑都”锡矿山，是名闻遐迩的大矿山。

百年锑都，风雨坎坷。自 1897 年锡矿山锑业开发以来，其锑品通三湘，达四海，贯五洲，谱写了一曲曲震撼山河的壮歌。这里曾吸引着成千上万的人不畏艰险纷至沓来，这里也曾经饱受凄风苦雨的不断侵袭。锡矿山的锑业开发史，既是一部血泪斑斑的苦难史，也是一部如火如荼的革命斗争史。英勇的锑都儿女不畏强暴，浴血奋战，前赴后继，励精图治，留下了许多可歌可泣的英雄事迹，演绎了一幕幕精彩纷呈、动人心魄的历史故事。他们留下的许多感人事迹光耀照人，激人奋进。

历史是一面镜子，历史也是一面旗帜，这些革命先驱留下的宝贵精神财富，需要我们代代相传，发扬光大。两位作家勇敢地承担起这一光荣责任，他们不辞劳苦，奔波数载，创作出《大矿山》一书。该书以大量史料为依据，以锡矿山老工人的回忆记录为依托，生动讲述了新中国成立前，在西方列强、封建势力、官僚资产阶级和矿商的疯狂掠夺和压迫下，生活在水深火热之中的锡矿山工人在中国共产党的组织与领导下，与矿霸、黑恶商团等势力进行英勇斗争并取得最后胜利的故事。

本着存真求实的原则，《大矿山》艺术再现了锡矿山这片神奇土地上曾经发生过的一个个震撼人心的历史事件。作者力求融资料性、思想性、可读性于一体，让读者尽可能多地从中汲取丰富的精神食粮。

观古以鉴今，薪火永传承。值此中国共产党成立100周年之际，我们生活和工作在无数革命先烈浴血奋战过的大矿山，更应该发扬他们勇往直前、不懈奋斗的大无畏精神，把大矿山这个美丽的家园建设得更加和谐，更加美好。

廖朝勇

锡矿山闪星锑业有限责任公司党群工作部主任

2021年5月8日于锡矿山

一

连绵春雨冲刷掉了通往碉楼那不规则石阶上的尘土。几经春风，冬茅草的绿芽已经从枯槁的草丛中冒了出来，把春的气息传递给人们。

萧继升在儿孙们的搀扶下使劲挪动着脚步，沿着石阶喘着粗气，艰难地爬几步，向山上碉楼望几眼。

大儿子萧权扶着老父亲，一个劲儿叮嘱："慢着点儿，咱不急。"

重孙女萧雅把包里的水壶掏出来递给老爷爷，笑道："老爷爷，您也喝口水歇会儿。"心里却犯着嘀咕：两位老人都一大把年纪了，干吗要爬这羊牯岭、看这残破的碉楼呢？在她眼里，这只不过是一个残破的砖头、空壳，孤零零地伫立在这个叫羊牯岭的山顶上。它与山下矿区的现代建筑很不协调，形成了鲜明的对比。

萧继升接过萧雅手中的水壶，咕咚咕咚喝了两口，一条腿踩在石阶上，喘了两口粗气；一只手拿着水壶，一只手指着山下那错落的矿区给大家看："要说呀，过去矿霸们为垄断矿山的资源、维护自己的利益，选择在羊牯岭建这么一座碉楼，还是用心良苦的。你们瞧，这里视野开阔，居高临下，有没有一夫当关、万夫莫开之势？守着这山头，源河有点什么风吹草动，都能尽收眼底。”

儿子附和道：“可不是嘛！矿霸们为了维护自己的利益，也是绞尽脑汁。”

萧雅不解地望着爷爷，问：“你们在说什么？”

爷爷萧权指着老爷爷萧继升说：“这里是你爷爷的爷爷萧汉中闹革命的老根据地。你爷爷在这里工作了四十多年，直到离休才回省城。我也是在这里土生土长的‘老矿山’啦。”他顺手一指：“别忘了，你爹就出生在这山脚下的飞水岩。这大矿山也有百年历史啦。它位于湘中腹地，矿很大，分南北两个矿区采矿、冶炼。不夸张地说，它曾见证了中国工矿业的发展，同时也代表着旧中国冶炼锑工业的先进技术。它的锑产量堪称世界第一，所以被称为‘世界锑都’。”

萧继升听儿子这么说，一脸不高兴：“我在这矿上工作了大半辈子，如果连这矿山的来龙去脉都不记得，今天的群英会还有我的份儿吗？”

萧权白了孙女儿一眼，有意附和道：“那是，爹是谁呀，要不咋都喊你老革命呢。”

萧继升咳嗽了两声，把水壶递给萧雅：“这还都是咱新化人立下的功劳！光绪二十三年（1897），陈宝箴时任湖南巡抚，邹源帆任湖南矿务局提调，他俩结伴来到这陶塘视察。那时候，这地界树高草深，古树参天，灌木丛生，繁花似锦，人口稀少，民风朴实。当地人都以农耕为食，交通闭塞。我说了你别不信，他们连牛马都分不清。那会儿呀，几个官老爷各骑一匹高头大马，手持洋伞。当地人见了，十分好奇，都说这陶塘来了几个官老爷，打缎子伞，骑冇角牛，成了一大笑话。探访之中，一干人发现，陶塘到处散落着前朝冶炼的废渣。当地村民介绍说是锡渣，他们颇有疑惑，出于好奇与担当，便取样运回省城进行化验鉴定，确定这里开采出来的矿石是锑矿。从那会儿起，就发现了锑矿宝藏，并连续开采至今。"

"那刚刚我怎么听他们都叫大矿山？"

"那是土话。这大矿山历史久远，故事太多啦。我们萧家还是点亮这座矿山、传播马克思主义的领头人之一呢。"

"噢？我昨天在展览馆看到了工矿第一支部的创始人萧怀玉的事迹，莫非他也跟咱萧家有联系？"

萧继升拍了拍萧雅的肩膀："对了，哪个一笔能写出两个萧字来呀！他祖上是常宁人，咱老家也是常宁的，比那五百年前是一家要近多了。早年在大矿山上，他带了很多常宁老乡来咱矿山讨生活。老爷爷、他爹，也是那会儿跟着出来的。"

"我爹常跟我说，老家是新化的。他现在还一口新化腔呢。"

"也没错，你爷爷就出生在这羊牯岭下的飞水岩。那时这地方都归新化管辖，可不就是新化的嘛。"

"哦，原来是这样呀。我还以为我的简历都填错了呢。"

"没有。对你老爷爷来说，这是他的第二故乡；对我们来说，这便是故乡了。我们几辈人都以矿山为家，以自己是矿山人而自豪！”

碉楼的影子越来越近，轮廓更加清晰了。萧继升的脚步迈得更加急促，犹如一个战士听到了冲锋的号角。萧权使劲拽着他的胳膊，感到了一种力量。萧雅在后面喊：“慢着点儿！慢着点儿！”可是不管她如何招呼，还是没能让两位老人停下脚步，更没能跟上老人的步伐，追上两位老人。

她的喊声却惊起了茅草丛里的一群山雀。它们惊恐地叽叽喳喳叫，直入云霄。她赶上来向山下望去：这碉楼上长长的青砖、灰白的沟缝似乎残留着那段历史。

萧继升已经坐在碉楼前的青石阶上。两位老人正窃窃私语。她隐约听到一句，“不容易呀，这大矿山发展到今天，不容易，就像我们上了年纪爬上来不容易一样。过去的矿山可没有今天这幅景象。你爷爷萧汉中跟我说那会儿他也不知道怎么了，就跟着矿工纠察队上来收枪了，他比谁都跑得快。”

萧继升说着说着，话语就停顿了。身子向后仰了仰，靠在墙上，手轻轻地拍着大腿，陷入沉思……

二

“萧汉中，大家都入工会了。你还不去报个名？”

“工会是什么呀？有工钱吗？”

“就是大家伙儿一起凑份子、结会。谁家有个三灾两难的，也有个借钱的地方。大家伙儿抱成团，有什么事儿工会也能出头，跟把头们理论理论。”

“你们都入了会？”

“那是自然。领头的还是你们常宁同乡呢！”

“是萧怀玉？”

“嗯，还有海全。你们认识？”

“对，他是我们常宁有名的大户家的少爷。我们就是奔着他过来的。他让我悄悄地跟我们老乡说，大家伙儿拧成一股绳，有什么事儿可以去找他商量。”

那是1925年的秋天，萧汉中被同乡工友杨念初领着，深一脚浅一脚地沿着崎岖的山路从飞水岩向七里江摸去。一路上，杨念初打着哈哈与他聊着，不时地问：“屋里还有哪些人？”

“有父母和两个小妹妹。”

“屋里有几亩地？”

“租了东家几亩薄田。”

“那你出来后谁来操持？”

“哦，上面还有两个兄弟。”

“大老远的到这矿山来谋生计可不易嘞！”

“我们常宁来了很多人。”

“一会儿我带你去见的那个人也是你们常宁老乡。”

“是吗?”

“还姓萧呢，跟你一个姓。”

“嗬，有那么巧?”

“别人都喊他萧怀玉，前两年从省城过来的，还是个读书人嘞。”

“是大老板还是大买办?”

“不是，是矿工会的掌门。我也说不太清楚，一会儿见了你就知道了。”

“你带我去见他干吗?”

“你可真健忘，不是说好了带你去结会吗? 是工友师傅们结会。”

火把在杨念初手上烧得呼呼直响。爬上山梁，到七里江时，恰好火把也燃到尽头。一路走来，两人在山路上不时地遇到三三两两的人都在向一个方向走，认得的、不认得的、操着南腔北调的人互相有气无力地打一声招呼。有些人背着个很重的布袋，躲躲闪闪，刚刚还在路上走，眨眼间就闪到茅草里不见了身影。

萧汉中知道这些人是“扫星麻子”（捡砂、盗砂、洗砂、卖砂的人）。杨念初悄悄地说上一句：“人呐，是人穷生窃心。如果衣食无忧，想必他们也不会做这些鸡鸣狗盗的事。”

萧汉中却不这么看：“呷饭也得靠一把力气，挣钱养家糊口也要正正当当地做点儿活计。”

杨念初反驳道：“我认为脚力们把被监工们剥削去的东西

偷回来，也没有多大的错。”

两个人还在你一枪我一斧地斗着嘴，后面传来了一串急促的脚步声。一帮人背着大枪，噼里啪啦地跑来，嘴里喊着：“抓住他！别躲了！我看见你了，快出来！”一伙人追到了他们跟前。几个身背长枪、穿着一色矿警服的人问道：“你们看见几个背口袋的人躲哪去了吗？”

“没留神。”

一个拿皮鞭的人，腰系一条铜扣大皮带，一脸横肉，嘴里冒着酒气，对着萧汉中粗声粗气地问道：“快说，东西放哪去了？我看着你们刚刚还背着布袋呢！”

杨念初急忙上前拦道：“把头老爷，你怕是看花眼了吧。我们一直举着火把赶路，想必你们是看到我们的火把才追过来的吧。你瞧，这火把还没熄呢。我们要是想躲，也该把这火把灭了吧。随便跳到这冬茅草里，你还能看见我俩的人影吗？再说了，你看看我们这肩膀头，哪有背过东西的印子？”

把头被说得哑口无言。一个背长枪的小喽啰望着杨念初，围着转了一圈，手挡在嘴上，对着把头轻声道：“不会是他们，衣服都是干的。”

“那你们去哪里？深更半夜的。”

“哦，去陶塘。同乡病了，去看同乡。”

“哈哈，恐怕不是吧。发了工钱，怕是去逛窑子吧？我可听说陶塘街上新来了几个雏。”

其他端长枪的人在草丛里胡乱地搜了几下，报告说没看到人。大胡子便丢下他们俩折了回去。杨念初见他们走远了，甩了一把额头上的汗，轻声地骂道：“都这时间了，这帮矿狗子，还在这儿瞎折腾。”

萧汉中见他额头上还在直冒汗，问：“你怕是吓着了吧，紧张什么？你又不是偷砂的。”

“我倒不是紧张，我是为草丛里那帮人捏把汗。”说着，他冲着远处的茅草丛喊道：“哥几个，出来吧。他们都走远了。”

草丛中呼啦啦地冒出了一群人，每个人都背了个重重的布袋。先跑过来一个大个子，把布袋往萧汉中脚边一放，双手抱拳，单腿跪地说道：“好汉，这袋砂就归你了，虽然卖不了几个钱，三块光洋是有的，也算是我们哥几个感谢你帮我们打发了矿狗子的追赶。”

杨念初没等到那汉子说完，把火把递给萧汉中，双手扶起那汉子，打着哈哈笑道：“怎么是你呀，莫轩？”

这时来人认出了杨念初，紧紧地握住他的手，寒暄道：“念初大哥，你们俩这是要去哪？”

“去陶塘呀，去萧怀玉那儿。”

“你们真的是去找他？我在草里听三猴子说你们不是去逛窑子吗？”

“哪有。听他们瞎说。”

“那你们找萧怀玉去干吗呀？”

杨念初胳膊肘戳了戳萧汉中：“萧怀玉是我这兄弟的远房亲戚，他搭信儿让我带他去入会。”

“早几天也有人跟我说了。那干脆我跟你一块儿去可行?”没等杨念初应下，他回头对跟他的那帮人吩咐道：“你们快背回去吧，跟我爹说一声，我跟兄弟去陶塘喝酒去了。”

杨念初急忙提起脚下的那袋矿，说道：“叫他们把这个也给你捎回去算了。”

“这是给你的。”

“你给我，我给谁去呀?”

莫轩一听也对，心想，不是道上的人，这一袋矿砂给他怕还真不知道怎么处置。莫轩并不推辞，应道：“那行，瞧我这糊涂脑壳。我让他们带回去，下回拿光洋给你买酒喝。”

“不用客气，你我又不是第一天认识，我为人你还不知道吗?”

“正因为这样，这壶酒钱就更省不得了。要不这样，前面就该到七里江了，咱们就在那里歇伙铺，让店家弄两个下酒菜。你们走了这么多路，也该累了，明早再去陶塘。”

“好呀。”

三个人边走边聊着。杨念初有一句没一句地问莫轩：“你不是一直跟着华仓公司在株木山联合炼厂做吗?”

“是呀，我们一帮师傅白天下洞子背矿。老板的工钱太低，心太黑，一天挣不来几升米钱，养不活一家四张嘴。大家伙都差不多，上有老母、下有妻小，商号收矿层层盘剥压价，把头、监工抽水又重，叫咱们这些人可怎么活呀。因此呀，我们这伙人就想了个法子，把白天卖到商号里的矿砂晚上再背点儿回来，加到第二天从洞子里背出来的再卖回去。走个车轱辘，能多挣几升米钱，要不然这日子真撑不下去。”

“那要是被他们抓着了可怎么是好？这可不是个长久之计。前些日子地头蛇沙鳖的人被矿警抓了去，说是送官了。沙鳖托人花了好多银子打点才算保住了那人的性命。”

“唉，这也是没法子的事。万一失手了，我们也只能听天由命。”

“我看你这买卖做不得。咱们可以联络广大劳工，向商会请愿讨说法，要求他们提高工钱，据理力争。矿价涨个不停，咱们工友的工钱也应该跟着涨才成。”

萧汉中听了杨念初的话，觉得在理。莫轩也频频点头，觉得他说的有一定道理。

边走边聊，火把在手上烧得吱吱响。杨念初问莫轩：“咱们这是到了协华的地界吧？”

莫轩抬头向四处张望了片刻：“嗯，到了协华公司的地界。前面就是姜家院了。”

杨念初扯了一把萧汉中的手：“走，今天晚上就在姜家院歇一晚。”

“你说到哪我都跟着。这条路我都不熟，方向都弄不清。”

莫轩大大咧咧地说：“这矿山上别的不敢说，道我倒是会走。”萧汉中心想，那是肯定的，因为他做的就是那见不得光的生意，如果路不熟，那怎么得了。

月亮不知什么时候爬上了岳高岭。杨念初看了一眼天，已是午夜时分。月光下四处破烂的工棚的轮廓显得更加清晰，几声沉闷的鼓点伴着哭声划破了夜空。杨念初吩咐萧汉中踩熄火把，几个人踏着月影靠近姜家院。那哭声是从一个席棚里传来的，一打听才知道是得了肺痨多年的协华的打炮师傅去了。

萧汉中想过去瞧一眼，莫轩却把他拉住了，说了句“别去，晦气”，便绕了过去。转过协华商号的屋角，萧汉中回头却不见了杨念初的影子。一会儿工夫，巷子里传来咚咚的脚步声，杨念初追了上来。萧汉中问：“干什么去了？”

“去灵堂看了一眼那可怜的放炮兄弟，放了两块光洋。唉！那一家人真可怜。我们到哪儿落伙铺？”

“姜家院有我同乡，就在前面。”月光打在墙上，把三个人的身影一会儿拉长一会儿缩短。

穿过一排商铺，走近一扇大门前，杨念初轻轻地扣了三声门环。里面传来拉开门闩的声音，门里吱溜溜探出一个脑袋：“快进来，萧怀玉他们在里面等你。”

杨念初回头对那人介绍道：“这是我两个兄弟。”

那人拱起双手：“快请进屋。”

堂屋里方桌上摆着一盏桐油灯，七八个人围在桌前，正在听人说着什么。见他们进来，刚才还在说话的那人连忙起身，走到杨念初跟前握了一下他的手：“杨老兄，赶夜路辛苦了！”

杨念初惊讶地问道：“你不是说让我去陶塘相会吗？怎么来了姜家院？”

“哦，昨天我跟几个伙计就到了艳山红机电厂，顺路就留在姜家院了。想必一进院你们就看到了，在协华公司放炮的楚怀兄弟前天去了，家里面没钱安葬。他媳妇请工会出面跟协华公司讨说法。”他又一指坐在身边的人道，“这不，我们几个准备明天一早就去找协华。”

“他们会给钱吗?”

萧怀玉对着一桌人说道：“在座的各位都是楚怀兄弟的同乡和工友，我们大家正商量对策。九哥，你把今天你们去找协华工会的情况说给我们听听，他们是怎么答复的?”

“我们几个去找协华工会管事的理事——笑面虎杨善人，在工会找到了他，我们把楚怀兄弟去了的事报告给他。他说他对楚怀兄弟的过世深表同情，还拉着楚怀媳妇的手表示慰问。当我们提出楚怀兄弟是因公得了肺痨，家里困难，没有下葬费，请他们打发一点丧葬费时，他那脸一下子就变了，说：‘你到这大矿山上下访访，左右问问，砸死在矿洞里的都是自认天命，哪个窑口给补助过一分钱? 更何况楚怀早就没有下窑打炮了，找我们协华工会也找不上呀。’几句话就把我们打发了。说完他手一背走了，我们几个穷哥们只能望着他的背影，实在也说不出什么理由来。哦，他还说，劳工下矿洞都是签了生死契约的，我们也不清楚。”

萧怀玉听完他的这番话，停顿了片刻，从口袋里掏出五块光洋放在桌上，说：“明天我领大伙儿再去找他，就是要去协华商行讨安葬费。在座的各位师傅明天一大早去各个工棚招呼人，一块儿去。我们先去扯一丈白布，做个条幅，写上‘劳工一条命，入土才安生'，要协华出钱；再写一条'不给钱就罢工。涨工资，提高劳工待遇。'"

"我们都不识字呀，怎么写？"

萧汉中一听这话，便自告奋勇地道："我会写。明早你们准备好布，拿到这儿来就行。"萧怀玉又吩咐道："还要准备四个竹竿，把标语挑起来。如果明天你们能喊上四五十人，就十有八九能要到钱。"

杨念初望了一眼萧怀玉，见他那胸有成竹的样子，便对莫轩说："怎么样？今天晚上这趟夜路没白赶吧。我看不如这样，你也把你那帮兄弟招呼过来，一起去讨说法。人多力量大。"

"你又不早说，这会儿你叫我怎么去叫他们？要不这样，我今天晚上赶回七里江，明天一早再带着我那帮兄弟跑回来。"

"都赶了一晚上路了，不累吗？"

"没关系，推牌九、打骨牌熬一两个通宵不睡觉，常事儿。这会儿呀，只要能帮上楚怀兄弟，没关系。"说着，他就下意识地向口袋里掏了掏，摸出了一块光洋，放在桌上："来，这是我的一份心意。明天一大早你们也帮我随上去。"

桌旁的人见一个陌生人都那么慷慨解囊，纷纷你两块、我三块地掏出身上的钱放在桌上，有人还掏出了几块法币。萧怀玉吩咐道："来，谁记个数？明天我们先去楚怀兄弟那儿吊个丧，然后叫上他的妻儿老小，一块去协华商号讨说法。"

三

寒霜打在地上，结着冰碴，把地面染得雪白。人们走在山路上，脚下发出咯吱咯吱的响声，寒意袭人。师傅们三三两两地向姜家院聚拢。他们交头接耳，悄悄地议论着什么。

九哥上身穿着一件破夹袄，下腰扎着一条肥缅裆裤，脚蹬一双烂草鞋。他在人群中跑上跑下，嘴里不停地说道："兄弟们，今天我们是帮楚怀兄弟讨说法，说不定哪一天我们当中的人也会遇到什么难事儿，大家伙儿也会帮着讨说法。"

有人小声地嘀咕道："一个修鞋匠莫不是要拉杆子?"

有怕事的人走了几步又想往回走。九哥赶快又把他拉回来，拍了拍胸脯："你怕个球！有我在，还能让你们呷亏不成?再说了，还有萧怀玉给咱们出主意，好大一帮人嘞!"

那人也不装怂，往前走了几步，一甩膀子，把身上那件破棉袄脱下来甩到肩上，往前赶了几步："我张新仁怕过谁？来这大矿山讨生活，什么事儿没见过？过去跟沙鳖他们抢场子都没怕过，这会儿去协华跟工会讲理，我光脚的还怕他穿鞋的?九哥，你前边走，我撒泡尿。"

"都是男子汉，也没个阿嫂在，还怕别人瞧见你的玩意儿?"一句话逗得大家嘻嘻哈哈地笑了起来。

天刚蒙蒙亮，工会当差的瘦猴就风风火火地敲响了杨善人的房门。他嘴里冒着热气，在门外使劲地喊："杨理事，杨理事，快起来开门，有急事跟你禀报!"

杨善人的老婆翠姑使劲地从那打着鼾的男人的怀里钻出头来，冲着门外喊了一句："大清早的，叫丧呀！"又使劲推了推身边的男人："快醒醒，瘦猴子叫你呢。"

杨善人翻了个身："叫他过会儿去办公室说事儿。"

翠姑扯着嗓子又喊了一句："理事叫你过会儿去办公室说事儿。"

门外又传来："这事儿急，慢不得，怕是要出大事儿了！"

杨善人心想要不是什么大事，瘦猴子也不敢大清早找上门来，一翻身推开老婆，跳下床，打开门，透出半个身子又问："什么事儿这么急？"

"不好了，癞子一大早跑到我屋里来报信，说是今天劳工们都要抬着楚怀的尸首来协华工会打命案。"

"他一个烟子鬼、病秧子死了，跟协华公司有什么瓜葛？还敢来打命案？你先去工会叫上一帮人等着，我穿个衣服立马就过来。"

翠姑披头散发地站在他身后，听着他们的对话，蹦出一句："一帮穷劳役还能把这大矿山搬了去？他也不前面访问访问、后面打听打听，哪家公司、商行不是包活不包死？"

"这话我昨天跟他那帮家里人都说了，估计是谁在后边出馊点子。"

"你也千万别大意，赶快跟协华公司的大老爷通个气。"

"这个我知道，大风大浪都见过，还能在小阴沟里翻了船？行了，别再瞎叨叨了，妇道人家懂个屁，快去煮呷食。"

杨善人进屋穿戴整齐，洗了把脸。翠姑给他煮了一碗甜酒煮鸡蛋，放在四方桌上，喊了声："快来趁热呷。"

杨善人呼呼地吹着气，一边呷一边嘶哈嘶哈地咧着嘴，喝了一大半就把碗一推："不行，我得赶快去。"出了门一路小跑，向协华公司赶去。

还没到公司门口，杨善人远远就望见一大帮人头缠白布，腰系麻绳，披麻戴孝；门板上抬着一具裹着白布的尸首；竹竿上挑着横幅，上面写着"劳工一条命，入土才安生""不给钱就罢工。涨工资，提高劳工待遇"。杨善人一看这阵仗，急忙绕小路跑到办公室，直奔经理室，一进门就喊道："不得了啦，劳工找上门来闹事了。"

协华的老板见杨善人进来，没好气地说道："我听说了。你真他娘的是饭桶，我花钱养着你们这帮人，成事不足败事有余，白呷了我的俸禄！昨天别人来找你，你不好生做好安抚，把事儿闹大了，你叫我怎么收场？劳工都不下窑，罢了工，我拿什么给你们这帮废物发饷？"

杨善人只是赔着笑脸："这也没什么，快通知警察所，让他们赶过来平了就是。一伙劳工，散了就没什么力了。"

"说得轻巧！你知道这一天他们不下井，我们要损失多少钱吗？再说，镇公所的人、警察所的人，他们不会白过来帮你干事的。"

"老板，咱们宁可把钱给他们，也不能把钱给这帮劳工，不能坏了规矩。我在这矿山上还没听谁说病死个烟子鬼找公家要钱下葬的。”

“你真是不懂形势，这会儿不是晚清，是民国了！到处都在闹暴动：孙中山讨袁，军阀混战，农民暴动风起云涌。我估摸着这后面一定有人主使，要不然劳工们可没有那个胆识。”说着，他拿起电话，使劲地摇着手柄。

四

大门外呼啦啦地围满了人群，哭喊声一片。有人喊着：“给钱！埋人！涨工钱！呷饭！不给就罢工！没商量！”

杨善人和这几个把头在屋里向窗外看着，任凭外面喊叫也不作声。协华的老板一个劲儿地摇着电话。

警察所所长邹满金正搂着攀花楼领来的、折腾了一夜的法国洋妞做着美梦。值班的喽啰在外边儿报告：“协华老板打电话报警请援兵，都打了三四遍电话了。”

邹满金翻了个身，冲着门外吩咐：“你去喊副队长带几个人去看看。有大事我再带人去。”

洋妞用夹生的汉语搂着邹满金的脖子问：“发生什么事情了？一大早就来嚷嚷。”

邹满金翻了个身，赔着笑脸：“一帮穷鬼闹事，不用管他。”

“哪个公司？”

“说是协华公司。”

“那你可得起身去看看，我在他们那里可是入了股份的。”

邹满金心想，你一个洋妞，怎么会有钱入股？为打消疑虑，他多问了一句：“你怎么会把钱投到南矿去？”

“这个说来话长。我跟洋行的人到这里也有些年头了，不想法子挣点钱怎么回法国？我们法国人是讲究生活质量的。”说着，她那双柔软的手臂搂住了邹满金的脖子，爬到他身上，亲吻他那不光滑的脸，嗲声嗲气地说道：“今后我在这陶塘地界混，你可要多保我呀。有什么好赚钱的洞子，别忘了帮我入上一股，赚点小钱好买船票。”

邹满金使劲地拱着屁股，嘴里喘着粗气，哼哼唧唧地应着：“包在我身上。”

“那就一言为定。你什么时候再来攀花楼，我请你喝罗曼尼康帝。”

“好，好，好，一定来喝。”

屋外又在喊：“所长，不好了！协华公司打电话来请求增援。那里聚集了一百多人，把协华公司围得水泄不通，把我们去的人也围在里面。副所长请求增援。”

洋妞从他身上滑了下来，嘴里轻声地骂道：“下一次你还是去到我那里吧，你这个地方不安静，真扫兴。”

邹满金一骨碌从床上爬起来：“你快去集合队伍，我立马就来。”他掏出几块光洋丢在洋妞的枕头边上：“你再多睡会儿，起来自己到陶塘街吉利常呷碗黄鳝面。”

警察所的电话铃一直响个不停。邹满金跑过去，抓起电话，里面传来副所长带着哭腔的求救声：“你们过来了没有呀?”

“动身了！你们催死呀，大清早的人都没来齐，你叫我一个人过去送死呀？我这警察所又不是他协华私家养的，他协华一喊我就来呀？你跟他说，让他准备五块光洋一个人，给兄弟们做跑路钱。你带着兄弟们冲出来与我会合。我带队过来，从陶塘赶到你那儿三十里毛山路，也要个把时辰才到得了。再杀回马枪，你把那带头闹事的给我记下。”

“好，我让协华的东家先稳住他们，你快点儿往这边赶。”

放下电话，协华老板喊杨善人过来：“你到下边去，跟他们说，让他们赶快散了。就说我们的大队人马立马就到，还报了官，还不快散，要不然绑了人可是要钱赎的，要说理就去警署说。”

杨善人露出一脸难色：“这恐怕不行，我去说怕是没有屁大点用。按规矩我们这个工会也是要维护一点劳工利益的。”

“你真没用，不是我们商号发饷养着你们，你拿什么去维护劳工利益？今天这个事儿你摆不平，以后也别想在我这里拿到一分钱的银锞子。”说着，协华老板气急败坏地把桌上的茶杯往地上一摔。瘦猴子见这架势，拉着杨善人的手在他耳边轻声嘀咕了几句，点头哈腰地对着协华老板嬉皮笑脸地拍着胸脯：“我先去说，稳住这帮劳工，再安排几个弟兄一路去迎警察所的人，一路去喊沙鳖来帮忙。”

协华老板说：“你看，瘦猴子都比你有主意。快去!”说着，他拿起桌上的笔，飞快地写下了几个字：“你带上我的信，赶快到老鹰岭报个信儿，让他们快点带人过来，就说平了这事我不会亏待他们。”瘦猴子揣上信，转身对杨善人道：“我们两个一起出屋说事儿，信我亲自去送给沙鳖。”

“你瘸着个腿，能跑多快？打发个腿脚利索的小弟去。”协华老板随手从袍子口袋里摸出两块光洋，“拿着，去找个腿脚利索的快点去送信。”

屋外的喊声更大了，人也越聚越多。有人嚷着要把楚怀的尸首埋在院子里。一帮人真的拿起锄头、铁锹在院子里挖眼子，任杨善人怎么说都没有人理会。杨善人想找个领头的做中间人说和，正好赶上莫轩领着一帮人进门。杨善人误以为是救兵来了，急忙跑过去拱手施礼：“莫轩兄弟，你终于来了。”

莫轩也打个拱手还了礼：“哈，你这好热闹呀。”

“还热闹呢！这帮兄弟也不知道受谁的指使，非要把楚怀的尸首埋在这院子里。你给评评理，这大矿山上哪有这规矩?”

莫轩脸一沉：“理倒是没有这个理。这楚怀兄弟以前是不是在协华做炮手?”

“那是老早前的事了。”

“那得问你们给他发过工钱没有。你应该知道他是你们协华的人吧?”

“这……，他是我们这里的放炮师傅是不假……”

“那就对了，他死了，人家来要点安葬费也不为过呀。”

“这你就不在理上了。在我们这洞子里打眼子放炮，工钱都是结了的。这几年他也没来干过活了，也就跟协华公司没了干系。你说这会儿人死了，还来找协华要钱埋人，也就没了由头。”说完，他又大声地对着众人说道：“大家说我说得在理不？”

人群中有人大声地骂道：“放屁！楚怀是在你们洞子里放了几年炮才被熏成了烟子鬼，挣的那点儿钱连棺材本都不够。你们也得发发善心，出点儿钱埋了不是？”

任凭杨善人如何说，他的每一句话都被愤怒的话语堵了回去。院子里的坑越挖越深，杨善人带着几个人被工友们推到这边、搡到那边，嚷着让他别再啰唆。有人还嚷着要把他也丢到坑里埋了。几个工友抓着他就往坑里推，吓得他早晨喝的甜酒都尿到了裤裆里。

萧怀玉见状，招呼杨念初到边上吩咐了几句。杨念初旋即大声喊道：“师傅们别乱来！咱们是来为楚怀兄弟讨公道的，杨善人想必也做不了什么主，别伤着他，让他跟大老板去说和，给咱们个说法。楚怀兄弟要的不多，三十块光洋就行。来，来，来，让条路，让他进屋跟大老板商量。”

五

窗外樟树上的鸟儿一大早就把邹海全吵醒了。昨晚他一直在等萧怀玉回来。他走出房门去喊萧怀玉，不见答应，见萧怀玉的房门又没锁，便顺手推开。床上的被子是叠着的，他断定萧怀玉是一夜都没有回来。昨天他跟自己说要去姜家院，晚上要回来跟自己碰头。他抬头看了看天，太阳都一竿子高了。他寻思着，萧怀玉是个守时如金的人，一定是遇到了什么麻烦事儿。

正在这时，警察所那边吹起了紧急集合哨。邹海全披着衣服走到路边，佯装散步的样子。一队稀稀拉拉的警察从他身边走过时，他拉过早就认识的秋生问了句："你们这是要去哪?"

秋生倒也直快："我们那儿的人在协华被围了。"

"谁围的？谁那么大胆敢围警察?"

"说是抬着个烟子鬼去协华诈钱。"

邹海全立马意识到，一定是萧怀玉他们去那里发展会员遇上了这事儿，去协华帮着讨说法。他三步并作两步，跑回屋里喊出侄儿邹耀辉，吩咐道："你赶快抄小路，赶在警察之前出长龙界。记住，直接去协华，别去姜家院，给萧怀玉他们送个信儿。就说陶塘警察所的人倾巢出动了，让他们小心，见机行事。"

邹耀辉点了点头："你放心，我腿脚快，走谭家冲爬上去，准能赶在警察前面到。"

“那你也要更加小心。”

山路上桎木花漫山遍野，山坡上冬茅草在阳光的照射下闪耀着光芒；山风吹拂，波浪起伏，发出嘶嘶的声响。邹耀辉的脚步声惊起草丛中的山雀，叽叽喳喳地直射云霄。他无心欣赏这山间美景，一刻也不敢放慢脚步。脚上的开口鞋踢掉了再穿上；遇到阴坡的泥泞处，索性打起了光脚板，提着鞋子一路小跑。他爬上长龙界时，警察们还在弯弯里踱着四方步。他不敢喘息，飞也似的下山向协华奔去。

院子里挤满了人，工友们不断地从四面八方汇聚来。丐帮的人听说协华有人闹事，也从四面八方向这里汇集。他们来是想找一口呷食。大矿山有个不成文的规矩：丐帮是老大。因为人多，一般的人家也都惹不起，不论红白喜事，主家也都不敢怠慢。

路上，邹耀辉躲闪不及，被叫花子的打狗棍绊倒在地。叫花子顺势倒在地上耍起无赖：“你眼瞎呀?”撸起了破裤子让邹耀辉看，“你看，你把我绊倒了，腿都摔出血了，要帮我搞药才行。”

邹耀辉不想与他理论，只说了一句：“是你的棍子绊倒了我，我不找你麻烦，你倒反过来跟我打油糊。”

正欲往前走，叫花子一翻身抱住他的腿：“你还想跑?”

邹耀辉脸一横，挥舞着拳头骂道：“你还找我敲棒棒，我没找你就不错了，我两个拳头打死你在这里。”

叫花子回头四处张望，见山路上没有人，只好好汉不呷眼前亏，松了手放话道："要得，在陶塘街上你别让我撞见。"

邹耀辉向前跑了几步，又回过头来掏出几个银锞子，丢在他面前："你拿去买瓶万花油。"便头也不回地向前奔去。

有人拉着萧怀玉的手，说陶塘街上有个人在后面找他。萧怀玉忙问："在哪?"那人一指后面的邹耀辉："就是他。"

萧怀玉把他拉到一边，问："你怎么过来了?"

邹耀辉掀起衣襟擦了把满头的汗，急切地说："警察所的大队人马立马就会到了，海全叔让我来给你报个信，注意安全，一定要见机行事。"

"还说什么?"

"就说这些。哦，还说让你尽快赶回去。"

"哦，那你去找碗水喝，赶快往回走，告诉你叔说我没事儿。"

"那我走了。"

"嗯，快回去，不然他在那边不知道这边的情况，该着急了。"

几十条长枪冲到了协华的大门口。邹满金提着驳壳枪，一手掐着腰站在门口的石阶上，大声地呵斥道："谁?谁让你们抬尸到这里来讨说法的?要说法，也要到我警察所去。这里是协华商行，不是个办案的地方。你们这是扰乱矿山秩序，同时也有损风化。人死要入土为安，你们这样做是对死者的大不敬!"

众人没等他把话说完，就大声地喊："你这不是放屁吗!

谁不知道入土为安？没有棺材本钱怎么入土为安？我们大家来这里就是要讨个棺材钱。所长大人来了，你得为我们做主才是。”

邹满金听了这话，一反常态地嘴角上扬，应道：“主，我自然是要给大家做的！”他心想，自己只有三四十条枪，这地聚集了一两百号人，真要是事态闹大了，怕也不好收场。倒不如借坡下驴，让协华公司出两个钱，先把这事情平息下去，再秋后算账各个击破。想到这里，他扯开嗓门：“我去跟协华大老板商量商量，一会儿准能给大家一个答复。”

说着，见底下的人还乱哄哄的，没人听他说话，便将驳壳枪往天上一指，啪啪两声响：“都给我听着，今天这事儿我是管定了。”枪声一响，底下围的人呼啦一下就把那些警察围了起来。有怕事的劳工向四周散了去。

莫轩立马站出来，高喊：“汉子们，不要怕，警察也是讲理的。他们不敢冲我们开枪的。”邹满金冲他摆了摆手：“看来你是条硬汉子。你就代表丧家随我去跟大老板商议这个事情，如何？”莫轩没有丝毫犹豫：“行呀，咱光脚的汉子不怕穿鞋的官。刚才警察老爷说要给我们做主，我信得过你。”

走进屋里，杨善人给莫轩又是倒茶又是敬烟。邹满金把枪掖在腰上，对着协华大老板吩咐道：“和气生财，今天你就出几个小钱把这人埋了。你这么大的老板，应该不差这几个铜板。事后，师傅们到你的洞子里多加把劲儿，你就能赚回来。你还能落个好名声，行了善，积了德。这事儿你就给我个薄面，了了算了。要不然师傅们真把死人埋在你院子里，染了晦气，怕你这生意也不好做呀。”

杨善人也在一边打着边鼓，一个劲儿地赔着笑脸：“众怒难为，众怒难犯呐。”

莫轩也在一旁理直气壮地说道：“我们也不是不讲理。今天光把人埋了还不行，还得答应我们的条件：在你协华这里撑钎放炮，也该涨点儿工钱了，要不然我们都去陶塘那边干活了。要想留住我们，就得涨工钱。”

大老板沉思了片刻，说道：“刚才有人跟我说，埋人你们只要二十个现大洋，账房一会儿就送过来。我再加十块大洋，你们也去杀头猪，让帮忙的人呷块豆腐。你们在我这院子里折腾了大半天，把人抬出去放两挂鞭炮去去晦气。我这也是破了大矿山的例，自古道，上了大矿山，包活不包死。”

莫轩把楚怀的老婆喊了进来，把光洋领在手上，账房先生让她打收条。她流着眼泪打着哭腔：“我不识字，画个押成不?”

莫轩也在一旁帮腔道：“这收条就不用打了吧？大家伙儿都知道，这棺材本钱是协华大老板出的，会给他传个美名。”莫轩这么说是怕秋后算账，不打收条也就口说无凭了。

邹满金也在一边打着哈哈：“还打什么条、画什么押呀?你赶快打发了，散伙!”

北山坡的小路上，八人抬着楚怀的棺木，楚怀的儿子在前面打着幡，送葬的队伍噼里啪啦放着鞭炮。人群中大家都在议论着：能从老虎嘴里抢出肉来，要感谢工会那帮人，要不然楚怀兄弟还不得一张席子裹了？他家那帮人哪来的钱给他买棺材。看来这工会，大家伙还是入得。要有什么难事，它还真帮大家伙出头。

有人掺和道："陶塘那儿有个平民学校，入了会的人可以去那里议事。"

有人立马问："入会要交钱吗？资江码头船帮入会一年也是要交份子钱的。"

"这倒没听说。问问杨念初，他知道。"

话语间灵柩已经落了地。有人高喊时辰已到，抬棺的八人七手八脚地把灵柩入了穴，用土覆盖。楚怀的儿子摔了钵子，一声惊雷炸响，雨伴着闪电像断了线的珠子稀里哗啦地下了起来。

楚怀老婆跪在山脚，任风雨洗刷着她那破烂不堪的衣衫。山上每跑下一个工友，她都深深地给他磕上一个头。任工友们怎么拉她也不起身，嘴里念叨着："你们为我家楚怀都拿命与东家扛着，我替他给大家行礼是应该的。"

工友们也不再往回走，站在她的身后，等最后一个工友下山，才扶起楚怀媳妇消失在雨幕中。

六

从山上走下来，沿路的工棚门口挤满了躲雨的人。先下山的鼓乐班子等着丧家打发工钱。一波一波的叫花子看着穿戴整齐的人也会把碗伸过去，唱几句莲花落。他们不知道愁是什么滋味，也不管谁家是红事还是白事，只要是热闹的地方，他们都要凑。谁也不愿意得罪他们，也得罪不起。矿山上挖砂的人不论是老板还是监工，谁都不愿意惹他们。因为你弄死了他，也只不过是一条贱命，但会给你带来很多麻烦：一不小心，在哪个伸手不见五指的夜晚，从茅草棚里蹿出几个手持打狗棍的，用破麻袋蒙了你的头，再剥光你的衣服，一顿乱棍打得你体无完肤。这在矿山上是常有的事儿。

楚怀媳妇自然也不愿意得罪叫花子们。她穿着湿漉漉的衣服，走到屋檐下，给那个手持打狗棍的叫花子道了万福，招呼道："清缘师傅，你招呼下你那帮难兄难弟，一会儿到那边去呷豆腐。多亏你们来帮忙，把我们家那死鬼送上山。"说着，又从口袋里摸出两块光洋，往清缘师傅手上塞，"我们家那口子走了，也拿不出什么钱。这是大伙吊给我的，你也拿两块去招呼你那帮弟兄喝口酒，大家受累了。"

清缘师傅并不要，反而从烂衫里抓出一把铜钱来，塞给了楚怀媳妇，哆嗦着嘴唇："给，拿上，咱们都是穷命。这是我们那帮难兄难弟、穷姐妹给楚怀兄弟凑的香火。往后要是揭不开锅了，就跟我们一起上路，呷千家饭、喝千口酒。"

萧怀玉一直在屋檐下观察这个叫花子头儿，发现他尽管有些口吃，但绝不是一个胸无点墨之人。从他掏出那把铜钱更能看出这人虽在江湖，却明事理，也有感召力；言语虽然有些糙，却入情入理。萧怀玉四处张望，顺着屋檐找到杨念初，耳语道："你看到那个叫花子了吗？这个人很有意思。"

"哦，他——我知道，号称清缘叫花子。据说他早年是永丰镇上的公子哥，为追一户大户人家的千金得了疯癫。有人告诉他，那美貌如花的千金小姐被这大矿山的老板讨来做了姨太太，他便跟着上山淘金的人流落到了大矿山来找。几经寒暑，变成了今天这个样子，疯疯癫癫的，靠乞讨为生。不过，他识文断字。"

"你怎么知道这些?"

"我也是道听途说。关于这个清缘叫花子，说辞不一，有几个版本。"

萧怀玉心里却不这么看。这个人绝对不是个疯子，他里面的衬衫告诉他，这疯有诈。

杨念初也盯着清缘叫花子仔细打量：蓬乱的头发下，高高的前额镶嵌着一对清亮的眼睛，鹰钩鼻把那清瘦的瓜子脸衬托得像刀削一般；上身穿着一件刮得稀烂、露着棉花的大襟的夹袄，腰上裹着一条长汗巾，斜背着一个蓝布口袋，手上攥着一根老竹马鞭的打狗棍。与众不同的是：他鹑衣百结，却不藏污纳垢；脸盘俊朗干净，腿扎长条绑带，脚蹬翻口布鞋。如果不是那一头蓬乱的头发和左手托着的土钵子、右手攥着的打狗棍，他跟那些抛砂担砂的脚力没有什么区别。

杨念初心里犯着嘀咕，这矿山上，不管哪个山脚厂子，有点什么响动，叫花子们都会蜂拥而至。不管平日里在飞水岩地界上的，还是盘踞在长龙界的；不管是守着陶塘老街的，还是在谭家院、罗家院的，他们都能闻风而动，从不同的角落里踩着钟点汇聚在一起。呷饱了、喝足了，打着响嗝，哼着小调，他们就一个个消失得无影无踪。

平日里很少见到这帮乞丐三五成群，遇事则蜂拥而至。喜事，杨念初能想明白：谁家的姑娘要出嫁，谁家的儿子讨媳妇，他们能听到风声记下日子；可是丧事，是不会有先兆的，他们也能如期而至，这就让杨念初不能理解。

难不成他们真的有顺风耳、千里眼吗？他把自己的想法跟萧怀玉叨咕着。萧怀玉拍了拍他的肩膀："看来没白跟着我混，知道动脑筋想事儿了。这些叫花子大都是贫苦人家，因为这样或那样的遭遇落到今天的田地。为了求得生存的空间，他们约定像矿主们那样画地为界，并立下一些规矩。比如说，飞水岩这条街归哪几个人乞讨，七里江又归哪几个人管事，哪个地方能呷大户。他们的组织纪律严明。至于传信，那就是人传人的把戏了。"

"我想这也是一股不可多得的社会力量。能否把他们组织起来，供他们呷喝，吸引他们中间的一部分人参加我们的工会？我相信他们一定能够成为我们的中坚力量。"

"想法是好的，但是如何组织，如何引领他们服务于劳苦大众，还要多观察、多引导才行。具体怎么做，我还得向上一级组织汇报。”

萧汉中跑了过来，是莫轩让他过来问个口信：“过会儿雨停了，我们那帮人是回去，还是去陶塘？”

席棚那边的人已乱作一团，有人叫喊着丐帮的人跟沙鳖的人打了起来，起因是丐帮的人偷了沙鳖手下人的洗籽，让他们认出了人。沙鳖非让他交出偷去的洗籽，叫花子却死不认账，在地上打滚喊冤。萧怀玉赶快跑了过去。楚怀家的席棚院子里，两伙人正打得热闹，扁担、打狗棍在雨地上飞舞。楚怀媳妇浑身颤抖着紧搂着儿子，一见杨念初便央求着：“你快帮着劝劝，刚抬走一个，要是再打出个三长两短来，我可担当不起这罪过。”

杨念初安慰了她几句：“这不关你事儿。冤有头债有主，让他们打去，打累了自然就消停了。”

“大兄弟，可不能这么说，要打也要让他们远着些打，走出这地界。在这儿打，我这孤儿寡母脱不了干系。”

杨念初正准备出手相劝，清缘叫花子在屋檐下使劲地吹了声响哨。他把那竹马鞭打狗棍在头顶上挥舞了两下，并在地上使劲戳了戳，院子里打斗的叫花子立马都退了出来。清缘用棍子指了指躺在雨地泥泞里的叫花子，几个人立马冲上去把人拖到他跟前。他拿竹马鞭打狗棍在他脸上点了点，问道：“是你顺了人家的洗籽？几时顺的？在哪个地界顺的?”

有一个年长一点的叫花子凑到清缘耳朵边嘀咕了几句：

“不是那么回事，跟洗籽无关。他是在裕庆厚那儿睡了十七妹——王竹嫂，还没给伙铺钱。”

清缘听着，点了点头，指着躺在地上的叫花子：“你这是作死。十七妹那老寡妇你也敢去开伙铺！”

睡在地上的人大喘气争辩道：“别听他们瞎说，我都两三天没呷饱饭了，哪有钱去开伙铺、逛窑子？”

“那别人为什么追着你打？怎么就不打其他人呢？你把起因说给我听听。说真话，我给你挡下。”

“那天，我们在裕庆厚抢炼渣、捡黄砂，她们几个寡妇硬说那地界是她们的，把我们收在簸箕里的炉渣都抢了去。我一气之下就捣了她们的洗桶，脱了衣服把洗籽包走了。张瘸子跑不动，还被她们几个寡妇扒了衣服。今天他们是帮着寡妇找后账。”

清缘一听，问：“洗籽呢？”

“卖给大德生了。”

“就你一个人干的？那么多东西，你一件破衣服就包回去了？”

“分两拨弄的。我先包了往前头跑，后面的人把剩下的又包了。”

“嗬，还知道用调虎离山之计。我给你三天，你把那卖洗籽的钱都送到我这儿来，我就帮你了了此难。”

说完，清缘拄着打狗棍走到院子中央，握着棍，抱起双拳：“各位老大，大家都是在这大矿山蹚露水混饭呷的腿子，冤家宜解不宜结。今天我就为那不懂事的叫花子给各位大爷赔不是，十七妹那儿我到时领着这不懂事的叫花子登门谢罪。希望各位老大给我个薄面，也留那不懂事的一条贱命。”

杨善人站在街上，使劲地喊：“是呀，是呀，大家都在大矿山讨生活，都不易。快走啦，到那边席棚里边呷豆腐啦。”

萧怀玉把这一幕戏剧般的结局牢牢地记在了心上，他认定，清缘在这矿山丐帮里一定是一个人物。

七

说来也怪，人们或蹲着或站着，在席棚里就着雨点端着钵子、呷着豆腐饭时，雨慢慢地停了，阳光也亮了，岳高岭上升起了一道七色彩虹。有人在外面喊：“都出来看呀，楚怀兄弟过了彩虹桥噢！”

有人好事，把楚怀婆娘拉出门外：“你快出来看，那彩虹的一边连着你男人的坟头。一定是仙家显灵了，楚怀兄弟怕是成了仙哦。”

几个老婆子扑腾一下跪在地上，撅着屁股冲着彩虹作揖。清缘抓着竹鞭打狗棍冲那山上的彩虹拜了几拜，冲着楚怀媳妇打圆场：“你家男人呀，怕早就过了奈何桥。你看，这虹桥的一头恰好在坟山里，那头连着岳高岭，好兆头呀！”

杨念初放了碗筷，跟楚怀媳妇道了别，招呼莫轩：“咱们该起身了。”

萧怀玉一路上每到一个炼厂都停留一会儿，到怀喻那儿正赶上师傅们在排窑罐。领班师傅端着锡壶，喝两口吆喝两句：“都快点，别磨磨蹭蹭的！刚歇了半晌雨，启工还这么磨磨蹭蹭，到鸡进笼的时候还点不了火，就别怪东家不给工钱。”

见萧怀玉领了几个人在边上看，领班师傅没好气地问道：“你们站这干啥？哪个厂子的？莫不是到我们这儿偷艺的？”

杨念初从怀里掏出烟荷包：“师傅，卷个喇叭筒吧，歇会儿，抽口烟。”

师傅伸出手接了过去，杨念初又递过烟纸。

“你们是来找活干的么？我们这儿不缺人手。华贵那儿少下洞子的，你们去那儿找找。”

莫轩不冷不热地插句话：“我们是来顺便问一句，洗籽送到你这儿多少钱一斤？”

“你有货？”

“先来问问，看价钱。”

师傅一转身，冲着窑口边上屋里喊：“杨老板，有人过来跟你谈价，你出来一脚咯。”

屋里立马出来三个人。他们走到萧怀玉跟前，仔细地打量着，爱搭不理地从鼻子里哼出一句：“你们是南矿的？还是其他哪个矿场的？都是洗籽吗？有就担来吧，看货论价。”

杨念初又掏出烟荷包，那人却从自己的褂子里掏出老刀牌烟卷叼在嘴上："我抽这个。"顺势抽出一支递给萧怀玉。杨念初帮他挡了："我们老板不抽烟。"

"没关系的，抽根玩儿。"

萧怀玉对着他抱了抱拳："请问老板贵姓呀？"

师傅在一边帮腔："这是我们怀喻的二少爷，刘让彬。"

萧怀玉冲着他又拱了拱手："幸会，幸会。"

让彬二少爷见来者如此有礼数，把头上的毡帽摘下来点了点头："老板是哪个窑山里的？"

"哦，在几个窑口都入了点股份。当家的托我出来转转，看哪个炼厂收砂价格适宜一些。"

"你们一个月能出多少洗籽？花砂在我们炼厂就值不了几个钱。你那如果货多，可以长期送到我这里来。至于价钱嘛，随行就市的买卖，不会亏你的礼就行。"

正说着，厂子门口来了一帮担皮箩担子的女人。师傅老远就打着招呼："都担到那边吊秤上去。"

跟在二少爷后面戴着瓜皮帽、胸前吊着副老花镜的汉子极有礼数地对着众人说："你们聊着，我去收下货。"便转身进了屋，提着个算盘，捧着个账本，到了台秤那儿。

师傅让妇人们把箩挂在秤钩上，自己提着秤砣，摸着秤杆，喊着斤两。秤架是用三根杉树捆成的三脚架，大杆秤吊在三脚架下面。师傅先把秤杆往上送，再拉着秤砣绳往上看斤两，倒省了人抬的力气。卖矿砂的人死死地盯着过秤人的手，嘴里不停地喊着："还过去点，还过去点。这一担起码得有一百二十斤。我在屋里称过的，怎么到你这里就变成一百一了？”

师傅也不争辩：“来，你自己来称。这有个哑巴。”

几个妇女交头接耳一阵，打着哈哈问：“你这莫不是十六两的秤呀？”

二少爷见那边嚷着争秤，走过去从箩里抓起一把亮晶晶、发着蓝光的矿砂看了看成色，对着师傅吩咐道：“成色好，每一担给我加五斤。这洗籽是头等货，别人担一路也不容易，就当是窑上给她们的脚力钱。”

杨念初在一边看着，他知道那是一条水银杆子，只是不好戳穿罢了。二少爷慷慨地说每一担加五斤，至少每一担还能赚十斤。卖洗籽的妇人们从账房那儿结了账，铜钱在口袋里哗啦哗啦地响，脸上没有一点喜悦，担着空箩担子向山下走。

萧怀玉对杨念初使了个眼色。杨念初打着哈哈：“天色也不早了，我们还要赶着回去，先告辞了。”

二少爷刘让彬也摘下头上的礼帽捂在胸口：“恕不远送。”

杨念初走出炼厂的院门还回头向刘让彬挥了挥手：“快进屋，快进屋。”

这当口，萧怀玉已经追上那几个担空箩的妇女，唠着家常。杨念初也急忙向前赶。莫轩跟在后面，嘻嘻哈哈地调侃着那些女人：“你们这些‘扫星麻子’，卖一担洗籽，能呷半个月，还不用找本钱。”

听他这么说，队伍打前头的阿嫂往路边靠了靠。等莫轩走过来，她一把将他扯到路边，低声地问道：“老大，你怎么也到这边来了?”

莫轩并不避讳：“想你了呀。今天晚上就到你屋里去歇伙铺。昨天夜里的那些洗籽，你们都担到这里来了吗?”

“没有，癞子头领着九阿嫂她们把南矿那些货担到厚升那里去了。”

“你往前走，就当不认识我。”

“我量你也没有那个胆敢去老娘屋里搭铺。就我屋里那黄子狗，你都进不了门。”

另外几个女人也不示弱：“只要你有光洋，老娘我就没系裤腰带。你敢来吗?”

“来，来，来，姐几个把他裤子脱了，把他丢到冬茅草里去。”说着，还真有人放下扁担，一群饿狼似的向莫轩扑来，嘴里嚷着：“老大，只要你不嫌弃，我们个个都还做得到。”

萧怀玉和杨念初在一边并不搭讪，只是呵呵地笑。见这帮女人真的放下了扁担，便插话道：“说笑归说笑，在这山野茅草里还真做不得那事儿。冬茅似刀，牛都只呷嫩的冬茅尖子。”

萧怀玉接着问：“你们都是哪个地界的？跟莫轩师傅这么熟。”

先前拉莫轩到路边私语的陶秋嫂嫂立马答话：“哪个认得哪个？在大矿山，大家谁都认识谁，又谁都不认识谁。”

这话让萧怀玉十分好奇，反问道：“这话怎么说?”

“来大矿山，大家都是想来发财的，或者是走投无路来大矿山撞大运的。因为都是奔着挖砂来，所以大家都认得砂。洗砂的、捡砂的、挖砂的、炼砂的，万事都离不开砂。因为砂，把五湖四海的人聚拢在一起，大家就都认识了。说不认识，在大矿山能喊出姓氏的并不多，却能分出谁是有钱人、谁是穷鬼。”

萧怀玉几句不经意的话打开了陶秋嫂嫂的话匣子。也许是因为平日里忙着捡野砂，没有谁跟她闲聊几句，在这山路上遇到了几个野男人，陶秋嫂嫂敞开了心扉。萧怀玉可是有心人：“你家里住在哪个地界？我们都是罗家院的，他们几个住坝塘。改天你们有空来喝茶，路过就进屋。”

陶秋嫂嫂又轻声地问落在后边的莫轩：“那两个是哪个公司的少爷？你怎么跟他们混到一起了？”

“你屋里当家的没跟你说？前天晚上我就是跟着他们去楚怀屋里的。”

这时陶秋嫂嫂惊讶地张开大嘴：“这两个人，怕是有良心的大老板。”

八

雨后的山路上，不时地碰见担焦煤、担布袋的人坐在路边歇着气，相互吆喝一声。认识的，不认识的，都打声招呼。有人喊：“歇会儿再走。”有人喊：“生意好吗？”有人问：“炭是田坪煤炭山里的吗？”

雨后的夕阳打在担子里的炭上闪得亮晶晶，打在箩里面的洗籽上更是耀眼夺目。路上的人也会问炭卖到哪个炼厂会收得贵一点，砂卖到哪个炼厂能有个好价钱。雨后的山野里不时地传来放硝炮的爆炸声和叮叮当当打炮眼的锤头声。

在大矿山，漫山遍野都在挖砂。可以说，这大矿山谁都不知道哪里会挖出个金菩萨来。疯狂的猎财者、做着发财梦的少爷公子、长着一对波斯猫眼睛的外国洋人——都带着金发女郎，穿梭在山野中，寻找着哪一块石头下面藏着一个洞，洞里供着金菩萨。

夕阳下，杨念初一会儿指指这里给大家看：“你们看，那里也发光。”

一帮人停下脚步，顺着他手指的方向看去。担担的妇人们也停下脚步，睁大眼睛问：“哪块石头发光？”

萧怀玉也停下脚步顺着他手指的方向看：“别看了，刚下过雨，草叶上的水珠也发光。”

可见人们对砂都像着了迷一样的向往。这就是财富，这就是千军万马在大矿山讨生计的原因。萧怀玉看着这一切，心里盘算着哪里有不平，哪里就一定会有干柴。这一路走来，他充分地感悟到：大矿山的群众基础是好的，只要能够从底层入手，新形势下群众是能够发动起来的。正想得入神，一群担炭的人又从他身边走过。他急忙向路边的草丛靠了靠，让了过去。后面还有人喊：“让一下，让一下。”

太阳已经斜挂在西山顶上，把天边的云染得火一样红。山坡上，炼厂冒出的黑烟在晚霞中带着火星冲上天际，这里一处，那里一处。风吹过来，都带着浓烈的硫磺味。

一路上，卖洗籽的女人们互相打声招呼，在一个个岔路口分手回家了。到了三角亭，陶秋嫂嫂也大方地跟莫轩招呼了一声："我从这里回屋去了，你们慢些走。"

莫轩还是没正形，嬉皮笑脸地调侃上一句："你真的不带我去你屋里？"

陶秋嫂嫂也不羞不臊地回话："今夜不行。你改天来，我洗干净了等着。"

杨念初拉了一把莫轩的手臂，取笑道："行了，别见着母猪都走不动道，没个正形。快走，萧怀玉有急事。"

夜幕下的长龙界，却是另一番景象。商铺外，店小二正忙着挂罩子灯；街面上，川流不息的人流喧嚣一片；夜宵摊子上，吆喝声、操着南腔北调的喝酒划拳声，掺和着女人们的浪笑，拉开了这大矿山夜生活的实景。

萧怀玉刚刚走近铁匠铺，师傅的铁锤在砧子上叮叮当当地敲着，打着铁钎。铁匠袁老六眼睛不时地扫着街面的行人。两个徒弟光着膀子，围着皮围裙，交替抡着铁锤。袁师傅的老婆拉着风箱，炉膛里炭火正旺。一见萧怀玉走过，袁师傅用锤子在铁砧上敲了三下："快去把萧怀玉拦进来。"

徒弟吴永强大锤一放，出门向前赶了几步，拦在萧怀玉面前："萧怀玉，我师父请你。"

“你师父是谁?”

“铁匠袁师傅。”

“有事吗?”

“他找你，请跟我来。”

萧怀玉跟杨念初交代了几句，便跟着小师傅进了铁匠铺。

袁师傅见萧怀玉进来，放下铁锤拱了拱手：“萧怀玉这是打哪里来呀?”

“哦，去姜家院呷豆腐来。”说着，袁师傅吩咐徒弟给萧怀玉倒了杯茶，又顺手从灶台上拿起一把干枯的草叶，笑着说道：“今天一个下窑的炮工师傅拿着草捆着的几根铁钎来让我淬火，说用这草放在水里能让我蘸火更硬。我不知道这野草叫什么名字，他说他也不知道，是先生您告诉他的。我想问个明白。”

萧怀玉接过他递过来的草，闻了闻，又借着炉膛的火光看了看：“哦，这是醉鱼草，它泡出来的水是碱性，淬火应该是很好的。”

听完萧怀玉的介绍，袁师傅把手在围裙上擦了擦，伸过去与萧怀玉使劲地握了握，把他领进了屋里。大徒弟拾起砧子上的手锤，二徒弟抡起了大锤，叮叮当当的打铁声与这长龙界夜市的吆喝声又融为一体。

“老萧同志，我是省委派驻矿山的联络员。”说着，他从墙角烂铁管里抽出一张纸，递到萧怀玉手上，“这是省里转过来给您的信。”

萧怀玉飞快地看了，问了句：“你看过了？”

袁师傅点了点头：“信上说让我尽快与您取得联系，一切工作听从您的安排。我的主要任务就是依托铁匠铺生意上的便利，宣传矿山联合工会，发现、引导有进步思想的工人师傅，并向您推荐他们加入矿山联合工会。接头还是以‘醉鱼草’为暗号。”

“那我走了。你这里也要小心，国民党党部的人在矿山也活动频繁。他们对我们共产党人是宁可错杀一千也不放过一个。我们需要采取灵活的方法，发动、组织广大工人师傅尽快成立工人护矿队，团结一切可以团结的力量，迎接矿山的解放，让我们共产党的星星之火点燃大矿山。今天就说到这儿，我是昨天出来的，还没回去呢，海全在家里边应该等急了。”

“好，那我们保持联系，有事没事多到我这里转转。我这个铁匠铺，各个窑口的炮工师傅还信得过，都愿意来打砧子。少爷们隔三岔五地也会进来聊聊，阿嫂们也会来打把菜刀，还挺热闹的。”

萧怀玉从里屋走出来，故意放大声音，对两位徒弟拱了拱手：“师傅们，辛苦呀。”掌锤的师傅在砧子上打了一串花锤，抡大锤的师傅也轻轻地在砧子上跟了一串。萧怀玉连忙称赞：“嗬！好手艺！”袁师傅说道：“这是欢迎你常来，匠人们的礼数。”萧怀玉又连忙拱手：“谢谢，谢谢，叨扰了。”

抡大锤的师傅把锤立在炉台上，说：“萧怀玉，我在平民学校听过你讲的课，心里一直在琢磨，你咋就懂得那么多道理呢？并且都是站在咱们这些卖苦力的人一边说。”

“我们就是要大家明白一个道理，租田种地为什么呷不饱饭？我们矿山那么多‘扫星麻子’，大家每天不停地洗砂、捡矿，为什么发不了财？少爷、矿主他们为什么每天都能呷香的，喝辣的？只要找出原因，我们也能过上好的生活。你脑袋聪明，也多想想，看有什么办法，能让我们摆脱贫困。”

说到这里，铁匠铺里一片寂静。袁师傅老婆把风箱拉得呼呼叫，炉膛里的火冒出紫色的火焰。外面走进来两三个手提钢钎的师傅，进来便丢下一句：“我老远没听见铁匠铺有锤声，还以为你们这么早就打烊了呢。”

袁师傅立马说道：“怎么会？我跟萧怀玉说两句话。”

萧怀玉也立马拱手：“你们做生意，我就不耽误了。”转身跟出了门。他身后立马传出叮叮当当的打铁声。他回头望了一眼，铁匠铺里钢花四溅。

九

坐落在肖家湾的平民学校里，邹海全焦急地在屋里踱步。他一会儿向窗外望一望，一会儿又把桌上的煤油灯灯芯拨大一点。

来听课的师傅们三三两两地走进扫盲班的教室里，人越聚越多。跟萧怀玉一起来的颜清姑娘把眼镜往鼻梁上推了推，安慰道："邹先生，不用太担心，萧怀玉怕是路上遇到什么事耽搁了。"

"问题是，我派去给他捎信的人也没回来呀。"

"哦，我忘了说，杨念初还带了一个新来的叫莫轩的师傅来听课了。"

"那你赶快带我去问一下。"

"就在教室。"

"你最好帮我请过来。"

"好，你等着，我这就去喊。"

颜清找到了杨念初，笑着说："你跟我来一下，邹先生找你说句话。"

"哪个邹先生？你可别吓我呀。"

"你跟我来就是了。"

杨念初走进了邹海全的办公室。颜清喊了句："邹先生，就是这位师傅，说是跟萧怀玉一起到了长龙界。"

邹海全急忙问："萧怀玉呢？"

"哦，他去了袁师傅铁匠铺。他让我和莫轩师傅去吉利常黄鳝面馆等他，要我们在那里先呷碗面。他还吩咐，如果面呷完了他还没来的话，就不要等他了。我们等了快一个时辰也不见他来，就直接来了平民学校。要说，这会儿他该回来了。"

"那我去袁铁匠铺找一趟。"

"不用找了，我回来了。"门外传来萧怀玉的声音。

邹海全见他进了屋，那颗悬着的心终于放下了，急忙从暖壶里给他倒了壶水："呷东西没有？"

"呷了呀，吉利常的黄鳝面。你呷了没有？"

"呷了，三两米的钵子饭。"

颜清却说："他还没呷呢。你看，饭还在桌子上罩着呢。"

萧怀玉打着哈哈，掏出怀表看了一眼："海全，都这个点了，我把饭给你端去热热。"

颜清抢先一步："我去帮你热，这伺候人的活儿还是让我来吧。"

等他们两个人都走出门后，邹海全严肃地对萧怀玉说："老萧，不论到哪里去，你我都要按约定的时间及时赶回来。这是我们党的组织纪律，特别是你，作为党的领导者，更要严格遵守。"

萧怀玉收起脸上的笑容："我这样跟你讲。本来昨天晚上就应该赶回来的，想必你也听说了，忙了一天一夜，协华公司终于给楚怀出了安葬费。通过这件事情，我感觉到，只要矿山的工人师傅们都能拧成一股绳，与矿主据理力争，那大矿山上还是能说说理来的。师傅们团结起来，还是很有战斗力的。过去你我的担心，在这两天的工人运动中足以证明是多余的。"

颜清进来："那些来听课的师傅们来得差不多了。邹老师，您可以上课了。"

教室里系着罩子煤油灯，把教室里照得像火一样红。邹海全走上讲台，拿起粉笔，在黑板上熟练地写出了矿山人民群众家里常用的一串汉字：镰刀、斧头、钢钎、铁锤、木桶、筛子、扁担、箩筐。他转身："师傅们，今天我来给大家讲我们日常生活中的常用字。它们是我们生活中必不可少的生产劳动工具。怎么叫，大家都知道，但是怎么写、怎么认，对大家来说还很陌生。我们平民识字班，就是想用最实用的教学方法让大家伙尽快脱盲。现在大家跟我读……"他一个字一个字地告诉师傅们发音，每一个词组无数次地重复；一个人一个人地带读，直至每个学员都准确地记下了字形与读音。

"很好。"他表扬道，"师傅们现在跟我在空中或桌上学笔顺写汉字，先从镰刀的'镰'开始。"

他用粉笔在黑板上一笔一画地带，嘴上念叨着："撇、横、横、横、提勾、点、横、撇、点、点、横、横折、横、横、竖、竖、撇、捺。这是镰刀的'镰'的写法。"

他重复了四五次。走到每个桌前，他让师傅们在桌子上比画着。

"都会写了吗？不会写的举手。"

学员们都异口同声地说："会了。"

"下面我们再教'刀'的笔顺。刀是我们日常生活中必不可少的生产劳动工具，它也是由象形文字演变过来的。你们看，横折勾，撇，它像不像我们切菜用的菜刀呀？"

说着，他又带了两遍笔顺。"这个字简单，想必大家一学就会。借着这个机会，我也给大家讲解一下汉字的起源。汉字起源于远古时期用于祭祀的甲骨文，历经长时期的演变而来。

它的书写读取有一定的规律性。这就是汉字的萌芽阶段。汉字形成系统的文字是在公元前 16 世纪的商朝。考古证实，在商朝早期，社会文明已发展到相当高的水平，其主要特征之一就是甲骨文的出现。甲骨文又是什么呢？甲骨文就是把文字刻在龟甲和兽骨上的古老文字。传说商代国王在做任何事情之前都要请神占卜，甲骨就是占卜时的用具。师傅们会问甲骨文怎么能够算出吉凶？你们还别说，制作甲骨文占卜也很讲究、很要技术的，就像咱们知道在大矿山什么样的矿能洗出洗籽和云籽一样。甲骨在制作之前，要先经过加工。首先把甲骨上的筋膜除净，接着锯削磨平，然后在甲的内面或兽骨的反面用刀具钻凿凹缺。这些凹缺的排列是有序的。巫师把自己的名字、占卜的日期、要祈求占卜的事情刻在甲骨上，然后用火灶烧甲骨上的凹缺，这些凹缺受热出现的裂纹就称为‘兆’。巫师对这些裂纹的走向加以分析，得出占卜的结果，并把占卜是否应验也刻到甲骨上。经过占卜应验之后，这些刻有卜辞的甲骨就成为一种官方档案保存下来。”

有师傅立马站起来问：“邹先生，你这样说太深奥了，我们听不太明白。”

杨念初就站起来替邹海全做了一个最简单的比喻：“就是我们这里的问卦，只不过他们是在乌龟壳上刻字，我们这里信迷信、求神是用羊犄角，在里面刻了乾坤。”

邹海全接着说：“占卜，西方也有，我们东方也有，只不过用具不同而已。好了，这个问题不做深究，大家知道这个事就行了。下面，我们把今天学的两个字再复习一遍，大家回去多加练习。下次来听课，把你们写的字都拿给我看，再到黑板上用粉笔一个一个地写，看大家熟悉、掌握的程度。”

罩子灯的黑烟使每个师傅的脸都晕染上一层油亮的色彩。师傅们都打心眼里敬佩这位教书先生的学识，两个字都能说出个子丑寅卯来。渐渐地，邹海全在师傅们的心里树起了崇高的威望。

邹海全吩咐道：“下面还有一些时间，大家相互交流交流。从我们教的‘镰刀’怎么写开始，互相在桌子上比画比画。下一课我们讲‘斧头’。大家看两遍加深一下印象，预习预习。有事的师傅们可以走了。”一听说下课了，师傅们把邹海全围在中间聊起了家常。颜清提来一壶热水，给大家倒茶。

十

午夜时分，月光透过窗纸打在教室的墙上。颜清喊了句：“不早了，师傅们明天还要开工，邹先生也要休息一会儿，大家散了吧。”

师傅们意犹未尽，邹海全起身：“来，我送师傅们出门，以后有的是时间聊。”

推开木门，月亮高高地挂在岳高岭上。山坡上，炼厂的火光与天上的星星遥相呼应，把整个山野都染得通红、照得通亮。旷野间，叮叮当当的凿锉声和着山路上脚夫们的号子声，演绎着这大矿山特有的不夜城。

邹海全刚转身进屋，正在伏案疾书的萧怀玉头都没抬地问了句：“从联合过来听课的三个人的住宿，你们安排了没有？”

“哦！还真没安排。”

“他们人呢？”

“我刚把他们送出门，这会儿应该还没有走远。我叫颜清去把他们叫回来。”

颜清一手提着一盏罩子灯，听到萧怀玉在喊，问：“什么事呀？”

“你快把灯放下，去把联合矿那几个人喊回来。深更半夜的，他们到哪儿去睡呀！”

颜清答道：“咳！我当是什么事呢。你不用操心，他们早就想好了去处。陶塘的伙铺那么多，你还怕他们不会去落伙铺呀？”

邹海全说道：“快去把他们找回来。这几个人把钱看得很重，不会去落伙铺的。”

萧怀玉没等他把话说完，一推门闪了出去。肖家湾尽管都大半夜了，但长龙街上仍然灯火通明，各种叫卖声不绝于耳。几个卖艺耍把式的在三角坪围着一个场子，小锣鼓敲得震天响，吆喝声一片：“走过的、路过的，有钱的捧个钱场，没钱的捧个人场嘞！少爷、公子，你看着好，多赏几个钱，我们就多卖一把力气，要您饱个眼福、找个乐子；师傅、兄弟姐妹，你看着好，给俩钱，你哈哈一笑就值！我们哥几个，明天早上就能呷上一碗吉利常的黄鳝面。”

戏把式正吆喝得起劲，人群中一阵骚动。有人高喊着：“让开！让开！龙虎山的王大当家来了！”

小把式立马闭嘴，猛地一回头就急急忙忙收拾起道具。眼看一条长凳摆到场子中央，龙虎山的大当家在几个小喽啰的扶持下坐了下来。他从黑马褂里掏出一支纸烟叼在嘴上，喽啰们急忙划着洋火给他点上。他狠狠地吸了一口，连吐几个烟圈，嚷道：“说呀！吆喝呀！怎么我来了，你就变哑巴了？前几天我就听人在传，有高人在我三角坪上拉场子挣了大钱。我也想掺和一股，挣两壶酒钱。总不能让外乡人在我的地盘上把这钱都挣走了，我这帮小兄弟呷什么，喝什么？”

武把式连忙拱手：“王大当家，我这都是给矿上的师傅们找乐子的把戏，忙活一晚上也挣不了几个小钱。刚才我都说了，忙活一晚上，兄弟姊妹们能挣上一碗吉利常的黄鳝面都是我们几个的口福。”

“呵！口味还蛮刁呀，还要呷吉利常的黄鳝面。”

“我这不是说着奢侈的话嘛！”

王大当家又冲着围观的人打着哈哈，笑着说：“你们这帮人，也是呷饱了撑的，捡砂，出了一身臭汗，腰酸背疼，还掏钱看把戏。有那钱，还不如自己去吉利常呷碗面，饱饱肚子。真是死脑筋，到这里听他们哄。花拳绣腿，几招三脚猫的功夫，害得你们回去饿肚子。散了吧，散了吧！”

武把式见他成心来砸场子，端着铜锣盘里那为数不多的毛票、铜板，走到王大当家面前：“您瞧，这就是今晚大家伙给的赏钱。您都拿去，就算我们哥几个孝敬您的一壶酒钱。”

王大当家扫了一眼，手一扬，锣盘从武把式的手上掉了下来，快要落地的一刹那，王大当家一伸腿，猛地踢了过去。只听“当”的一声，锣盘在夜空中飞出一条弧线，纸币有如仙女散花般四处纷飞。有的落在围观众人的脚边，有的落在头顶，可是没有谁敢去拾、去抢。王大当家一跃而起，把锣盘接在手上，抖落着里面的铜钱，哗哗直响。除了毛票飞了，其余的都还在里面。他掂了两下，把锣盘往武把式脚边一丢，打着哈哈，皮笑肉不笑地骂道：“你这几个小钱，就想打发大爷我走，你还敢在这三角坪练地摊、拉场子？”说着大喊道，“来！兄弟们，给我把家伙什儿都砸了！”

话音刚落，一群身穿黑裤黑褂、扎着白汗巾的喽啰们闻声而动，把装行头的木箱掀翻，用大刀片挑起行头满场子乱丢，一阵胡乱撕扯。东西落在地上，他们还不解气，用大刀片再剁上几刀。武把式见他们这般糟蹋东西，心一横，拾起地上的一杆长枪，大喊一声：“住手！”

话音刚落，武把式一个弓步，金枪刺喉，顶在了大当家的喉结上。王大当家的脸一下子被吓得惨白。他定了定神，把头一挺，瞪着两个牛眼珠：“有种，你就一枪给个痛快，要了我的命。要不然，我只要还有一口气，定杀了你全家！”

武把式一听，心想：放你是死，杀你也是死，大不了同归于尽。一跺脚，运足了丹田气，正要推枪的一刹那，莫轩大喝一声："金枪兄弟，且慢！枪下留人！"

莫轩在前，杨念初在后，拨开众人，到了场子中央。莫轩一把握住长枪，向后用了点劲，被他称作金枪师傅的武把式也顺势收了长枪。

莫轩打着圆场道："今天这是个什么时辰，大水冲了龙王庙啦？都是大矿山有头有脸的大爷，又都是在大矿山讨生活的大爷，却开了这么大玩笑。"

说着，他拉过金枪师傅："平日里你们没打过照面，谁都不知道他是谁。我给你们介绍一下，这位是印背地山里花枪刘金蛟大师的三公子，江湖号称'金枪师傅'。"说完，他又上前一步，拉着王大当家的手说道："这是大矿山上龙虎山掌门王汉清。"

金枪师傅没等莫轩把话说完，大喊一句："今晚他砸了我的场子，我才认不得他是什么龙虎山，什么掌门不掌门的。伙计们，都抄家伙！"

刹那间，武把式们都从刀山上抽出大刀，追赶着龙虎山的人狂劈乱砍。金枪师傅左刺右挑，王汉清左躲右闪，来来回回杀了十八个回合。虽然几次险些丧命，王汉清却也凭着上乘的功夫躲过劫难。几个喽啰却没那么幸运了，没出几招，就被砍得鼻青脸肿。围观看热闹的人越来越多。因为打的是龙虎山的人，他们平日里在这长龙界欺男霸女，商户们都敢怒不敢言。

地皮费月月得交，稍有怠慢，不是门板上被泼了粪，就是门口被堆了浇了洋油的稻草，再不交就会被点了店面。谁都明白，龙虎山的人惹不起。今晚这场恶斗，正好给他们出了口恶气。也有事不关己的，在这长龙界，牛斗死马，马斗死牛，都不关他们屁事，他们只看个热闹，打个哈哈，围着拍巴掌。

长期在这大矿山以乞讨为生的清缘叫花子这会儿也围着看把戏。莫轩一见他，连忙凑过去喊："老叫花子，还不出来劝劝？过会儿该出人命了。"

莫轩跟清缘叫花子私交很深，起因很简单：清缘是领着一帮懒汉挨家挨户地讨，莫轩是带了一帮人专捡大炼厂窃，说来都是鸡鸣狗盗之事。老叫花子清缘也经常受雇于龙虎山王汉清，帮哪家店铺泼泼粪水，领着众人闹堂子，呷霸王餐。一来二去，老叫花子清缘在这大矿山也是没人敢惹的龙头大爷。见莫轩喊他，清缘甩了一把鼻涕，哼哼唧唧地说道："再看会儿龙虎斗，好久都没看热闹了。不打出个输赢来，谁都不会服软。你瞧，洋人们都在看热闹了。"

这时，莫轩才发现场子的西头几个高鼻梁、戴着大礼帽，手里还提着文明棍的洋买办也围着看热闹，身边依偎着的金发卷毛女郎不时地拍着巴掌。莫轩拉了一把老叫花子清缘："行了，我们俩一起去劝，这猴子把戏不给他们看。"

"我可不敢去，别溅我一身血。你有本事你去劝，龙虎山的人没那么好惹。"

"我不是说我们两个人去拉架吗？撮合好了我请客。"

“有酒喝?”

“今天夜里这长龙界的酒庄随你选。”

“你说的?”

没等莫轩应下，老叫花子清缘一个驴打滚横在了王汉清与金枪师傅中间，打狗棍往上一扫，拨开金枪师傅的长枪，挑起王汉清的长汗巾：“两位，都停下。深更半夜的，打累了吧。听我说句话，在理上，就把这事儿化了；不在理上，你们再继续打。”

王汉清一肚子火，骂道：“老叫花子，滚！今天我一定宰了这个人。”

莫轩这个时候也插了进来，拦住金枪师傅：“快别打了，有事说得清。”

金枪师傅也一脸怒气地吼道：“关你屁事，在这多管闲事。你是谁呀？滚!”莫轩这时一把握住长枪，伸手一个霹雳掌，长枪就到了他手上：“嗬，我说兄弟，大路不平人人铲，天上掉下来的事儿也要地上的人说和。大家都是在大矿山讨生活的，和气生财呀。”

萧怀玉出来找莫轩和杨念初，正赶上莫轩和老叫花子劝架。他拨开人群挤了过去，拱手道：“两位师傅，听人劝得一半，有什么话都好说好商量，何必大动干戈伤了和气呢?”

围观的人群中立马有人认出他是平民学校的萧先生，相互嘀咕着：“这把戏怕是冇得看了。”

萧怀玉也认出了龙虎山的王汉清，走过去拉了他的手：

"今天是喝多了吗？深更半夜了还在这打地盘。快招呼你的人回去。"说完，也不管王汉清愿意不愿意，便抓着他的手连拖带拽地往场子外面走。王汉清不时地回头嚷着："给我等着。这事儿没完！"

金枪师傅也不依不饶地应着："我等着。明晚你再来，我就在这候着。"

莫轩把他的手拉下来："好啦，好啦，冤家宜解不宜结。"

杨念初也附和着劝："在这大矿山，还是不结冤家的好。大家都低头不见抬头见的，没必要结仇家。"

老叫花子清缘拉过莫轩："我去瞧瞧，看萧先生把他拉哪儿喝酒去了。"

"行。你也去帮着劝劝，过会儿我请你喝酒。"

萧怀玉拉着王汉清过了铁匠铺，硬是把他拉进了老水酒馆坐下，给他倒了杯茶，劝道："喝口茶消消气，跟我说说今天是怎么回事。"

"能有怎么回事，在这三角坪拉场子，也不说送壶酒钱。我今天心情不好，来看看谁那么大的胆，不把我放在眼里。"

萧怀玉一听，不冷不热地说了句："你是谁呀？人家在那卖艺，干吗非得给你酒钱？这大矿山又不是你家买下的，谁都可以来这挣口饭呷。这是最浅疏的道理，你这大掌门应该不用我教。"

"我就是看他们不顺眼。"

"汉清老兄，别以为有点功夫就仗势欺人。今天要不是莫轩出手搭救，别人怕是一枪早把你的小命取走了。别人是不想惹事才手下留情放你一马。”

“你咋知道的？”

“这个你不用问，我一来就有人跟我说了。王兄，记着我的话，山外有山，天外有天，强中更有强中手呀。”

两个人正说着，老叫花子清缘闯了进来。他把那老竹马鞭打狗棍往桌子旁一立，拱手道：“王大掌柜，说啥都没用，你请我喝酒就有用。我今天看了，那武把式是个练家子，功夫了得，人家是让了你一手嘞！”

萧怀玉接过话：“你看，连老叫花子都看出来了别人是让你。倒不如这样，冤家宜解不宜结，今天我做东，请你们喝酒，交个朋友可好？”

老叫花子立马附和道：“这个主意好！”

萧怀玉见王汉清没说什么，便对清缘说：“那就劳驾你去喊莫轩师傅把那人请过来喝一杯，相互认识认识。”

杨念初使劲地劝着，金枪师傅有一句没一句地答应着，捡着一地破烂的行头，围观的人一个一个地散了。老叫花子清缘跑过来跟莫轩耳语道：“他们都在老水酒馆那儿。萧先生说让你请这位师傅过去说和，一起喝杯酒。”

莫轩点了点头：“看我请得动不。”

他走过去，拍了拍正在往箱子里装东西的金枪师傅的肩膀：“走，我朋友让我请你过去喝口酒压压惊，不知道你肯赏我个脸不？”

“不去。”

“去吧，大家都在这大矿山上混，多个朋友多条路呀。”

“你朋友是谁呀?”

“就是刚才来劝架的那个平民学校的萧先生，也是这大矿山劳工工会的头儿。喝杯酒认识认识总亏不了。”

金枪师傅心里一想：在这大矿山讨生活，结冤家总不是好事。有人在中间说和，自己何不就坡下驴？金枪师傅脸上露出一脸苦笑，对杨念初和莫轩说道：“今晚我还得谢谢你们二位打圆场。走，我请你们喝酒去。”又吩咐其他人：“把家伙什都收拾好，带到永福和伙铺去歇着。我陪这两位兄弟喝壶酒就来。”

清缘叫花子立马笑道：“萧老师他们都在老水酒馆等着你们呢，说是请你们一块儿去喝酒。”

“要他请什么酒？这酒，得我请。”

金枪师傅借着坡下了驴，主动地喊了莫轩和杨念初：“走，我请大家伙老水酒馆喝酒去!”

十一

夜更深了，但这长龙界似乎就是一个不夜城。穿梭的人流、喧嚣的吆喝、不时传来的狗吠、挑夫们吱吱呀呀的扁担响，似乎比白天更加热闹。老水酒馆里，萧怀玉举着酒杯道："今天晚上，谢谢你们二位赏了我薄面，把本来不开心、不愉快的事情变成了开心、快乐的事儿。来，为汉清兄、刘兄的相识和握手言和干一杯。"

莫轩也举起了酒杯："算我一个。"

说完，几个人碰了一下酒杯，各自一饮而尽。老叫花子在边上傻呵呵地笑，兴许是多喝了几杯，舌头都不听使唤了，结结巴巴地对众人道："你……你……你们都……都是有头有脸的爷，有一点什么事儿，都爱往心……心里去。你看我多好，每天就是一个快……快活，有酒有肉，是快活；没……呷没……喝，也是穷快活。不生气，不……跟自己过不去。"

杨念初接过他的话："我们都得向你学——阳世无烦恼，阴事无牵挂。你是修炼成道了。"

王汉清也放下酒杯，附和着："你是我师父，这样成了吧？"

金枪师傅见大家都这么给面儿，倒了一杯酒，先退让了一步："各位在座的兄弟、师傅，感谢大家抬爱，让我和王兄化干戈为玉帛。我在这儿自罚一杯，感谢各位兄弟了！"

莫轩抓住时机，向前拉起两个人的手，打着哈哈道："你们二位真是不打不相识，平日里欠走动，先前是闹了误会。"

说着，两个人也知趣地互相道歉、行了大礼。萧怀玉见两人消除了隔阂，打起了哈哈："各位师傅、兄弟，以后有什么事儿需要帮忙的，可以来平民学校找我。不管大事小事，我是能帮尽量帮；帮不到的，我也能给大家出出主意。我在这大矿山上做差事，今后也要仰仗大家帮忙嘞。”

王汉清一拍胸脯道：“萧先生，在这大矿山，有什么事儿你尽管开口。白道也好黑道也罢，谁要是敢难为你，我绝不放过他。从今儿起，你就是我大哥，有什么用得着的地方，你尽管吩咐就是。有空我请你去我们龙虎山住上几天，开开心。”

说完这些，他似乎觉得有些不妥，好像忘了点什么，又对着金枪师傅拱了拱手：“刘兄，哪天你带着你的戏班上我们龙虎山开两场，也让我们龙虎山的兄弟开开眼，长长见识。”说完，又一拱手，“感谢兄弟今晚手下留情。”放下手，王汉清端起一杯酒：“来，各位兄弟，为我和我这兄弟今晚相识走一个！”

大家伙儿都响应着，一直把这酒喝到月上西楼。

几个洋人勾着几个金发女郎进了老水酒馆，伊里哇啦地喊着酒保。趴在柜台上打瞌睡的酒保见来了生意，揉着惺忪的眼睛，赔着笑脸，喊着小二：“快给几位老爷收拾张桌子。”

蓝眼睛的洋人指着怀玉他们桌上的菜，用夹生的中国话嚷道：“给我们也上同样的东西。水酒，要四斤。”

店小二也不知在哪里学了几句夹生的英语，连连应着：“Okay，好，Okay。”

莫轩甩了一把鼻涕，嘟嘟囔囔地骂道：“中国话都说不圆，还学外国佬‘恶狗恶狗’。”

萧怀玉打着圆场：“别怪店家，来的都是客。开酒馆的，一杯酒也是生意。都喝得差不多了吧?”

他掏出怀表看了看,早已是凌晨,起身对众人道:“今晚就到这吧。你们几位到哪住?”

王汉清说:“我得回龙虎山,外边还有一帮弟兄等着呢。刘师傅你呢?”

“噢,我们艺班的人都落脚在永福和。”

“那咱们散了,一天到晚也得睡会儿觉才成。”他们说话这会儿功夫,老叫花子清缘已经不知去向。

萧怀玉轻轻地对杨念初说:“我送你们去永福和吧,我早让颜清给你们号了房。”

“不用,我们随便找个工棚挤一晚就是。永福和睡一晚可是要几个铜板的嘞。”

“哎呀,你们这么老远从飞水岩过来,我哪能茶饭不语呢?”几个人走出了老水酒馆,相互道了别。萧怀玉走在前头,下了陡坡路经过一个肉案前。借着月光,他发现老叫花子已经蜷缩在肉案上去梦周公了。莫轩上前摇了摇,可是无论他怎样拍打,只有老叫花子喉咙里发出的呼呼的鼾声,怎么摇也摇不醒。

萧怀玉拍了拍莫轩的手臂笑道:“别喊了,他是喊不醒的。”随手脱下自己的长衫给老叫花子清缘盖上。

一路上,莫轩问:“先生,老叫花子为什么喊不醒呢?”

“他不想醒来,你再怎么喊也是喊不醒的。他要是想跟你们一起走,就不会不声不响地从酒馆溜出来不辞而别。这就是他的活法。”

“唉，也怪可怜的。”

“他也是没办法，如果有家有室，谁愿意过乞讨的日子？”

几个人你一句我一句地聊着，不知不觉就到了肖家湾。杨念初向前赶了一步说道：“萧先生，您不用送了，快回去歇着吧。这儿到陶塘街伙铺也没几步路了。”

“那明天早上我再请你们去呷碗吉利常的面。”

“不用，您还是多睡一会儿吧，我们赶早就回飞水岩了，有事儿您捎个话我们再过来。哦，莫轩他们几个是来入会的，你把名字给记上就好了。”

“噢，开始不是说过了吗？我让颜清登记了。你们明天回去还跟矿上的师傅们多撺掇撺掇，有自愿入会的就带他们来平民学校登记。我们的原则是自愿：入会自由，退会也自由。工会是我们劳工师傅们的娘家，有什么困难，它会帮大家出头。”

“好的，我们会去做宣传，领着师傅们来平民学校学习，来平民学校聊聊天。”

萧怀玉交代完这番话，杨念初连声地应着：“萧先生，您快进屋吧。”

“好，我看着你们走过去。”

陶塘街上不时地传来打骨牌的哗啦声，宜春院阵阵的缠绵小曲儿和着几声打情骂俏的浪笑，映衬出这夜色里的陶塘街另一番景象。

莫轩的厚底鞋在青石板路上发出清脆的声响，混杂在路人的脚步声中，使这本不宁静的夜晚增添了几许拥挤又繁华的味道。挂在屋檐下晃来晃去的罩子灯把他俩的身影一会儿映在地上，一会儿又附在墙。随着灯影的长短变化，身后不时传来担焦炭的脚夫们的喊声："借光呀，让一下呀。"随即便是一队队嘴里喘着粗气的脚夫，担子前面挂着一盏马蹄灯，伴随着吱嘎吱嘎的扁担声，从他们的身边走过去。恍惚间，罩子灯下，脚夫们似乎是担了两条扁担、四个箢箕，在灯影下一晃又合成了一担。

脚夫们从身边走过时，能闻到那焦炭的气息与人的汗味合成的特殊的气味。杨念初跟在莫轩身后，左躲右闪地站在路缘石上，等脚夫们走过去，又驻足望着脚夫们的身影。脚夫们穿着草鞋，打着赤膊或穿着褡裢，肩上垫着担担的垫肩，长汗巾扎着肥大的缅裆裤，光秃秃的头顶冒着热气。走几步，他们手在额头上一抹，抓一把汗珠使劲甩在地上，撩起腰间的汗巾擦一把脸。马蹄灯在扁担前晃来晃去，随着扁担的起伏忽明忽暗。这一队人在陶塘街的屋檐下走过，形成一道沧桑、遒劲的风景。

街面上，不管白天或者黑夜，他们的身影始终没有停歇。白天，街面上的行人一见担焦炭卖的脚夫都会大老远地闪开，称他们"惹不起、碰不得"。他们古铜色的脸上，不管老幼，都沾满了炭灰。岁月与汗水、常年的劳累，把他们熏陶得即便是没有担担，走在陶塘街上，人们也能凭借他们的身材与模样，一眼就分辨出他们是担焦炭卖的脚夫。莫轩拉了一把杨念初：“快走吧，担炭的有什么看的。”

杨念初正要转身进屋，一阵晚风带着一股熏臭袭来。莫轩问店小二：“你这永福和咋那么臭呀？”

“哦，对不起，两位老爷。后边的茅坑便盆满了，伙计们正趁着午夜时分淘粪担到山那边去埋了。”

杨念初补了一句：“干吗不送到土里做肥料？”

“唉，两位老爷，不瞒你说，这房前屋后的菜土肥得都不长青苗了。我这店里专门请了两个伙计，每天晚上都得把粪尿担十五六里路，送到对面山沟里去，要不然，你二位晚上起夜拉屎都没地方去。”

“你就不能弄个大点儿的圆桶？”

“哎呀，我的老爷呀，再大的圆桶它也有满的时候呀！”

莫轩见他跟店小二唠个没完没了，笑道：“咱们俩赶快洗洗睡吧，一会儿我告诉你这是怎么回事。”

店小二提了桶洗脚水送到雅间客房，招呼着两个人胡乱洗了洗。把洗脚水提出去倒了，又带了壶茶进来，热情地招呼着：“二位老爷你们歇着，我就在楼下候着，有事招呼一声。”

杨念初倒在床上，也许是躺在陌生的地方不太适应，也许是那股臭气熏得他不能入眠。他翻了个身问莫轩：“这地方咋淘粪还深更半夜地淘呀？弄得满世界臭气熏天。就这么个伙铺，一天哪有那么多屎？”

“杨兄，这你就有所不知了。这陶塘街有个不成文的规矩：开饭铺的，你走进去呷碗饭说没钱付账，老板们绝不会责难你；你要进去说进他家茅坑屙屎，老板们一准不会答应，一准说茅坑里有人占着，让你另寻野地方方便去。”

“那是为什么?”

“你没见这陶塘街上晚上都是人来人往的，白天更是人山人海。都到店里面借茅坑，就那么大一个圆桶，还不一会儿就屙满啦?不要说做生意了，就那粪就够他们担一天的。”

“嗬，这倒是我第一回听到的大矿山的新鲜事，还真让我长见识了。”

“你别不信，要不你明天早上到哪家店铺去试一个，我包你提着裤子回来。”

莫轩翻了个身：“太晚了，睡吧!”他又把身翻了回来，对杨念初说，“看来我不跟你说个明白，你今天晚上睡不着觉。前些年，就发生在永福和的笑话我说给你听。有个洋人，领着刚从国外来的洋女人逛陶塘街。洋女人嘴巴特别馋，在街上见着什么美味都想尝尝味道。在明初粑粑店呷了糯米粑、油炸粑，又在周记老甜酒馆喝了两碗甜酒酿。兴许是呷杂了，呷面包的肚子装不了这些土家伙，刚走到永福和，那肚子痛得厉害。抬头一看招牌是歇伙铺，洋老爷便伊里哇啦地跟店小二说了一大串洋话。这店小二也听不懂呀，洋老爷又叽里呱啦地比画了大半天，店小二还是不明白。他只好把手放到裤裆前那地方，又指着洋女人的屁股。店小二终于明白了，他是要去茅坑拉屎。店小二向门前一指，又指了指屋后的茅坑说是有人占着。洋老爷哪管那些，扯着洋女人就往里边跑。洋女人一只手使劲捏着屁股，一钻进茅坑就放了一串连珠炮。可是那茅坑里的屎实在是满得不行，她这一阵噼里啪啦，把茅坑里的粪水溅了一屁股。洋老爷把本来放在茅坑里的粗草纸都用完了也没擦干净洋女人的白屁股。洋老爷跑到柜台前掏出几张法币，伊里哇啦地嚷着要买草纸。不知怎么的，店小二这时倒是明白得快，把钱一收，在柜台底下抓起一把粗草纸递了出去，看着洋老爷转身去送纸，捂着嘴差点没笑出声来。隔壁桌上的几个屠夫都知道这是怎么回事，扯着嗓子用土话骂店小二：'你真没良心，擦屁股的纸也不给人点软和的，那糙纸还不得把人家屁股擦掉了。'这店小二也是个多事的主，好奇心极强，等洋老爷领着洋女人挪着极不自在的步子出了店门，便赶紧到茅坑里去看，茅坑板上散落了一地用过的粗草纸，上边几张还真带着鲜红的血。他跑出来跟屠夫们闲扯道：'你们几个还真说准了，那洋女人的屁股一定是被擦破了皮，不过这也怪不得我呀！他进门说要上茅坑，我就跟他说占着人呢。'"

杨念初一直聚精会神地听他把故事讲完，打趣地说了一句："谁家擦屁股还真用粗草纸呀!"

"这大矿山能用得起粗草纸的也算得上是大户人家了。矿工师傅们都是随手扯草棍嘞!"然而隔壁震耳欲聋的鼾声打断了两人的对话。莫轩翻了个身，不一会儿也打起了呼噜。

十二

萧怀玉从肖家湾往回走时，那弯皓月早已经挂上树梢。长龙界上商户还开着门，还能听到脚夫叽叽喳喳的扁担声。萧怀玉就着月色，推开了肖家湾平民学校的房门，惊醒了趴在桌上睡觉的颜清。她抬头看着萧怀玉进来，劈头就是一句："萧先生，怎么这么晚才回来？"

"我还问你呢，怎么这么晚还不睡觉？"

"你没回来，我和邹先生都担心你。"

"嗐，这么大的人，不用担心。"

邹海全从里屋走了出来："你从前天出去，到现在才见个人影，你说我们能不担心吗？警察所的人昨天一大早倾巢出动，直奔七里江，我就知道是你在那边出事儿了。还是九哥他们托人带信过来，我们才知道你没事儿，才放了心。"

"噢，让你们担心了。"

"你快把昨天发生的情况说给我们听听。协华的老板怎么那么快就答应给钱了？"

"主要是那边的群众基础好，不要做太多的鼓动工作。矿工师傅们很快就聚在了一起，响应程度大大出乎我所料。杨念初他们在南矿区的外围工作做得比较扎实，宣传到位。部分矿工师傅从内心深处认识到，只有团结起来，拧成一股绳，才能与监工、把头们说理，才能维护自己的权益。通过这件事情，我觉得在今后的工作中，我们要牢牢地依靠矿工师傅们这一中坚力量，发展和组织一批在矿工兄弟当中有威望且受人尊重的人参加我们的组织活动，开展一系列维护矿工利益的活动，使我们的组织更有影响力、战斗力。这也是我们矿山工人运动在大矿山的一次胜利。”

听到他这么说，邹海全也提醒道：“我们也要考虑到对敌斗争的严酷性，他们肯定不会善罢甘休。杨善人在南矿黑帮势力中还是很有影响力的，南矿区商会一直把持着炼厂与矿工师傅们的沟通渠道，极力维护着商会财团的利益，充当商会与工人的和事佬，假惺惺地代表劳工与商会谈判，从中榨取劳工们的血汗钱。下一步的工作，我们要发动群众，逐步揭穿杨善人他们的丑恶嘴脸，用我们劳工工会的组织取而代之。”

颜清一直在听他们两个人说事，插上一句：“莫轩他们到哪里去了?”

“噢，让他们去永福和歇着去了。”

“那……萧老师，你也该休息了吧。我认为工作重要，休息也很重要。邹先生，你说对吗?”

颜清使劲盯着邹先生，等待着他的回答。

萧怀玉很善解人意地应道：“是，是该休息了，咱们大家都该休息了。真不好意思，这两天让你们担心了。不过九哥昨天的表现充分地彰显出他缜密的组织能力，应该是一个不可多得、非常有培养潜质的工人运动领军人物。”

“好了，好了，不说这些了，大家都洗洗睡吧。”

萧怀玉倒在床上，脑海里回放着这两天经历的事情，想尽力找出破绽以及今后可借鉴的经验。他没有一丝睡意，便起身伏在案上，详细地记录下为楚怀争取安葬费的整个斗争经过，撰写向上一级党组织汇报的材料。

肖家湾院落里，几声公鸡打着长鸣。晨曦透过窗格，把桌上的煤油灯发出的光亮收了去。萧怀玉放下笔，吹熄了煤油灯，走到窗前，推开一扇窗，天已经大亮了。屋外传来小贩们的吆喝声："豆腐喽！水豆腐喽！仔豆腐喽！"远处的狗吠，伴着山野间传来的叮叮当当的凿石声，把这矿山的早晨渲染得沸沸扬扬。

晨风从窗户吹进来，把昨夜的灯烟子都赶了出去。萧怀玉听到有人在教室里扫地，他知道一定是颜清醒了。邹海全的咳嗽声从屋里传来，颜清立马推开门走出屋，大声地喊道："邹先生，起来了吗？"邹海全拉开房门："起来了。"

颜清倒了垃圾，提着簸箕一进门，指着萧怀玉的脸惊讶地问："你昨天晚上去灶坑里睡觉了吗？"

邹海全从屋里走出来，打着哈哈附和："嗯！一定是的，你看！"

萧怀玉被两个人弄得不知所措，左看看，右瞧瞧，使劲地把长袍甩了甩："我身上没有灰呀，不脏呀！你们两个什么眼神？"

颜清从房里拿出一面小镜子递给萧怀玉："还说不脏，你自己看！是不是像刚从煤窑里出来？"

镜子里萧怀玉的脸庞黑黝黝的。他使劲地往脸上抹了一把，手心沾满了桐油烟，这下脸更花了。颜清看着他的花脸，笑得直跺脚。

邹海全打着哈哈问："你昨天晚上莫不是趴在油灯边上睡的？把自己当腊肉了吧！这可不行，一整夜一整夜地不睡觉，长此以往，身体会受不了的。我们闹革命，身体可是革命的本钱。"

萧怀玉把手上的汇报材料递给邹海全："这是我写给上一级党组织的汇报材料，你看一下，还有哪些需要补充吗？"

邹海全接过来，转身回到自己的房间，认真地看了起来。

颜清端了一盆热水，招呼到："快洗洗吧，别让外面的人看见，要笑话了。一个白面书生，不会躲灯烟子，一晚上都把自己熏成腊肉了。"

萧怀玉也打趣道："就当我昨天晚上去挖煤了还不成？"

"你这么说，谁信？哪有书生去挖煤的？"

萧怀玉把脸上打满了洋皂，使劲地擦着。他那原本就眉清目秀的脸，又变白净了。

邹海全在房里喊："你洗完了吗？进来一下。这个汇报材料，我认为没有什么大问题。不过你也要召开一个支部会，大家再议议。"

萧怀玉应着："嗯，那你安排时间，分头通知大家今晚去三角坪铁匠铺碰头。"

"那过会儿呷了早饭，我们分头去通知。"

颜清一手端着一碗面，喊着："快让一让，烫死我了！"

两人急忙一人接过一碗放在桌案上。颜清双手摸了一下耳朵，嗔怪道："你们两个，真是一对活宝。一大早上忙工作，也不知道肚子饿。"她双手在嘴上使劲地吹着气，"看，我的手都烫红了！"

邹海全心疼地抓过她的手："你呀，就是不灵泛。你煮好了喊我们过去呷，不就不会烫到你的手了吗？"

"我还不是怕打扰你们说事嘛！"

"好好好，都怪我们俩。"说完，三个人会意地笑了。

"快呷吧，还得去通知人呢！"

萧怀玉端起面，呼噜呼噜地呷了两口，见颜清还在那儿站着，忙问："你的面呢？"

"我的面在厨房呢。"

"那还不赶快去呷。一会儿凉了，都坨在一起了。"

邹海全大口地呷着，嘴里还不停地念叨着："吉利常的黄鳝面都没颜清煮的面这么好呷。呷上一口，唇齿留香呀！"

清脆的敲门声传了进来。两人端着碗相互对视了一下，把碗放在桌案上。

萧怀玉赶忙把桌上的纸收起来揣在怀里，走进自己房里关上了门。邹海全叫颜清去开门。

敲门声再一次轻轻地响起。颜清在里边问道："谁呀？来了！"

她打开门，站在门外面的是杨念初和莫轩。她冲着屋里喊了一句："是念初师傅来了。"

萧怀玉在里面应着："快请他们进来！"

邹海全也从里面问："这么早，呷早饭了没有？"

杨念初应着："呷了，在吉利常呷了碗面。"

"真的假的？要是没呷，就让颜清给你们煮面呷。我们今早上也是呷面嘞。"

"你们快呷，别凉了。我们真呷过了。"

颜清给他们两人倒了茶放在桌上："那你们喝茶。"

萧怀玉呷完面把碗端了出来，颜清立马接过放到厨房去。萧怀玉走过杨念初的身旁时，轻轻地在他肩上拍了拍。杨念初会意地跟着他进了房间。萧怀玉轻声地告诉他："晚上在铁匠铺开党支部会。"

杨念初立马问："那莫轩怎么办？"

"你安排他去七里江楚怀家帮忙，顺便要他打探一下商会的杨善人他们有没有为难楚怀家。注意，你不能向他表明你的身份。"

"噢，这个我知道，那我就出去跟他说。"

"行，你就说你在这边还有点事要办，让他先行一步，回头你去七里江楚怀家与他会合就是了。"

杨念初从屋里出来，对莫轩说："莫轩师傅，萧老师还要留我在这有些事儿。你是留下来陪我呢，还是先回去？"

"要等多久？"

"他要我陪他去宝大兴炼厂找个人，怕要到晚上才回去得。"

“那我可不等你了，我都出来两天了，屋里人和那帮伙计也该等急了，我出来久了他们会六神无主。那我先行一步。”

萧怀玉吩咐道：“倒不如这样，你回去的路上顺便绕到姜家院看一下杨善人他们有没有去找麻烦。等杨念初回去，你再跟他说说。”

“行，这是顺道的事。你放心，我一定去走一脚。”

太阳一竿子高的时候，莫轩嚷着要走了。杨念初也不多留，反而说道：“这会上路正好，露水都干了。”

屋里人把莫轩送出大门，相互道别，各自去了。

十三

送走莫轩，邹海全吩咐颜清在教室外面守着，招呼杨念初一起走进萧先生的屋里。

一落座，萧怀玉便问：“念初，你昨天捎信给九哥没有？”

“托昨天送信来的人带了口信过去，让他今天上午赶过来。”说着，他抬头向窗子外面看了看，“如果信带到了，他这会也该到了。”

“那我们再等等。”

邹海全向门外喊了句：“颜清，你的水烧好了吗？”

颜清听到喊声，走了进来，笑道：“我在门外，在看公鸡斗架。水应该开了，我这就帮你们沏茶。”

刚一转身，就见外面闪过几个人影，敲门声随即而来，并有人大声喊：“萧先生在吗？”

萧怀玉见外面有人喊自己，立马起身走了出去，随手把房门带了。

颜清把来人拦在门口：“你们来找萧先生有事儿？”

“噢！来拜个码头，认个门。”

萧怀玉站在颜清后边，抱起双拳，搭了话：“哟！我说今天早上这鸡也比往常叫得早，太阳也出得快，原来是龙虎山大当家的走错门了！”

王汉清也拱手施礼，寒暄了几句。一回头，接过跟班手上的四罐酒，举得高高的，对萧怀玉说：“我们几个是来萧先生这儿蹭下酒菜的。”

邹海全在屋里听到这样一番话，也走了出来，拱手道：“欢迎，欢迎！”

王汉清瞟了邹海全一眼，上下打量着问道：“萧先生，这位是？”

“这是跟我一起在平民学校搭档的邹先生。”

王汉清一听，立马一弯腰，把酒放在脚边，起身拱手对着邹海全：“幸会，幸会。”

邹海全则微笑还礼：“久仰王大当家大名，今日得见，真是三生有幸呀。”

萧怀玉把手向屋里面伸了伸：“几位老爷，屋里请。都呷过早饭了吗?”

“这不是到你这里蹭下酒菜嘛，想着几位先生应该也还没呷吧?”

萧怀玉应着：“可不是，昨天夜里陪你们喝酒，太晚了，早上没起来。”

王汉清从怀里扯出两个纸包往桌上一放：“我猜就是这样。来，我们开始呷早餐。花生米就酒，越喝越有呀!”

“哎，昨天晚上的酒还没醒呢。这空着肚子喝酒可不行。这么着……”萧怀玉给邹海全使了个眼色，向门外努了努嘴。邹海全立马明白了他的意思，起身道：“我去吉利常面馆给兄弟几个要上几碗黄鳝面，要伙计送过来。”

“这事不用你去。”王汉清随即向身后站着的两个五大三粗的汉子摆了摆手，“你们俩去吉利常叫几碗面过来，再去老水酒馆炒个猪耳尖、辣椒炒香干、铎山牛肉，要他们快点送过来。”

萧怀玉马上抓住空档：“哎呀，大当家，这可怎么是好。来到我这，就是我的客。你到这屋里等着歇一会，喝口茶。”

邹海全也上前一步拦住了大汉：“你们到这屋里就着花生米喝两杯，我去去就来。”

萧怀玉也向前拦着：“就是，到了我这，还要你去破费，那岂不是没面子？邹先生，你陪着大当家喝，我去弄，我腿脚快。”

走过端茶进来的颜清身边时，萧怀玉在她的手臂上轻轻地碰了碰，茶盘里的杯子直摇晃，差点没把茶盘撞倒。颜清机灵地一个转身，萧怀玉看了她一眼：“你快把茶放到屋里，跟我去端面。”

“我再去煮三碗面不就好了吗?”

“你不是没有面了吗?”萧怀玉使劲地对颜清眨着眼睛，示意她不要再说。

颜清恍然大悟，立马接过话：“噢！瞧我这记性，我们都没得呷了，正好一块儿去叫几碗。”

“对，叫六碗。”萧怀玉立马夸奖道，“你真聪明！”

出了门，萧怀玉看着两只大公鸡还在那儿你来我往扑扑腾腾地斗着架，吩咐道：“颜清，待会把那只大公鸡捉到屋里杀了，中午留着给大当家做下酒菜。”

颜清轻声地嘟囔着：“先生，你看错了，这两只斗架的鸡不是我们喂的。”

萧怀玉大声地说：“不是我们的？哎呀，我还以为是你喂的呢。”

萧怀玉把她拉过来，耳语道：“我去萧家院街口拦九哥他们，你去吉利常端面，再去老水酒馆炒几个菜，顺便到街口四处望望，看有没有人盯梢。”

颜清直点头，把手一伸：“我身上没有钱。”

“你跟吉利常二掌柜廖麻子说一声，赊个账。老水酒馆那也一样。”

“哼，我可不赊账，姑娘家的，好没面子！”颜清一转身，跑到屋里拿钱去了。

王汉清端着酒杯，翘着个二郎腿，两个大汉在身后立着。他使劲地劝着邹海全喝，还不时地说：“这可是好酒，三尖烤的米烧酒，还是陈年佳酿嘞！”

邹海全也不跟他客气：“那我尝尝。”

王汉清给他满上一杯酒，自己喝干了杯底，又倒上一杯：“邹先生，我先干为敬。”

颜清进来拿钱，一闪又出去了。王汉清两眼直勾勾地望着颜清的背影。

邹海全喊了一句：“王大当家，你这酒真不错。”王汉清则答非所问：“刚出去这妹子是你们学堂的？”

“噢，是镇公所颜师爷的妹妹，颜清小姐，在这学堂里做教务员。”

“我当是哪个呢！这矿山的妹子我见多了，像她这么有身段的少见，一看就是个读书人。”

“哟！王大当家，眼光不错呀！她是省城女子师范毕业的，还是个高才生嘞！”

“这个我不懂，我只看她脸蛋圆润、屁股大，好生养。”

邹海全只是打着哈哈：“大当家，莫不是你还想抓她上山去做压寨夫人？颜清可是名花有主了。”

说着，几个人便哈哈大笑起来。

“不说这个了。喝酒，喝酒。”

王汉清抓起一把花生米，张开嘴，一粒一粒地投进去，嘎嘣嘎嘣地嚼着，没有一粒掉在地上。

邹海全呆呆地望着他，想起了小时候自家喂的看家护院的土狗，他每每把一粒玉米粒抛到空中，狗就会一跃而起，把玉米粒接到嘴里。不论你抛得多高，它都能准确无误地接住。他心想，这王汉清，想必也是属狗的吧，要不然怎么会一大早就拎着几罐酒，寻到这儿来了。他有些担心，今天是支部的秘密会议，传达湖南省委的最新指示，王汉清早不来，晚不来，偏偏挑这个时候闯过来，不会那么凑巧吧。

他想着如何打发王大当家，因为这大矿山上，国民党党部的人也活动得极其频繁猖獗，难不成是谁走漏了风声？

萧怀玉在萧家院街口焦急地望着，九哥补鞋的吆喝声终于传了过来："钉橡胶底喽！补套靴喽！打布草鞋喽！"

萧怀玉听到吆喝，跑过去，四处张望了一下，低声说道："你赶快去通知后面的人，先不要到学堂来，今天的会改到晚上。龙虎山大当家王汉清带着一帮人一大早找上门来了，我跟海全一时半会都脱不开身。"

路上的人见萧怀玉跟补鞋匠站在一起，萧怀玉光着一只脚。补鞋匠九哥拿着鞋在手上看："你这鞋，我看还不用钉橡胶底，再穿穿，过两天再钉会好一些。"

"行，听师傅的，穿两天你再来帮我钉橡胶底。"

两人分手。九哥担着补鞋担子，那铿锵有力的步子加快了些。一会儿工夫，九哥的吆喝声从长龙界响了起来。

太阳从东边爬上了山顶，把秋山映得通亮。已是晚秋时节，晨风也带着凉意。九哥吆喝着，四处张望着，吆喝的声音比平时大了些，一路走来，九哥嗓子有些冒烟了。

他到长井捧了口水喝，润了润喉咙。正要起身时，有人在后面轻声地喊："九哥，呷了早饭吗？"

他抬头，先是一愣，见是在富有炼厂做工的陈师傅，立马露出了笑脸："唉，一大早出门，围着这长龙界吆喝了两三圈了，一碗面钱都还没挣着呢。"

"哎呀，走，我请你去吉利常呷碗黄鳝面。"

"那可怎么是好。"九哥仔细打量来人，他手里抓着几棵醉鱼草，在手里漫不经心地来回摇晃着。

九哥知道，他是来开会的，裤脚被露水打湿了半截，老开口黑布鞋，脚面像刚从水里蹚过似的，湿透了。九哥便笑着问："陈师傅是打哪儿来呀？瞧你这裤脚，都湿了大半截了。"

"噢，赶早从富有炼厂过来。"

"到这儿来是赶集？"

"来会个同乡，顺便到铁匠铺把上回送来淬火的钢钎背回去。"

九哥对上了暗号，低声地说道："这会不能去平民学校，改在晚上了。你也到陶塘街去转转，通知来开会的人。"

"大家都知道了，这会儿都在吉利常面馆呷面呢，杨念初在那候着呢。"

"走，咱们也去呷一碗，吉利常的黄鳝面可是这陶塘街上的一绝呢！"

"可惜呀，不能常去呷，呷一碗面我得打六双草鞋嘞！"

“今天你我一道去，我管够好了！三碗两碗任你呷！”

九哥则脸一沉，一本正经地说道：“那怎么行，你大老远地从富有炼厂过来，得我请你才行。不管怎么说，我住在三角坪，也得尽地主之谊吧！”

“你不是还没开张吗？”

“哎，开张没开张，两碗面钱还是付得起的！”

两个人起身，陈师傅湿漉漉的脚踩在石板路上，留下一串串清晰的脚印。

九哥走几步吆喝一声，声音比起先更洪亮了。一队担焦炭的挑夫从两人身边走过，九哥拨了一下肩上的鞋担子，把路让出来。挑夫大声地喊着谢谢，扁担吱吱呀呀的声响把这秋日早晨的太阳吹得更高了。

十四

颜清走进吉利常面馆。二掌柜廖麻子一见，便赔着笑脸，拖着长腔吆喝：“女客一位！迎着！”

店小二接话：“来嘞，里边请！”店小二把毛巾往肩上一搭，手往店堂里一伸：“里边坐。您要点什么？”

颜清笑着：“六碗黄鳝面，帮我送到平民学校去。快着点，我们家老爷请客，等着呷呢！”她扫了一眼，六张条桌上座无虚席。几个担脚的汉子手里捧着碗面，站着呼噜呼噜地呷着。

杨念初起身跟她打了个招呼：“颜小姐，你也来呷面？”

坐在杨念初边上的汉子立马起身：“来，我给你让个位置。”颜清立马摆了摆手：“不用，不用，您尽管呷。我是来给先生喊面，还得去老水酒馆叫上几个菜。师傅们，你们慢慢呷着，我先走了。”出门时又对店小二叮嘱了两句：“快着点，我们家老爷等着呷呢！”

老水酒馆里，一帮贪念早酒的放炮师傅大清早地聚在这里喝着老水酒，聊着昨天这大矿山发生的事情，张家长、李家短地聊着家常。

老叫花子清缘手里拿着个破碗，提着竹马鞭拐杖，挨个地乞讨，嘴里不停地念叨“行行好，给一点”，不停地作着揖，碗里时不时地传来几声银毫子掉进去的声音。

华益炼厂的二老爷刘兴贵带着几个监工喝五吆六地划着拳。正喝在兴头上，老叫花子从身后把碗伸到他眼前，央求道：“兴贵老爷，给壶酒钱吧！”

坐在兴贵老爷边上的监工见状端起桌上一杯酒，递到老叫花子手上：“来，喝了！这就是一壶酒钱。喝了快滚，别扫兴贵老爷的兴！”

老叫花子冲着那监工白了白眼：“知道你没钱，也舍不得。兴贵老爷可不像你，没你那么小气。你说对吧，兴贵老爷？”

兴贵老爷听老叫花子这么奉承自己，碍于颜面，手伸进兜里摸索了半天，掏出几张法币小票，丢在老叫花子的碗里：

“好啦，好啦，别烦我了。把酒喝了，讨你的米去。”

老叫花子倒也知趣，拱了拱手，一转身，正好撞见颜清进来，莲花落也跟着到了嘴上：“妹子你呀长得俏，嘴巴像樱桃，荷包里面有钞票。赏两个，保你年年少……”

颜清不予理会，对着店小二吩咐道：“赶快炒几个菜，送到平民学校去。”

“您吩咐，几个什么菜？”

“炒猪耳尖、辣椒炒香干、铎山牛肉。快着点，我家老爷等着陪客人下酒呢！”颜清从包里掏出钱付了账，把店小二找零的小钱顺手放到老叫花子的碗里，莞尔一笑，出门走了。

老叫花子一个劲地喊：“谢谢呀，谢谢！”

店小二尖着耳朵调侃道：“老叫花子，你怕是走了桃花运了，姑娘把找的钱都给你了。快走吧，别在里面再搅我的生意。”

老叫花子则贫嘴地嘟囔着：“没有我丐帮给你护着生意，我怕你这老水酒馆早黄了。”走出门外，他把碗里的钱一把装到口袋里，对着老水酒馆的门使劲地吐了口唾沫。

外面一群叫花子一下子围过来问：“帮主，谁给你气受了？”

老叫花子只是回头对着老水酒馆望了几眼，把那竹马鞭拐杖一横：“走，去谭家院喝酒去！今天谭家院伍先吉家嫁女，咱们去讨碗出堂酒喝，呷块膀腿肉。打牙祭去喽！”

一群叫花子浩浩荡荡地向谭家院奔去，边走边吆喝：“伍先吉家嫁女喽！”

王汉清喝两口酒向窗外望两眼，似乎是在期待着什么。邹海全也不时地向窗子外面望，他是在等萧怀玉回来。他知道，王汉清的突然闯入，把原来开党支部会的计划完全打乱了。他担心萧怀玉去拦人都拦到了没有。他更担心，国民党党部的人是不是嗅到了点什么气味。他更摸不清王汉清这次来的目的。他端起酒杯，试探着问：“来，王大当家，我借花献佛了，咱们走一个！”

酒杯刚碰到一起，吉利常的店小二拎着食笼闯了进来，一脸笑眯眯地喊道：“邹先生，这是你们要的六碗面。”

邹海全应道：“啊呀，怎么这么慢才送过来。”

“唉，没办法。您知道的，吉利常的生意火爆，人手少！”他一边说，一边从食盒里把面端上桌，“我还怕邹先生等急了，一出锅，就往这平民学校跑。你看，这面还冒着热气嘞！天凉了，面呐，就得呷那口热乎劲！几位老爷，你们趁热呷，店里我还忙着呢，先走了。”

邹海全问了一句：“面钱付了吗？”

“付了，付了，学堂的颜小姐订的时候就付了。”

“噢，那你好走，不送。”

王汉清端起一碗面放到邹海全面前：“邹先生，咱们开始呷面。”又转身招呼身后的两个大汉，“你们俩还愣着干什么，端面呷呀！呷饱了咱们等萧老爷回来，告个辞，也该回龙虎山了。”

邹海全立马咽下嘴里的面："急什么急，来了就多玩两天。萧先生刚才不是吩咐颜清姑娘杀鸡了吗？我还得托你们的福喝碗鸡汤嘞！"

"邹先生，有那么可怜吗？"

"有嘞！我这穷教书匠可没你那么有福气！"

"那好吧，这书你别教了。跟我上龙虎山，我保你呷香的喝辣的！鸡汤随时都有得喝。"

两个人正说得热闹，萧怀玉提着食盒走了进来，把菜一盘一盘地放在桌上。见桌上的面碗都空了，打着哈哈道："你们刚才一边呷面一边喝酒了吗？来，猪耳尖来了，咱们再喝两杯酒。这可是下酒的好菜呀！"

邹海全望了一眼萧怀玉，提着酒坛倒满了桌上所有人的酒杯。萧怀玉端上一杯喊道："汉清大当家，借你的美酒敬你一杯！你一大早上我这里来都没有陪你喝一口。来，我自罚一杯算是给你赔不是。"说完一仰脖，干了。

邹海全又帮他倒了一杯。萧怀玉笑着走到王汉清跟前："这一杯是我和海全敬你的。欢迎你能来我们平民学校走走看看，感受一下平民扫盲工作的艰辛，体验一下我们这些做先生的艰辛生活"。

王汉清端起酒杯，两个人正要碰杯时，邹海全说："搭我一个。"

三个酒杯撞击在一起，声音清脆悦耳，杯里水酒蹿起老高。六目对视，豪爽地一饮而尽。他们几乎是同时把杯放在桌上，杯底在桌面碰撞的声音，响着同一个节拍。萧怀玉拿起筷子，夹了几块猪耳尖送到王汉清的碗里："来，多呷点菜，压压酒。"一抬头，他发现王汉清身后的两个大汉一直立着，便热情地招呼道："两位兄弟，怎么还站着呀！来，来，来，快坐下喝酒。哎呀！招待不周，招待不周。让客人站着，你瞧我呀，多没礼数。"说着起身扯着两个大汉让着座。邹海全倒着酒，可他连拉带拖都没把大汉让到座上。

王汉清这时客气地阻止道："你不用管，他们两个都呷了面，他们一个是哑巴，一个是聋子。龙虎山上有个山规，我不发话，你是扯不动的。"

"那你还要我花这么大力气。你发句话，两个兄弟不就坐下来喝酒了吗？快让他们坐下，陪我喝酒，给我个薄面。"

邹海全也在一边帮腔："汉清大当家，快让你两个兄弟坐下，酒我都倒好了。"

王汉清望了一眼身后的两个大汉，手指在凳子上指了指。还真管用，两人都坐下了。他又指了指邹海全推过来的酒杯。两人对着邹海全嘴角上扬，微微露出一丝笑意，端起酒杯一饮而尽，抹了一把嘴，把酒杯放在桌上，正要起身，被萧怀玉一把按住。

"多呷点儿菜，压压酒。"哑巴拿着筷子，聋子盯着萧怀玉的眼睛看。王汉清把筷子递到他手上，又对着菜盘指了指。聋子才点点头，夹起猪耳尖，大口地呷了起来。

其他人望着他们两人的呷相一脸惊诧。王汉清长长地吁了口气："唉，他们是跟了我多年的镖头。"他指着稍高一点的："他的耳朵是在洞子里放硝炮炸聋的。"旋即又指着另外一个胖一点的汉子："他的嗓子是硝烟熏哑的。两个人都有一身好武艺，没得饱饭呷，才投奔了龙虎山。我见他们忠诚、护主，就一直留在身边，跟着我打场子。"

哑巴听王汉清夸他们，便双手抱拳，行武行的礼数，聋子也跟着效仿。邹海全立马起身还礼。萧怀玉把酒又给他们满上。哑巴端起来，盯着邹海全，笑着咿呀两句。聋子也凑过来喊道："给两位老爷敬酒！"

话一出口，萧怀玉便听出了一口乡音。放下酒杯，便问王汉清："你这兄弟是常宁人？""是，是那会儿跟着他老乡来到矿山讨生活的。"萧怀玉又立马给他倒了一杯酒，对着众人说道："这杯酒，敬我同乡啦。"几个人都端起了酒杯，碰撞着，嬉笑着，把这酒桌上的气氛喝到了极致。

十五

秋日的暖阳把瓦面上的白霜都晒了去，滴滴答答，淌着屋檐落下，瓦面上冒着雾气。一缕阳光透过窗格打在酒桌上，屋子里顷刻间亮了起来。

王汉清立马起身，打着拱手道："这日子真是舒坦。下山来才喝了几杯酒的工夫，太阳就晒到屋里来了。我得走了，还得去田湾里宝大兴，找杨老爷谈笔买卖。”

萧怀玉一听，漫不经心地问道：“你跟杨老爷很熟?”

“嗯，每年都得去他的宝大兴给兄弟们算几壶酒钱。这矿山上，大老爷们都还给我龙虎山薄面，在他们那里入点股。这不秋上了吗，去算算。”

邹海全张了几下嘴，想说点什么。话刚到嘴边上，就被窗外的鸡叫声打断了。萧怀玉起身推门走了出去，喊道：“颜清，要我帮忙吗?”“不用！不用！你们喝你们的酒。一只鸡，我还是捉得住的。”王汉清也跟着出来，跑到颜清身边，扯着她的手劝道：“快把鸡放了，留着它多下几个蛋呷。”

“说好了杀了中午给王大当家做下酒菜的。”

“我这就走了，要呷下回来。”

萧怀玉哈哈道：“呵，龙虎山王大当家还怜香惜玉呀。别人都是英雄救美，而你却救这一只母鸡虎口脱险。”

颜清回头白了一眼萧怀玉：“用词不当啦。鸡又不是美人，有什么可怜惜的。”

“唉，我是说王大当家怜惜你啊！辛辛苦苦喂大的鸡转眼之间变成了盘中餐，他是怕你心疼。”

“一只鸡有什么好心疼的，喂鸡就是呷肉的。”

王汉清立马抢过话说：“颜姑娘，我是怕我把鸡呷了，明天你就没有鸡蛋呷了，岂不是罪过？来，我帮你把它放了。”说着，他上前一步把颜清手上的鸡抢了过来，轻轻地放在地上，极其温柔地，似乎是在对鸡说，似乎又是在对人说：“快跑吧，天天给颜姑娘下个蛋呷。”鸡扑腾着翅膀，伸长脖子叫了几声，又回头望了一眼众人，似乎是在说谢谢，感谢众人的不杀之恩。

邹海全见几个人在门外为一只鸡聊得火热，走出来对萧怀玉使了一个眼色，使劲地伸了个懒腰：“哎呀，这太阳可真暖和。萧先生你陪王大当家多聊会，我去外面遛遛腿。唉，这房子里呀还真有潮气。”萧怀玉知道他是在下逐客令。

“哎呀，光顾着聊天了，我得走了。”王汉清对屋里喊了句“你们两个快出来，该去田湾里宝大兴了。你们总没个记性，有杯酒喝就挪不动腿”。哑巴拽着聋子从屋里闪了出来，对王汉清做着手势，伊啦哇啦地嚷着，手不停地向外面比画着。王汉清冲着哑巴摆了摆手，又对着萧怀玉拱手道：“今早叨扰了，过几天我来接你上龙虎山，跟我的弟兄们喝三尖老水酒，呷铎山全牛席。”又对着颜清一本正经地发出邀请，“你也跟萧先生一块来哦。”

颜清则不轻不重地回了一句：“我又不会喝酒，怕去了扫了你们的兴。喝酒就别打我的米了。”

“呵，看来我的面子还不够大，还得萧先生发话才行呀。”

“看王大当家说的。你的面子比我大多了，为了下酒菜她都帮你忙活一大早上了。”

“那就劳烦颜姑娘了，担待不起，谢谢！”王汉清一拱手转身踏上了石板路到了巷子口，又回头对着目送他远行的众人，摘下礼帽扬了扬，便消失在那喧嚣拥挤的人群中。

萧怀玉和颜清推门进屋来。邹海全问："开会的地点变不变？我总觉得龙虎山王大当家突然造访会不会有什么问题。他可是这大矿山上最强的一股土匪恶势力。他的触角很长，所有的炼场、矿场，包括洋买办，都要给他三分薄面。刚刚你没听他说宝大兴都有他的股份，杨独生财大气粗，在北矿区称得上是第一大老板，没人比得上、惹得起。一般情况下，他是不吸纳民间资本的。王大当家也有他的股份，从这点上足以说明他的势力有多么的强大。"

听邹海全这么说，萧怀玉沉思了片刻道："我跟他也只见了两次面。交谈中他给我的印象就是一个跑江湖的山大王，言语中能感觉得到他是一个讲义气的人。刚才喝酒时他挂在嘴边上的一句话，你还记得吗？"

"拿人钱财替人消灾吗？"

"并且上山入伙的人都是一些生计无着落的贫苦百姓，这也足以证明他们龙虎山不具有政治倾向，应该是我们可以发展争取的一支革命力量。我看会议的地点没必要改。我们现在胸前挂的还是国民党党徽，平民学校也是国共两党共同兴办的，只不过是把持在我们手上，没有谁会太在意这里。"

邹海全则不这么认为："我们的身份还没有公开，地下组织更需要缜密防范，要警惕国民党党部的破坏，他们无时无刻不在打探、监视共产党人的活动。"

萧怀玉吩咐道："颜清，你在外面巷子口放风，买把瓜子放在口袋里边呷边玩，别忘了正事儿。如果有陌生人来一定要问一下。上完课我还要把地下党支部的成员留下来开个秘密会议，传达湖南省委的重要指示。”

十六

午后，秋阳走远了些，挂在白果岭上；秋风刮在山上，草叶发出嘶嘶的响声。从十八茅湾下来的人跺着脚，哆嗦着用手哈气取暖，嚷着：“还没到后秋呢，这山上的风就号号地刮呀。亏着杨老板修的石板路还踩得住脚，山顶上霜还没挂。”熙熙攘攘的人群从四面八方会集而来，会集到肖家湾平民学校。许多人手里都拿着醉鱼草，漫不经心地摇着，女人们头上插着醉鱼花。有人好奇：“这帮人怎么了？这么有情调？干吗都喜欢这野草呀？”有人解释道：“秋天了，你没见这醉鱼草的花开得特别美吗？你闻闻，这浓郁的清香。这醉鱼草还能避蚊子。”说着，这人还把花伸到别人的鼻子下晃几晃。

“醉鱼草有很好的驱蚊作用。”莫轩在一旁认真地听萧怀玉解释它的属性，“它属马钱科，适应温暖湿润的气候，在肥沃的土壤生长，且适应性强，但不耐涝。在山高林密的山地路旁，以及灌木丛中都有它的身影。大家都是路边摘的吧？它还是一味很好的草药呢！祛风除湿、止咳化痰、活血散瘀。它还是一味杀虫的土方子。以后你们家种的小麦要是起了吸浆虫、螟虫及孑孓等，就把它扯回去泡成水，洒在地里，准保好用。人要是感冒咳嗽了，风湿关节痛，肚子里有蛔虫、钩虫，煮点醉鱼草水喝，也很管用；摔倒了，积了淤血，扯上一把捣碎敷上，要不了两天就好了。”

有人不信，问道：“照你这么说，它不就是一个万能的草药了吗?”

“是呀。我们大矿山上的一草一木，只要我们认真学习，掌握它们的属性，都能用于我们的日常生活。神农尝百草就是为了找出它们的属性，用于医道。”

“你怎么懂得那么多?”

“我是你们的先生呀。”

围着的人这会儿便议论起来：“早就听说平民学校有个萧先生，不但人长得气度不凡，而且喝了一肚子墨水，懂天下奇闻，知天下异事。你们瞧，开始我们还以为是个老者，不承想还这么年轻，还真是年轻有为呀!”

杨念初插话道：“还记得八师傅被两块魔芋豆腐打出命案的吗？就是萧先生用几粒巴豆把那几十条枪赶走的。”

“那你快说给我们听听！让我们大家伙儿也长长见识。”

杨念初接着说道：“童家院王老四家的豆腐你们都呷过吧?”

“那肯定呐！那可是我们大矿山的招牌!”

“这故事啊，得让我从头说起。”

童家院王老四家的豆腐享誉大矿山的北矿，他家的豆腐配方相传是祖传秘方。其实不然，是童家院四方井独有的水质，加上王老四勤快，舍得在磨盘上下力气——豆子推两道，浆水磨得细腻，自然打出来的豆浆甘甜、豆腐嫩滑。再加上他坚持薄利多销，且豆腐板又比别人家的尺寸要大一些。一来二去，就成了这矿山家家户户饭桌上必不可少的美味佳肴。一传十，十传百，王老四豆腐便在大矿山打出了名气。

王老四他爹是从蓝田跟着他爷爷上的大矿山。爷爷才上山就下窑放炮，没两年成了烟子鬼，死了。到了他爹就不敢下窑放炮了，开始以捡砂、洗矿谋生。后来，王老四在寡妇村讨了寡妇孙二娘，她带来了一手打豆腐的好手艺。孙二娘一过门便盘灶、置磨盘，选了黄道吉日，开了豆腐作坊。

一开张，便没日没夜地推磨打豆腐。王老四担着豆腐挑子在三角坪、长龙界、陶塘街、谭家院走村串巷地吆喝叫卖。每天磨两斗黄豆，一大早就能卖个精光。孙二娘则在家里磨魔芋、煮猪食，勤劳地照料着家务。

日复一日，年复一年，他们靠着豆腐作坊也攒下来一点家底。王老四他爹就投资矿洞，买卖越做越大。孙二娘却从来不许公公下矿井挖砂，常劝公公说："爹，咱屋里就守着这豆腐作坊，别看苦点、累点，起早贪黑，但成不了烟子鬼。"这一家人在孙二娘的操持下，日子过得如日中天。

童家院里住着个谁见谁躲的武把式。平日里他靠带徒子徒孙、教人武术谋生，人称"混世魔王"——八师傅。他是陶塘街老字号绸缎庄唐老爷的外甥，老大不小了也没娶上个老婆。他仰仗着舅舅财大气粗，自己又练就了一身好拳脚，每日游手好闲，有钱就是打牌、赌博、逛窑子、偷鸡摸狗，东家地里扯根葱，西家地里捞把菜。在街面上，卖肉的他赊肉呷，卖酒的他赊酒喝，陶塘街上没哪个店铺他没赊过账。他来赊账，店家还得给他赔笑脸，给他递烟抽。只要一转身，人们都会对着他吐几口唾沫。他就这样悠哉自在地过着一人呷饱全家不饿的日子。他是这童家院，乃至陶塘街一带出了名的无赖，惹不起。

八师傅常年在王老四家的豆腐作坊赊豆腐。他爱这一口，早晨又起不了床，都是到下午来端豆腐。他呷豆腐的做法又特别古怪：把豆腐拿回去，放上半锅水，用柴火使劲地煮，豆腐都煮得起了蜂鼓眼，再加点盐、撒点葱花呷。他还常爱端到人扎堆、聊八卦的地方去显摆。有人好奇，便问他："都下午了，你还有豆腐呷？哪端来的？"

他便得意地答："王老四家，豆腐作坊端来的。"

人们不相信地问："下午还有豆腐？"

"有呀！他得帮我留着。"

"他凭什么帮你留着？"

"我能呷他家的豆腐，是给他豆腐作坊面子，给他打招牌。他敢不留吗？把我惹急了，他的生意怕就不好做了。"

有人不信，说道："那你让他帮我明天也留两块。你给我煮煮，让我尝尝你的手艺。豆腐钱我帮你出。"

八师傅一听有人出豆腐钱，赶紧呼噜呼噜把碗里的汤喝了个干净。见碗底还剩两粒葱花，就伸出长长的舌头，把碗舔得比喂猫的器皿还干净，随即说道："那我赶紧去说一声。"

"行，明天我就这个点，等着到你屋里呷豆腐。"

八师傅嘴里叼个牙签，慢悠悠地哼着从窑姐那学来的小曲，一步三摇地进了豆腐作坊，扯着嗓门喊："明天帮我留四块豆腐呀！要干爽点的，外加两块魔芋。"

王老四在里面应着："你一个人呷得了这么多吗？"

八师傅顺手从豆腐板上抓起一把露在豆腐箱外面的豆腐，边塞到嘴里，边贪婪地嚼着，边应着："明天我请客。有人说要尝我的手艺，呷我煮的老豆腐。豆腐钱他出。"

王老四应着："行，那明天你记着来拿。"

八师傅又抓了一把豆腐边塞到嘴里，边叮嘱着："别忘了呀，明天我一准来拿的。"说完，嘴里吧嗒吧嗒地嚼着，哼着小曲，一步三摇地走了。

老远就听到有人喊他："八师傅，打骨牌喽！"

"喊死呀！晓得我冇得钱，搞点钱都被你们全搞去了，害得我呷块豆腐的钱都冇得了。"

王老四听着外面的对话，笑着对老婆说："唉！这八师傅呀，都活到这份儿了，还是戒不了牌。"王老四的老婆孙二娘扭着腰肢，没好气地骂道："他呀，要不是因为呷喝嫖赌，偷他舅绸缎庄柜上的钱，他舅还会把他赶出来吗？这会儿还做着二掌柜呢！每天呷香的喝辣的，也不会死皮赖脸来我们家赊豆腐呷了。”说完，一脸不高兴地对着门外使劲地吐了几口唾沫。

王老四见婆娘一脸的不愿，劝道：“没关系的，咱屋里这么大的作坊，两块豆腐就当是摔到地上，野狗衔去呷了。”

“哼！狗呷了见了我还摇摇尾巴；赊给他呷了，到年底冇得钱还不说，好话都冇得一句。”

公公从里边听了媳妇这番话，立马走出来笑着劝：“做生意呀，不能分分钱都呷到自己嘴巴里。多发散些钱来，才能结个好人缘，留住回头客。”

孙二娘赶快过去扶着公公的手臂：“我这也是说的玩笑话。”

“玩笑话也不能这么说，做生意要和气生财。万一哪个长舌妇听到嚼了舌头，过了话，你赊出去那些豆腐可真是被狗呷了。”

王老四弯着腰，在擂钵里用叉子叉着魔芋使劲地磨着圈，嘴里有一句没一句地搭着：“做生意呀，是要多结善缘。舍得舍得，有舍定有得。”

八师傅守着牌桌看人家打骨牌。他知道他们打的是自己最喜欢的打法：四跃、四抢，也叫土匪牌。可是自己口袋里没钱，看着手直痒痒。看四家牌，一会儿给上家支招儿，一会儿给下家支招儿。过了一会儿，终于看到下家抓了一手好牌：庄家光明瞎子拿了个“天天九地六”。光明瞎子的手摸索着，一不小心掉了张牌在地上。下家一看，立马捡起来。

光明瞎子问：“什么牌?”

下家说："好像是张三点。"

他以为光明瞎子不知道掉了什么牌，听了之后，暗自一笑，趁别人没注意，便偷偷地把手上的"三点"从桌子底下递给光明瞎子，又把地上的那张"天牌"再捡上来。

光明瞎子接过下家递过来的那张"三点"，仔细地用右手大拇指搓了搓，又搓了搓，好像不相信下家似的，接着又叹了口气，以至于连别人帮他捡牌的客套话也忘了说。

八师傅看下家重新又把牌码起来以后，便嚷嚷地说："这手牌我买了！"

下家半推半就地说："你拿两块光洋，卖你算了。"

八师傅哪拿得出两块光洋？红着眼央求道："你就赊给我吧！赢了一人一半，输了算我欠你两块光洋。"

下家本来就赢了钱，正想脱身，起身对八师傅道："给你了，我正好去撒泡尿。"说着，向门外走去。

八师傅心想："这手牌要不赢呀，那是没天理的事。"嘴里使劲催促着庄家："快出牌！快出牌！"其他家也附和道："庄家快出牌，快出牌。"

趁其他家在催庄家出牌之际，八师傅又利索地向身边的人讨了点烟沫，卷了根喇叭筒，使劲吸了一大口，嘴里吐着烟圈，哼着窑子里浪荡的调调，一副胜券在握的样子。

说来这手牌也是怪。八师傅死皮赖脸赊的牌，本来是"九点地地八挟双臣"，又从光明瞎子用"三点"调换了张"天牌"，变成了"天九地地八挟双臣"。他心想，这手牌赢定了。

可天有不测风云，人有旦夕祸福，八师傅的如意算盘又打飞了。

庄家光明瞎子慢吞吞、面无表情地说了一句：“好事不在忙中求，催么子催咯。我还没摸清，急，急么子急咯。”说着，把牌一摊：“不是要我出牌吗，天九一副响（天三九六）。大家伙帮我看清楚喽，免得说我瞎子脱光子的裤。”八师傅看到庄家光明瞎子牌一摊和那一脸必胜的笑容，气得脸都青了。光明瞎子赢了钱还不算，皮笑肉不笑地摸着八师傅的手叹了口气道：“先前我劝了你的，让你不要买嘛，你非要买。得了，你把钱付了吧。”

八师傅哪来的钱？一拍屁股：“我是说赢了有钱给，输了我不管！”说完，脚底抹油，撒腿溜了。

牌桌上的人都知道他是个混混，又看在他舅舅唐老板的份上，不与他计较。

从赌桌上跑出来，八师傅一看天，已到了鸡进笼的时辰，突然想起来别人还要呷他的水煮豆腐呢。他晃晃悠悠地到了王老四的豆腐作坊，老远就喊：“王老四，我来拿豆腐喽！”

正赶上王老四不在家，他老婆孙二娘出门应着：“你不是明天来拿吗？今天豆腐早就卖完了，没给你留。”

八师傅四处望了望，见没人，在孙二娘下巴上一勾：“美人儿，今天没豆腐，你这脸可比豆腐白净。来，让我亲一口，就当呷豆腐了。”

就在这当口，王老四突然从外边走了进来。一见八师傅正要抱孙二娘亲，气不打一处来，抄起根磨盘棍子，对着他后脑勺就是一闷棍。八师傅“啊”的一声，倒在地上，七窍流血，头上血沫子直喷。

王老四见状慌了神。老婆孙二娘躲到他身后，腿直打哆嗦，尿都从裤管里流了出来。孙二娘一只手抱着王老四的胳膊，一只手指着八师傅：“你快去看看，还有气儿没？”

王老四早已吓得两腿发软，心惊胆战地一只手牵着孙二娘，一只手在八师傅的鼻子底下试了试，没了进气，也没了出气，嘴巴里还在往外面鼓着血沫子，腿使劲地一蹬，脖子一歪。吓得王老四直往后面退，声嘶力竭地叫着：“他八成死了！”

王老四的惊叫声引来了老婆子。她从屋里拖着鞋，边走边问：“怎么了？怎么了？”一看，八师傅七窍流血躺在地上，立马瘫倒在地上，拍了拍大腿，指着儿子王老四骂：“两块豆腐的事，你可闯下大祸了！他要是能治好，还来呷你的豆腐，那就是咱们一家福气。他要真起不来了，那你这祸可闯大了，咱们一家摊上人命官司了。”

孙二娘这会儿不知哪来的勇气，湿着裤裆走过去，把老婆子从地上一把扶起来：“娘，你别怕，这是他自找的。还当我是先前那寡妇呢！他一进门，搂着我就要强奸。我用力一推，他就撞了磨盘，七窍流血，倒地上了。”

老婆子被孙二娘这么一说，忙道：“那你赶紧去报官！”又指着地上的磨盘棍说：“你快把磨盘棍劈了放到灶坑里烧了。”

两个人又扯着八师傅的胳膊往磨盘那拖了拖。一切安排妥当，老婆子见孙二娘还在边上立着：“你怎么还没去报官呢?”

“我总得先换裤子吧。”

“换什么裤子呀，这就是证据。你去警察所报官，我去喊族老商议看怎么办。”

孙二娘披头散发，一路小跑，跑到肖家院警察所喊冤报官。

所长邹满金一听是武把式八师傅死了，不紧不慢地说：“死了好啊！你这是做了好事，为矿山除了害。”说着，他又吩咐两个喽啰：“你们去唐记绸缎庄，叫他舅舅一块去看看他外甥死的现场。”

孙二娘穿着那条尿湿的裤子，又不敢坐，一个人在那号哭：“所长啊，你可得为我做主啊！他要非礼我，我不从，反抗一推，他自己撞在磨盘上撞死的!”

警察所所长听她哭着烦：“别在这哭丧，晦气！怎么死的，等会到那验下尸体就知道了。你说他强奸你，也得有证据。”

“两个人的事，哪有什么证据啊！他撞磨盘上就出血了。”

“那你怎么知道他死了?”

“我们家掌柜回来在他鼻子上试了试，没气了，说是死了；我家老婆子也在那鼻子上试过，也说没气了。”

两个人正说着，绸缎庄唐老爷进来刚好听见后面两句话，指着孙二娘的鼻子骂：“你们是一家人合伙弄死了我外甥，还说他要强奸你。你不勾引他，他怎么知道你们掌柜那会儿不在家?”

警察所所长邹满金见他一进门就破口大骂，不耐烦地制止道：“你一进门就开骂，把我这警察所当什么地儿了？没把我放到眼里是吧，没把我这所长当回事是吧？别在这骂街!”

唐老爷一听所长这么说话，立马住了口，对所长赔着笑脸：“我这不是急嘛，一听这不明不白的死信，放你身上你不也急吗?”

“你急有屁用。走，去童家院豆腐作坊。”

唐老爷跟着所长一干人出了肖家院。长龙界上好多好事的人、看热闹的人，一波一波地也往童家院豆腐作坊跑。八师傅死了的消息不胫而走，一会工夫就在这大矿山上传得沸沸扬扬。

警察所所长邹满金带着一干人赶到童家院。豆腐作坊早已被看热闹的人围得水泄不通。警队冲着天上开了一枪，喊道：“都让开!”人群这才让开一条路。邹所长领着绸缎庄唐老板大摇大摆地走过去。验尸官把八师傅翻了个边，扒拉着脑袋看了半天。他听王老四说了案情的大致经过，跑到所长跟前耳语了几句：“是后脑勺撞到磨盘上了，撞死的。”

邹所长又喊孙二娘过来，盯着她的眼睛看了半天：“来，来，来，我看你有多大劲。你把我往后推一把试试。”说着就往孙二娘身上扑。没曾想，孙二娘这时不知哪来的力气，双手一推，邹所长往后退了两三步，立足未稳，被两个喽啰架住了才没撞到磨盘上。

孙二娘也赶紧往前赶两步，抓着所长的手："那死鬼也是像你这样扑我的。"

所长吆喝一声："把他们俩口子给我带回去录口供。"

喽啰们则跑过来问："这尸首怎么办?"

"叫他们家人抬回去，埋了!"

唐老爷一听这话，嚷道："抬回去？埋了？没那么容易！我姐姐就这么一个儿子，还指望他养老送终呢！就这么不清不白地死在她这豆腐作坊，还没讨个说法就想埋人？门都没有!"说完，他撩起长袍丢下一句："你们给我等着!"领着一伙人，一气之下走了。

童家院的族老见他丢下话就走人，立马意识到，这唐老爷凭着绸缎庄财大气粗是要在这耍泼皮，打命案了。族老找到孙二娘的婆婆，出了个主意。他对着孙二娘的婆婆先伸出两根手指头。老婆子不解地问："族老爷，您这是什么意思?"族老爷一跺脚："唉！都这时候了，你还不明白？破财免灾呀！我是说，你立马送两卷银圆去打点警察所所长，把孙二娘救回来；去晚了，绸缎庄的掌柜先下了手，你儿媳妇孙二娘就没得救了。"

老婆子一转身："我去拿钱，您陪我去。我这妇道人家，也不知什么礼数，就全仰仗族老大人了。"

族老把如何送礼，如何打点警察所，一五一十地说了一遍。老婆子还是说："不成，你是知道的，老四他爹在这矿山白混了一世，从没跟官老爷打过照面。我看这事就一个筋斗打在你怀里。我跟着去，花点钱，我认了。”

族老见老婆子这么心诚，为了显示自己族老的地位与威风，一拍胸脯：“这官司包在我身上!”

老婆子把怀里抱着的两封光洋一股脑丢到族老怀里：“那咱们就快去吧！我心里急，得快点把我儿子、儿媳救回来，去晚了就怕早被他们打死了。儿媳是个女人，不经打，万一屈打成招，那可是要一命偿一命。”

族老应着：“那快走!”刚迈了两步，族老又回过头来：“你去屋里找个布袋子，我好把这钱装上，放到长衫里藏起来。”

老婆子应着：“看我这没经过事的。”说完进屋拿了一个布袋子。族老把光洋捏散倒了进去，解开长衫把装钱的布袋挂在脖子上。两人收拾妥当从豆腐作坊后门溜了出去，顺着小溪边的石板路往肖家院赶。

童家院到肖家院也没几步路，就是台阶多了些，平日要是白天往返一趟也就是两袋烟的工夫。可是这黑灯瞎火的，老婆子又裹着个小脚，再加上心急，一路上没少摔跤。族老一个劲地喊：“慢着点。”没想老婆子“啊”的一声绊倒了，他只得从前边又折回来，把摔倒的老婆子从地上扶起来。看到她膝盖都磕出血了，问她还能不能走。老婆子咬着牙，带着哭腔直摇头。两个人赶路的步子便明显慢了许多。摸到协华公司的大门口那几十阶的台阶时，老婆子挪着小脚实在是力不从心了，扶着门前的大石狮子喘着粗气。出门时，两个人也没顾得上提盏马灯。从这巷子里走还算好，家家户户门前都挂着一盏罩子灯。但不知为什么，今天夜里特别黑。门前的罩子灯被晚风吹得来回晃悠，灯影在地上荡来荡去。有时经过一户人家，门前的灯突然被风吹熄了，老婆子吓得浑身直哆嗦，直喊："有鬼火。"她这一喊不要紧，倒把族老也吓得头发竖起老高，头皮发麻，后脊梁直冒凉气。只好扶着她走，边走边安慰她："别一惊一乍的，这童家院哪来的鬼啊！""怕是那死鬼知道我俩要去打点，魂魄出来截道了。"她这么一说，族老也不禁毛骨悚然，把她的手抓得更紧了。跌跌撞撞地，两个人终于走进了位于肖家院的警察所。

一进门，两人就听见王老四带着哭腔的喊叫声："我没碰着他。我进院子就看见他在抱我老婆，我老婆一推，他站不稳，就撞到了磨盘上嘞。""就你嘴硬，别人抱你老婆，你撞见了不帮忙，鬼才相信你的话。"审问的警察手上的皮带，雨点般地落在王老四的身上。王老四的双手被吊在拴马桩上。黑灯瞎火里，王老四被打得哭爹喊娘。老婆子一见，跑过去抱着儿子，嘴里喊着："冤枉啊！别再打我儿子了，要打你就打我老婆子好了。"警察见他娘来护崽，没好气地一把拖过老婆子："要不打也行，你倒是劝他画押。"这时，吊在屋里窗梁上的孙二娘在屋里使劲地喊："王老四，画不得！那可是死罪。"又连喊带骂地："你们要杀要剐冲我来，老娘不怕死！冤枉呀！你们要是打死我男人，我就跟你们拼命，做鬼都不会放过你们！”屋里的警察听她这么骂，一气之下抓起桌上的脏抹布把她嘴给堵上了。她只能用鼻子哼哼着，还是不停地骂。

族老一进警察所，任打手们把王老四打成什么样，他都不去理会。他知道犯了案，你没抓进来则矣，进来审案，打手们事先给你三百杀威棒，先把你打趴下再问，这是局子里的规矩。他更明白衙门八字开，有理没钱莫进来。他径直闯进了所长的办公室，从袖筒里掏出老刀牌烟卷递上去，喊了一声“所长老爷”。邹满金烟也不接，对着族老就是一顿臭骂：“你不管好你家族人。你看，这不是出了命案吗？你祠堂里那些乡规民约，都是摆设？”族老也不是个善茬，赔着笑脸争辩道：“我可是听人家说，这命案是那死鬼图谋不轨，民女反抗，那死鬼自己撞死的嘞！我看应该是自作自受。想必你也听说过那死鬼是个混混，一天到晚游手好闲，除了呷喝嫖赌、打家劫舍，就没干过一件人事。平日里仗着他舅舅唐老爷开绸缎庄财大气粗，在这矿山没人敢惹。我倒是认为，这回他是帮你的忙，也是帮了黎民百姓的忙，为矿山的黎民百姓除了害嘞。”说到这，他又把烟递过去。邹满金接过烟在手上夹着。他急忙划了洋火点着，又解开长衫，取下挂在脖子上装满袁大头的布口袋放在桌上，推到所长面前。邹满金扫了一眼，提在手里摇了摇，布袋里的光洋哗哗直响，一拉抽屉收了进去。族老见机行事：“你看这人？”“哦！等会审完了再说。”“那你发个话，别打了呀。”邹满金起身对着屋外喊了一嗓子：“把他放下来，录口供。”

打手们倒真听话，把王老四放下来架到屋里一摔，骂道："看你老不老实，再不说实话，我让你坐老虎凳试试。"说着把皮带往桌上一丢，端起茶杯牛饮似的灌了一肚子水，顺手抄起一管狼毫小楷，铺开宣纸，往砚台里倒了点茶水，问道："姓名？家住何处？屋里有何许人？"警察例行公事地问了一气。王老四嘴里喊着冤，没头没脑地应着警察的话，把案情经过照先前商量好的口风，滴水不漏地说了一通，画了押，按了手印。打手接着又把孙二娘放下来，扯掉了堵嘴的脏抹布。她长长地喘了几口气。族老见她脸色铁青、口干舌燥，笑着从桌上拾了个杯子，倒了点水递给老婆子，示意她给媳妇喂口水。

孙二娘接过水杯，咕嘟咕嘟地气都没换，一口就喝了个底朝天。喝完，她一只手拿着杯子就往自己的头上砸，又哭又喊："冤枉呀！官大老爷，你可是包青天在世呀！族老，你可是我屋里的主心骨呀！你们可得为民妇做主呀！他要强奸民妇，我不从，一推，他没站稳，是自己撞在磨盘上的呀！"邹满金让她哭得是头昏脑涨，夜到了二更天，又加上大烟瘾也上来了，极不耐烦地吩咐两个手下："让她先画押，让族长先保回去。他们自己去与死者家人协商，把死人埋了，等县衙来了人再定夺。他俩要是跑了，你们就找族长要人。反正有他家的豆腐作坊做抵押，跑得了和尚跑不了庙。"

族老在案宗上画了押，按了手印，扶着王老四给所长老爷行了大礼。孙二娘也道了万福，老婆子是千感谢万感谢。王老四嘴里还流着血，老婆子和孙二娘扶着他一步三拐地走出了警察所，拐进童家院的巷子。到了僻静处，几个人加快了脚步。王老四脚也不瘸了，低声问族老："那死人还在我屋里摆着？他舅舅没把他抬走？"没等族老开口，永福和伙铺担粪的伙计就追了上来，拉着族老的手惊恐地说道："可追上你们了！你们这是要往哪跑呀？还不赶快找个洞子躲起来！我们东家说绸缎庄唐老爷连夜去蓝田老屋里搬人了，说是要跟你们童家院打命案。我们家老爷听到了打发我来给你们报个信儿。我刚刚去警察所找你们报信，一打听，看牢门的说你们刚走，我就追过来告诉一声。"族老一听立马说道："他去蓝田搬人？我们童家院还真不怕。他去搬救兵，我今晚上连夜就去召集人，守着进童家院的几个要道路口，我看他们有胆量打进来不。"

绸缎庄的唐老爷从童家院豆腐作坊回来，一路上左思右想，知道理亏，再去打点警察所估计也没什么指望。他断定这事是他外甥那怂包自作孽，就是打点了，警察所也不敢徇私枉法，上面还有县衙呢。如果太掰牛角，也怕童家院的黎民百姓不服告到县衙去，把事情闹大收不了场。再加上这大矿山各种势力共存，保不准哪个山头的绿林好汉冒出来打抱不平。警察所也怕他那三四十号人聚众闹事。警察所那一帮怂包，到那时怕连是谁干的都查不清。他思前想后，外甥闹出这案子，靠官是没指望了，但又咽不下这口恶气，还是回蓝田老家搬救兵。一进门，唐老爷把店里的事跟账房交代了一下，从密室里取出半口袋袁大头，从马厩里牵出那匹黝黑的高头大洋马，备了鞍到踏马石前，把长衫往腰里一掖，翻身上马，摸着黑便向蓝田奔去。

唐老爷摸黑赶了一夜路，天光边上到了蓝田老家。拴了马，一进门，顾不上喘口气，他便差人找了本家几个当差的堂兄弟，把外甥八师傅暴死的消息添油加醋地说了一通，并且再三央求道："一定请各位本家兄弟帮忙。尽管外甥不争气，他也是咱自家人，这不明不白地惨死他乡，怎么也得去讨个说法！"说完就从褡裢里掏出钱来，每个人发十块光洋。堂兄们拿了钱，个个义愤填膺，急不可耐。没等唐老爷呷完早饭，四十多人的队伍便带着长枪，浩浩荡荡向矿山扑来。一路上马蹄声响，尘土飞扬，每经过村庄，一行人便高声大喊："让路，让路！"喊声一片，威震四野。队伍所到之处，鸡犬不宁。

族老送走了永福和伙铺的伙计，沉思了片刻，觉得这节骨眼上，王老四跟孙二娘回家很危险，打命案就是冲着事主家打油火的。外乡人找不见主人就找不到出气筒。外人好和稀泥、打圆场，大事化小，小事化无；退的退半步，让的让半步，再大的事也就烟消云散了，一来二去，也就化干戈为玉帛了。想到这，族老拉过王老四："你快带你媳妇到后山的老矿洞里藏几天，等事情过去了再回屋里。这事有我和你爹娘去与唐老爷周旋。找不到你们的人影，他们也没办法打命案。童家院有我撑着，他们也不敢怎么样。"老婆子听着觉得在理，一个劲地拉着族老千感谢万感谢。她一把拉过儿子："你们就去老矿洞躲几天，饭我会安排人给你们送。天快亮了，赶紧领着你媳妇快走吧！别让人看见。"说完一直望着儿子、媳妇的身影消失在黑夜里。族老招呼老婆子："你也得赶快回屋里，看死人还在不在。我去喊人把守童家院各个路口，安排妥当了我就过来。"

老婆子进了院子，一眼就看到一块门板下，三块瓦罩着一盏长明灯，上边用白布蒙着死人。唐老爷屋里的二管家领着一帮人守着，正打着瞌睡。长明灯在晨风中忽隐忽现。老婆子一见这阵势，头皮直发麻。有人听到脚步声，大喊："凶手回来了！快把他抓过来，给八师傅偿命！"睡着的人呼啦一下站起来，把老婆子围住。一见不是孙二娘，有人喊："管她是谁，反正是一家人，拖过来给八师傅跪着赔罪、守灵再说。"

"我们都在这忙活一晚上了，你们家烟茶不语，你们把人打死了就不管了呀！我们来帮忙，你们连饭都不管，还把凶手藏了起来。"一伙人左推右搡，老婆子裹着小脚一会儿被推到这边，一会儿又被推到那边，小脚哪里还站得稳，被推到地上，爬起来又被推倒。王老四他爹被两个大汉摁在地上，跪在八师傅的尸首前磕头，眼看着老婆被人推来搡去，一个劲地破口大骂。正在这不可开交的时候，猪栏里的猪也饿得"嗷嗷"地叫了起来。二掌柜听到猪叫，恶狠狠地招呼人："去烧开水，把猪杀了，炖肉呷。他屋里不管饭，咱们就自己动手杀猪。"

族老安排好守路口的人，带着一帮童家院里的壮汉，提着棍棒气势汹汹地冲进了王老四的家，正赶上二掌柜那帮人拖猪杀，便上前阻止道："谁叫你们杀猪的？要呷肉也得等王老四回来杀，你们怎么能喊杀就杀！这不是明抢吗？"二掌柜上前一推族老，骂道："关你屁事！八师傅不明不白地死在他家院子里。我们在这守灵堂，他屋里人不予理会，不杀他屋里的猪，难不成去你家杀猪呀？"族老上前一步，一拳打到二掌柜的脸上，骂道："你也不睁眼看看，这是童家院！能容得下你到这里瞎胡闹？你也不怕冲撞了土地爷。"回手又是一个耳刮子。二掌柜挨了打，捂着脸大喊一声："给我打！你也不想想，唐老爷在这矿山怕过谁！你竟敢先动手。"任二掌柜怎么喊，跟他的那些人见对方人多势众，根本不敢轻举妄动。族老没等对方回过神来，大喊一声："打！"只听见院子里棍棒噼里啪啦地响，哭爹喊娘声一片。二掌柜一伙人被打得鬼哭狼嚎，抱头鼠窜，夺门而逃，到了外边，跳着脚骂："族老，这事没完！你等着，唐大老爷带人回来收拾你！"便一溜烟地消失在童家院的巷子里。

没过多久，守在寡妇村路口的人慌慌张张地跑来找族老，说："唐老爷带着一队人马打了进来，每个人都带着长枪……"正说着，巷子里便传来了几声枪响。族老一回头，唐老爷已领着人到了门口，对着族老皮笑肉不笑地说道："我屋里的人都是你打跑的？"二掌柜从唐老爷的身后闪了出来："对！就是他带着人不准我们杀猪的，还说这童家院的地盘是他的，根本就没把唐老爷放在眼里。"族老冷笑一声："你以为你带的人马多，我童家院的人就怕吗？"唐老爷并不与他争辩，吩咐二掌柜："去街上帮我抬口棺材来，把人装殓了，就埋在他家堂屋里。"从蓝田来的人马，举着枪喊："对，就埋他家堂屋里。”二掌柜也顺势吩咐道：“你们去挖金井，这地方风水不错。”族老见他们人多势众，又都握着长枪，放软了口气对唐老爷说：“我看这天上掉下的这个事也要地上的人来说和，倒不如我们商量商量。你外甥八师傅强奸民女自己撞在磨盘上，错应该是他的错。倒不如你开个价，买口好棺材葬了。”“呵！你说得倒轻巧，就这么埋了，你叫我唐老爷还怎么在这矿山上混啊？”说完，他一转身，走了。族老见他出了门，也领着一帮人追了出去。院子里顷刻间就响起了噼里啪啦的挖掘声，猪的惨叫也从院子里传了出来。

一连六七天，二掌柜带着蓝田赶来打命案的人，杀了东家的猪，又杀西家的猪，闹得童家院乌烟瘴气。这事不胫而走，整个矿山都传得沸沸扬扬，人们都敢怒不敢言。矿山劳工工会的萧怀玉趁着夜色找到了族老，商量道：“这死人要是真埋到了院子里，那可不吉利，得想个办法把他们这帮人轰出去才好。我看前段时间他们一杀猪就推肠子粑呷，我给你出个主意，咱们去买些巴豆，去外面碾成粉洒在磨盘上，兑臼里。”族老问：“那有什么用？”萧怀玉笑着说：“这是计谋。呷了巴豆，他们一定会闹肚子。你到各家各户去撺掇一下，打明天晚上起，每家的茅坑里都点上一盏洋油灯，让他们没地方屙屎拉稀。要不了三天，他们就得滚蛋。”族老一听这主意，觉得还真不错，立马喊了几个人去西正药店称了两斤巴豆，就着夜色，在山脚坪的磨盘上推成了粉背了回来。到了后半夜，差人悄悄地洒到了王老四家的磨盘上、兑臼里。果不其然，第二天二掌柜带的人推米肠子粑。太阳下山的时候，所有呷了的人便提着裤子到处乱窜。

按照族老的吩咐，童家院家家户户茅坑里都点燃了洋油灯。唐老爷从蓝田请来的那帮打手呷了肠子粑提着裤子闹肚子，四处找茅厕。家家户户的厕所亮着洋油灯，都有人占着。憋不住的人便四处放臭，弄得童家院臭气熏天。常言道“好汉架不住三泡稀”，三四天工夫，请来打命案的真如萧怀玉所说，全部溜回了蓝田。

萧怀玉抓住时机，带着族老找到唐老爷说和。一见面，族老便先发制人，拱手道：“唐大老爷，这案子警察署也断了，八师傅也确实死得不是地方，再这么摆着倒也坏了唐老爷的好名声。您这绸缎庄可是这矿山上的第一家大买卖，做的是宾主，再这么折腾下去，不就显得唐大老爷没度量了不是?”

唐老爷尽管窝着一肚子火，可是买卖要紧、声望要紧。他庆幸自己自打那晚上摸黑回蓝田搬了救兵回来起就再没露过面，给自己留了退路。萧怀玉一进门，他就认出来这是矿山劳工工会的萧老爷。萧老爷为矿工师傅打抱不平，与矿主老爷斗心斗法的事他早有耳闻。在这矿山上，他能一呼百应，不管是龙虎山的寨主，还是这市面上的丐帮兄弟，就连寡妇村的十八姐妹，都跟他有着千丝万缕的联系。想到这里，他急忙招呼家人上茶，赔着笑脸借坡下驴：“哎呀，打出事那天晚上起，我就去省城盘货了。柜上的事都是我们家二掌柜打理。他这个人呀，火暴脾气，不知深浅，不懂礼数。他擅自给蓝田老家捎了口信，堂兄弟及他过去武行的弟子一听八师傅平白无故地死了，也就顾不上问个青红皂白，杀上了矿山，闹腾了童家院。还好，我回来得及时，把蓝田的人都打发回去了。这不，刚刚你们来之前我还在骂我家二掌柜。”

族老听唐老爷这话尾子，指着萧怀玉给唐老爷介绍道：“这是矿山劳工工会的萧怀玉，萧大老爷。听说您回来了，萧大老爷为八师傅的事特登门拜访，一道商议一下八师傅的后事。”

唐老爷一听，连忙拱手打着哈哈：“哎呀，萧大老爷，您的威名是如雷贯耳呀！客套话我就不说了。这么着，您都亲自出面为八师傅做主，我呢，也想尽快了结此事。常言道，‘冤家宜解不宜结’，大家都在这矿山上讨生活，低头不见抬头见。这么着，明天我就去劝几家亲戚，您也帮八师傅做个主，去王老四家豆腐作坊说和说和，多少也得出几个放炮的钱。八师傅呢，不说做道场，也得打个教，开个天门，烧烧纸马。”

族老立马接过话：“哎呀，唐老爷都这么开明了，我们就去王老四家说和。不过，八师傅那些徒子徒孙，唐老爷可得担着。”

萧怀玉在一边，谁说都点头。他心里有数：老谋深算的唐老爷是在耍滑头，不给他点硬的，呷点苦头，他是绝不会像这会儿说的那样去做的。想到这儿，萧怀玉打着拱手道：“唐老爷，那我们就告辞了，按您的意思去王老四家说和。唐老爷这边呢，明天族老过来听个信，择个时辰把八师傅送上山。人去了，入土为大，入土为安。我们这就告辞了。”

从唐老爷的绸缎庄走到街上，一群叫花子围着族老讨钱。萧怀玉跟领头的使了个眼色，一群人立马围住送客的唐老爷，一个个伸出脏兮兮的手，嘴里唱着莲花落：“老爷打发点钱花，保你富贵又荣华……”叫花子们牛骨板打得嘣嘣叫，串子摇得哗哗响，人越集越多。

陶塘街本来就人多，唐老爷又在这条街上声名显赫。说来也怪，叫花子们就是缠着唐老板不准他进屋，同时也不准买家进屋。谁往里迈一步，叫花子就围着谁讨钱，连推带轰地把客人往外赶，见穿花袄的女人便往她身上抹鼻涕，见戴大礼帽的洋人便拽着他的文明棍讨钱。绸缎庄的伙计出来轰也轰不走，给钱说拿少了，不给钱说没拿着。二掌柜见状气不过，拉过一个叫花子就是俩耳刮子：“臭叫花子，给我滚！”

这不打还好，一打就犯了众怒，惹怒了看热闹的人，打抱不平的骂声一片。这一天，叫花子们轮流围着绸缎庄，唐老板安排小二打发了一波又来一波。自打萧怀玉出门，一直到月挂枝头，绸缎庄没卖出一尺布。

二掌柜跑上楼，对唐老爷一脸无奈地嚷道：“见了鬼了，从来没见过叫花子围着一家商号不动地方的事。”

唐老爷骂道：“你就是不动脑子。今天一大早刚开铺面门，矿山劳工工会那个萧大老爷和童家院的族老一道来登门说和八师傅的丧事。这帮丐帮的人一定是受他们指使给我们施压，我若不答应他们的条件，这绸缎庄的生意也没法做了。你信不信，你明天早上一开铺面门，叫花子一定围在那儿。我断定，我一天不答应他们，叫花子就一天不会离去。”

萧怀玉一直安排人远远地盯着绸缎庄，时不时地还差人溜过去煽风点火。

通风报信的人把绸缎庄的情况不断地传回平民学校。永福和伙铺担粪的伙计显得特别活跃，他跑前跑后，把从墙缝里听来的唐老爷与二掌柜的对话，鹦鹉学舌般地讲给萧怀玉等一干人听。“二掌柜，你带人去请八大班，把八师傅抬出去埋了。再折腾，我这绸缎庄的生意都要折腾黄了。”“你的意思是我们就这么认怂了？”“得饶人处且饶人。人在屋檐下，该低头的时候得低头，大丈夫要能屈能伸。我算是琢磨透了，这萧大老爷动了场，我们要是硬扛，耍泼皮，可就不光是惹火了童家院的人了，那将是这整个大矿山的人了。”

天刚蒙蒙亮，王老四家的豆腐作坊里便传来噼里啪啦的鞭炮声，把童家院还在梦中的街坊四邻都惊醒了。乡邻们纷纷围拢来看热闹。二掌柜招呼八大班一大早就把棺材刨了出来，刚才院子里传来的是起柩的鞭炮声。等族老他们赶来时，二掌柜一干人正抬着棺材出殡。

族老跑来对二掌柜拱手道：“哎呀，八师傅今天出柩，你要早点跟我打个招呼，我们好来帮忙呀！”没等二掌柜回话，他便顺手抓起供桌上的米，使劲地撒向天空，嘴里高喊着：“一路走好呀！”心里默默地骂着：背时鬼……

十七

上课铃声响了，颜清拿着铜铃使劲地摇着，笑着不停地招呼大家："你们故事也听得差不多了，快进教室坐好。"工友们有从后门往里溜的，有从前门往里跑的。教室里闹哄哄的，弥漫着浓烈的烟草味。萧怀玉拿着粉笔在黑板上工工整整地写上"平民学校开课第一讲"，转身放下粉笔："工友们，我接着把刚才没有说完的醉鱼草给大家再介绍一下。"

他的话音刚落，有人就在底下高声地喊："一把野草，有什么好说的？这矿山上，路边、山坡、田间到处都是，随手就能扯到，哪个还不认得？"

萧怀玉却笑着："那就请你说说，它属哪一科？有什么药用价值？什么时候开花？什么时候结果？在我们日常生活中还有哪些用途？"这样连珠炮似的一席话使整个教室都安静了。

萧怀玉轻轻地拿起桌上那支醉鱼草，从如何辨认、区分讲到醉鱼草的特征，从胚芽讲到叶脉，又从叶脉讲到生长与花期，讲到它的生长环境、实用价值。

工友们都被他渊博的知识吸引，连莫轩都忘了手里夹着烟，直到烟火烧了手才痛得直甩。萧怀玉不失时机地提醒道："我们教室的空间很小，从现在起，希望抽烟的工友们要克制一下，课堂上不要抽烟。工友们，你们赞同我的说法吗？工友们能做到吗？如果大家同意我的说法，就鼓掌通过。"教室里噼里啪啦的掌声响了起来。

萧怀玉觉得还是不满意，他心想，要培养一支纪律严明、拉得出去的工人纠察队，就必须从现在开始进行正面的引导。想到这里，他又大声地说道："大家是都没呷早饭，还是不同意我的说法？这掌声太稀落了。"说着，他带头使劲地拍起了巴掌，随后教室里的掌声震得窗户纸哗哗直响。

邹海全似乎在这掌声中领悟到了什么，向萧怀玉投来赞许的目光。萧怀玉话锋一转："工友们，我们办平民学校，就是要教大家认字、算账，这是我们每个工友至少要学会的。由于不会算账，自己辛辛苦苦劳作所挣到的那为数不多的钱被监工、把头盘剥了去。经常有工友来找我算账，说他在洞子里放炮、开矿，累死累活，总是比一起上工的人少发了好多银圆。还有一些"扫星麻子"把自己起早贪黑洗来的矿砂卖到炼厂，总是被缺斤短两，在家里称是一百斤，在炼厂称就只有八十斤。大家都知道，洗出来的洗籽是不会缩水的，那为什么会缺斤少两呢？因为资本家、炼厂、商行为了盘剥我们广大贫苦劳工，他们在秤杆里灌了水银，或者一秤两砣。由于我们广大劳工没有文化、不懂科学，只能任其盘剥。今天，我们坐在这里学习，就是要揭穿他们的伎俩，用我们所学到的科学道理，维护我们自己的权益。我们广大工友要通过学习文化、掌握知识，将来做矿山的主人。"

话一出口，萧怀玉突然感觉到有点操之过急了。发动群众、传播马克思主义，应该也要循序渐进。邹海全坐在莫轩身边，轻轻地聊着什么。

萧怀玉忽高忽低的声音在这秋日的午后传得很远。颜清站在街口，秋风把她棉袍的下摆吹起老高。她打了一个寒战，把双手拢在袖口里，有意无意地摸出几粒瓜子漫不经心地磕着。几个穿着一身蓝衣、戴着礼帽的汉子，手里提着酒壶，挽着陶塘街幸福苑的姑娘，从她身边走过。一股浓烈的酒气随着凉风扑了她一脸。她急忙转身：这是矿山国民党党部的人！平日里这伙人在矿山上东游西荡，哪儿热闹往哪里凑，像狼狗般四处打探共产党人的行踪，知道的人老远就躲着他们。有些陶塘街上的混混也掺入他们之中混呷混喝，狗仗人势，招摇过市，把这繁华的陶塘街搅得乌烟瘴气。

巷子里传来九哥刮板钏子叮叮当当的响声。转眼工夫，九哥就到了颜清跟前，放下鞋担子，从怀里掏出烟荷包，慢吞吞地卷上了一支老旱烟，凑到颜清跟前，点上烟使劲地吸了几口："我跟着他们两条街了，从上合街跟到下合街，没见他们跟谁有联系，可我一眨眼他们当中就冒出个女的来。"

颜清打趣道："这陶塘街上，来讨生计的外地女人多了去了，挡不住这探子整天走街串巷。哪儿有腥臊味，他们闻得到。"

"我可不这么想，那女的脸生，看着身上穿得破烂，那小脸儿可白净呢，还烫了卷发，兴许是省城那边派来接头的人吧。"九哥说到这儿，嘴里的烟从鼻子里冒了出来，一阵风呛得颜清直咳嗽。九哥见状，赶紧把手上的烟往地上一丢，使劲地踩了几脚，很不好意思地解释道："这根劲儿大。"

颜清止住了咳嗽："没事儿，是我呛了风。"

"那我在这儿望着，你赶快回屋喝口热水，等你回来我再去那边转转，别误了萧老爷的事儿。顺便，你也把我刚刚说的情况跟萧老爷通个气儿。"

"好，我进屋喝口水就来。"颜清赶了几步，从后门走进教室，拍了拍邹海全的肩膀，把刚才九哥说的情况一五一十地做了汇报，便急匆匆地闪了出去。九哥见颜清出来，一转身担起担子走了，手上的钏子声便被秋风吹去了很远。颜清望着他，听着从教室里传出来的萧怀玉那极富磁性的声音，移动脚步，目送九哥。钏子声，脚步声，渐行渐远。

十八

教室里，萧怀玉聚精会神地讲着珠算口诀："一上一、二上二、三下五去二、四退六进一……三十六个钱。我为什么要教大家学珠算？因为它是我们老祖宗传下来的最简洁的算数工具。平日里大家都知道，算盘珠子一响，黄金万两。把头们经常会在这算盘珠上做手脚，大家有没有这种体会，无论到哪个炼厂，账房先生算盘珠子打得啪啪响，一下子就告诉你你该拿多少钱。实际上，他把珠子上一位和扒下来一位抹去零头，日积月累就是一笔很大的数字。有的时候还假惺惺地给你加上一位子，说是欢迎你下一次把洗籽都送到他们账房去，又说是结个宾主，给你开个高价，实则不然。秤上面缺斤短两，算盘珠子拨上拨下，盘剥的都是我们劳工兄弟的血汗钱。为什么我们要呷这样的亏？就是因为我们不会算数。今天大家努力地记住，回去加强练习。学会了，将来就不会再呷这样的亏，同时也能戳穿账房先生的假把戏。”萧怀玉的一番话引起了课堂里的共鸣。

“这也不是一时半会儿就能学会的呀。”

萧怀玉听到后应势回道：“你说得对，冰冻三尺非一日之寒。我们大家要互帮互学。学习好的要帮助那些理解慢的工友们尽快掌握方法。大家伙要拧成一股绳，以后谁要去算账，就多喊两个人去，人多力量大嘛。”莫轩在后面也跟着嚷道：“是的，萧先生说得对，我们劳工工会就是为大家了难的，是劳工们靠得住的靠山。”

秋阳已经爬到西山顶上，天边还有一点点亮，残辉潜入教室，混杂些许食烟消失在夜色里；远山黑暗中还透着一抹芍药般的红，映在教室的窗格上；几束红光穿透房顶的亮瓦打在黑板上，慢慢地移动着。萧怀玉停下手中的粉笔，合上讲台上的讲义。门外颜清的摇铃声又响了起来，他们似乎配合得天衣无缝。萧怀玉拍了拍手上的粉笔灰：“工友们，今天的课就上到这里。回去以后过过脑子，把我讲的回忆回忆，看是不是这个理。”邹海全则在后面拿着一个厚厚的本子，招呼工友们登记名字入个册。“宝大兴有人在吗？裕庆厚有人吗？美利兴呢？

易庆祥何三爷来了吗？三益炼厂有人来了吗？吉利常有人来了吗？”听到他的喊声，众人纷纷应着：“都在呢。”颜清坐在桌前一个一个登记名字。陶秋嫂嫂把前面的人往后面挤了挤：“来，姑娘，先把我记上，我得赶回去喂猪，老娘还等着我回去煮饭呷。”杨念初也在一边帮腔：“就让她先记上个名儿。”汉子们都向后挪，把陶秋嫂嫂让到前面，还不失时机地揩着油，调侃道：“今天晚上带我到你家去，我帮你煮饭，包你今晚要多呷三碗饭。”陶秋嫂嫂也不示弱：“我才不要你到我家去多呷三碗饭呢。我自己省下来多呷几口还能饱饱肚子，给你呷了那不是喂狗吗？你们汉子有几个有良心的？”汉子们你一句我一句地回着，声浪把整个教室都要抬起来了。杨念初使劲打着圆场：“好了，好了，你们这帮粗人呐，快别吓着萧先生。”

萧怀玉也在一边打着哈哈，邹海全凑过来跟他耳语了几句：“按照你的吩咐，该留下来的我都打发他们去铁匠铺了。我还想着把莫轩也留下来。”

萧怀玉一下子就严肃起来：“时机还不成熟，不能急。我们现在的身份还没有公开，参加组织活动一定要严格把关，支部大会通过以后才可以实施。”

“那好吧，我保持和他单线联系，把近段时间我们要做的工作私下里透露给他。这样可以吧？”

“不要走漏了风声，工友当中也鱼龙混杂，要提防国民党党部安插的眼线。”

邹海全使劲地点着头："那我先过去安排他们呷晚饭。"

"不行，不能集体安排在一起呷饭，只能个管个。你还要跟大家交代清楚，不能扎堆，以免引起别人的注意和怀疑，这是一条不可违的纪律。你先到铁匠铺那里去候着，我把这里的工友们送走，天一摸黑就过去。"

"那我先去吩咐颜清煮饭，你呷了饭再过来，我去吉利常饭馆呷碗面算了。"

"行。"

一群人从平民学校出来，一会儿工夫就没了踪迹。颜清打扫着教室满地的烟头。她推开窗，秋风一下子便卷走了这一屋的烟味。邹海全过来吩咐道："过会儿再扫吧，晚上萧先生要去有事儿，你早点为他准备点呷的。"

"那你呢？不一起呷吗？"

"我跟萧先生说了，先出去办事。"

"好，我把这扫完就去煮饭。"

晚上的陶塘街比白天更热闹了。顺着石板路，萧怀玉从肖家湾漫不经心地往铁匠铺赶。路过警察所，正好赶上邹满金领着几个警察背着长枪巡街。一见萧怀玉，邹满金主动打了招呼："萧老爷，出来散心呐？还是去喝花酒？"萧怀玉也一本正经地回："你是要请我去喝花酒吗？你看，你领着一帮兄弟正在公干，我看还是算了吧。改天我请你去呷碗吉利常的黄鳝面。"

"好，那一言为定，我随喊随到。萧老爷请客，那是给我邹满金多大个脸呢。这大矿山，不认识我邹满金的人有，不认识你萧老爷的人怕是没有。以后，我这警察所，你也来多走动走动。”

萧怀玉则寒暄地应着：“哪里，哪里，你净说些没影的事儿。这大矿山警察所可是衙门，你可是衙门里的大老爷啊，称得上一方土地一方神。”

正说着，一队担粮的挑夫过来，把扁担摇得吱吱响。萧怀玉牵着邹满金往边上让了让。挑夫们则把担子停了下来，摆在路边，诺诺地等警察们先走。萧怀玉赶快又拉了一把邹满金：“你快带着你的人走吧，脚夫都给你让路了。”

“那我先走。”

身后，脚夫们沉重的脚步混杂在青石板上，发出沉闷的声响。商铺里此起彼伏的吆喝声伴着习习的晚风把这喧嚣的夜市吹得火热。萧怀玉在集市上转了一圈，绕到长龙界，闪入三角坪的铁匠铺里。袁老六的锤声更急了，他是在用花锤呼唤人们向这里聚集。徒儿们的大锤抡得铿锵有力，袁老六的老婆把风箱拉得呼呼直响。

与会的人们从后门走进铁匠铺。邹海全一直在里面等着。见大家都来齐了，萧怀玉便说：“去招呼袁老六进来，由他传达省委的最新指示。”邹海全不解地注视着萧怀玉，萧怀玉立马明白了他的疑问，当众宣布道：“这里是我们矿山第一支部的联络站，袁师傅是这个站的站长，由他负责我们与省城的联络。袁师傅，就请你把最新的省委指示给大家传达一下。”

袁老六一反平日里那粗鲁的神态："那就由我来传达省委的最新指示。1924 年 1 月，中国国民党在广州召开了第一次全国代表大会。大会宣布对'三民主义'做出新的解释，事实上确定了联俄、联共、扶助农工的三大政策，奠定了国共合作的政治基础，标志着第一次国共合作正式形成。随着革命形势的需要，省委要求我们尽快成立矿山党支部，组织工人纠察队护矿、保矿，拿起枪杆子，团结广大劳工，与矿霸、财团做斗争。处于地下组织的共产党人，在国共两党合作的框架内进行武装斗争，阻止洋人掠夺矿产资源，维护广大劳工利益。要尽快将队伍组建成为一支拉得动、训练有素的革命力量，要和当地的农民武装建立广泛的联系，收编一切可以团结的势力，壮大我们的队伍。"

袁师傅传达完上级指示，端起桌上的茶杯，喝了几口水："我要讲的就是这些。"邹海全立马说道："下面由支部书记萧怀玉做指示。"萧怀玉清了清嗓子，轻声道："从袁师傅传达的省委的指示精神看，我认为革命的形势一片大好，组织要求我们加快工人纠察队的组建步伐。下一步我们还是要以人民群众为依托，深入各个炼厂，以加入劳工工会的名义，把贫苦的劳工们组织起来，加入我们的行列。下面布置一下任务，从即日起，今天与会的各位要抓紧时间到各个炼厂去发动宣传。海全同志负责起草工人纠察队章程以及收缴财团武装的实施办法；与各个炼厂进行和平谈判，让他们出钱、出力、出枪；与各个炼厂财东说明道理，工人纠察队也是保护他们利益的一支工人武装。与此同时，还要防范国民党异己分子的渗透，加强对那些恶贯满盈的矿霸、地痞的监视，防止他们的反扑，尽快地使广大劳苦大众觉醒。同时也要做出点儿动静来，使劳工们充分相信，我们是他们信得过、靠得住的坚强后盾。如果大家没什么意见，散会。”

十九

夜已经很深了，山野间还不时地传来炸石开山的声音，满山的灯光星罗棋布。盘山路上，脚夫们提着马灯缓慢地移动。马灯的灯光串起一条长龙，在盘山路上舞动着。

九哥坐在修鞋担子上，老叫花子清缘靠着墙根机警地扫视着每一个过路的人。九哥走过去，把烟荷包递给他。老叫花子不接，摸索着从怀里掏出一包老刀牌烟卷，抽出一支递给九哥：“来，抽这个。”九哥摆了摆手：“那破烟，没劲儿。还是我这老旱烟好，有劲儿些。”老叫花子自己叼在嘴上，拿出火柴在裤子上一蹭，点上狠狠地吸了两口。九哥开玩笑似的问：“你每天都抽这个吗？哪有那么多钱买？”老叫花子连忙应道：“我抽烟没有瘾，讨着了就抽一口，没讨着也就算了，反正也不当饭呷、不当酒喝。再说了，这抽烟也没什么大好处。你看，这是谭家院伍先吉家嫁女打发的，在身上都装好久了，今天才开个封。要是像你似的烟不离手，一包烟早就没了。”

两个人你一句我一句地聊着，几个人影在巷子口的墙上忽隐忽现，在月光下一会儿变长，一会儿变短，停留在铁匠铺的后边墙上。九哥给清缘使了个眼色，他便悄悄地向巷子口走去一探究竟。转眼工夫，清缘就急匆匆地从房后跑了回来，轻声地对九哥说：“你快去屋里报信儿，小龙帮的几个人到铁匠铺后院墙边上盯梢，怕是知道里边有动静。我估摸着他们是来找事儿的。”

九哥一听，转身缓步向铁匠铺前门走去。清缘在前边喊：“师傅，我把钢钎放在你门口了，明天下午来取。”声音很大，袁老六从里边应着：“好，你放门口，下午来取就是，晓得了。”说话间从门口伸出脑袋来，问九哥：“有事吗？”

“门后有小龙帮的人盯梢，快叫大伙从前门溜出来。”

这时，一帮喝醉了的劳工从铁匠铺门口走过，嘴里不停地唱着：“养崽莫上大矿山，上山容易下山难……”

杨念初领着几个人从屋里闪了出来，大家混在一群醉汉中。杨念初也嘶哑着嗓子跟着哼：“打炮如敲催命鼓，放炮如过鬼门关……”

屋里的人都出来了，消失在三角坪的黑夜中。

邹海全跟在萧怀玉的身后，机警地混入人群，闪进长龙界。两个人边走边若无其事地聊着什么，从四方井岔路口走向肖家湾，快步走进屋里。一进门，颜清便焦急地问：“会开得顺利吗？没出什么事儿吧？鸡快进笼的时候，龙虎山王大当家的人又来过这儿了。我说你去矿山工程管理处开会去了，把他打发走了。哦，他还放下一兜银圆，说是龙虎山孝敬你的酒钱。我左推右推不肯收，哑巴放在桌上就跑了。”她回身从桌上拿起那几卷银圆递到萧怀玉手上。萧怀玉笑着在手上掂了掂：“看来今天是个好日子，早上在我这呷了碗面，喝了壶酒，晚上就给我送光洋来了。我看他是在杨大老爷那算足了股份钱，赚了不少。恰好，我这儿拉杆子成立工人纠察队，也是要钱的。”

三个人会意地笑了。

邹海全走回屋里拿出几张纸，问萧怀玉：“你老婆回省城都半月有余了，也该回来了吧，不知道她带来省委的指示与袁老六的是否吻合。我这几天做了一个详细的计划，一直没拿给你看，怕我们的想法与上面的指示精神不符。”说着，把那几张纸递到萧怀玉手上。

萧怀玉拿着扫了几眼，回到自己屋里，过了一会儿，不见邹海全跟进来，便对着门外喊了句：“你们两个都进来。”等他俩进来了，萧怀玉就指着邹海全写的东西说道：“你是先知先觉呀！你的嗅觉真灵敏，‘打倒列强、联俄联共、扶助农工’，这是孙中山先生在国民党第一次全国代表大会宣言里提出来的重要精神，你马上就意识到了。在国共合作的新形势下，我们要放开手脚，在广大工人群众中间宣传马克思主义，扩大我们共产党人在群众中的影响。在中国共产党的旗帜下，我们更应该根据矿山劳工的实际情况展开广泛调研，要深入每一个炼厂、每一口矿井，细致地去了解劳工们的生存状况，揭露那些恶霸、监工、矿霸老爷敲诈勒索劳工的罪行，找出他们敲诈盘剥‘扫星麻子’的手段，找出真凭实据，打破‘水银秤’，揪出‘两个砣’。一定要揭穿杨善人等的丑恶面目，团结一切可以团结的力量，唤醒广大劳工维护自己的权益。”

颜清在一旁听着他们二人你一言我一语地讨论着当下的时局，回顾昨晚自己重读《共产党宣言》，共产党提出的“解放劳苦大众”的主旨与马克思、恩格斯所阐述的观点，以及孙中山先生提出的“三民主义”是有契合点的，是能够被广大劳苦大众接受的，是能实现民族大同的。

她壮起胆子问萧怀玉：“国共合作就意味着我们两党共同来实现孙中山先生的主张?”

邹海全立马回应道：“政治斗争没有我们想象的那么简单，有的时候美好的向往也只是一厢情愿，国民党遗老们和那些反动军阀是不会真正按照孙中山先生的理想去实施的，会千方百计地阻挠，维护他们自身的利益或小团体的利益。国民党中许多人都是从旧军阀以及清政府遗留下来的官僚买办、资产阶级改组而成的，派系斗争严重，明争暗斗。无论怎样，他们都不会站在穷苦百姓的立场上去实现国之大同，更别说‘耕者有其田’了。他们会想方设法维护他们的统治，破坏孙中山先生的‘三民主义’。”

萧怀玉也用极其坚定的口吻赞许道：“海全看问题就是深刻。在一段时间里，我们与国民党反动派的斗争将是一场艰苦卓绝、你死我活的革命。广泛发动矿山进步劳动群众，让他们充分认识到共产党人是实现世界大同、全心全意为世上劳苦大众谋幸福的政党，矿山劳工工会是代表他们切身利益的组织。”

月儿已经悄悄地爬上西山，邹海全把桌上的几张纸捡在手上：“你看完了吗？按照你刚刚说的意见，我再拿回去认真修改一下。”

颜清也在一边帮腔道：“嫂子回省城也有大半个月了，照理说也该回来了。如果她带回来的省委指示能够佐证海全先生的想法，那就给我们将来实施党组织的方针指明了方向。”

邹海全接着笑道：“我们家那口子回洋溪娘屋里了，这几天也该回来了，要不然冰冻了山路，这大矿山将会成为一个孤岛，抬都抬不上来。”

听他这么一说，萧怀玉就打起了哈哈：“老邹呀，实在不行你就去洋溪一趟，把她接上来嘛。回了娘家的媳妇，不接怕是要被拐跑咯！”

“那倒不会，照你这么说，我邹海全也太没有魅力了。”

“你可别说，我在武汉时，同僚的媳妇就被船帮的人拐走去享受荣华富贵了。”

“那敢情好啊，我们家那口子要是跟人家走了，我怕还要大摆宴席，送她点光洋才行。我正求之不得呢！只可惜我就是拿棒子打，她都不会走的。我倒是担心你老婆从省城赶过来这一路上的安全呐。”

一席话虽是调侃却一下子将气氛带入凝重。山野间呼啸的松涛声以及从窗口袭来的冷风吹得桌上的罩子灯忽明忽暗。

二十

秋天在萧怀玉等一干人夜以继日地忙碌中进入尾声。矿山的原野少了些许绿意，寒风呼啸着，卷起冬茅草那狗尾巴似的尾絮在风中摇曳。精灵般的种子像一朵朵小伞，随着劲风的吹拂在空中漫舞，寻找着各自的归宿。

冬茅草、醉鱼草都是大矿山上生命力最强的植被，它们根系发达且茂盛，在这大矿山上演绎着它们独有的生命力，在这无数次被淘砂人翻耕、废弃的一座座砂砾中顽强地生长着。

春天，冬茅草给这满目疮痍的山野披上了绿装；秋天，它们又用一种别样的美装点着这坑洼不平的山峦，竖起一道道防风屏障。

你会不时地看到衣衫褴褛的人在山野间砍一簇簇、一堆堆干枯了的冬茅草，背回去盖简易的茅棚。冬茅草被穷苦的人们用来搭建起遮风避雨的家。颜清望着窗外那迎风摇曳的冬茅草，终于领悟到萧怀玉用醉鱼草作为联络暗号的良苦用心。它代表着大矿山的原野，同时也代表着共产党扎根沃土，代表着共产党人根植在群众中生根发芽的决心。它就如冬茅草的每一颗种子，无论落在什么地方，无论是贫瘠的山地，还是泥泞的沼泽，哪怕是坚硬的石缝中，只要有雨水和一丝土壤，定能生根发芽。它正如我们共产党人，犹如星星之火，走到哪里都会发出光和热，温暖劳苦大众，照亮那方土地。

王汉清收租回来，打发哑巴去肖家湾平民学校给萧老爷送了银子。哑巴回来直比画，告诉他那女人说什么都不要。哑巴先是摸摸耳朵，又摸摸自己的胸，又拍了拍屁股撅了撅，后来又做了一个把东西放在桌上撒腿就往门外跑的动作，惹得在场的人一阵哄堂大笑。

王大当家鼓着眼睛认真瞧着，急得大脖颈青筋直蹦，吼道："你也长个嘴，就只能喝酒、呷饭，你前辈子恐怕是话痨，把这辈子要说的话都说完了。老天惩罚你，才让你成了哑巴。"

哑巴气得直跺脚，把小拇指翘起老高，使劲往地下点着，充满怒气地摆着手。聋子却在他身后捡着笑料，一脸傻呵呵地笑着，一个劲地说着不着天不着地的话。

王大当家跑过去拍了拍聋子的肩，在他耳边使劲地吼了句："别胡说八道了。"又对哑巴说了句："不错，你还算有灵性，没跟我白跑这么多年江湖。"

他知道光洋是送到颜清手上了，心里不免有几分得意：天下女人哪有不爱钱的。我大大方方地出手，就表明我是个有钱的主。我就不相信她不动心！如果能把她明媒正娶地抬进龙虎山做压寨夫人，也让她在山上开个识字班。哑巴能写字了，也就不用那么费劲了。让龙虎山这帮兄弟都能认字，也是我这个大当家积了德。

他心里想着，招呼人喊来二当家侯兴宇，吩咐道：“眼瞅着就到年根了，每年龙虎山的山门都要张灯结彩。今年你要操办这个事，把这山门装点得像是娶新媳妇似的红红火火。”侯兴宇应着：“那得请个先生好好地做副对联才行。这子鼠年可是好年景，按老古话说，鼠年聚财，风调雨顺。”

听侯兴宇这么一说，王大当家在心里盘算着，要在年前请萧老爷来龙虎山做客，要摆出阵势来迎接他们，要让颜清姑娘看看这龙虎山的威风，更要让萧老爷看看这龙虎山的阵仗，我王大当家在这大矿山可不是徒有其名，也好让他在颜清姑娘面前多美言几句，成人之美。他越想越以为自己这主意赛过了诸葛，便兴奋地扯着破锣嗓子，吼起了山歌：“哥在山上打鸟玩，妹在河边洗菜忙。你要呷菜拿一把，你想困觉夜里来……”

侯兴宇也跟着哼了几句，嬉皮笑脸地问道：“大当家今天咋这么高兴，莫不是又看上哪家的姑娘了?”

“哪有！这两天出去收账，帮龙虎山各位弟兄打了些秋风，今年能过个好年嘞！你把今年收回来的账都好好盘算盘算，每个弟兄打拼一年了，年根也要比往年多给几封光洋。弟兄们跟着我在这龙虎山上也不易，有的屋里上有老母，下有妻儿。叫花子也要过个热闹年，我龙虎山的人可不是叫花子。”

侯兴宇本是宝庆府人，是资江河上的船帮大爷。他往武汉运煤，在渣阳滩翻了船，亏了本钱，不敢回家，跟着蓝田担粮的商队上了大矿山，在楚丰炼厂做炉前工。因为忍受不了监工的虐待、盘剥，联合了几个工友趁着黑夜给监工喂了炉渣，被矿警抓了准备送县城大牢。他们途径化溪时正好遇着王大当家回龙虎山，于是被劫上龙虎山。因为侯兴宇识文断字，为人刚烈，且有一身好拳脚，被王大当家任命为龙虎山大管家兼账房先生。

侯兴宇常年在资江上风里行浪里走，穿资江，入洞庭，闯三镇，在汉正码头上有着不孬的人缘，跟三镇的丐帮首领更是拜把兄弟。自从他上了龙虎山，许多在资江上跑买卖折了本钱的人，听说他在大矿山发了财、行了运，都纷纷打着他的名号入伙龙虎山。凡是来投奔侯兴宇的人，王大当家是来者不拒。龙虎山也因为容留了侯兴宇而壮大了队伍，侯兴宇也因为手下有一帮人而在龙虎山打下了根基，深得手下人的爱戴，更成了大当家王汉清的依赖。龙虎山上大事小事，除了大当家，他说了都算数。大当家有什么皱眉头的事，也都会跟他商议。

王大当家吩咐完侯兴宇，又觉得没把事说完，应该把请萧老爷一干人来龙虎山做客的实情告诉他才对。在大堂转了几圈，便又打发人请来侯兴宇，一本正经地说道："我在肖家湾平民学校认识了一个萧老爷。这人了得，听说他是省城派来的官老爷。上一回在长龙界酒馆撞见，喝了一杯。前些日子我去拜访他，你别说，他可真好客——又是去吉利常端面，又是去老水酒馆喊菜，反过来我倒觉得不好意思了。萧老爷是个很仗义的人，年前我一定要把他请上龙虎山，跟山上的弟兄们一起喝三尖老水酒，呷铎山全牛席。"

侯兴宇认真地听着，附和着："萧老爷是见过大世面的人，从省城到这大矿山，没有两下子，能当上大矿山矿工会的头儿吗？我觉得以后我们龙虎山也要跟这些官老爷多来往才是，兴许他们就是哪个炼厂矿洞的大老板嘞。大当家你可能还不晓得，许多年前，就连蔡锷将军都在咱们大矿山入了股份。我在汉正码头听运锑的船老大说起过。你想想，当初蔡锷将军人在西南都入这大矿山的股，把云南那边的钱都投到这大矿山上，萧老爷他们肯定也在哪个洞子炼厂占了股份。咱龙虎山也不能光靠收地皮钱输打赢要，也要想法子做点正经生意。我看，咱们就抱着这个萧老爷的大腿，摸摸底细，让他也带着咱们这帮龙虎山的兄弟发点正经财。当下这年头啊，不管黑道有多厉害，还是靠着官家好做人。以前炼厂老板在这矿山上花蛮力，政府一声令下，几家大的炼厂还不是都被收了去？理由很简单：你没有采矿证。大当家，你在这大矿山混了这么久，那几家省城老爷投资的炼厂没有采矿证不是也开得好好的吗？矿山管理局拿他们不是也没办法吗？这就是一个道理：民不与官斗。要想发大财，让弟兄们有呷有喝，咱龙虎山就要跟这萧老爷搞好关系，一来二去，就不愁没呷没喝了。"

王大当家听了侯兴宇这一番话，一跺脚，对着侯兴宇胸口就是一拳："我说你是鬼灵精，实际上你是猴精猴精的，肚子里喝了两滴墨水就是不一样。"

"哪有！我是替大当家着想。"

"我咋就没那么想呢？我就只想着如何把那颜清姑娘抬上

山做压寨夫人!”

“我看这事有点悬。”侯兴宇把瓜皮帽拿在手上做扇子，“你也没打听打听，那姑娘是不是萧大老爷的相好啊。”

“人家有老婆，是省城带来的。那个邹先生也有家室。这颜清姑娘不过是平民学校的一个教员。”

“那你也得打听清楚，颜清姑娘是不是成了家。要是名花有主了，我看大当家你就没戏了。”

“呵！在这大矿山，我看上的女人，就算砸锅卖铁也要把她弄到手。”

“别，你这蛮干可不行，要是得罪了萧老爷，我开始跟你说的那事也没戏啦。大当家，我看咱们还是从长计议啊!”

王大当家拍了拍脑袋，认为侯兴宇说得有理，也不能为了一个女人断了自己的财路才对。侯兴宇看王大当家不作声了，打着哈哈道:“大当家，这事儿你也不用急，心急呷不了热豆腐。倒不如在铎山全牛席上，我旁敲侧击，帮你打听打听，问清楚那颜清姑娘是不是嫁了人。如果她说她没许下人家，那咱们就请萧老爷做媒，把聘礼厚厚地备着。这年头，有钱能使鬼推磨，给萧老爷也准备一份媒人礼，我就不相信萧老爷不出面帮你保媒。到那时，我们龙虎山因为大当家与颜清姑娘喜结连理，萧大老爷自然也就成了我们的靠山。”

“行，就按你说的办，这事成不成就看你的了。”

二十一

大地早已是晚秋，山野间绿意渐少，取而代之的是一山黄叶。旧矿洞坑坑洼洼的乱石岗在这秋景中凸显出来。山坡上，劳工们为了取暖燃起了一堆堆篝火。矿主们为了省事，在圈来的山坡上放野火烧场子，秋草借着风势发出“啪啪啪”的声响。烈火熊熊，疯狂地吞噬着草本植被，飞向远方。一路上，各种干枯的植物顷刻间化为乌有，所经之处留下熏黑一片。几棵老灌木可怜兮兮地冒着几缕残烟，把这秋演绎得更有几分凄凉。

大山原本绿意盎然，因地下蕴藏锑矿石而被人们剥去外衣，甚至连传宗接代的种子都没有留住。烟尘还在空中翻滚，炮手们就在残留着余温的砂砾中打眼、装硝药，铁锤打在钢钎上，发出“叮叮当当”的声音，掺杂着监工把头们声嘶力竭催工的叫喊。

“就你事多，懒牛懒马屎尿多，冇得霸蛮屙。我看你一天能打几锤!”

山上尘土飞扬，小路上抬锑笼的号子声四起：“踏稳脚喽，认清路喽，挣下银子好饱肚喽。”这本已萧瑟的秋，在这群衣衫褴褛的劳工们的映衬下又增添了几许寒意。炮声在山界上四处开花，此起彼伏。大矿山因为蕴藏锑便没有也分不清春夏秋冬。矿主们为了敛财，也不会将劳工们的冷暖挂在心上。在他们眼里，只要你能抡得起铁锤，能为他们创造价值，你就是劳力。监工们裹着棉袍在矿场上来回巡视。他们每日醉眼蒙眬，为矿主们榨干每一个劳工最后一滴血汗而拼命地、声嘶力竭地喊叫着……

这个秋天，大矿山似乎跟往年没有什么太大的区别。南矿区的鹰嘴岩仍然像一只翱翔在天空的大鸟，展开翅膀，随时准备去捕捉猎物；北矿区的白果岭、坝塘山仍然以它们各自雄伟的姿态屹立在原野上。

白天，劳工们在大矿山的胸膛上无休止地打眼、放炮；夜晚，山野间的灯光，无论春夏秋冬，萤火虫般地在黑夜中闪耀着，似乎这里没有了四时轮替。

然而这个秋天，工矿革命运动在大矿山悄然兴起，在广大劳工的心中孕育着，大有“山雨欲来风满楼”的趋势。秋的萧瑟在此时有着别样的景色。劳工们一反常态地在劳作中有了笑脸，相互间的说笑也带着几分无所畏惧的腔调。监工们似乎都感觉到了什么，私下里相互嘀咕：“难不成有谁给这大矿山的炮工们壮了胆?”

前段日子在各大炼厂的劳工们中间盛传，说昌记矿场的把头夜里被几个蒙面人装了麻袋，喂了矿砂，折腾个半死，又被扒光了衣服，捆了脚手，丢到茅草丛里打滚。家里人找到他时都变成了血人。谁不知道冬茅草的叶子像锯子一样利，在草地里打滚，那是往死里整啊！现在都还没找到是谁干的。

楚丰炼厂炼出来的几吨毛坯，一个晚上就被人都担走了，还留下一张条子，说是抵了炼厂克扣劳工的血汗钱。报了案，警察所都没查出个结果来。

两个把头相互告诫着："这世道怕是要变了，咱们也得收敛一些，别自找麻烦。眼下劳工们抱成了团，好虎架不住群狼，说不定哪天让人打了闷棍，死了都不知道是谁干的!"

"我姜海田就不怕这些！就凭我这一身好武艺，我就不信那个狠!"说着，他用手掌在自己的胸脯上使劲拍了拍。

"唉！你倒是。人一个，命一条，又是外乡人，屋里没有老少绊着……我不行，上有老下有小。要是让这帮劳工黑了，东家不会管我家里的死活，他们得靠什么活呀!"

"唉！你多虑了，几个穷劳工瞎折腾，我就不相信他们还能把这大矿山的规矩变了?"

"脚力们靠的是卖一身力气挣钱养家糊口，你我也是靠一身蛮力入股分红。每天喝五吆六，也是想要他们多出些矿，在年底分红的时候多几块钱。都是卖力的活，得罪的也都是一些懒汉，我就不相信勤快人还帮懒汉来反对我们。"

"海田兄，你这话差矣。用他们的话来说，你我代表的是一个阶级，也就是劳工们常挂在嘴边的资产阶级反动派。他们要推翻这个阶级，走共同富裕的道路，也就是常说的'耕者有其田'。"

"你怎么知道这么多?"

"前段时间，我听劳工们在悄悄传递这段话，我一听就知道他们是在暗地里鼓动劳工造反。"

"他们怎么说？你讲给我听听。"

“哦，原话是这样的：‘劳工们一年到头烟熏火燎，连饭都呷不饱，而矿主老爷们夏天不出汗、冬天不受寒，餐餐鸡鸭鱼肉，皮袍裹身，酒醉金迷、嫖赌逍遥’。钱从哪里来的呢？都是我们这帮监工把头帮他们从劳工身上敲诈出来的。有人煽动劳工们与我们做斗争，我一直都没想清楚，他们为什么要跟我们作对？我们也是做工的，怎么就成了资本家剥削劳工的帮凶了？海田兄，你听了就不害怕吗？”

姜海田似乎真有了几分害怕，起初那副趾高气扬的神态不知跑哪儿去了，倒像一只泄了气的猪尿泡，把头夹在两腿之间，不作声了。过了好一阵，姜海田用乞求的语气问道：“看来你比我强，劳工们说悄悄话都不躲着你，说明你在他们心中是个好人。将来我要真的翻了船，还得靠兄弟你拉一把才好。”

“这个你不用担心，就凭我们这么多年的交情，也会帮你的啦。”

莫轩见姜海田这个在劳工眼里凶神恶煞的帮工，被他在邹海全那里学来的一番话吓得没了脾气，心里更佩服邹海全了。邹老师在平民学校课堂上讲的每一句话都说到了劳工们的心坎里。矿砂是劳工石匠们采来的，锑是炉工师傅们炼的，钱却落到了矿老爷的腰包里。邹海全把道理讲得太明白了！

莫轩望着姜海田，沉思了片刻，用极其坚定的口吻说道：“海田兄，你倒不如跟我一道加入工会，站在广大劳工一边。

不图别的，我们为锑厂老爷们卖命，得到的那几块光洋也难以养家糊口。我们再也不能让老爷们当枪使。”

姜海田犹豫了片刻，一跺脚，嚷道：“莫轩兄，就听你的。今后你说什么就是什么，我唯你马首是瞻。”

莫轩上前，伸出右手，两个人的手紧紧地握了握。姜海田好像又忘了什么似的说道：“来，按我们江湖的规矩，咱们兄弟俩也得喝碗血酒才行。绿林好汉义结金兰，誓为生死弟兄，都必须歃血叩头。你等着，我去弄只鸡来，酒工棚里有。”说着，他一转身，把那根手上长期殴打劳工的棒子丢到了炉膛里，头也不回地向门前走去。

莫轩望着姜海田远去的背影，炉膛里的火把他身上的黑衫映得通红。望着炉膛里熊熊的火焰，莫轩更坚定了跟邹海全一道闹革命的决心。几个炉前工手里握着钢钎在炉膛里翻腾了几下，炉膛里火更旺了。莫轩却觉得还不够旺，走过去从师傅手中抢过钢钎，用力撬动这早已燃成焦炭的火红的煤，结了焦的煤随着他的撬动，火星四溅、火光冲天，把炼厂照得通红。

在场的师傅们望着他熟练的技法，给他端了一碗水，嚷道：“想不到莫轩把头还真有两下子哈！”

莫轩接过碗，一仰头喝干，放下碗道：“我刚来炼厂时也跟你们一样，靠的是一把子力气讨生活，可是一年到头挣来的几块钱养活不了一家人。老爷见我技术好，让我做把头，我本想着做了把头能多挣几块钱，可是每到发工钱的时候也跟你们没有什么两样，几经克扣也所剩无几。”

劳工们有些不明白："你们不都是股东吗？"

"哪有！老爷们的股东都是自家的亲戚，我一个外乡人是不可能入股的。"

二十二

农历二十八，矿山上的年味更浓了。艰辛劳作了一年的矿工们把平日里省呷俭用积攒下来的几块银圆捂在缅裆裤里，南下蓝田，北上新化，西走炉观，东奔温塘。墟市一场一场地赶，轮番买回孩子穿的新衣裳，姑娘扎头发的红头绳，堂客洗脸的香胰子，除夕辞旧迎新的鞭子炮。

十八茅湾的山路上，人流穿梭如织：担炭的脚夫一个跟着一个，担生石灰的老汉一个挨着一个。吱吱呀呀的扁担声，和着相互问候的祝福声，交织在一起，把年根下山野里的山风都焐热了。

"过年了，怎么还卖炭呀？"

"唉，不多换两个钱，拿什么过年！"

"哟，你看，您老这脑瓜子就是聪明。这过年谁家还不炒个瓜子花生、打两桌麻糖呀，家里再难也要炒一锅红薯片吧。这坛子灰是少不得，肯定能卖个好价钱。"

老汉有气无力地挪着步子，应着："家里难，没有什么东西能换到钱。担几坨生灰，看能不能换几升米回去。要是能换点现钱，也能到屠桌上砍块肉，三十晚上炆萝卜。”

“让让！快让让！”一阵马蹄声从后面传来。王汉清骑着高头大马，背着盒子枪把山路上的人都挤到了草丛中。老汉担的石灰一下子翻到草里，呼啦啦地冒着热气。几个嫂子立马围过来想帮他拾起来，可是生石灰遇水后的热度让她们根本捡不起来，转眼间就化成了一堆堆扬灰。寒风袭来，卷得石灰飞起老高，像雪花般把这萧瑟的山岗染白了。后面的嫂嫂们对着扬长而去的马队破口大骂：“真的没良心，见着人也不避着点儿，这路上担东西的多不易啊！”

恰在此时，一顶暖轿落在路边，萧怀玉从轿子里走出来，看到在一旁束手无策的老汉，走过去安慰道：“你是做了好事嘞！看，把这一山的枯草染得洁白，还帮你省了力气。”萧怀玉一边说着一边从口袋里掏出两块光洋递到老汉手上：“来，这是我给你的工钱。”老汉不知所措，手在前襟上直搓。萧怀玉堆着一脸笑说：“没关系，拿去吧！返回去的路上砍两斤肉回去过年。”

“我不敢要，无功不受禄，这是老规矩。我们素昧平生，你干吗要买我这扬了的灰呀？”

“哎，我说你是做了好事就是做了好事，来年这片山草就不会生虫了。”

路上停下来的人越来越多，围着的人也更多了。人群中不知谁认出了萧怀玉，大喊道：“哎哟，这不是萧先生吗！咱们矿工会的头儿，咱们工人纠察队的大老爷嘞！”老汉还是不敢去接那两块光洋。萧怀玉向前走了一步，拉起老汉的手，把两块光洋塞到他的手里，又用力把他的手合拢来，语重心长地说：“没关系，眼下就过年了，回去的路上砍两块肉带回去，三十晚上炆着呷。”

老叫花子清缘师傅手里拿着老竹马鞭打狗棍，左挤右挤来到萧怀玉跟前，打着拱手道：“萧大老爷这是要去哪里呀？”

“哦，是清缘师傅。我从铁山过来，轿夫们在这歇会儿脚。”

“这么巧啊！我在坝塘那儿就听说你的轿子上了十八茅湾，恰好在这遇上。”

“哎，你去哪里？”

“我去铁山赶酒席。”

“哟，谁家讨媳妇？”

“说是李善人家的满女要出嫁，嫁给湘乡一个连长做三姨太。说是那彩礼都是用骡马驮来的，马背都压弯了。”

“哟，那一定是个有钱的官爷。那你赶紧上路去喝一碗，我就不耽搁你了。”

转身时，清缘师傅还直给萧怀玉递眼色，把老竹马鞭打狗棍使劲地扬了扬，招呼众人：“快走呢，山上的风大。萧老爷你也别冻着了，快上轿赶路。”老汉见萧怀玉要走，扑通一声跪倒在草丛中，磕头如鸡捣米。萧怀玉把他扶了起来，安慰道：“天冷，你快走吧！我也要赶路。”轿夫也招呼着：“久歇无久力。萧老爷，咱们也赶路吧，汗干了会冻着的。”萧怀玉没有再上轿，而是跟着这群人在山路上慢慢地走着。

一个在宝大兴放炮的师傅凑过来说：“萧老爷，我能加入你们工会吗?”

“你是哪个炼厂的？可以的。以前为什么不加入?”

“圈子里的人说你们矿工会是挂羊头卖狗肉的，驼子会的人还说你们是收敛钱财的，根本不会像你们宣传的那样帮劳工们做好事。”

萧怀玉笑而不答：“你看我是一个敛财的人吗?”

“那倒不像，就是因为刚才你给那老汉两块钱，我才相信你们是好人，不像他们说的那么坏。驼子会的老爷经常来我们劳工中间说你们的坏话。”

“你们认识吗？你们是一伙的吗？我听说过，早闻其名，不认识。”

“他们是兔子寨的人，都是拜把子的兄弟，跟官府的关系那叫一个铁。在矿山上经常打家劫舍，用刀子捅人，我们好多劳工都被他们捅伤、杀死。在这大矿山上，他们可是一伙杀人不眨眼的魔王。”

几人一路上你一言我一语地聊着，任凭这刺骨的寒风在山岗上呼啸。萧怀玉听了这番话，收起脸上那固有的笑容：“哟，这矿山上还有这么一伙恶人吗？这跟土匪有什么区别？你们怎么不去报官呢?”

“报官没用，官府跟他们是一伙的，平日里还仰仗他们来了难呢。他们犯了王法，官府就是他们的后台。”

“哦，是这样啊。”萧怀玉轻轻地叹了口气，心想，工人纠察队、矿工会要想在广大劳工中树立威信，必须铲除这股恶势力，浇灭他们的威风，才能在这大矿山上立住脚。

邹海全在后面轻轻拉了拉萧怀玉的衣角，萧怀玉会意地在一个避风的山脚下停了下来，对众人说道：“今后你们谁要是遇到了什么难处，就到肖家湾来找我萧怀玉。我去帮你们报官、打官司。我们工人师傅和广大劳苦工人们要抱成团、拧成一股绳，到官府去讨说法。天不早了，大家都赶快各自赶路吧！”

人们望着这个被乞丐们称作“萧老爷”的中年汉子，走几步回头看看。担石灰的老汉更是一步三回头，自己辛辛苦苦担上山的坛子灰被马队冲翻了，却碰上这么个乐善好施的萧老爷，还给了两块光洋。他知道一担生石灰，就是碰上个好买家，自己喊得再高的价，也不值这么多钱。他走几步回头望一会，再走几步再望一会，任岭上的寒风吹乱那一头稀疏的白发，破烂的衣角在凛冽的寒风中飞舞。

萧怀玉正准备抬腿上轿，见老汉还在远处立着，吩咐轿夫抬着空轿前头走，自己转身朝老汉走去。

老汉见萧老爷朝自己走来，急忙头也不回地朝山下跑。萧怀玉便矗立在山顶目送老汉的背影，直至那佝偻的背影消失在山坳里，才笑着喊道：“慢着点！别跌倒了！”那喊声散落在寒风中，在山野中飘得很远，很远……

二十三

一路上，萧怀玉反复地思考着山路上师傅们的话。他暗自下定决心，一定要杀杀这帮地痞流氓的威风！兔子寨的人不是有意找矿工会的碴吗？他们不是仗着有一帮矿霸老爷做幕后老板吗？我们矿工会一定要让他们尝尝革命群众的厉害！一定要解解这山路上被羞辱的气，端掉兔子寨这个阻碍矿山革命运动的毒瘤、绊脚石！

萧怀玉领着一帮人走下十八茅湾，路过肖家湾，家都没回，直奔三角坪铁匠铺。袁老六见萧怀玉心急火燎地闯进来，知道一定是发生了什么事儿。他倒了一碗茶递到萧怀玉手上，关切地说道："看你这一身凉气，就知道你刚出了远门回来。来，快喝口热茶，暖和暖和身子。"

萧怀玉接过茶，那一肚子的懊恼似乎消了很多。他放下茶碗，把在山路上发生的事情对袁老六一五一十地说了一遍。袁老六一听，气得直跺脚，义愤填膺地在空中挥了一下拳头，斩钉截铁地喊道："我们矿山工会一定要踏平这兔子寨，铲除驼子会，为这大矿山平民百姓除害！"

萧怀玉沉思了片刻，用不容置疑的口气骂道："这帮地痞恶棍，我早就想除了他们！"他又稍稍稳定了一下情绪，用商量的口气对袁老六说道："铲除驼子会这帮恶棍，我们矿工会也要慎重，要注重策略，掌握他们破坏工人革命运动的证据，残害人民群众的事实。同时，我们要秘密深入矿区、炼厂，发动群众，宣传矿工会是矿工革命运动的领导者，更是广大劳工的主心骨，是和矿霸、把头、洋买办、地痞流氓、圈子、帮会做斗争的靠山。要在广大劳工群众中造声势、树立革命形象，广泛地传播马克思主义的同时，在各炼厂、矿洞与驼子会展开针锋相对的斗争。也要深入帮会，了解他们的内部情况。据我所知，入伙驼子会的人都是在各炼厂讨生计的外地劳工，很大部分人都被他们威逼利诱，还有一部分人根本不知道驼子会是干什么的，跟着瞎起哄。因为他们是外乡人，在这大矿山上讨生计怕欺生，认为加入了帮会，入了圈子就有了靠山，遇到什么麻烦事就可以找驼子会帮他们出气、了难。”

听完萧怀玉这样的分析，袁老六频频点头。突然，他一跺脚，道：“萧老爷，我有办法了！我们矿工会有个人曾经是驼子会的头目，因为看不惯驼子会那帮恶人欺压百姓，便拉了一帮弟兄加入矿工会。”

“你说的那个人是谁呀？”

“就是我们矿工会纠察队队长汉云呀！”

萧怀玉一听，拳头在空中一挥：“这就说明矿工会才是这大矿山贫苦人自己的组织！”他稍停了片刻，吩咐道，“我这会儿就回肖家湾，你想办法通知其他支部委员今晚在肖家湾平民学堂开个会，商量铲除驼子会的具体方案。”

“好！那我叫徒弟们兵分几路召集人。”

袁老六送走了萧怀玉，喊过两个徒弟吩咐道：“你们两个，大徒弟去飞水岩机电厂找莫轩师傅，就说家里有事要他去肖家湾，顺便请他招呼其他屋里人。”

大徒弟瞪大了眼睛：“其他屋里人是哪些人？”

“噢！怪我没说明白。你到路边上再扯两根醉鱼草带给他做药引子，什么都不用说，他就会明白。你一定要记住告诉他是今天晚上。”袁老六反复叮嘱，送他出了铁匠铺。

二徒弟拎着铁锤，见师傅进门，问道：“我去哪？”

“你去坝塘山，把三伯找来，就说我这有急活要他来帮几天忙。就说活很急，他再忙都得过来。”

袁老六的老婆从屋里出来，从二徒弟手上接过铁锤，轻言细语地说道：“郭子，师傅让你去坝塘山是因为你腿脚快，你快去快回。”

袁老六手锤在砧子上，打了一串花锤，接过老婆的话：“快去快回，铺子里还等着你干活。”

郭子解下身上的皮围裙：“师傅，那我这就去咯！”

“快去吧！刚刚我吩咐的话都记住了吗？”

郭子点了点头，边往门外走边应着：“记住了呢！”

袁老六家原本是上梅袁家山人，祖上在曹家坪开打铁铺，祖父袁开福是这方圆百里有名的犁铧师傅。他家打的犁头，他若称第二，没哪个铁匠敢称第一。袁老六他爹打得一把好菜刀，出炉不用磨，就如开了刃般快；再加上镶上楸木刀把，握在手上随便怎么使都不会松口开裂；黄铜制成的封挡，越使越亮，如金子般发光。这技术成了袁老六家的独家绝活。

袁家有七弟兄，都跟着祖父学打铁。兄弟几个各立门户，身怀绝技，四处开打铁铺子，生意那叫一个红火！

坝塘山开铁匠铺的是袁老六的三哥，外号三师傅。他不但继承了袁家的独门手艺，还练就了自己的独门绝技——鸟铳能打出双管，一次装两火；打火机头弹簧火候掌握得更是炉火纯青，没人敢比。在这大矿山，不管是南区还是北区，可谓独家生意。特别是在这动荡的矿区，各种势力都想拥有自己的武装，且武器匮乏，三师傅凭着一身好手艺便成了各大势力争抢的红人。

郭子一路小跑冲上了坝塘山，老远就听到三师傅铁匠铺的锤声，叮叮当当打着串锤。三师傅的铺子比袁老六的开得大，徒弟、帮工就有二十几号人，垄断着坝塘山一带炮钎、淬火等所有打制的铁匠活计，附近村民打个尿桶箍都会到他这里来。

那密密麻麻的叮当锤音与大矿山上四处开花的打炮眼、抢矿砂的震天号声交织在一起，把这大矿山冬日的寒气都凿热了。

郭子一进铁匠铺就直奔打火炉。伙计见郭子进来，一边翻着砧子上的物件，一边热情地跟他打招呼。按行里的辈分、规矩相互问候，称兄道弟。

郭子没见三师伯，便笑着问掌锤师傅："我三师伯去哪儿了？"

"去兔子寨打匕首去了。"

"那里有炉子吗？"

"嗐，看你这话说的！三师傅到哪都能造炉，只要有焦煤打铁，三师傅到哪都能打出刀来。”

“他什么时候去兔子寨的？”

他扳起指头掐了掐：“去了四个日子了。”

“要打多少匕首，还要多久？”

“说是兔子寨帮会里收了一百多号人，每人一把嘞！”

“那要打好久去了！”

“你过来找三师傅有事？”

“噢！师傅要我来请三师伯去三角坪帮几天忙。”

“什么活那么急？”

“不知道，师傅只是要我来喊人。”

“噢！那你知道兔子寨怎么走吗？”

“我哪晓得喽！坝塘山还是早先跟着师傅来看淬火记下的嘞！”

“那我跟炉上大师傅说一声，我陪你去兔子寨。你一个人去，我还真不放心嘞！”他本想再说点什么，话到了嘴边上又咽了回去。

郭子本来因三师伯不在家而一脸愁容，听掌锤师傅说陪自己一道去兔子寨，即刻就露出了一脸笑容。

登上山路，寒风中飘着呛鼻的焦炭燃烧后散发出的硫磺味。山坡上的小炼窑冒出一股股黑烟，赶在风口上，呼呼地蹿出几缕火苗。

翻过杉树坳，郭子喘着粗气问：“还有多远？”掌锤师傅站住脚向前面半山腰一指：“那就是兔子寨了。看见了吗？那山门上挂着牛头!"

郭子顺着他手指的方向应道："呵！还蛮威武嘛！兔子寨干吗要挂牛头呢?"

"那是寨门标志。听老一辈说，大矿山在前朝是南蛮之地、苗人之所。牛是苗人信奉的神灵，是辟邪免灾之物，更是苗人的精神图腾。"

郭子听掌门师傅说了一大串关于牛头的事，不停地哼哈应着，不知不觉就到了兔子寨山门前。见一男子短身打扮，袖口上吊着一串皮条儿，腰间扎着束带，束带上横插着两把吊着红绫的匕首。郭子扫一眼便知道这是刚打出来的刀，他断定三师伯就在这寨子里。

没等两人开口，那长得尖嘴猴腮的看门人便操着公鸭嗓子问："你们俩是来入圈子的吗？来，来！快进去！大掌门贺大当家正在里面坐堂，教大家刀枪不入之法，这会儿来是你们赶上了好时辰。"他边说边打着喷嚏，嘴巴"哈欠哈欠"地响个不停。郭子一看便知道，这人是大烟瘾犯了。

掌锤师傅上前拱手道："请问这位大哥，我家师傅还在你们寨子里干活吗?"

"哪……哪个晓得……谁是你家师傅？在这寨子里入伙干活的人多了去了，阿……阿嚏……我哪能认得全呀？阿……阿嚏!"

郭子捂着嘴，差点没笑出声来。

也许是烟瘾来得太急，也许是隔了几天没抽上一口，他的眼睛鼓得圆圆的，眼珠子转得飞快，寒风又吹得他鼻涕眼泪直流，没好气地冲着两人呵斥道：“你们两个是走还……还是不走，我……我反正是不陪你们在这儿挨冻了！”说着，他欲去关山门。

寨子里传来了一串叮叮当当的花锤声。掌锤师傅上前一步：“我俩找的就是这个铁匠师父，你让我们进去吧。”

“你们两……两个后生，找人连姓甚名谁都……都说不清楚，还闯兔子寨找……找人！三师傅是我……我们大当家请来打家伙的。”说着，他从腰间拔出一把匕首，“嗖”地一下甩出去钉在门前的樟树上，带着几分炫耀的口气：“三师傅也是你们能……能找的？滚……滚！莫……莫不是矿工会的人要……要你们来打探消息的吧？我……我替我们大当家的，让你们捎……捎个信回去，给你们矿工会的头，让他们识啊……识……相点，不出三天，我们就要踏啊踏平肖家湾！”这尖嘴猴腮的守门人先前说的话还能听清楚，也还算神气十足。可是，说着说着他的眼似乎发直了，手也抽搐着，一头栽在墙根下，来回地打着滚。

郭子见状，有几分紧张地拉了一把掌锤师傅。

“别怕，他这是大烟瘾发作了。咱们赶快进去，找师傅去！”

两个人闻着锤声寻去。

二十四

兔子寨除了寨门上挂着的牛头略显几分威严、充满杀气外，走进里面，却是歪歪斜斜的几栋劳工们住的草棚。一群土狗见来了生人，从四面八方狂叫着追了过来。

掌锤师傅见狗就要咬着郭子了，飞起一脚踢在狗子下巴颚上。狗在空中翻了个跟斗，重重地摔在地上，嗷嗷地逃走了。

“哪个呷了豹子胆的敢到我兔子寨来撒野！打狗也不看看主人是谁！”一个头戴瓜皮帽、挺着溜圆肚子、裹着棉袍、五大三粗的汉子飞也似的从草棚的一边追了出来，嘴里使劲地嚷着，后面还跟着七八个拿着梭镖的人，一过来就把两人围在了中间。

有人问：“二堂主，怎么处置这两个人？”大汉把他那瓜皮帽从脑袋上摘下来，揪着衣袖子在脑门上抹了一把汗：“都拉到神坛上去，听候大当家发落。”

他的话音刚落，门前又传来了干猴子声嘶力竭的呻吟声：“救命啊，给我一口……”

被称为二堂主的汉子听到后没好气地骂道：“你们谁去看看？把他放树上绑了。冻不死兴许明天烟就戒了，也就不用遭罪了。”

一帮人你看看我，我看看你，没有人理会他的话。只是不由分说地连推带搡，赶着掌锤师傅、郭子向兔子寨深处走去。

一群人正跪在神坛前，48 条长凳上摆着一排青花大瓷碗，倒满了酒。掌锤师傅一看这阵势，知道这是在开堂会，歃血结盟。两个人被众人赶到前面，被恶狠狠地训斥着："跪下！"

有人高喊禀报："贺大当家，我们抓来两个怕是矿工会派来的奸细。"

被称为贺大当家的人身着道袍，手执长剑，威风凛凛地站在四张方桌拼的台子上，阴阳怪气的，似乎是从鼻子里哼出来一句话："跪着吧。"

口中便念念有词，狂舞着长剑祈福请神。他抓起早已捆在桌脚上瑟瑟发抖的雄鸡，挥舞着长剑割了喉咙，把剑咬在嘴上，跳下神坛，飞也似的将鸡血滴在酒碗里。鸡还在他手上蹬着双脚，他顺手将鸡丢在地上，端起一碗血酒举过头顶，又端在胸前，嘴唇不停地颤抖，右手小拇指蘸酒，翘起莲花指，弹向空中，祭天地神灵，旋即又洒向四方，祭各路神仙。恰在此时，刚放在地上的鸡弹了几下腿，突然站了起来，耷拉着脑袋原地转着圈。

贺大当家瞧了一眼，心中窃喜，赶紧将酒碗捧在嘴边，大喊道："各路兄弟都端起酒来，我们一起对天盟誓，有福同享，有难同当。为圈子威名四方，众信徒两肋插刀。"

说完又将酒碗高高地举过头顶，高喊："干！"

众人一仰脖，喝干了酒，一齐将酒碗用力地摔碎在脚前。贺大当家随手抄起长剑，突然刺向那还在转圈的鸡，挑起来用力甩向空中。众人也从腰间拔出匕首，声嘶力竭地高喊："杀！杀！杀！"

喊声惊扰了铁匠炉旁打刀的三师傅。他把铁锤在砧子上掂了掂，放下手锤，端起炉台上的钵子正要喝水，守门的瘦猴子跌跌撞撞地闯了过来。那双无神的眼睛瞪得溜圆，四处巡视着，不失礼数地冲着三师傅拱手，结结巴巴地嘴唇犯瓢、冒着白沫："师……师傅，先前寨口那有两个人来找你。"

"人呢？"

"我……我……我冻得撒尿去了，转身就没看见人影了，我还以……以为到你这儿来了嘞！没来，那他们一定是矿工会派来的奸细。"

三师傅一听有人到兔子寨说找自己，料到一定是坝塘山铁匠铺里的自家人。他放下锤子，水也顾不得喝了："那你领我去，看谁找我。"

震耳欲聋的喊杀声吓得三师傅一激灵，心想：莫不是被贺大当家抓了去杀了？不管是不是坝塘山铺子里的人，都得赶过去探探虚实。他顾不得太多，撒腿就往前跑。瘦猴子在后面喊："你走那么快干什么？等等我！那俩人我认识，在寨门口打过照面的。"

爬上了山坡，三师傅老远就见一帮人正围着两个人起哄。贺大当家手里拿着长剑，耀武扬威。

三师傅三步并两步，一个纵身就跳到人群中间，抓着掌锤师傅的手，责问道："贺大当家，你怎么能这样待我徒弟呢？"又一手牵过郭子的手，嚷道，"走，到炉子那儿帮我收拾家伙，回坝塘山！"

这突如其来的一幕，把神坛前那一群乌合之众都震住了。

贺大当家半晌才缓过神来，举着长剑冲到三师傅跟前，一脸惊讶地用剑指着掌锤师傅，问三师傅："他们都是你门下弟子？刚刚二当家可是禀报我说他们抓了两个矿工会的奸细。"三师傅见贺大当家用剑指着自己的弟子，气就不打一处来，二话没说，飞起一脚踢到贺大当家手腕上，脱手的剑在空中转着圈。三师傅牵过两个弟子的手合在一起，脚踩合手上一跃，如飞人般在空中将剑接在手中，落在神坛桌子上。剑在桌子上一点，人就到了掌锤师傅和郭子身后，大喝一声："都给我让开！"

驼子会众人早已吓得魂飞丧胆。贺大当家见三师傅那怒发冲冠的样子，张开双臂拦在前面赔着笑脸道："三师傅，这完全是一场误会。你听我把事情问个明白再走不迟。"三师傅把剑一挥，怒斥道："让开！哪有那么多误会？要不是我听到你们的喊杀声赶过来，这会儿我两个徒弟怕都成了你的刀下鬼，还说误会！让开！没得话说！"贺大当家拱着手一个劲地赔不是，嘴里不停地说："误会，误会。"

掌锤师傅这会儿也攥着拳头冲到瘦猴子面前，抓着他的衣领一把扯过来，一脚踹在地上，对三师傅说道："师傅，先前在寨门口，我们说来兔子寨是找师父您的，他就是不让我们进。那时正好他犯了大烟瘾，我和郭子才溜进来，又被看家狗追咬。我怕咬着郭子，踢了那疯狗一脚，才被他们一伙人打到这儿来的。"说完，他又指着戴瓜皮帽的壮汉，"就是他领着一伙人把我们打到这儿来的，还说我们是矿工会派来的奸细。”

三师傅一听，犹如火上浇油，用剑指着壮汉问：“你凭什么说我的两个弟子是矿工会派来的奸细？可有什么证据？”没等他回答，三师傅一脚踢在壮汉的裆下：“你快说！凭什么说他们是奸细？”壮汉双手捂着裤裆，“哎哟”一声跪了下去。贺大当家见三师傅当着他的面打了他二当家，脸一沉，怒气冲冲地冲着三师傅喊道：“住手！打狗你也不看看主人是谁！有事说事，不得在我兔子寨撒野！”

三师傅冷笑道：“你也知道打狗欺主的道理啊？我的两个弟子来兔子寨找我自然是有事儿。要不是我来得快，他们可就成刀下鬼了，你这不是欺人太甚吗？还说他俩是矿工会派来的奸细？也不问个青红皂白，好在我来得快。今天，你们要是真杀了我两个弟子，我袁家不出半日必踏平你兔子寨。”

先前跪在地上的壮汉突然从地上跳起来，高喊：“众弟子抄家伙，别让他们三个踏出兔子寨半步！”说着就冲上来夺三师傅手中的长剑。三师傅顺势一闪，借力打力，对着他的屁股就是一脚，把他重重地摔在地上，再一个箭步冲过去，一脚踩在壮汉的脖子上，用剑指着头：“都别动！”掌锤师傅和郭子也拉开架势护着师傅。众人都不敢再动了。

贺大当家见自己的一群信徒都被吓得呆若木鸡，收起刚刚那怒不可遏的嘴脸，拱着手赔着笑脸道：“三师傅，好手段，息怒，息怒，别为一场误会伤了你我的和气。”三师傅并不理会，松开脚又狠狠地在壮汉的肚子上飞起一脚，呵斥道：

"滚!"对两个弟子使了个眼色，拖着剑扬长而去。

袁老六自从送走两个徒弟，大半晌都不见一个人回来报信，心里升起了不祥之兆。一把大刀片的毛料在炉膛里烧得通红，不知怎么了，他只是翻来覆去地让它在炉膛里使劲地烧。老伴呼呼地拉着风箱，以为是火候还不到，风箱拉得更起劲了。袁老六不知从哪里冒出一股无名火，手锤在砧子上，使劲地敲了敲，骂道："你没见铁锭烧化了吗？还使劲拉。"老伴也不示弱："我还当你火候不到呢!"袁老六用铁钳夹出毛铁，在砧子上使劲地打了几锤，钢花四溅。老伴收了风箱，在袁老六一串锤声中抓起大锤打着点锤，直打到那把大刀面平、刃锋才歇气。袁老六在砧子上打着空锤，向门外张望几眼。路过的熟人撞到他的眼神，误以为是跟他们打招呼，停住脚步跟他寒暄几句。袁老六哼哈地笑两句，便只顾打手上的活计。

老伴一手拉着风箱把，侧着身子，顺着袁老六的视线向门外张望了许久，也没见两个徒弟的身影；抬头望了一眼天，几分焦急地问袁老六："坝塘山没几步路啊，郭子这孩子也该打转身了呀，这天都要黑了。"

袁老六回头望了老伴一眼，在门口站了许久，虽然他知道老伴是担心，却还是没好气地骂道："别瞎操心！赶快去弄饭，过会他们两个回来好有饭呷。"

老伴任他怎么凶都不计较，跟他过了这么多年，她知道袁老六就像这打铁炉——外表看着不光鲜，但内心火热。

老伴刚要转身，却一眼瞧见几个人从三角坪那儿走了过来，打头的是杨念初，莫轩紧跟其后。

“当家的，你快来看，你打发去机电厂的人回来了。”

一进门，袁老六就迫不及待地问大徒弟：“打发你去南矿找个人，没几步路呀，怎么磨蹭到这会儿才回来？不知道铺子里活计忙吗？我正准备打发头牛去找马嘞！”数落完徒弟，转身对杨念初轻言细语地说道：“你快去肖家湾平民学校，萧老爷怕都等急了！”

大徒弟在铺子里扫了几眼，没见郭子。师娘告诉他：“别找了，郭子还没回来！”

“坝塘山没几步路啊，莫不是出了什么事？我去路上看看。”没等袁老六应话，他便一溜烟消失在夜幕中。

罗家院的山路上远远地听到一串急促的脚步声，有人大声地骂娘。他细一听，正是三师傅那粗犷而掷地有声的嗓音：“姓贺的竟敢跟我过不去，瞎了他那狗眼！我今晚就回袁家山喊人，平了兔子寨！”

大徒弟闪过几个挑担的人，站在路边草丛中，等他们走近，喊了句：“郭子，是你们吗？”

“是嘞，是嘞，师哥。”

一碰面，他给三师傅拱了拱手，便问郭子：“你怎么才打转身？”

三师傅接话道：“要不是我跑得快，你这师弟怕连命都没有了！”

“怎么回事？谁有这狗胆？快告诉我！还敢杀我师弟？”

“别问了，一两句话也说不清楚，回去再说。”

掌锤师傅尽管逃出兔子寨已经很远了，却还是心有余悸，走几步回头看看。郭子去给他壮胆、鼓劲道：“回么子头喽，都快到家了，还怕他贺大当家！难不成他还敢追到三角坪来?”

三师傅也拉了一把掌锤师傅，打气道：“别怕，有师傅呢!”

一伙人回到了铁匠铺，三师傅一进门就嚷道：“快给我倒杯凉茶，渴死我了!”

袁老六从炉台上递过自己的茶碗。三师傅一饮而尽，放下碗便迫不及待地将郭子、掌锤师傅差点丢了性命的事一五一十、义愤填膺地说了一通。莫轩在一边认真地听着，掌锤师傅又在一旁添油加醋。袁老六没听完，举在空中的手锤重重地砸在砧子上，骂道：“姓贺的，竟敢跟我袁家过不去！走，跟我去平了他兔子寨!”

莫轩赶快拦在门口，袁老六的老婆丢掉风箱棒，拽着袁老六的胳膊，两个人使劲地劝着。莫轩拉着他的手：“君子报仇，十年不晚。萧老爷的话你忘了吗？叫他们俩兄弟分头去通知人是因为有急事。你放心，兔子寨的人就像兔子尾巴一样——长不了！平个小小的兔子寨还用得着你回袁家山搬族人吗？矿工会这帮兄弟随便吆喝一声就把它平了。但是咱们也要有正当理由，有理有据地去惩罚这些恶贯满盈、阻碍矿山革命的恶霸、矿匪!”

三师傅也过来拉着兄弟的手：“先忍忍，先忍忍。噢！你把我找过来是有什么事儿吗?”

“是萧老爷让我打发人去喊你，说你的小把、梭镖手艺活是一绝，还要请你打几百支火铳。你知道，我这炉子小、人手少，手艺也不如你，想请你过来忙活一阵子。”

“我也犯浑，前一阵子都帮驼子会的人打这些家伙了。要是早知道他连我袁家人都不放在眼里的话，给再多的钱我也不会帮他们打家伙什!”

袁老六的老婆见他消了气，便说：“你们聊着，我去煮饭!”又吩咐郭子道，“你去老水酒馆打十斤水酒来，让你师傅陪三伯喝两口。”

莫轩则打着拱手：“我跟郭子一起出门，去肖家湾。”

二十五

肖家湾平民学校教室里两盏大大的汽灯把不大的教室照得通明。邹海全站在讲台上，底下围坐着一帮商界的老爷们：有药铺的掌柜、棺材铺的伙计……大家正你一言我一语地数落这驼子会贺大当家的种种劣迹：欺压劳工、打家劫舍、欺男霸女、横抢豪夺……

棺材店的伙计说：“驼子会的人可不好惹！你得罪了他们，晚上他们会派人，不是在你的铺面上泼大粪，就是撬街石。长龙界上好多家店铺都呷了这样的亏，店老板都敢怒不敢言。说白一点，能在这大矿山上开店，多少都是有点靠山的人家，可是哪家的靠山又有他家的硬呀？一般担脚、送炭、卖豆腐、打谷的小商小贩们，就更不敢惹驼子会的人了。放炮、捡砂的，哪个还敢跟他们过不去？”

“他们的靠山是刘让乔、肖干忠这帮人。他们在矿山就像那山溪里的螃蟹，走路都是横着的。他们盘踞在兔子寨，仰仗着官府，杀人越货，谁都欲告无门。”

萧怀玉认真地听着每一个人的诉说；邹海全在纸上快速地记下每个人的说辞；颜清穿梭在教室里，不停地给大家添热茶。莫轩从后门闪了进来，邹海全把他拉在身边坐下，小声地问道：“你怎么才过来？”

“我刚从铁匠铺那儿来，今天差点误了大事。”

“什么事？”

“袁老六的徒弟郭子差点没让驼子会给砍了头。”

“怎么会这样？”

邹海全立马走到教室前面，跟萧怀玉耳语了几句，两个人又把莫轩喊到了屋外。萧怀玉一听莫轩的诉说，沉思了片刻：“一会儿你就在这会上把今天发生的事情说给大家听。”

莫轩有些犹豫，邹海全打气道：“我们就是要把兔子寨贺大当家的种种劣迹公之于众，提高大家的觉悟，为大矿山的平民百姓撑腰。你不用怕。”

莫轩头一扬、脚一跺，一本正经地说道：“他？我还怕他！

我自打跟着你萧大老爷混，肚子里从来没想过怕字。在这黑白两道上，不是我自吹，我还算得上汉子嘞！”

说完，他一转身进了教室。重重的关门声把屋檐上的冰溜子震得哗哗直落，掉在地上摔得粉碎。

教室里，莫轩那洪亮的声音传了出来：“各位老板，我把刚刚发生在兔子寨的事说给大家听。三角坪袁老六的徒弟郭子和坝塘山三师傅、掌锤师傅，差一点点就被他们兔子寨砍了脑袋，祭了坛。我刚刚从袁铁匠铺里来，你说这贺大当家他们那帮人是不是该砍脑壳？”

屋里人听完莫轩的一番话，个个义愤填膺：“早就该平了他兔子寨了。”有人喊：“邹先生，你就组织大家伙儿铲平兔子寨。你们要钱我们给钱，要人我们出力。”棺材铺的伙计更是一本正经地说：“要是我们的人被打死了，出门时我们老板说了，棺材板不要钱。”有人立马反驳道：“说点吉利的话！大家都听萧老爷和邹先生的。”

莫轩把他那有力的拳头在空中挥了挥：“大家伙安静！听萧老爷怎么说。”

萧怀玉站在讲台上：“刚刚大家说得都很好，把兔子寨贺大当家等一伙人欺压百姓、挑拨矿工会与广大劳工关系的事实都摆得一清二楚。这就是我们要铲除他们，为矿山上广大劳苦大众讨还血债的证据。今天晚上，我们大家聚在一起，共商铲除兔子寨这个恶瘤的大计，就是矿工会为广大劳苦大众撑腰。”

隆冬季节，外面寒风凛冽，而这肖家湾的平民学校里却是革命热情高涨。午夜时分，当一轮皓月高高地挂在白果岭上空时，萧怀玉把与会的人们一个一个地送出了门。

二十六

“咚咚咚”，急促的敲门声把颜清从睡梦中唤醒。她披上衣服，警惕地把桌上的文件藏好，稳定了一下情绪，隔着木门问道：“谁呀?”

外面传来一群人混杂的声音：“驼子会不准我们上工了！他们在每家的炼厂门口、矿洞口、去矿洞的路上都派了很多人，连挑炭的人都打，扬言十天内要血洗大矿山。”

见颜清开了门，围在外面的人嘴里喷着热气，七嘴八舌地诉求着：“矿工会不是说为我们做主吗？眼看就到年关了，我们这些人不做工，拿什么钱过年呐?”

汉云领着一帮矿工会的人，手里拿着梭镖，手臂上套着红袖章，拨开了人群，对颜清说：“快请邹海全出来。告诉他，前几天来开会的棺材铺的伙计让驼子会的人绑了肉票，赎金开得很高，要一千大洋。”

人群中马上有人说：“那人被关到屯军山去了，都被打得半死。”

汉云一听，来不及与邹海全商量，跟颜清吩咐了一句：

“你跟萧先生说一句，我去救人了。”

众人听说要去救人，一呼百应。汉云冲在前面，队伍从肖家湾出发。一路上不论看热闹的人，还是矿工会的人，都聚集在一起，前呼后拥，浩浩荡荡，向屯军山奔去。

贺大当家躺在大烟床上吞云吐雾，喽啰们惊魂失措地跑进来向他报告，说是矿工会的人带着很多家伙来抢人了。他一骨碌爬起来，把两把匕首往腰间一插：“你快到兔子寨召集人马，去警察所报官。”

汉云领着人已经冲到了他屋门口，一帮人怒吼着：“快把棺材铺的伙计交出来，别怪我们不客气！”有些人高喊：“贺老鬼，滚出来说事！别躲在屋里装孙子。”

贺大当家气急败坏地从屋里冲出来，招呼自己人：“别怕，给我打！送上门来的老虎都要咬三口。”

顷刻间，屯军山上矿工会的人和驼子会的人陷入混战，呼喊声一片。汉云与贺大当家你推我搡，厮打在一起。

几个喽啰伸长脖子声嘶力竭地叫喊：“大当家，我们来了！”随后便一窝蜂地围攻汉云。厮打中，砖块在空中飞舞，梭镖与大刀厮杀，一时间场面混乱，分不出胜负。兔子寨的人越来越多，他们头上扎着红布，大有一拼到底的气势。正在这时，邹海全领着矿工会的纠察队赶了过来，把兔子寨的人团团围了起来。两三个回合后，贺大当家便被五花大绑。汉云向邹海全报告：“驼子会贺大当家的让我们给捆了。”邹海全一手插腰，大声地喊道：“押回去！送官。”

警察所所长邹满金领着一队人马背着长枪风风火火地赶了过来。贺大当家一见邹满金像见了救星似的，对邹海全说：“你还不给老子松绑！有你好看的！”

邹满金也在一边打着官腔：“快放人！你们聚众斗殴，扰乱社会。”

汉云在一旁指着被打得浑身是血的棺材铺的伙计，对邹满金道：“我们是来救人的。你看，贺大当家凭着他驼子会人多势众，无恶不作，绑票、抢钱，还私设公堂，人证俱在。他还阻止工人进厂做工。这种十恶不赦的地痞流氓，你应当秉公执法，从严处置，还百姓安宁。”众人高举着刀枪高呼：“从严处置，就地正法！除暴安良，杀了年猪好过年！”

邹海全也义正词严地对邹满金说：“所长，你看这事怎么办？”

“这能怎么办？把人交给我再说了。杀人偿命，欠债还钱，我们也得看事实依据。”

众人一听他还这么帮贺大当家开脱，怒吼声震天响。邹满金见群情激愤，深知众怒难平，掏出手枪向天上连打三枪，声嘶力竭地喊道：“都安静！”便走到厂子中央，说道：“工人弟兄们，请你们放心。人，我先带走了。待我查清事实，定会给你们一个满意的交代。”说着他就喊警察拖着贺大当家下了山。

贺大当家平日里耀武扬威，被矿工会抓了以后，就像泄了气的皮球，再也没有往日的威风。

邹满金迫于矿工会的压力连夜提审，没几个回合，贺大当家就竹筒倒豆子般，把他所做的一切都如实交代，并供出了同伙。矿工会督促邹满金顺藤摸瓜，随后工人纠察队又抓了彭疯子。

邹海全率领矿工会与各大炼厂老板广泛交涉，争取商会支持的同时给邹满金施压。在大矿山各个阶层的共同努力下，驼子会贺大当家与恶贯满盈的彭疯子一道依照法规被判处死刑。

正月二十一，谭家冲紧挨山坡的田埂上搭了一个席棚。大矿山商会几位大佬都早早地按主次坐在台子上，一个个肥头大耳，红光满面。席棚上高挂着宣判大会几个白纸黑字。邹满金一改平日长袍马褂的装扮，全副武装，手上还戴了一双洁白的纱手套，皮靴也许是刚擦过油，闪着乌黑的亮光。台前一排荷枪实弹的警察站在离台根一丈远的地方，干枯的稻田里黑压压地聚满了闻讯赶来看热闹的百姓。有人踮着脚向台上张望，有人问："这是要杀谁呀，咋没看到人呢？也不让人过了年再上路。"有人搭话："自打明朝那会儿，都是年前行刑，让罪人赶到阴曹地府去过年。清朝那会儿也是年前推出午门斩首。我看邹满金还是有良心的嘞，让他过了正月二十一，也算法外开恩啦！"人群一下子就把这说话的人围住了。

金枪师傅也在人群中凑热闹，从后边向前面挤了挤。一看是老叫花子清缘，手里拄着他那形影不离的老竹马鞭打狗棍，正神采飞扬地给众人说刑律。老叫花子一改平日唯唯诺诺、细如蚊蝇的调子，这会儿不知哪来的底气，声大如钟。旷野上，拥挤的人群都能听到他那富有磁性的声音。有人大声地喊着：

“今天要杀的是谁？你说了半天，都没弄明白！”

“哎，我当来看热闹的人都知道呢！要不这大冷的天咋还往这跑看热闹？今天该死的人就是在这大矿山上欺行霸市、明抢豪夺、输打赢要的大地痞——驼子会贺大当家和彭疯子！相信今天来这里的好多人都是来报仇的！”他这一声吆喝，从人群后面传来一阵喊杀声：“杀！该杀！这两个挨千刀的，欺男霸女、强取豪夺，我们在山上捡点野砂他们都不嫌少，见着就抢！”喊杀声震荡着旷野。

矿工会的一帮人陆续走上审判台。邹满金上前拱了拱手，嘴里客套道：“呵，几位先生是赶着点儿来的。”他抬头望了望天，“监斩官也到了，想必时辰也差不多了。”他向台上张望了几许，目光落在师爷的脸上，大声地问：“时辰到了吗？”自己又从上衣口袋里掏出怀表看了一眼：“问你个屁，我这有表呢！恰是午时三刻。”他又转身问了一下邹海全：“大会开始吗？”

邹海全点了点头。邹满金走到喇叭前：“把两个死囚押到台下！”几个彪形大汉把五花大绑的贺大当家和彭疯子从席棚的后面拖猪般地摁到台子下面。判官宣读了他们十恶不赦的八大罪状：“依据民国法典，判处死刑，验明正身，押赴刑场，立即枪决！”

话音刚落，一块写了名字、打了红叉的牌子被插到两人的背上。四个大汉架着两人从人群中横穿而过，押到会场后面的篙笋田边，随后便传来几声枪响。

警戒的警察、监斩官刚一撤出，没等两位收尸的主家靠拢，人群乌泱泱地围了过去。胆大的就去解绳子，说是回家绑猪长得快；还有更胆大的从怀里掏出几个馒头，沾着那殷红的血，说是呷了长生不老。急着收尸的主家在后面是大哭小叫，号啕不止："求求你们了，积点阴德吧！人都死了，想必你们大家伙仇也报了，恨也解了！"贺大当家的老婆领着几个家人跪在地上鸡啄米似的给众人磕着头，嘴里不停地哭喊着。十几个家里的亲戚才用一块白布裹了贺大当家，把尸体抢出人群。这会儿，彭疯子的衣服都被人扯了去，好不容易挤进来收尸的家人用一床旧席子裹了这具光溜溜的尸体，哭喊着冲出人群。

老叫花子清缘看到这一切，自言自语道："有仇报仇，有冤报冤。不是不报，时辰未到！"

萧怀玉一直在平民学校的办公室里来回地踱着步子，几声清脆的枪声传来，他一直悬着的那颗心放了下来。他确定，矿工会领导的这次惩恶扬善、维护轰轰烈烈的工矿革命运动、壮大矿工会在广大劳工中声望的除暴活动取得了圆满成功。

邹海全领着莫轩等一帮人急不可耐地跑过来向他汇报："真解气！终于把这帮恶魔送上了断头台！我看呐，这就是咱们矿山革命运动的起点。只要广大劳工组织起来，与矿山把头们斗，我们将无坚不摧！"

萧怀玉站起来，拍了拍邹海全的肩膀，一脸严肃地说道："这只是矿山工矿革命运动的开始，只能说我们开了个好头。下一步我们要扩大矿工会的武装，想方设法弄到武器武装自己。”

“怀玉，你说得对！我认为瓦解了驼子会，我们更要团结大多数可以团结的革命力量。我建议对过去参加过驼子会，现在认清了革命形势，自愿加入矿工会的人既往不咎，充分吸纳革命力量，壮大革命队伍。”

萧怀玉把他那强有力的臂膀一挥：“对！我们共产党人要有博大的胸襟，更要有海纳百川的气概，牢记为广大劳苦大众谋幸福的初心。坚定信念，我们的工矿革命就一定能成功，获得全面胜利。今天的枪声，就是为一切剥削阶级、一切反动派恶势力敲响的丧钟”。

二十七

催春的脚步融化了远山的积雪，迎新的鞭炮唤醒了沉睡的矿山。人们初一一大早便出门拜年了。陶塘街那青石板路上覆盖着一层厚厚的鞭炮纸，如同铺了一层厚厚的红地毯。店铺也早早地开了张，拜年的人流拥挤在这繁华的街市，互相行拱手礼，相互问候着。“新年好”的话语，从街的这头传到了街的那头。

随着唐生智把赵恒惕、叶开鑫等反动势力赶出了湖南，革命的政治局面豁然开朗，革命的浪潮风起云涌，各种组织都由地下活动浮出水面，良莠不分，参差不齐。

萧怀玉领导的大矿山矿工会也借此良机由过去的地下秘密活动转而公开深入炼厂、矿场，广泛地发动劳工加入矿工会。几天时间，把那些徘徊观望的工人组织进行了整合、收编，并入矿工会。矿工会会员迅速扩大，发展到了三千多人，真可谓声势浩荡。

童子团的穷孩子们尤其活跃。他们手里握着红绿各半的指挥棒，胸前别着童子团的三角牌，统一着一身蓝布制式服装，时常摇着禁赌的三角彩旗走街串巷，三五成群地唱着童谣："莫赌钱，十赌九输好可怜。打牌赌博一条龙，一时富贵一时穷……输红眼打婆娘，高利贷息滚息，还不上嘞头悬梁，老婆崽女哭断肠……"在这大年初一的早晨，孩子们哪里人多往哪里聚。三角坪的烟馆、长隆界的赌场、陶塘街的妓院，都被这帮孩子们把守得严严实实。那些赌徒们一听说童子团来了，吓得都从后门溜出去。几个逛窑子的老客更是让孩子们吵得无地自容。

夜幕降临，新年的鞭炮声在山野间此起彼伏。窜天猴在空中开花，五彩缤纷，给这大矿山平添了几分喜庆。罗昌山是这矿山上公认的孩子王，尽管白天东奔西走，还是不减孩子王的天性，领着一帮童子团的孩子这家窗户底下听一阵，那家门缝里瞧一瞧，恪守着邹海全给他们训话时的要求："童子团的团员应该大公无私，就算是你父亲打牌赌钱也要铁面无私地干涉！如果你们家里有抽大烟的，也一定要向矿工会报告。"尽管是大年初一的晚上，精力旺盛的孩子们没有一丝疲倦。几个人巡视到公益炼厂时，从大门口正好出来几个喝醉了酒的把头，喷着满嘴的酒气骂骂咧咧地抱怨：“曾老板真不是东西！给他拜年，送了礼不说，还输给他一大把光洋！”另一醉汉则安慰道：“行啦！就当给他儿子、老娘发了压……压岁钱。开工时再从他那里捞……捞回来就是，羊毛反正出在羊身上。”

“你说得轻巧。你反正是掌秤的经官，收砂时找个‘扫星麻子’商量好，打几手空秤不就回来了吗?”

“那……那可不行。活到这把年纪，从来就没干过那缺德的事。我可不像曾老板那么见钱眼开，我愿赌服输。”

罗昌山领着一群小伙伴悄悄地跟在两个人后面，得到这一消息后，相互打着手势，停下脚步。几经商议，他们兵分两路，一路去公益炼厂盯梢，一路去肖家湾矿工会总部向邹海全报告。两路人马顷刻间消失在黑夜中。

尽管是过年，公益炼厂里依然灯火通明，炼炉的火光把这漆黑的夜晚照得一片通红。孩子们趴在一处亮着灯的窗角下，不时地听着里面传出“开大”“开小”的喝彩声，和着色子的响声，以及输了钱的人那一声声叹息，赢了钱的人那兴高采烈的笑语。

邹海全得到童子团的线报，吩咐来送信的一帮孩子：“你们做得好，赶快回去告诉你们团长罗昌山，一定要智取，还要有证据。不管抓到的是谁，你们都把他请到这里来。我们一定会对他进行严肃的教育，告诉他赌博的危害和对社会风气的影响。我跟其他矿工会的人在这候着你们的佳音。”

受命的几个童子团团员听到邹海全这番话，像打了鸡血似的从肖家湾到公益炼厂，一会工夫就跑了回去，一个个气喘吁吁的，头发上都冒着热气。团员们花着脸，汗洗白了平日里黝黑的小脸蛋，一见面就把邹海全的指示一字不漏地报告给了罗昌山。

罗昌山一听，犹如一线指挥员得到了最高指示般，略带沉思地自语道：“矿工会的邹伯伯让我们智取，是个啥意思呢？”

跟在他身后的机灵鬼何炳轩嘟囔道：“嗐！这你还不明白，就是怕咱们搞不赢，被人家打呗！别忘了，他可是在公益炼厂他自己的地盘上开赌场，参加的人也都是他炼厂里的三老四少。咱们又是一群毛孩子，真要是动起家伙来，还别说，真的搞不赢！别看你是童子团团长，也经不起人家一脚嘞！”

“那你说怎么办？这大年下，咱们就在这白守了？我可不想把这到口的肥肉丢了！”

“所以呀，我看咱们就得这样办！”说着，他搬了几块石头到窗根底下，又喊了四五个小伙伴溜进院子，把他们带到工棚门口守着，再跑出来吩咐人爬到窗台上数屋里多少人，都是谁家的。爬上去的人小声地对罗昌山报告说：“这会咱们可是逮着了个大家伙——公益炼厂的曾老板也在那里赌博呢！”

何炳轩一听，默默地笑了。团长罗昌山见他笑出声来了，就问：“你又有什么好主意？”

“一会呀你趴到窗台上看，我们两个跑到院子里去，一听到‘开’，就往里边冲，一准抓个现行！”

“你傻呀！这馊主意你都想得出！”

“唉！你才是白吊着个猪脑壳呢！”

“我是说他们要打咱们怎么办？”

“你是吊着个猪脑壳吧，这么简单的道理你都想不明白！曾老爷是公益炼厂的大老板，是靠着这大矿山发财的主，平日里喊人干活都得挨家挨户地去找。别忘了你我的爷老子都在炼厂里干活，要是打了我们这帮崽，你爷老子还帮他们干活吗？我们又不是干坏事，是为了广大劳工们好！想必他们不敢动手。海全叔之所以放心地让我们来完成这个任务，一定考虑得很周全，最简单的前提就是没人敢打我们。”

罗昌山听完何炳轩的这一番话，吩咐道：“走！冲！”

几个童子团团员一听到里面喊“开”，一群人破门而入，蜂拥而至。按着预先的安排，先冲进去的几个队员一下子就扑到赌桌上，把光洋都压在身下作为证据。

罗昌山神气十足地喊道：“各位叔叔、伯伯、大老爷们，都跟我们走一趟吧，去矿工会处理这件事吧。”

何炳轩指着公益炼厂曾老爷一本正经地指责道：“曾老爷，您作为炼厂的大老板，还来跟这些做工的师傅一起赌钱，想必您一定是赢了咯。你赢了他们的辛苦钱，他们回家婆娘骂、孩子哭，明天哪个还来你这公益炼厂干活呀？”又对着一帮参与赌博的师傅说：“你们也是，辛辛苦苦挣得几个臭钱，不拿回去养家糊口、买米呷，都在这输了，你们不觉得可惜吗？”

屋子里安静了一会儿，赌客们听了这番话惊呆了，好一会儿才缓过神来。有人骂骂咧咧地：“大过年的，一群毛孩子，我赌我的钱，关你什么事？狗拿耗子！来，我们玩我们的，莫理他们就是。”

曾老爷却一反常态：“不理会不行呀，矿工会的人马上就会赶过来。工人纠察队莫轩那帮人可不好惹，大家伙还是赶快散了吧。”

罗昌山一听：“没那么简单，都跟我一块去肖家湾矿工会说清楚才行。”

曾老爷再三说好话，罗昌山还是一句话：“不行，快跟我走！”

这当口有人想溜，都被一群孩子拦下。最开始发脾气的那个赌客还气冲冲地想要动手，何炳轩立马呵斥道：“你要是敢打我们的人，明天你家的人就会遭殃。你以为我们不知道你家住哪里？工人纠察队一定会去你家找麻烦的。”

被逼无奈，一帮赌客只好乖乖地在曾老爷的带领下向肖家湾走去。一路上一伙人嬉皮笑脸，打趣道：“初一夜里打牌还让一帮鬼崽子把我们喊出来，一路挨家挨户看花炮！”路上时常会碰到几个熟人，曾老板也只是含含糊糊地打个招呼。

肖家湾的平民学校大年初一就聚满了人，他们是赶着来听萧怀玉的新年演说。教室里座无虚席，颜清跑前跑后地给师傅们倒着热茶。拜年声和着那清脆的嗑瓜子的声响，教室里飘散着炒货浓烈的馨香，把整个课堂变成了一个传播马克思主义进步思想的圣殿。

萧怀玉正在聚精会神地给大家讲解工矿革命，邹海全上前打断了他的讲话，悄悄地对他说："童子团抓了一帮赌博的送过来了，你看怎么处理?"

"交到工人纠察队去，由工人纠察队去处理。"说完，他就继续他的演说。

莫轩一见公益炼厂的曾老爷，一脸严肃地说："怎么又是你？这回你说该按哪条处罚呢？你们几个可都是这矿山上有头有脸的大老爷。我看今天夜里你们就在这里坐一晚上吧！明天一大早就去游乡'拜年'！因为你们屡教屡犯，按着工人纠察队一次两次批评教育，三次四次罚挑黄土、戴高帽游街的规定，今天晚上你们在这冻一宿，明天上午让你们出出汗——担黄土，下午就去游乡'拜年'，让你们一定好好地过个年！"

初二一大早，冻了一晚的十几个赌徒颤抖的声音从屋里传了出来，寒风吹得这帮头戴高帽、手提锣鼓的赌客们瑟瑟发抖。在莫轩等一干人的押解下，他们在长龙界慢慢地移动着脚步。

曾老爷嘴里不时地传出："莫学我们嘞！打牌押宝买大小嘞！呷大别打小五，被罚担黄土！"

喊声伴着锣响，引得路人看热闹，一个个捧腹大笑。平日里这些有头有脸的大老爷们在这一刻也无可奈何，饿着肚子，威风扫地。

顷刻间，大矿山的街面上正气升华，到处洋溢着矿山革命的新气象。

二十八

一夜间，初春的矿山那漫山的枯槁都被这二月的春风剪了去，劳作的人们都还沉浸在新年的喜悦中。山下的坡地上，衣衫褴褛的农妇迎着春风挥锄挖着菜土；废弃的砂厂里，成群结队的孩童用捡砂耙使劲地挖着那早已不知被人翻了几遍的乱石滩；妇女们互相聊着家常。

陶秋嫂嫂唉声叹气："唉！这年过得，有钱屋里过年是欢喜，没钱屋过年是受罪！去年捡了一年的砂，从牙缝里省出那点钱，买了两块过年肉，两个崽新衣服都没穿上一件！大的还好，童子团发了身衣服穿；小的我没法子，把我们家那死鬼留下的一件长衫重新染了一下，给他做了身棉袄，也算是有了新衣服吧！"

"你还别说，我们这几个嫂嫂，哪个有你能干？把日子过得那么仔细！我屋里就没管那么多了！以往过年有个萝卜，煮块腊肉，团个年也就算是热闹了。今年还好，年前借了炼厂老爷们的钱，没哪个来讨债。"

陶秋嫂嫂把声音放低了很多："今年没哪个敢来讨债。莫轩他们年前就说，要让广大炮工师傅们过一个祥和无忧的好年。他把各炼厂老板和把头们都叫到一起开了会，一是不准拖欠工钱，年前要把工资发到师傅们手里；二是不准克扣借贷，保证每个炮工师傅都有钱拿回去过年；最让人开心的是，这炼厂矿洞柜上借的钱，不准算驴打滚的息。"

"唉！这事多亏矿工会萧怀玉他们，为咱这帮穷人着想。要不然在柜上借的那些钱，年根还能拿钱回来过年？还那驴打滚的息怕都少了！"

一群捡砂的女人你一句、我一句漫无边际地聊着这年大矿山发生的新鲜事。陶秋嫂嫂还把大儿子抓赌，让公益炼厂曾老爷一帮人游乡的笑话添油加醋、绘声绘色地说了一遍，直笑得一帮人前仰后合。

一阵春风袭来，卷起漫天尘埃，把这开心的笑语吹得很远，很远……

一队手臂上戴着工人纠察队袖章的人风风火火地高喊着口号"提高劳工工资，完善矿洞炮工师傅劳动保护设施"向炼厂奔去。一路上，人们熙熙攘攘，后面还跟着一大群凑热闹的孩子，给这大矿山又平添了几分新气象。

正如陶秋嫂嫂所说的一样，大矿山上革命的火焰风起云涌，也激起了各大矿主、洋买办的反抗仇视。他们秘密串通、集会，商量对策，试图把这来之不易的矿山革命扼杀在摇篮里、镇压在萌芽中。

商团团长杨盛迟召集一伙人，针对矿工会开了一上午的秘密会议。他从大班椅上站起来，点上一支雪茄，踱步到窗前，用力推开两扇窗，窗外立马传来游行队伍的口号声。他气急败坏地使劲抽了两口雪茄，对刘让乔嚷道："你们看，大家还不出手，这大矿山将永无宁日！"

杨次伯冲到窗前，咬牙切齿地伸出双手把窗子重重地拉了起来，转身对杨盛迟叫嚣道："杨团长，你总不能看着我们辛辛苦苦打造的锑都乐园毁在这帮乱贼手上吧？"

"这个你不用急，我已经跟银菩萨——杨大老爷商量了。同时，也派人去机电厂、肖家湾秘密地跟踪、监视邹海全他们的活动，掌握他们的动向。另外，还派杨善人混进了矿工会。一旦时机成熟，我会一举端了他们老窝！杨大老爷答应给钱。"

刘让乔急忙插上一句："有钱就好办事。我看他们这帮乱匪还能蹦跶几天。"

杨盛迟吐了几个烟圈儿："光等还不行，你们也得安排手下的人到外面去放放风，为我们将来的行动找到充分的理由。"

刘让乔马上神神秘秘地贴近杨盛迟耳语道："这个我早就想到了，我也布置了人，趁夜黑去放几把火、烧几处工棚。我还捎信到鹰嘴岩，要沙鳖派人去砸几家炼厂、绑几票，就说是矿工会的人干的。罪名还怕安不上去吗？要他们按照矿工会的行头化化妆，白天也来转转。就从长龙界的绸缎庄开始砸好了，绸缎庄的掌柜恨死矿工会的人了。一旦被砸，他们就会来告状，罪名不就有了吗？届时抓人、治罪，我看他们还有什么说辞！明天我就让师爷张贴告示，内容就这样写：'据查，近有匪徒，图谋不轨，准备在矿山放火、抢劫，破坏我大矿山祥和之景象、安定之治安，希山上工友及居民，切勿轻举妄动、听信谗言。敢有附和随从者以身试法，将严惩不贷！'你们看这样好不好？"

一夜间商团把告示贴满了大街小巷。飞水岩旁，很多人了会却胆小的工友纷纷躲到屋里，被吓得不敢出门了。沙鳖的人肆无忌惮地抢劫捡砂的寡妇，遇到还有几分姿色的便掠上山去，不见踪影。一时间大矿山被搅得人心惶惶。

针对商团的反扑，邹海全召集六十多名矿工会骨干分子，会集在玖高楼商讨对策。混进矿工会的杨善人悄悄地溜出会场，跑去给商团杨盛迟报信。

杨盛迟随手掏出二十块光洋递给杨善人："你还真行，这两个月的苦没白呷！快回去，把他们的一举一动都摸得清清楚楚再来给我报信。"

"我看这会你就带人去吧，他们的主要头头都在玖高楼。"他又凑近杨盛迟的耳边轻声地说道，"邹海全也在。"

杨盛迟一听："你确定?"

"我哪敢说瞎话啊!"

杨盛迟立马召集几个小队长，吩咐道："一队、二队马上出动，包围玖高楼；三队、四队由刘让乔带领，封锁陶塘街、肖家湾、长龙界各个路口，过往人员逐一搜查。"顷刻间，长龙界被搅得鸡犬不宁。

杨盛迟包围了玖高楼，派人向里面喊话："里面的人听着，快把门打开，我们可以相商。如果反抗，子弹可就不长眼睛了!"

参加会议的人们一听，莫不义愤填膺，大家异口同声地高喊："咱跟他们拼了!"

邹海全一边想着对策，一边安抚大家："不要慌，不要害怕，我们所做的一切都是光明正大的。当下我们手无寸铁，硬拼会造成无谓的流血牺牲。来包围我们的是杨盛迟的商团，据我分析，他现在还不敢把我们怎么样。”说到这里，他大声地告诉在场的每一个人：“我们现在要做的就是大家齐心合力，听从我的指挥，同反动派据理力争。”

屋外的喊话再一次响起：“里面的匪徒们听着，光天化日之下，尔等竟敢聚众捣乱，赶快抱头出来，去商团伏法。如还不听劝诫，就休怪我们不客气了！”

邹海全推开一扇窗，居高临下、无所畏惧地回答道：“你们血口喷人！我们是哪座山上的匪徒？都是大矿山有名有姓的工友！”回头把手一挥说，“我们跟你们到商团去，看你们能把我们怎么样？”

这气势一下子把杨盛迟吓得后退了几步，好长一段时间才答话。工友们雄赳赳气昂昂地从玖高楼走出来。商团的人一下子就闪到两边，杨盛迟垂头丧气地跟在工友们的后面。

一到商团，杨盛迟便不由分说地下令：“把这帮人都给我关起来！”

杨盛迟喊来各路矿主、英国买办反复商量了一个通宵。他虽然把矿工会的这帮人关了，但他心里非常明白，这是一块烫手的山芋，抓起来容易、放起来难。刘让乔反复地给他撑腰打气：“你怕什么！现在人在你手上，随便找个理由一刀剁了，斩草除根！”

杨次伯也在一边火上浇油：“把他们当人，他们就是人；

把他们当猪，就是一刀的事！我看让乔说得不无道理。现在这大矿山上各路小鬼都把自己立为一尊神，可哪尊神是玉皇大帝派来的，谁都说不清楚！我看谁先出头先杀谁，总没错！即便是错了，有人做了刀下冤鬼，那他也得自认倒霉，撞在枪口上了！”

老奸巨猾的杨盛迟知道他们两个人是为了能够早日摘清自己身上的责任，怕担风险，万一上头怪罪下来，都归自己一个肩膀头扛着。天亮的时候，他从椅子上站起来，拾起昨晚抽了一半的哈瓦那雪茄，使劲地划了两根火柴点燃，用力地吸了几口。烟头的火光红了又暗，暗了又红。他走到刘让乔的身旁：“你们两个累了就在这屋里休息一会，我去会会那个邹海全，完事再从长计议。”

两个团丁把邹海全从小黑屋里喊出来押入审讯室。杨盛迟一副蛮不讲理的样子对着邹海全，阴沉着脸问道：“你是邹海全吗？一个读书人，竟干这种事！”他阴阳怪气地问着，嘴角透出几分鄙视的神色，“一个教书匠，不好好在学堂里教‘之乎者也’，教弟子们苦读圣贤、明事理、知大义，却非要带着一帮脚力闹什么革命。‘秀才造反，三年不成’这个道理，想必你是知道的。我劝你还是放明白点，有道是‘识时务者为俊杰’，‘苦海无涯，回头是岸’。”杨盛迟铁板着脸，咬牙切齿地拽了一大通道理，似乎他也是一个读书人似的。

邹海全开始只是认真地听着，待杨盛迟去桌上端茶的那一刹那，他犀利地问道：“杨团长，你当然知道我是邹海全。我们不只一次打过交道，我正要请问杨团长，邹海全犯了哪款天条，何罪之有？竟遭你商团无理逮捕。一个无辜的被捕者，有何悔、何过需要反省？”

杨盛迟被邹海全这连珠炮似的逼问气得眼珠子瞪得溜圆，大脖筋直蹦：“我明白地告诉你，有足够的材料证明你久怀不轨，煽动劳工，犯上作乱！”

“杨团长，你这样说就有悖于中山先生的教诲了。我们组织大矿山劳工工会，这一点我们承认。至于你所说的图谋不轨、犯上作乱，我不知道你指的是什么。从古至今，欲加之罪何患无辞？想必你也知道，岳飞不就是死在秦桧手上吗？那也是欲加之罪。”

杨盛迟大怒：“我看你是不见棺材不掉泪！来人，把他给我吊起来！”

几个打手平日里都和邹海全有过交往，听到团长的命令又不得不实行，慢吞吞地走到邹海全跟前，轻声地劝道：“海全先生，有啥说啥，别斗气，何苦要受皮肉之苦呢？”

邹海全却大义凛然地对打手们怒斥道：“我是一名国民党员，奉行孙中山先生的‘三民主义’。在大矿山组织工会，唤醒广大劳苦大众，扶助劳工争取民主的权利，维护劳工利益，何罪之有？”

杨盛迟气急败坏地怒吼道：“别跟他白费口舌，给我吊起来打！他不把在矿管局煽动工人罢工、在玖高楼非法聚众闹事、在肖家湾平民学校宣传阶级斗争的罪行交代清楚，就别停下！”

打手们蘸了凉水的皮鞭雨水般落到他的身上。邹海全被吊在房梁上，一鞭子落下被拉到这边，一鞭子落下又被拉到那一边，鲜血顷刻染红了脸颊，长衫里的棉花被抽打得似雪片般满屋飞扬。

一阵毒打过后，棉袍被打成了单衣，单衣被撕成了碎片。杨盛迟声嘶力竭地叫喊着：“你招还是不招？”

又一鞭落下时，邹海全被荡到了杨盛迟跟前，他使尽全身力气，把一口鲜红的血喷到杨盛迟的脸上。

“要我招，你做梦！你给我记着，别看你今天闹得欢，有朝一日上面追究下来，我一定让你呷花生米！别忘了，我是国民党员，县党部要是知道你们抓了我，一定会要你呷不了兜着走！建立大矿山矿工会，我们是奉着湖南省总工会、省党部的指示！”

在审讯邹海全的同时，刘让乔也迫不及待地安排了其他团丁对被抓进来的每一位矿工会的人员进行残酷的刑讯逼供。小喽啰们纷纷跑来向杨盛迟报告：“这帮穷工友嘴比石头紧，身子骨比铁还硬。随便你怎么严刑拷打，没有一个喊哎哟的，更没有求饶的。”

杨盛迟一下子害怕起来，因为邹海全说他们组织矿工会是受湖南省总工会、省党部的指示，要是怪罪下来，自己真是要呷不了兜着走！他给两个打手使了个眼色，自己一转身溜了出去。

跑到楼上，刘让乔凑到他耳边问道："怎么样，他招了吗?"

"招个鬼！他没招且不说，估计你我这次还惹了麻烦。他们成立大矿山工会是受上面的指示，是有来头的。难怪矿管局那边每次找他们来议事没一个露头的！不是踢皮球，就是打哈哈，想必他们早就闻到了风声。都是一帮滑头！我让他们当枪使了!"

萧怀玉得知邹海全他们在玖高楼开会被商团一锅端了，火急火燎地赶到三角坪铁匠铺，同时通知了杨念初、莫轩紧急开了个秘密碰头会。他把写给湖南省总工会的报告交给袁老六，让他火速送往长沙向党组织报告；又摸黑赶往飞水岩，向大矿山管理局求援；并安排杨念初、莫轩率领工人纠察队组织声援团。

一时间，矿山各界群众、进步矿主纷纷涌向长龙界、童家院，声援的呐喊声一浪高过一浪。他们聚集在商团总部，成群结队地质问杨盛迟为什么无理拘捕工人。由矿工会向全矿劳工发出倡议，声明如不释放被捕工人，就发动大矿山工人大罢工。

矿山妇救会也不失时机地组织人员，带着筹措来的各种慰问品探望被捕的工友家属，给反动势力增加了无穷的压力。她们一边安慰被捕工友的家属，一边指着看押的团丁怒骂不止："你怕我们不知道你们这些人住在哪个山洼洼里吗？怕我们不知道你娘老子、爷老子姓什么？把我家男人打成这样，你就不怕遭报应？记着以后回家莫走夜路，总有一天会撞到鬼的！”

一听这话，有些怕事的团丁立马出来洗清自己：“你们莫对着我骂，我没打你屋里男人呀！哪个打的我不晓得，你们可莫怪我。”

“你也不是什么好东西，在这大矿山上也没做什么好事。”

“唉，嫂嫂，我做什么事都是为了混碗饭呷，做的也是养家糊口的差事。”邹海全在牢房里冲着窗外这些来慰问的人大喊：“不用跟这些资本家的帮凶多啰唆。工友们、嫂嫂们，你们快回去吧。告诉所有矿工会的人们，一定要坚持斗争，我们的革命一定会胜利。”说完便高唱《国际歌》：“起来，饥寒交迫的奴隶！起来，全世界受苦的人！满腔的热血已经沸腾，要为真理而斗争！旧世界打个落花流水，奴隶们起来，起来！不要说我们一无所有，我们要做天下的主人……”

其他牢房里的工友也一起和着他的音韵，低声地唱起来，形成了斗志昂扬的大合唱。这歌声把整个亭君山都唤醒了，震得商团这砖混的木楼瑟瑟发抖。

四月的雨给矿山大地都洗了个澡。那一道道闪电过后，黑暗中亭君山上也变得洁白。邹海全平躺在阴暗潮湿的牢房里，强忍着一身的伤痛，在脑海里回想着往事。他想念萧怀玉，他坚信党组织一定会设法营救被捕的工友们。从近两天看守的嘴里听来的对话，他清楚地分析出，杨盛迟已经成了吹火筒，两头受气。他坚信，在共产党人的干预下，国民党省党部很快就会做出反应，使广大被捕工友们重获自由。

一夜的急雨在黎明前终于停了下来，昨夜屋檐有如飞水岩瀑布般的雨水只剩下滴滴答答的声响。岳高岭上不时传来几声金鸡的长鸣，天透出了鱼肚白。换岗的团丁在门外窃窃私语：“昨天晚上我听团副说，其他抓来的人犯今天可能都会放出去。”

“那个姓邹的呢?”

“听说会押到新化县大牢里去。”

屋外的声音越来越小，一串沙沙的脚步声越来越远了。远处的牢房里传来一阵悲凉的山歌：“养崽莫上大矿山，上山容易下山难……养女莫嫁石匠郎，口吐烟子无下场……”

看守的团丁在外面喊：“唱死啊唱，兴许今天你就能回屋里抱着婆娘睡觉哩。”

杨盛迟自从提审了邹海全后，面对大矿山各界声援的压力，有如热锅上的蚂蚁，惶惶不可终日。一大早醒来，他对着老婆说着昨夜的噩梦，唉声叹气道：“这邹海全，害得我一夜都没睡个好觉，整晚都梦见他带着一帮人在追杀我。看来不把他置于死地，我将永无宁日啊。”

“我看你这死鬼是缺德事做多了。要杀你也不能让他死在这矿山上，倒不如把他送到县衙大牢里去，是死是活你都脱了干系。”

杨盛迟一听，这个蠢婆娘的话倒有几分道理。

一夜的暴风骤雨把岳高岭洗刷得格外清新，空气里透着湿漉漉的潮气。石板路上，杨盛迟慌不择路，深一脚浅一脚地踩在水洼里，脑海里不时地浮现昨夜被追杀的场景。他走几步回头望望，急促地迈着双脚，脚下一滑，踩到了石缝，重重地摔在地下。他忍着痛，爬起来飞也似的朝团部跑去，一进门便迫不及待地使劲摇着电话："警察所吗？帮我请你们所长听电话。"

听筒里传来"一大早我到哪去找所长听电话。你是谁？敢跟老子这样说话"的声音。

"你是谁啊？我是你大爷——杨盛迟！"

"哦，杨团长，不敢，不敢。所长还没起来呢，一会儿他要是来了我就请他给您回电话。"

"记住，别忘了！"放下电话，杨盛迟在屋里来回踱着步子。他伸手从桌上精致的雪茄盒里抽出一支大大的古巴雪茄，用烟刀精心地剪去封蜡，含在嘴上，划着洋火，深深地吸了几口，两眼直勾勾地盯着电话。他等待着，等待那如救命稻草般的电话铃声。他知道，按隶属关系，商团是不能直接把人犯送到县属衙门的，要通过矿山警察所立案才能把人犯关进大牢。他心里盘算着借刀杀人的计划，盘算着如何跟邹满金交涉，罗列得体的罪状让邹满金把人带走。他反复思考，觉得光送一个人过去显然不行，他要从抓来的三十多个人中选出四五个首要分子，与邹海全一道关进大牢。

他嘴里含着雪茄，拿出抽屉里被捕人犯的名单，一个一个推敲着，在五个人的名字上打了勾。不必说，邹海全是第一个。放下笔，他长长地叹了口气，把笔放在砚台上，如释重负地靠在椅子上，闭上双眼。

一阵急促的敲门声让他睁开眼睛，他有气无力地喊道：“进来。”

刘让乔拿着一张纸，一脸无奈地递到他手上：“你快看看吧。这事怕是闹大了。湖南省党部的加急电报，要我们赶快释放抓来的工人。”

两个人还想说点什么，又有团丁跑进来向他报告，说是矿管局的一伙人找来，要求释放被关押的人犯。

话音刚落，两个矿管局的老爷手里拿着湖南省总工会的电文往杨盛迟的桌上一拍：“杨团长，我们是来领人的！你无故拘押劳工，造成大矿山多家炼厂、矿洞停产，治安不稳。湖南省总工会电令你立即释放被捕人员，以保证大矿山的劳动生产秩序，维护社会稳定。”

杨盛迟与刘让乔交流了一下眼神，吩咐团丁倒茶，随手捡起桌上的电报扫了几眼，强装笑脸，打着官腔：“哈哈，人是一定要放的，待我把问题查清楚，一定会遵照上方的电令放人。您二位不要急。你瞧，这是刚送来的湖南省党部的电令，我们正在商量如何放人呐！你们来得正好，咱们一起等警察所满金老爷来共同商议。”

“这个我们管不了，你跟谁商议都与我矿管局无关。我们老板说了，要我们把电令送到即刻回去。你们看着办就是。杨团长，我在这里善意地提醒一句，释放工人，让他们回到炼厂做工，事关社会稳定，矿山繁荣。上方有令，违令者必究！”说完，便转身拂袖而去。

杨盛迟听完这段话，听出了话语中的强硬。他再一次捡起电文，上面是湖南省总工会的，下面是湖南省国民政府的，签发人赫然落着唐生智的大名。内容大致是：邹海全乃我党党员，应予赦免释放。

他目送那扬长而去的送报人，拿着电文的手不自觉地有几分颤抖，感觉到后背上一阵冰凉。看来不放人是做不到了，也无法搪塞过去。

“叮铃铃”，一阵急促的电话铃声响起，杨盛迟急忙抓起听筒。

“喂，是杨团长吗?”

“哦，是邹兄啊！哈哈，正是鄙人。”

“一大早杨团长就打电话找我，想必一定是有什么重要的事情吧?”

“那是，那是，不然怎么敢清早打扰邹老爷呀。”

“你不来找我，今天我也要到你那儿来。电话里我就不多说了，一会儿就到。”

“好，那我在办公室静候大驾光临，见面再叙。”

一袋烟的工夫，邹满金带着一队人马火急火燎地赶到了亭君山商团。杨盛迟听到马蹄声响，到门口迎接邹满金。一见面，寒暄几句，便拉着他的手走进办公室，倒茶、让座。

邹满金呵退了手下，回手关上门，从口袋里掏出一张纸，一脸严肃地递给杨盛迟看："这是县党部的电话通知，让我督促你赶快放人。"

杨盛迟一声叹息，从抽屉里拿出早上各路神仙送来的电文，推给邹满金看："我一大早找你，就是为这事犯愁呢！我想请老兄帮忙，把那些凑热闹的协同分子立马教育释放，那四五个首要分子，请老兄押到县衙去。这样，便既执行了上方的指令，也给大矿山上不安分的捣乱分子以震慑。"

"你杨团长是怕自己丢了脸面吧，让我给你擦屁股。"

"唉，我这不是请邹老爷帮忙嘛。这乱世，你我谁能看清这世道的变化？说不得今天你把他们送到县里，明天你我便成了功臣。"

"哈哈，反过来说，今天我把他们送到县里，明天我要是和你一样成了罪人呢？岂不是跟着你倒霉？"

杨盛迟对着邹满金耳语道："我怀疑他们是赤化分子。"

"证据在哪？你没看到电报上，湖南省党部可是说他们是国民党。"

"好了，不说这些了，一时半会儿也扯不清。"杨盛迟拉开抽屉，从里面拿出两封光洋，推到邹满金的面前："这是我给你准备的盘缠。"又拿出两封来，笑道，"这是我给你的酒钱。"

邹满金扫了一眼，他知道那是一百大洋，沉思了片刻："既然杨团长如此慷慨，我一会儿就安排人把人犯押往新化县衙，你把卷宗准备好。"他随手把光洋又往杨盛迟的面前推了推：“这东西带在身上不方便。”

杨盛迟心领神会：“哦，瞧我这事办的！一会儿我打发人给您送到府上去。”

“哈哈，那就让你破费了。”

杨盛迟起身向窗外望了望：“我看这押解人犯，宜早不宜迟，案宗我早就准备好了。”他拿出那份名单，“一共五人，你看是不是立马动身？趁着这会儿矿工会的人还没来闹着要人，你赶快把人押解走，免得夜长梦多。”

邹满金对外面的人喊了一句：“猴子，进来！你带一个小队，把这五个人送到县城衙门去。记着，要快快动身。如遇劫道的，可就地正法。”

二十九

雨后的阳光把岳高岭照得通红，太阳打在破落的工棚上，驱散了四月天丝丝的寒意。被关了三天的工友们陆陆续续地被赶出了牢房，签字画押，由家人领回去。

杨念初早早地领着一队矿工会纠察队队员守在亭君山路口张望着，等待着派去接邹海全的家人。

太阳已经没过树梢了还不见邹海全人影，他扯过一个一同被抓的工友过来问：“海全呢？”

那人惊奇地反问道：“你们还不知道吗？海全先生一大早就被押去县城了，说是首要分子。”那人还掐了掐指头，望了一眼天，“这会怕都到吉庆了。”

杨念初一听，立马向肖家湾跑去。他要把这个坏消息报告给萧怀玉，他们要想办法去县城营救邹海全。

接到报告，萧怀玉深知问题的严重性。他左思右想，应该把这一情况向湖南省委报告，要抓住这一契机向商团讨说法，壮大矿工会在矿山的力量，确认矿工会开展工人运动的合法性，杀杀这一股反动势力的威风。他奔波于省城与大矿山之间，在营救邹海全的同时不断地分析革命形势，引领矿山工人运动，等待着革命的转机。

他多次亲赴新化看望已关了数月的邹海全。两人一见面便互诉衷肠，相互鼓励，坚定了革命意志。

邹海全在狱中通过各种渠道感知到这一大好形势，为了不让家中的亲人担心自己的安危，写了一封长信回复大哥。

大哥：

来信接到，悉一切。

弟现在仍未释放，因唐败，前电无效故耳。但同时被捕之工友三十余人，已次第释放多人，即前押县署之四人亦已释放，所余者仅弟与二三工友耳。弟此刻仍无释放消息，因广州国民政府的势力和唐军的势力不能马上到此地来；同时商团又处骑虎之势，进退两难，故押者仍被押，而未押者仍在进行工作。党办与工会而莫可如何耳。总之，弟此刻非有特殊事故，释放的可能较少。

弟以湘局不易解决，同时酷暑又届，势难久困狱中，故特于前日着人返乡，请高谊来此一转。若商团不肯保释，则以家族名义向县署起诉。使伊有所顾忌，而不敢有意外之非常手段。

哥云做事不可走极端，这句话诚是志诚谋事之言。唯工人与资本家已处敌对的地位，自无辜惜之余地可言，故弟之下狱是无可避免之事实。同时，大丈夫做事务必始终一贯，不怕中途有任何困苦艰难，当无改节和妥协之余地也。我哥以为何如?

父亲处，请善为安慰。盖弟在狱中毫无肉体上之痛苦，至名誉上更丝毫无所损失也。

余后再述，耑此敬祝。

强健。

礼弟六日

邹海全在书信中再三叮嘱，望家人不要走极端。他相信，不日自己便能重获自由。在这当口，国内革命形势高涨，北伐的呼声越演越烈。国民革命军北伐节节胜利，攻克武汉，反动军阀吴佩孚兵败如山倒，国共合作捷报频传。1926 年 5 月开始，第四、第七军首途入湘，协助唐生智部稳定了湘南局势。第七军第八旅于 6 月 1 日在衡阳西北金兰寺地区击退叶开鑫一部的进攻，5 日进占攸县。援唐之战告捷，稳定了湖南战局，打开了北进通道。革命的大潮面前，各路国民党反共势力不得不收敛让步。新化县政府不得不把监禁了百余天的邹海全从牢中释放出来。

一回到矿山，邹海全更是如虎添翼，率领矿工会、工人纠察队直捣商团讨说法。他们手持湖南省总工会、省党部等发来的电文，明确了工会的合法地位，公开活动。杨盛迟迫于各种压力，几经讨价还价，向矿工会赔偿了两千元的损失费。这一轰动全国的事件，以矿工们决定性的胜利而告终。

三十

熬过一冬，春风把这满山的冬茅草吹绿了。大矿山在席卷大半个中国的革命风暴中呈现出欣欣向荣的景象。昔日耀武扬威的监工把头惶惶不可终日，他们唯恐革命的铁拳砸向自己，私下里聚会商量对付矿工会的对策。一只只沾满罪恶的手无时无刻不准备着向矿山革命力量反扑。然而历史的车轮滚滚向前，更强烈的矿山工矿运动的风暴正以“山雨欲来风满楼”之势向前推进。

肖家湾平民学校工会执委和纠察队队员正在召开秘密工作

会议，部署几天前酝酿的解除商团武装的行动计划。计划在共产党人的领导、指挥下，正紧锣密鼓地实施着。

行动之前，按方案部署，邹海全在肖家湾平民学校组织商团团丁听取矿工会传达北伐革命的会议。

天公作美，几声惊雷响彻云天，大雨滂沱。莫轩仰望岳高岭，兴致勃勃地打趣道："你们听这雷声，老天爷帮我们擂起了惊天战鼓，又帮我们拉起了千丈雨帘。在这滂沱大雨中，谁能料到我们会去端商团的老窝？你们说，这不是天助我吗？"

杨念初也打趣道："海全他们被关在商团的那一夜也是一个雨夜，我记得还有闪电呢！你们瞧，历史是多么的巧合呀！那天我们是为了救人，老天爷打湿了我们的衣衫；今日我们是为了报仇，老天爷又给我们施了障眼法。那日是世道不公，老天爷为我们流泪；今天老天爷给我们送来的是春风化雨。"

一阵急雨过后莫轩招呼大家赶快出发。一支浩浩荡荡的工人纠察队伍在杨念初、莫轩的率领下从肖家湾出发，一路上他们高喊："打倒贪官污吏，打倒土豪劣绅！""驱逐外国列强，维护工人权益！"前面还压着一个头戴高帽、捆着双手的"人犯"。工棚里的人听到口号声纷纷站在屋檐下指指点点、窃窃私语、拍手称快。游乡队伍浩浩荡荡，向屯军山商团驻地奔去。

老叫花子清缘领着一帮叫花子尾随其后，跟着摇旗呐喊。他提着那根老竹马鞭打狗棍跑前跑后，时不时地拉住莫轩耳语几句，又到队伍后面扯着萧汉中叮嘱一番。

转眼间到了商团的大门口，守门的团丁唐月彬一看来了那么多人，把枪一横，大声地呵斥道：“都给我站住！”旋即拉响了枪栓，推弹上膛。

纠察队队员机智地、不紧不慢地与团丁打着招呼：“自己人，我们今天抓了个犯人，跟你们杨团长交涉好了，他要我们送来商团收押几天。”

唐月彬一听团长有令，忙收起长枪，嘴巴张了几下还想说点什么时，纠察队的队伍已蜂拥而至。唐月彬一看情况不妙，向后退了几步，正欲端枪开火，一只梭镖已插在他的肩上。

纠察队队员假扮的犯人一个箭步冲了过去，一刀补在他的心口上，夺过他手上的枪，把自己头上的高帽往他头上一戴，还不解气地重重地往他胸口踩上一脚：“我送你到阴曹地府给你家祖宗告状去吧！”

另一个团丁早已被这突如其来的袭击吓得尿了裤子，跪地求饶，手中的枪也早不知了去向。

工人纠察队冲进商团，见里面空无一人，所有枪支都整齐地摆放在枪架上。智取商团得手后，老叫花子清缘第一时间把这个喜讯带到三角坪袁老六的铁匠铺。他漫不经心地手里攥着一壶水酒，满是醉态地靠在铁匠铺的门槛上，醉眼蒙胧地说道：“这雨把我这一身都淋透了！来，我站在你这铁匠炉边上把衣服烤烤。这四月天的倒春寒可把我冻死了。”

袁老六的老婆从里面倒了一碗热茶递给他：“下这么大的雨，你不找地方躲躲，跑哪个地方打秋风去了？要是肚子饿就到我这呷一碗，一两餐我这还是呷不穷的。”

清缘叫花子一听，咕咚咕咚又灌了两口水酒：“看热闹去了。”

“下这么大的雨，哪有热闹看？”

“这你就有所不知了吧，工人纠察队杨念初他们领着人把商团的枪都给抢了！”

“别说瞎话，工人纠察队就凭几根长矛、大刀片，还能打得过别人商团的洋枪？你怕是在给我说《三国演义》吧！”

“唉！我还骗你不成？你瞧，我这一脚泥、一身水，我是跟在他们后边看热闹才淋的雨！商团那守门的唐月彬，不知让谁一梭镖飞过去，怕是蹬了腿嘞！”

袁老六认真地听着他的描述，按捺不住内心的喜悦，在砧子上敲出一串串悦耳的花锤。那锤声在三角坪的上空久久回荡。

老叫花子伸着双手在炉子上烤着，那件破棉袄蒸蒸地冒着热气。袁老六的老婆从里屋抱出一件夹衣来，扯着老叫花子的衣袖怜悯地喊道：“清缘师傅，你别嫌弃，这是我家当家的穿的衣服。快，去里面脱了湿衣服换上。给，这裤子你穿可能有点短，但也比穿湿裤子强。”

清缘倒也不推脱：“哎呀，我也不讲究，有得穿就行！”

袁老六见清缘师傅一进屋，就放下锤子，轻声地对二徒弟郭子说：“你快去县城联络站，就说大矿山矿工会纠察队已经成功地解除了商团武装。从化溪走，先上龙虎山，给二当家侯兴宇也放个信儿，请他认真观察这大矿山的动态，随时准备让龙虎山的人下山帮工人纠察队稳定时局。”

郭子解下皮围裙，推门望了一眼天。雨后，太阳钻出云层，一道彩虹横跨南北。

袁老六的老婆从墙上取下一把油纸伞，让郭子出门带上。郭子摇了摇手：“不用了，你看这天都放晴了！”

“唉！晴带雨伞，饱带饥粮。快拿上，早去早回。”

清缘师傅在里间换衣服，好久都不见出来。袁老六放下锤子，进屋去看，却不见清缘师傅的人影，湿衣服也不见了。他伸长脖子向窗子扫了一眼，看来清缘是从窗户走了，到他这来烤火只是幌子，是专程给他来报信的。

莫轩一干人背着收缴来的长枪短枪、大刀长矛，兴高采烈地向肖家湾平民学校会集。一接近会场，他们便一窝蜂地把在里面开会的商团团丁围了个水泄不通。莫轩手举收缴来的驳壳枪，大声地呵斥道：“都别动！谁动我打死谁！想活命的就老老实实地待在原地别动！”

这突如其来的变故吓得团丁们个个面如土灰。这群昔日鱼肉百姓、欺男霸女、横行乡里的团丁们这一刻都耷拉着脑袋，额头上冒着黄豆粒般的汗珠，有的早已吓得屁滚尿流，瑟瑟发抖。

邹海全站在台上，别提心里有多高兴了。他强忍着心中的喜悦，双手向下使劲地按了按，和颜悦色地让莫轩把枪收起来。他轻咳了两声，微笑着说道：“你们都不要害怕，工会的人是不会伤害你们的，我邹海全给你们打保票。你们安心坐着把会开完，听我把道理说明白。大矿山矿工会纠察队奉省府密令，解除商团武装，遣散商团团丁。现在摆在你们所有人面前的只有两条路：那些平日里作恶多端的首要分子矿工会将移送警察署，其他人可以选择继续留在矿山，矿工会给你们安排呷饭的门路；也可以选择自行回家，务农谋生。当然，我们会给你们发一个月的米钱。这两条路，任兄弟们自由选择，矿工会绝不勉强，更不会夺你们的性命。原因很简单，商团的大多数团丁都来自贫苦百姓人家，加入商团不过是为讨口饭呷。兄弟们，你们说我讲得对吗？”

底下有人轻声地嘀咕道：“邹先生，您就不报我们打你的仇吗？”曾经吊打邹海全的一个打手哭丧着脸，一身筛糠似的在那里自语；另一个则扑通一声跪在地上，鸡捣米似的磕着响头：“邹……邹先生，饶小的不死，那日打你也是受命于人，无奈之举呀！您大人不计小人过，饶小弟不死呀！”

邹海全一听这话，牙根咬得咯咯响。回想起他被吊打的那一幕幕，他多想一个箭步冲上去，掐死这些人。他强忍着心中的怒火，把语速放慢，一字一句地用平缓的语气说：“边上的兄弟，把他扶起来。我邹海全没有你们想的那么没肚量！”又调侃道，“照理说，我还要感谢你们呢！你们的皮鞭，让我变得更加坚强了！放心，我不记恨你们，也没有报仇之心，我只恨那些反动恶势力，无中生有地残害我们矿工会这帮为广大劳苦大众谋幸福的人！痛恨那些盘剥劳工、欺压百姓的恶霸、把头、监工们！你们把心放到肚子里，按着我先前说的，自行选择去处吧！”

萧汉中从后排悄悄地移到中间，仔细地打量这两个剥削阶级的帮凶，又移到后面跟莫轩耳语了几句，莫轩点了点头。

三十一

雨停了，风住了，雨后的原野上，嫩绿的冬茅草花絮探出了鲜红，如一束束红缨，把漫山遍野都染得殷红。风儿摇曳，草叶相互碰撞，发出窸窸窣窣的音韵，伴着醉鱼草那一簇簇鲜红、粉红的花瓣，嫩黄的花蕊，装点着群峦，引得彩蝶翩翩起舞，和着练兵场上矿工会纠察队操练响彻云霄的喊杀声，谱写着大矿山工矿革命的乐章。

随着国民革命军在大半个中国战场上节节胜利，矿山工人运动深入发展。昔日那些面目狰狞的监工、把头对待炮工师傅的态度都有了一百八十度大扭转。他们尝到了抱团取暖的穷工人的厉害，他们更知道矿工会有着惩戒一切剥削者的威力。监工们再也不敢把皮鞭抽在工人们身上，收矿砂的掌柜再也不敢用水银秤短斤少两，欺压捡砂的寡妇们了。就连鹰嘴岩上呷窝边草的土匪沙鳖，也一两年不见了踪影。

经过这一场工矿革命的洗礼，广大工友们不同程度地受到了共产党进步思想的洗礼，思想觉悟、政治觉悟都得到了不同程度提高。广大劳工们都深信：跟共产党走，一定会过上好日子。

矿工会的队伍不断壮大，几年间已有万余人加入。他们中间有矿山各个阶层的进步人士：打铁的铁匠师傅、放炮的工友、捡砂的孩童、洗砂的寡妇、担脚的脚力、理发的剃头匠、杀猪的屠夫、卖羊的村民、卖酒的酒保、磨豆腐的店主、担米卖的农夫、织簸箕的篾匠……他们都融入了这矿山革命的洪流。

正在这时，萧怀玉接到省委地下交通站转来的密函，称蒋介石背信弃义，在上海发动了“四一二”反革命政变，国民党新右派大肆清剿共产党员、国民党左派及进步群众。密函要求矿工会积极应对突变事态，保存革命力量，巩固胜利成果。

萧怀玉反复看着密电，他感觉到事态非常严重，大声地对着屋外的颜清喊：“你赶快去三角坪，请袁老六想办法通知支委们尽快赶过来，今天晚上开会。”正在这时，邹海全和莫轩风风火火地冲了进来：“萧老爷，有从长沙送矿砂回来的人在传，长沙城里，工人纠察队都被军警们抓了，工人纠察队司令部还被贴了封条，有人反抗就被当场给打死了。你这里有什么消息吗?”

“你们来得正好。我已让颜清去通知支委们今天晚上开紧急会议，传达湖南省委的相关指示。看来面对反动派的反扑，我们大矿山也将有一场恶战要打。”

各路与会的人们悄悄地在夜幕的掩护下，一个接一个地闪进了肖家湾平民学校。这时长期盘踞在大矿山的国民党势力似乎也闻到了腥味，频繁出没在长龙界的街上。杨念初左躲右闪，绕了几个大弯才赶到会场。一进门他就甩了一把头上的汗，撩起长衫，扇着凉风，警觉地对萧怀玉说："我感觉今晚矿山上的味儿不太对。平日里难得一见的那些穿黑衣服的人又上街了，警察所邹满金的人也满地界乱窜。今晚咱们在这里开会不会出事吧？"

萧怀玉冲他摆了摆手："知道了，一会听我说完大家就全明白了，大家先静一静。"他示意颜清把窗板都关了起来，又吩咐道："莫轩，你去把岗哨安排好，同时也安排几个得力的人巡逻。遇到可疑情况及时报告，防止反动派狗急跳墙。"

邹海全把汽灯的光亮调小了一点，轻声地对萧怀玉说道："开始吧。"

"好，现在我传达省委的密电。大意是这样的……"他把电报内容仔细地传达给大家，会场里立马有人义愤填膺地说："这个蒋光头违背了中山先生的'三民主义'，真是一个忘恩负义之徒，北伐革命没有我们共产党人浴血奋战，他怎么能够打败吴佩孚、段祺瑞？"邹海全站起身，回过头把手放在嘴边示意大家安静。

萧怀玉把拳头在空中用力地一挥："大家说得没错，下面我们就保卫大矿山、捍卫胜利果实的具体行动进行安排，散会后大家分头准备。"他拿出早已准备好的矿山地形图，用两个图钉钉在黑板上，胸有成竹地指着地图说道："大家一起来看，我们这大矿山可以说是一个易守难攻的宝地，过去梅王就在龙虎山安营扎寨，坚守数年，与朝廷抗衡，朝廷久攻不下。而今我们矿工会只要带领工人武装，在严密的组织下守住这几个交通要道，就一定能够阻挡反动势力的外来进攻。你们看，我们设想反动派可能进攻的方向：一是蓝田方向，我们要早早地组织一队人马守住铁山要道，在十八茅湾的山头上构筑土炮阵地，阻止从蓝田方向进攻的敌人。"说着，他在地图上标出了几个山头，安排道："莫轩，你负责这个方向的指挥防御，一定要发动大家多造些松木炮，想方设法备足火药和码子，再要铁匠铺多炼些铁砂钢珠。"

莫轩大声地应着："好！天一亮我就去落实。"

"二是可能从溆浦方向经田坪、温塘进攻矿山。杨念初，你负责这一方向的指挥，要在坝塘山组织人马，多在山顶码一些石头，用滚山石阻断敌人的行进路线，利用险要地形，打击来犯之敌。宝庆府、洋溪方向，我会尽快和那边的党组织取得联系，把我们的部署与他们商量，由他们组织人马阻击敌人。同志们，我们肩上的任务很重，每一位同志都要坚守岗位，服从指挥，誓死捍卫大矿山。"

启明星高高地挂在岳高岭上，晓风摇曳着醉鱼草。山野不时传来斧头砍树的声音，合着抬木头的号子声。半山腰上，一炉炭火烧得通红，三师傅站在火炉旁打着造炮的铁箍，已忙乎了几个昼夜。

太阳刚一露头，屯军山下便传来响亮的喊杀声，唤醒了矿山的黎明。萧怀玉一大清早就和邹海全急匆匆地向铁山赶，他想着去联络那里的农民自卫队，联手共筑大矿山防线。

一路上每路过一个哨卡，萧怀玉都为工人纠察队队员们打气、鼓劲。路过铁山杨梅山时，他随手摘下一颗杨梅放进嘴里，笑着对众人说："大家都摘两颗尝尝。虽然有点酸，但是别有一番风味。"一群人听他这么一说，便都随手摘一把往嘴里塞。

见一行担米的商贩在石板路上歇脚，萧怀玉立马问："现在一担米担到大矿山能卖几个光洋？"

"唉！卖不了几个钱，担一趟也就能换几升米。"

萧怀玉立马从口袋里掏出钢笔，拿出小本子在上面飞快地写了几个字，对担米的汉子说："咱们打个商量。你们几个人的这几担米我都买了，不过你得帮我送到肖家湾去。给，这是我给你写的条子，拿它去平民学校找颜清先生，她会付米钱的。"

商贩们一听，都高兴得一蹦老高，提起扁担吆喝道："伙计们，行起来噢！我们这十几担米，这个老爷都定下了。"

萧怀玉又叮嘱了一句："改天你们还担米卖的话，还可以往肖家湾送，价钱也是这个数。"

领头的汉子应着："行！下一场就帮你收了米送过去。"

望着一行担米商贩的背影，听着那咯吱咯吱的扁担声由近至远，萧怀玉喊了一句："怎么样，杨梅都呷好了吧？"

有人回道："太酸了，不过倒是蛮解渴的。"

萧怀玉立马问道："你们当中，谁可记得'望梅止渴'这一说?"说着，他便大声地背诵道："魏武行役，失汲道，军皆渴，乃令曰：'前有大梅林，饶子，甘酸，可以解渴。'士卒闻之，口皆出水。乘此得及前源。这是《三国志》里曹操的兵前之语，也是曹操带兵的高明之处。大家杨梅呷足了，走!"

有人问萧怀玉："你刚才怎么一下子买了十几担米？过了五月就入三伏了，米不好收，会起虫。"

萧怀玉一本正经地回答道："咱们矿山那么多纠察队队员，一旦有战事，你总不会让我给大家画饼充饥吧！常言道，'兵马未动，粮草先行'。"

那人再也没话说了，笑着对萧怀玉竖起大拇指："还是萧老爷想得周全。"

一行人风风火火地赶到了蓝田，一进村，直奔谢家祠堂。然而，祠堂里空空如也，农会的牌子不知什么时候被摘了下来，斜躺在门旁。"一切权利归农会"的标语掀起了一角，在风中抖动，发出"嘶嘶"的声响。村子里不见昔日那些手持梭镖、长矛盘查路人的赤卫队员。

萧怀玉领着人在祠堂里转了一圈，见柴房里一位蓬头散发的老者蹲在地上，用一支木棍在点蚂蚁，便走过去轻轻地问道："老人家，农会的人都到哪里去了?"

老人手举着木棍，警惕地望着萧怀玉，向门外指了指，含糊不清地蹦出一句："都走了，逃命去了。"

这时从茅房边上闪出一个女人，对着萧怀玉他们喊道：“你们还留在这干什么？还不快点逃命！省城参加农会的人都让军警逮去杀了！”正欲从茅房后面溜走时，又回过头来问萧怀玉等一干人，“你们是哪个乡农会的？”

萧怀玉凑过去，轻声地问道：“我们是大矿山矿工会的，来你们这里农会接洽事情。你们农会主席呢？”

“噢！宝生同志已经按照上级指示撤离了。你们赶快走吧！”

“那你怎么办？”

“我是妇救会的，还得在这里守一个时辰。我一直躲在这里，通知来祠堂的农会干部转移。你们也快走吧，这里不便久留。听说大土豪谢本清他儿子领着何健手下一个连的士兵从宁乡正往这里赶，抓那些参加农会的人。”

得知这一情况后，萧怀玉深深地感觉到发生在上海的反革命事件已经波及全国，很快将波及大矿山。他转身急忙问：“你们这附近可有驿站？驿站里可有马帮？”

“村东头就有一个大矿山运锑的驿站，里面养着许多驮马。你们可以过去看看，这会还不知道有没有。”说完，她一转身，闪进了茅房，不见了踪影。

一行人走出祠堂，直奔村东，远远地就听到了马的嘶鸣，于是加快脚步。驿站里除了十几匹马拴在槽头，门房里还躺着一个喝得醉醺醺的老汉。听得院子里有脚步声，老汉身都没起，从床上喷出一句：“楼上客房都空着，随便住就是。”萧怀玉轻轻地推开门，向客房扫了一眼，屋里除了满屋的酒气，还有呼噜呼噜的鼾声。萧怀玉向马厩里指了指，一干人立马明白了他的意思，每人解开一匹驮马，爬上马背，一溜烟儿地冲上驿道。

三十二

萧怀玉骑在没有鞍的马背上，一会小跑，一会疾驶，庆幸自己这两天的路没有白跑。反动派的反攻倒算要不了几日就会席卷整个矿山，矿工会能够及早了解外面的形势很有必要。他没有直接回肖家湾，而是直奔屯军山。杨念初正领着纠察队队员练射击。夕阳的余晖把岳高岭染得一片通红，把列队整齐的纠察队队员们的身影倒映在操场上，宛如一堵铜墙铁壁。

杨念初跑过来，指着出去巡逻的武装纠察小分队说道："我安排的是一队回来，另一队接着出去。自打那夜散会后，按照会议部署，大矿山不论是南区还是北区，我们到处布满了工人纠察队的岗哨，还有党支部成员轮流到各支部查岗。童家院洋行也被我们工人纠察队布置了监视哨，一有风吹草动，矿工会都会在第一时间得到消息。"

萧怀玉拍了拍杨念初的肩膀，夸道："不错，安排得很周密，考虑得很细。你们能这样认真负责，我也就不愁这大矿山守不住了。"说完，他指着那几匹驮马道："这些马你们就放这养着，到袁老六那里去打几副马鞍。有了这些马，去查个岗也比走路快。”

“我们这里边谁会喂马呀？”

“唉！那么聪明的人，喂马还不是一件容易的事！有草料喂就行，每天派人牵着它们去山坡上啃啃草。”

杨念初听萧怀玉这么一说，便取笑道：“怕没那么容易！这矿山上的人谁都认识锡砂，这马当初可是冇角牛嘞！”说完，两个人都会意地笑了。

“好啦，不开玩笑了，我要下山去了。都出来几天了，仇老爷他们会担心死的。”他转身对邹海全喊道，“走，咱们赶快回去，还要去三角坪铁匠铺才行。”

“今天就算了吧，天都这么晚了。你也劳累了几天，也该回去休息休息才行。”

“也好，那你明天就早点去铁匠铺跟袁老六说，要多打些小把、鸟铳、大刀、梭镖。你没见刚刚那么多纠察队队员还空着手呢！一旦打起仗来，没有武器可不成。铁棍也要人手一个，没有武器，光有人，是没有战斗力的。”

“唉！打匕首、做鸟铳，袁老六的手艺可当不得他哥三师傅！”

“那就请他哥三师傅打。”

“三师傅我早就请来了，在山上做松树炮。”

“那就让他加派人手，把他的徒子徒孙都喊来。”

“嗯！那我明天就去说这个事。打上十天半个月，人手都有一件家伙应该做得到。”

一大早，莫轩就赶到了三角坪。袁老六正叮叮当当地锤起锤落，在砧板上打着一把九斤重的大刀。

清缘师傅倚在门槛上，有一句没一句地说：“这是谁订的九连环大刀？打这一口刀能挣多少钱？”

“挣不了几个钱。”

“那不如这样，我那里有好多大刀片儿，藏在屋里也派不上用场，卖给你算了，你给个废铁的价钱就是了。昨晚我还翻着看了看，没生锈！早年刀口上都安了上好的钢，开了刃都锋利无比。”

两个人正聊着，莫轩从外面打着拱手进了铺子。

“袁师傅，发财发财。”

袁老六也赶紧放下手锤，还礼道：“托您的福。”又问道，“这一大早的，怎么有闲工夫到我这铺子来？”

“噢，来定点儿家伙。你也知道，这工人纠察队人手多了，家伙少了，到你这儿定上百把口大刀、梭镖什么的。并且啊，要得急，这趟买卖你怕得出身汗嘞！”

“您照顾我生意，谢都来不及，哪还敢怕出汗？”说着，他又捡起手锤，叮叮当当地在砧板上打起刀来。一边打，一边在心里盘算着：今天咋那么巧，老叫花子清缘一大早就来把刀作废铁卖，莫轩一大早又急着来买刀。天底下哪有这么巧的事？看来这老叫花子清缘绝非等闲之辈。

当着莫轩的面袁老六没有说什么，只是打着哈哈道：“行，我记下了，就是加班加点，我也一定在你规定的日子里赶出货来。”

莫轩应着：“那就这么定下了。我还有事，先告辞了。”

老叫花子目送莫轩走远了，立马凑到袁老六的耳朵边，低语道：“看来我这真是雪中送炭呐！你买下这堆破铜烂铁，一准儿能赚上一笔大的！到时候你还得多赏我几壶酒钱哦。”

“好，你清缘师傅别说是拿了家伙过来卖，就是到我这空手化缘，就凭这么多年的交情，那几斗米钱我也是要给的。我有一碗呷的，还能少了你那两壶酒钱？”

“那我这就去喊人，把家伙送过来。”

“要我打发徒弟跟你过去帮忙不？”

“不用，不用，我到陶塘街上吆喝一声，说有酒喝，叫花子们自然会帮我。你买货，我卖货，怎么还敢劳烦您大驾呢！”说着，清缘一转身，提着老竹马鞭走了。

正午的太阳把这五月天的大矿山晒得滚烫，行人都因天热躲在屋里。街面上，隐隐约约能听到从远处传来的吆喝声：“粽子啰，腊肉粽啰，红枣粽啰。”那声音由远及近，一会儿便到了铺子门口。

袁老六自语道：“这日子过得真快，刚过完年就到端午了。”

他老婆在屋里对着街上喊：“卖粽子的，多少钱一个？”边说边往门外走。卖粽子的女人则说：“你先来尝一个，好呷你就买，不好呷不买没关系。”

袁老六的老婆打着哈哈道："你陶秋嫂嫂家的粽子在那大矿山上可是有名的好呷。尝什么尝啰，来，给我捡二十个。"

陶秋嫂嫂揭开热气腾腾的木桶盖，从里面提了四串出来，递过来："您数好啰，这一串五个，四五二十，还热着嘞！"

袁老六的老婆把皮围裙往外一掀，也不知是从裤袋里还是从衣兜里掏出一把铜板，递到陶秋嫂嫂手里："你数数，看够了吗？"

陶秋嫂嫂认真地数了一遍，拿出三个退了回来："不用那么多。"

"算了，拿着吧，包粽子卖，起早贪黑的也不容易。"

"唉，赶着节气，做个小本生意，孩子们也能搭着呷两个粽子，省着孩子们馋嘴。"

"你可真能干。天热，我到屋里给你倒碗茶喝，瞧你这一脸的汗。"

"不口干，带着嘞！"就在袁老六的老婆进屋的那一刹那，一转眼的工夫，老叫花子清缘提着老竹马鞭打狗棍在前，后面跟着一帮衣衫褴褛的叫花子，怀里抱着或是肩上扛着一捆捆大刀片或是梭镖，到了铁匠铺门前，随手往门边一丢，便大声地喊着："袁师傅，能施碗茶喝不？"

袁老六的老婆从里屋拿出几只碗，提着茶壶："来了，来了！"她把壶放到屋檐下，随手倒了一碗，走过去递到陶秋嫂嫂手上："来，老妹子，喝茶！"陶秋嫂嫂倒也不客气，把碗端过来，咕咚咕咚喝了几口，递回碗，说了句："我走了！"

叫花子们似乎闻到了粽子的清香，三三两两地围了过去，伸出脏兮兮的手，讨要着。陶秋嫂嫂并不理会，只顾担了担子向前走。叫花子们便跟了上去。袁老六的老婆在后边追着喊："别人是小本生意，我给你们买了，都过来拿！"

听到喊声，叫花子们停下脚步，回头扫了几眼。清缘师傅见此情景，举起老竹马鞭，喊了一句："都给我过来！看见个女人，就都闻骚去了！"

听了他的话，叫花子们一个个骂骂咧咧、慢吞吞地围了过来。袁老六的老婆打着哈哈从里面提出两串粽子，嘴里嚷着："来，每个人都拿一个尝尝。"

她先扯下一个粽子递给老叫花子清缘，又拉过一个年长的，把剩下的往他手上一塞："来，你给大家分分。多了没有，刚好一人一个，尝个新鲜。"

清缘嘴里嚼着粽子，用脚踢着门边上的那一堆大刀、梭镖，说道："袁掌柜，东西都在这儿了，你看着随便打发几升米钱，这堆破铜烂铁就归你了。"

"好，我就来估个价、过个秤。"

他弯腰捡起一把闪着寒光的大刀，比画了两下，夸口道："好刀呀！这么好的家伙什儿，你干吗要把它卖了？你又哪弄来这么多的呢？"

"不瞒你说，这是丐帮用来防身的家伙什儿。"

"那你干吗不收着？"

"唉，最近这一年在这大矿山，不论是南区还是北区，讨口饭呷都还易得。我们这帮人由矿工会护着，也没谁敢来找事儿。不像过去，老受气，没个家伙什儿也保不了自己。眼下，大多数人都加入了工人纠察队，这家伙什儿也派不上用场了。卖到你这儿多少还能换几斗米钱，兴许还能派上大用场，你也还能卖个好价钱。”

“哎，我可不指望这个发财。不是个可靠的主儿，我也不敢卖给他。要是拿了这家伙真的杀了人，卖刀给他的也是罪过。”

清缘接过袁老六给的光洋，摇摇晃晃地走了，叫花子们也都散了。

送走这一拨人，袁老六立马打发徒弟郭子：“你快去肖家湾找莫轩过来，就跟他说清缘他们送来了百多把家伙什，都是上乘的货。”

莫轩把今天早晨发生在三角坪铁匠铺的事，一五一十地跟萧怀玉汇报。萧怀玉一听，沉思了片刻，他证实了自己原先的推测，清缘绝非等闲之辈。今天的举措，是他为我党武装斗争提前准备了家伙什；为了隐蔽自己的真实身份，便于长期潜伏，才通过这样一种方式支持矿工会和工人纠察队，为工人武装提供武器。但他始终没有弄明白，他是共产党人还是国民党左派？他的上线是谁？按道理说，他在这大矿山已经隐蔽多年了。

想到这里，为了保守秘密，他对莫轩说：“管他是谁的家伙什，你尽快带人去把东西弄过来，送到屯军山去，发给那些刚刚入会的队员们用。大刀虽然是冷兵器，但是有总比没有强。噢，我忘了说了，我这还有十几杆鸟铳，就是不知道还打得响不。”

“这还不好办，你叫会使铳的人装点硝药试试。以前你不是说坝塘山铁匠铺三师傅是打铳的高手，要是有毛病，就送他那里修修。当下工人纠察队武器匮乏，一定要用好这批武器。”

“好，那我这就安排人连夜弄上山。”

历经数月，大矿山工人纠察队由过去的百十来人武装发展到了三百多人。屯军山人欢马叫，后勤保障充足，各大进步矿主纷纷捐款捐粮。为守卫大矿山的革命形势，萧怀玉和邹海全更是多方宣传，联络地方农会，一旦有难，相互支援。稳住了阵脚，巩固了群众基础，整个革命形势向好的方向发展。

三十三

五月，醉鱼草花已经开遍矿山的原野，它们长在路边，长在田埂，花香四溢，引得蜂蝶飞舞，给这初夏的大矿山增添了几分色彩。

龙虎山上，聚英堂前，大管家侯兴宇与大当家王汉清聚在一起交头接耳。王大当家说两句，靠在虎皮椅上躺一会儿，又一下坐起来，拉过大管家侯兴宇道：“我看这大矿山的气候不太对。矿工会的工人纠察队在进出山的要道都设了关卡，就连这龙虎山脚下去化溪的山路上，都安排了一队人马，盘查得还特别严。就是咱龙虎山的人出入也要拿他们的路条。过去县衙门都没这么搞过，拿着甲长、保长的证明，便可一路畅通无阻。”

“近几个月来，从省城回来的弟兄老是跟我说，省城时局动荡，人心惶惶。听说是长沙守军许克祥把长沙的工人纠察队、农会的人都抓起来杀了，还杀了一大批国民党！我看，矿工会四处派岗设卡，就是怕有人混到这大矿山上来，煽动工人，造他们的反。”

“也许吧。”

“那我想问你，如果许克祥真的领着人来攻打大矿山，我们龙虎山应该帮谁呀?”

“王大当家，鄙人认为要帮矿工会。”

“说说你的理由。”

“大当家跟萧老爷早已歃血为盟，外面的人来打他，你不帮他，帮谁?更何况，自打矿工会成立这两年来，矿山上的百姓多么拥护矿工会呀！各大财团、洋行，包括许多矿主都服从矿工会的指挥。我认为，他们是得民心的。孟子就提出‘得民心者得天下’，我觉得省城闹事成不了大气候，这天下早晚还是那共产党人的，因为他们的所作所为得民心。再说了，许克祥违背了‘三民主义’，国民党里有些人也会造反的。所以我劝大哥，咱龙虎山还是跟着矿工会走比较稳妥。”

“那这样，你负责秘密地跟矿工会保持联系。只要他们那边有难，我们自会出手相救。跟兄弟们吩咐下去，要提高警惕，严守山门，外面的人一律不许上山，特别是从省城长沙回来的，一定要严加盘查。你先把我的打算去肖家湾找萧老爷通报一声，我会派人守好化溪要道，让他放心，就是只苍蝇，也别想从我这飞进大矿山。”

大管家侯兴宇按着大当家的吩咐，带着两个随从风风火火地下了山。他们正赶上大矿山工人纠察队征讨、支援长沙的誓师大会。屯军山上，红旗招展，鼓乐喧天。几条布龙伴着锣鼓点儿在校场上腾空飞舞，三百多名工人纠察队队员整装待发。

萧怀玉在主席台做出征动员。在一片呐喊声中，他走下主席台，翻身上马，站在队伍的前面。邹海全骑在马上，夹紧双腿，快步绕场一周，高声呐喊：“矿山的父老乡亲们，打垮反动派，我们就回来！”说着，他挥舞双手，告别送行的人们，然后跑到萧怀玉身旁，高喊一声：“出发！”

队伍沿着石板路，绕岳高岭，穿童家院，爬坝塘山，踏十八茅湾，经渣渡铁山，向长沙挺进。一路上工人纠察队纪律严明，高唱《国民革命歌》：“打倒列强，打倒列强，除军阀，除军阀。努力国民革命，努力国民革命，齐奋斗，齐奋斗。工农学兵，工农学兵，大联合，大联合。打倒帝国主义，打倒帝国主义，齐奋斗，齐奋斗……”

歌声从队伍的前面传到后面，回荡在山谷里。沿途乡村的土豪劣绅闻风丧胆，农民兄弟一路劳军。

队伍浩浩荡荡，挺进到了蓝田六亩塘。萧怀玉派出的先遣队中有人跑回来报告，说前面有人设了路卡。几经打听，是许克祥部。

邹海全立马命令工人纠察队做好战斗准备。拿鸟铳的人听到命令，急忙掏出牛角往鸟铳里灌硝、装码子。可是还没等硝药装好，前面就响起了激烈的枪声。国民党反动派一边向工人纠察队发起冲锋，一边高喊："赤匪们，缴枪不杀！"

一个军官模样，长着一脸络腮胡子的老兵油子，一手举着驳壳枪，一手拿着酒壶，高喊："拿着你们的鸟铳，对着老子打！看你们打得着老子不?"

邹海全一把揪过身边一个纠察队队员手中的步枪，闪到土坡旁，对准那叫得凶的兵油子扣响了扳机。只听传来一声："哎呀！真打呀！"

在萧怀玉、邹海全的指挥下，战斗由劣势转向优势，击退了敌人的多次冲锋。萧怀玉拉过杨念初，吩咐道："你让兄弟们从左边绕过小溪，冲出这片洼地，向山上跑，占领有利地形才能发挥出鸟铳的威力。同时让兄弟们多装铁砂、散弹，一响一大片。"

同时，他又收拢了手里拿步枪的纠察队队员，让他们掩护鸟铳手打击敌人。这一部署果然奏效，纠察队队员们追赶着敌人跑了一里多路，杀红了眼的纠察队队员手持梭镖，与被追上的国民党反动派进行了近距离肉搏。战斗从中午一直打到天黑，工人纠察队因敌众我寡，弹药耗尽，被压制在山洼里。在这关键时刻，萧怀玉沉着地指挥战斗，他借涟溪河做掩护，抓住时机，迅速把队伍召拢，兵分两路，小部分由他率领掩护突围。反动派几次冲锋都被萧怀玉的掩护部队打了回去。

狡猾的敌人兵分三路，就着月色爬上山岗，隐蔽在草丛中，突然从两侧冲下山来，与工人纠察队厮杀在一起。工人纠察队的兄弟们在强大的敌人面前虽英勇奋战，但还是被打散了。邹海全身中数枪，倒在队友的怀里。他使出最后的力气，吩咐道：“别管我，快叫弟兄们分散突围。如果你能突围出去，回到大矿山，别跟我媳妇说我死了，就说我到长沙队伍上去了……”话没说完，头一偏，英勇牺牲。

萧怀玉带领一部分人顽强地阻击敌人的进攻，见一百多人已经突出重围，高喊一句：“他们都过去了，快跟我撤！”

就在这时，敌人像饿狼般围了过来。萧怀玉大喊一句：“你们快走！”掩护着队员们撤退。他预感到自己再也无法脱身，从驳壳枪里退出一发子弹握在手上。当他打完枪里所有的子弹时，国民党军高喊着：“都别开枪了！给我抓活的！”萧怀玉听到喊声越来越近，他把手里的唯一一发子弹压进枪膛，在敌人扑上来的那一刻，饮弹自尽。

莫轩领着突围的几十号人绕过蓝田，直奔湘乡，继续向长沙挺进。反动派早已得到蓝田的报告，在湘乡布了陷阱，就等大矿山工人纠察队来钻。

一阵激烈的枪声响起，纠察队队员们被打散了。大矿山工人纠察队驰援长沙的壮举遭到了许克祥部拦截、阻止、弹压，历经一天的激战，最终因装备落后、寡不敌众、孤立无援，以失败告终。

经过“四一二”反革命政变，共产党的基层组织基本瘫痪。经历了严峻的考验，共产党人初步积累了革命斗争经验，总结出了一个颠扑不破的真理：枪杆子里面出政权。

三十四

一匹老马，背上驮着一个双手垂在马脖子上、滴着鲜血的人，游走在十八茅湾的山路上。听到有人的声音，老马就闪进树丛。不知它在返回大矿山的路上走了多久，不知它从哪里来，要到哪里去，更不知背上驮的人姓甚名谁，但毋庸置疑，一定是它的主人。马背上那人的鲜血滴了一路：路过草丛，染红了草叶；涉过小溪，染红了溪水。

掌灯时分，老马在屯军山的大墙外仰起头，发出阵阵嘶鸣。还在里面操练的留守纠察队队员听到马叫，以为是报信的人回来了，一窝蜂地跑了出去。眼前的一幕让所有人都惊呆了。

老马不管不顾地走进院子，停在上马石前打着响鼻，前蹄在石板上使劲地刨着。听到马叫，颜玉林从屋里冲了出来，对着不知所措的人们喊道：“还愣着干什么，快把马上的人弄下来！”他率先冲了过去，抱下马上的人放在地上。

颜玉林大声地喊：“莫轩！莫轩！莫轩兄，快醒醒呀！”又大声地吩咐道：“萧汉中，快到屋里倒碗水来！”他伸手到莫轩的鼻子前试了试，还有微弱的呼吸。几人七手八脚地往莫轩的嘴里灌了几口水，使劲地呼喊着他的名字。不久，躺在颜玉林怀里的莫轩微微地睁开了双眼，扫视着众人，嘴唇颤抖着，发出微弱的声音。

颜玉林立马俯耳凑近他的胸口，莫轩含混不清地对他说：“我们工人纠察队在六亩塘被反动派打了埋伏，怀玉、海全都牺牲了。”他嘴唇颤抖着，眼角滚出浑浊的泪花，头一歪，手一松，倒在颜玉林的怀里。

老马在这一刻发出长长的、悲凉的嘶鸣，不知何故，前腿一缩，倒在了地上，发出几声鼻响，喘了几声粗气，腿一伸，断了气。

目睹这一切的人泪水顷刻间湿了衣襟。颜玉林抱起莫轩的遗体放在屋檐下，从贴身的小褂上扯下一块布盖在他的脸上。莫轩带回的消息让屯军山上所有的人都沉浸在悲愤之中。颜玉林守在莫轩的身体旁，泪水流过脸颊，他心里暗下决心，默默地念着：莫轩兄，一路走好。这仇我们矿工会的兄弟们一定会给你报的！他甩一把泪水，吩咐道：“你们去通知莫轩的家人，来一起准备后事。同时，我也去肖家湾给海全、怀玉的家人报个信儿。”

颜玉林意识到，大矿山工人纠察队驰援长沙失利的消息很快会在矿山传开，过去一直仇视矿工会和工人纠察队的资本家、洋买办一定会卷土重来，他要尽快地通知公开活动的共产党员和工会骨干分子赶快撤离。想到这里，他拉过信得过且平日里不太露面的萧汉中耳语了几句，叮嘱道："你快去，别误了事。"

颜玉林自己也从屋里找出一盏马灯点亮，深一脚浅一脚地直奔肖家湾，急促地敲开了颜清的房门："快收拾东西，准备撤离。刚刚莫轩被老马驮了回来，他临死前告诉我们一个特别不好的消息：我们矿山工人纠察队在蓝田六亩塘遭到了许克祥部伏击，过去的纠察队队员大部分都已牺牲，怀玉、海全都遇害了，还有一些人生死不明。我估计，要不了几日反动派就会卷土重来，反攻倒算，你快带上怀玉同志的夫人撤离矿山。来之前，我已打发可靠的人去龙虎山找大管家侯兴宇，让他派人护送你们，向宝庆府方向走，这样更安全。到了巨口铺，宝庆府地下党组织会有人在那接应你们。记住，带上一株醉鱼草。"

"好，我抓紧时间把手上的文件处理完。"

"好，那你抓紧时间，龙虎山的人一定会来接你的。那我就去通知怀玉的夫人跟你一起走。"

"哦，看把我急的，萧怀玉一出征她就去长沙了。想必长沙的消息会比我们这里传得更快。"

"哎，这就麻烦了，她要是在长沙没有得到消息，又返回矿山的话，那怎么得了！"

"三百多人的大矿山工人纠察队在蓝田六亩塘遭到许克祥

部阻击，他们会大肆宣扬这一胜利，省城的大报纸都会刊登这一消息。她平日里有看报的习惯，一定不会再返回大矿山。”

“那就好!”

送走了颜玉林，颜清立马从萧怀玉的办公桌里翻出矿工会所有成员的花名册及相关文件，拿到灶膛里点燃，还把湖南省总工会的一些电报一同付之一炬。处理完文件，她到屋里换了一身农民样朴实的衣服，站上讲台，在黑板上工工整整地写了一排粉笔字：先生因家中告急，同学们自行学习，待处理完家事，自会归来。落了款，便在讲台上坐下，环顾四周，眼睛停留在萧怀玉亲手写的条幅上：“识字知礼仪，脱盲为自己。”不觉鼻子一酸，两行泪水夺眶而出，雨点般顺着脸颊滚了一地。她静静地回想着与萧怀玉在一起工作的日夜，他那爽朗的笑声、疾恶如仇的举止历历在目。然而，短短的两天时间，一个鲜活、向上、生龙活虎的汉子就这样轰轰烈烈地走了。她突然想到，他没有走，他是化作天上哪颗璀璨耀眼的星了。

几只飞蛾在窗子外的玻璃上扑棱，颜清站起身，走过去想把窗板关上。就在伸手的那一刻，她又停住了，任那几只飞蛾在玻璃上扑打着翅膀。她聚精会神地看了好一会儿：那蛾子的眼睛是红的，翅膀是灰的，两根触须在头上挽成两个圆弧，一会儿伸展，一会儿挽圆。它们使劲地扑打着，翅膀扇落了灰尘，被黏在玻璃上。她不忍心把窗板关上，阻断从汽灯上射出的那一束光，让蛾子们失去前行的向往。她又想，也许这几只飞蛾是飞来给她报信的，也许是萧怀玉来催促她快走的。

屋外传来几声急促的敲门声。颜清知道，定是龙虎山的人来接她了，但还是警觉地问了句："谁?"

"哦，颜先生，我是侯兴宇。"

颜清轻轻地拉开门栓，推开一条缝，探出半个身子，向门外看了看。侯兴宇身后还跟着两个人，她认出来那是龙虎山大当家王汉清的两个贴身保镖，身怀绝技的聋子和哑巴。侯兴宇一进门，少了以往的客套话，开门见山地问："颜姑娘，你都收拾好了吗?"颜清点了点头。

"东西呢?"

颜清对着桌子上放着的一个皮箱、一卷被子、一个包袱努了努嘴。侯兴宇对门外喊了句："都进来，背行李!"

聋子进来夹起那卷被子，又顺手提上皮箱，哑巴把包袱往身上一系，正一出门，颜清急忙上前拉住他："包袱还是我来背吧，里面有些东西路上还要用呢。"

哑巴笑着开口道："我就跟在你身后，要用，随时到我身上拿就是!"

颜清一听，愣了，哑巴竟然会说话！回了句："还是我来吧，你帮聋子大哥提皮箱。"

"不碍事，山路难走，包袱系在腰上，就是腾出手来好提皮箱。"他转身从聋子手上接过皮箱。侯兴宇催促道："快走!"

午夜的长龙界一片寂静，人们早已熟睡。一行人借着月光走出肖家湾，闪进童家院，爬上通往华溪的山路，才长长地舒了口气。坐在路旁的樟树下，侯兴宇摸进了一户人家，找来一桶茶递给颜清："口干了吧，来，喝口茶。"

颜清把手上扇风的斗笠往头上一戴，接过茶桶仰脖就喝。斗笠掉在地上，水流进了鼻子里，呛得颜清直咳嗽，引得坐在一旁的哑巴呵呵直笑。聋子跑过来，捡起她的斗笠帮她扇着风，关爱地安慰道："慢着点喝，别急。竹茶桶喝水要试着点倒，举高了，呛人。"

颜清忍住了咳嗽，顺手把茶桶递给哑巴："你们快喝，我好了。"用衣袖把脸上的水擦了一把，颜清自嘲道："啧，喝口水都有师傅。"引得众人哈哈大笑起来。

侯兴宇拉过哑巴吩咐几句后，对颜清说："颜姑娘，我就把你送到这了。他们两个会一直把你送到安全的地方，遇到什么事你们多商量着办，一路多保重。到了省城方便的话，报个平安，我就此别过。"他伸出手，握了握颜清的手，对着聋子、哑巴互相拱了拱手，转身头也不回地消失在山路上。

三十五

在县城大码头的怡红院里，一群花枝招展的妓女围着杨盛迟一帮人，打情骂俏地喝着花酒。头牌胡柳端着一杯酒，嗲声嗲气地喊着："杨团长，你帮我在宝大兴炼厂入的那些股份也该有红分了吧？自打你下了山，就没听你提起过，是赚了还是亏了？前两年，矿山上闹赤匪，我们都不敢问。这会听说矿山上太平了，您就要带着弟兄们重振旗鼓啦。想必那宝大兴的老爷也不敢赖您的账，该找他们算算了，可是亏不得的哦。杨团长，这可是我们这帮姑娘们用身子换来的血汗钱嘞！杨团长您可得给我们做主哦。”说着，就把手上端着的酒喂到杨团长嘴里。姐妹们有的夹猪耳朵，有的夹米粉肉，直往杨团长嘴巴里送。

大矿主刘老爷在一边打着哈哈：“你们这几个小钱放在杨团长手上，那还叫钱吗？在他腿上拔根汗毛都比你们腰粗。放心吧，这两天杨团长就带人打回矿山啦！占了我的矿都得给我退回来，杀了我家猪，呷了我家肉的都得给我吐出来。”

他的话还没说完，老鸨子就堆着一脸笑跑到杨盛迟跟前，耳语道：“院子里有个人来找你，说是大矿山商会的杨老爷。”

“哪个杨老爷？你叫他上来不就行了吗？”老鸨子退了出去，不久领着人进来。杨盛迟一见是杨善人和瘦猴子，拱手道：“哈哈，我当是谁呢，你们怎么找到这来了？怎么没跟矿工会那帮人去打长沙呀？”

“我倒是想去，可也得人家让我去呀。在大矿山上哪个不晓得我是你的人？矿工会纠察队把我抓了去，戴上高帽子游乡批斗，差点没把我整死。要不是我腿脚快，逃到了吉庆，躲进了山里，早就被整死了。”

“不说这些了。快，坐下来喝酒。”杨盛迟又招呼一帮姑娘，“你们好好陪陪这大矿山上大名鼎鼎的杨善人杨老爷，别看他长得尖耳猴腮的，他可有着一副菩萨心肠嘞！你们要发财，就找他。他知道这矿山上哪个洞子是富矿，哪家炼厂有财发。我们杨善人在矿山上还是蛮有人缘的。”

“杨团长，您真是抬举我啦，商团是我的靠山……”

“那是，你不靠我靠谁呀？不管怎么说，你我可是本家，哪个一笔能写出两个杨字来？”

一帮人都陪着打哈哈。杨善人献媚道：“我急急忙忙来找你，是山上几个兄弟下山来告诉我，矿工会的人死的死了，散的散了，那两年闹腾得最凶的穷工人这会儿也都不知道躲哪去了，英国人、法国人、老毛子都陆续上了山。我是来问你什么时候杀回去，我好跟你一起上山，去找那些过去骂我、打我的人算账。”

“明天一早县党部警察署的人就会跟我一同上山。”

“那就好！我那帮弟兄都在吉庆候着，跟你一块儿去。你的队伍一到，我们立马就跟着。沙鳖死后剩下那帮人我也联系了，我一到，他们就会从老鹰岩杀下来与我们会合。他们在南区还联合了那些矿主老爷，大家伙都盼着我回去呢。他们都愿意出钱买枪，成立自己的护院队。”

“哼！几个小矿主能买几条枪？我要成立一个挨户团，挨家挨户地去搜查参加工会的人，特别是那些闹得凶的骨干分子，让他们没有好日子过，看他们以后还敢不敢搞什么纠察队，闹什么工会。”

一队人马冲出南门湾，过了大码头渡口，杀气腾腾地向吉庆方向赶去。全副武装的杨盛迟骑着高头大马走在队伍的前面，爬上了大矿山，并让人多方打听，挨家挨户地抓捕参加工会的工人。一时间，陶塘街上乱作一团，许多人东躲西藏，惊恐万状。许多工友们都被抓了去关起来，挨个上刑毒打，刑讯逼供。

杨盛迟派出密探搜集共产党人及进步群众的消息，重金收买叛徒。一时间，白色恐怖笼罩在大矿山上，搅得大矿山鸡犬不宁。

颜玉林针对这一事态，召集隐蔽在矿山上的共产党人及部分骨干分子，秘密潜入屯军山杨笃信家，召开紧急会议。

颜玉林首先分析当前的局势："同志们，这大矿山上敌人的反攻倒算愈演愈烈，许多参加了矿工会的人都被他们抓走了。现在我决定，散会后大家分头秘密深入炼厂，动员那些矿工会的骨干分子转入地下，向周边地区撤离，分散活动，保存革命力量。留在矿山上没有暴露的同志要密切监视反动派的动向，采取机动灵活的方法与反动派周旋，营救被捕的工人群众，同时保持与县城共产党组织的秘密联络，联合宝庆府、蓝田党组织革命力量，配合营救行动，挫败敌人的反扑。"

一帮挨户团的人，手里提着捆人的绳子，大摇大摆地闯了进来。见三四个人正在那里打字牌，每个人桌前都摆着一把光洋。一个牌鬼凑到桌前，看着颜玉林手上的牌，嬉皮笑脸地嚷道："呵，这手牌，卖不？我买了！"颜玉林把牌一收："这是一手放炮的牌，你买了会输的。”

“你拿着打放炮，我拿着打胡牌。要不信，咱俩赌一把？”

“哼，输了你给钱！”

“那是自然。”

“行，不要钱给你！”

那人接过颜玉林手上的牌，催促上家：“快出牌！我还有工干呢！”

不知是有意还是他的牌运不好，上家丢出一张大捌，他毫不犹豫地用一对小八敲了下去，落定胡小三六。把牌一收，打出小五，下家把牌一摆，夹小五，乌胡。气得他牌一丢：“真是绝了！”

来了几个挨户团的人，一见他赌输了，催促道：“快走吧，还有几家没查呢！在这贪一手牌打，团长怪罪下来，你担待得起吗？”有人上前扯着他的衣服：“走，走，走！”他顺手在桌上拿走两块光洋，一转身，溜了。一场虚惊就这样被搪塞了过去。

颜玉林望着这帮匪徒离去的背影：“同志们，敌人再狡猾，也干不过我们这些好猎手。你看，咱们还是平安无事吧。”

“哈哈，玉林兄，你这是熟读《三国演义》，灯下黑呀！以后这里就是我们的秘密联络站，遇到紧急情况，屋柱上的那株醉鱼草就不见了，大家千万不要碰头。遇有特殊情况，我会去吉利常面馆呷面，等着通知大家。”

吩咐完这一切，颜玉林起身对大家说了声：“出了门，大家说话尽可以大声点。赢了钱的兴高采烈，输了的人垂头丧气，撞到人就说在这打了一夜牌。”

又不知从哪家绑走了几个参加工会的工人师傅，后面一群女人哭喊着。被绑的人怒骂着：“我犯了什么法？你们抓我做么子？这天底下还有王法吗？”

人们都躲到屋里不敢出来了，老人们坐在门前目睹这一幕，只是唉声叹气，一个劲儿地说道：“造孽呀，造孽！”

一个曾经被矿工会打击过的恶霸监工隐约探到了颜玉林在屯军山上开会的消息。为了泄私愤，他跑去向杨盛迟告密。杨盛迟一听，如获至宝，秘密打发人四处寻找颜玉林的下落，并悬赏五百大洋缉拿颜玉林。一时间，南北两矿区大街小巷到处张贴着缉拿颜玉林的海捕令。

海捕令

匪首颜玉林，系悍匪要员，杀人越货，混淆视听。颜匪近日常出没于南北两矿区。凡禀报去向者，赏光洋伍佰；捕获者，赏光洋壹仟……

有人把街上的告示揭回来，送去给隐蔽在附近农民家里的颜玉林，劝他赶快下山避避。颜玉林却义正词严地说：“党交给我的任务是坚守大矿山，发动革命群众与白色恐怖做斗争。没有湖南省委的指令，我决不离开矿山半步！”

白天，颜玉林不敢在大矿山公开露面，便昼伏夜出，与反动派四处周旋。然而，他在美利怡发动矿工，在回枣子台的路上，由于叛徒出卖，不幸落入挨户团手中。

抓住了颜玉林，杨盛迟叫人把他直接押到自己的办公室，亲自给他松了绑，一本正经地对手下人大骂："哪个混蛋，对颜兄如此无礼？你们不知道吗，颜兄可是南北矿区矿工会赫赫有名的领军人物！平日里对我们商团的弟兄们可是不薄呀，特别是邹匪夺了我商团的枪，阻了我商团的人，还是颜先生从中周旋，才免了你们这帮团兵不死。唉，平日里我怎么教你们的？要知恩图报，滴水之恩当涌泉相报。"

一个挨户团小头目立马倒了一杯茶递到颜玉林手上："颜先生，都怪我对手下管教不严，小弟我给您赔罪了。您大人有大量，喝口茶，消消气。"

杨盛迟又吩咐道："你去陶塘街老水酒馆帮我炒几个菜来，今天我陪颜先生喝酒！"

等那小头目出了门，杨盛迟装出一副关切的样子，认真地对颜玉林说道："颜兄，我知道你也是大矿山上的老人了，一家老小都住在这矿山，常年在矿山讨生活，生在矿山，长在矿山，呷着矿山，靠着矿山。无论你在哪个洞子、哪个炼厂讨生活，老人们谁都没有亏待过你。你扪心自问，就连刘让乔都跟我说，你在他那干活，他可是请你做的监工，一等一的工钱开给你。我就想不明白，你怎么会死心塌地地为共产党人卖命呢？他们给了你什么好处？是白花花的大洋，还是给你许下了高官厚禄？你非要在这大矿山上领头造反，煽动工人犯上作乱？唉，求什么民主，争什么自由，要什么平等？这世上哪来的平等？有钱人和没钱人能平等吗！"

颜玉林听完他这一大通说辞，哈哈大笑：“‘三民主义’是贵党孙中山先生提出的，意在求世界之大同。‘民主、自由、平等，联俄联共，扶助农工，驱除外辱，打倒列强’是我们共产党人与国民党共同奋斗的目标。共产党人与你们所不同的是，在世界大同的同时，消灭一切剥削阶级，实现共产主义的远大理想。我为共产党卖命，实则是帮自己卖命。我走的是一条实现共产主义的康庄大道！从来没有什么可回头的，也从来没想过要回头。”

“哎，颜兄，我们可是老相识了。过去我曾提醒过你，不要搞什么工人纠察队，不要跟我们商团作对。那会儿我虽然把你请到了我们商团，但我没有为难你。这次我同样不会为难你，你放心！虽然说要对你既往不咎现在还为时尚早，因为我是奉县党部的命令才派人把你请到这儿来的。只要你与我真诚配合，交出矿工会所有会员以及隐藏在南北两矿及附近乡村的赤匪的名单，我一定向县府禀报，为你请功，不但既往不咎，还保你高官任做，骏马任骑。”

面对杨盛迟的威逼利诱，颜玉林冷笑了几句，义正词严地说道：“杨团长，你不说过去的事，我还能在这儿多听几句你的说教。可能你不记得了吧，我的屁股上至今还留着你让人打我钉板的伤疤。上一次我们到商团夺枪，缴你的械，我悔不该当时放你一马让你溜了，没有及时取了你的狗头，埋下今日的祸根。这会儿你让我坚定了信心，在今后的革命斗争中，我再也不会放过一切罪大恶极的反动派，包括你在内。”

杨盛迟被他这一番话骂得恼羞成怒，撕下了伪善的嘴脸，暴跳如雷地吼道："你别敬酒不呷呷罚酒，胆敢顽抗到底！你这是找死，罪上加罪！你信不信我立刻把你拉出去毙了，曝尸三天，以儆效尤！"

颜玉林斩钉截铁地回道："你看看，杨团长，这就是你跟我的本质区别。我可不像你们国民党反动派这么怕死，我颜玉林更不怕砍脑袋。要是怕，就不在这大矿山上闹革命了。我为这大矿山上广大劳苦大众谋解放，谋取自由、平等，驱逐帝国主义列强，早已把生死置之度外。而你即便杀了我一个，你能杀得完广大劳苦大众吗？你能杀得完四万万同胞吗？"

这时，小头目拎着食盒闯了进来，点头哈腰地赔着笑脸，喊道："杨团长，照您的吩咐，老水酒馆的菜，我炒回来了！"

"滚！给我滚！来人，把他给我押到死牢里去！"杨盛迟咬牙切齿地补上一句，"给我严加看管！"

几个看守把颜玉林架在屋外，按在地上，给他钉上了沉重的脚镣，推进牢房。先前被捕的矿工会成员拖着遍体鳞伤的身体，一见颜玉林，都围了过来，靠在一起，相互用眼神和紧握的拳头传递一种信念，激励革命斗志。

夜深了，牢房外不时传来几声夜莺的鸣叫，和着受了重刑的矿工们痛苦的呻吟。颜玉林不停地安慰道："同志们，受苦了！但是这苦不会白受，这笔账将来一定会让反动派加倍偿还。"看守在外面恶狠狠地叫骂："都闭嘴！都死到临头了还在这里宣传赤化。"不知是谁轻轻地哼起了在平民学校里唱的那首《工农革命歌》：

冲冲冲，我们是革命的工农！
冲冲冲，我们是革命的工农！
手挽手，勇敢向前冲，
肩并肩，共同去斗争。
地主、买办剥削，造成了我们的贫穷。
帝国主义侵略，造成了民族灾难深重。
流尽血和汗，落得两手空……

看守们在外面声嘶力竭地喊着："都给我住嘴，不许唱！"然而这一叫不打紧，被关押在这里的三十多人，忽然间声音一点点变大，从一开始的吟唱，变成了革命意志的呐喊。

三十六

天刚放亮，杨盛迟便翻身爬起来，喊醒还在梦中的跟班，直奔挨户团。站岗的团丁揉了揉惺忪的眼睛，给他敬了个不规范的军礼。他连正眼都没瞧上一眼，径直走进办公室，抓起桌上的电话，使劲地摇了几下。电话那头传来女接线员的声音："喂，找哪里？"

"给我接刘老爷公馆。"

"好，请稍等。"

杨团长一边举着电话听筒，一边盘算着如何处置颜玉林。在这当口，主院的看守一脸疲惫地跑了进来："团长，昨天晚上我可是让这帮赤匪折腾惨了。自打昨天那个姓颜的关到了牢里，一晚上都没消停！我去说了几句，让他们安静。他们把我骂得狗血淋头！他们还骂你是还乡团，是国民党的狗腿子，还放话说早晚要收拾你。"

杨盛迟气得大脖颈鼓起老高，两只眼睛透着阴森森的杀气。他把电话听筒重重地摔在桌上，恶狠狠地骂道："都成了阶下囚，还煽动赤化，图谋不轨！死到临头，都还不忘组织暴动！"

他又捡起电话，使劲地"喂"了几句。瘦猴子杨善人敲了敲门走进来，堆着一脸笑，对杨盛迟拱拱手："杨团长早呀！你比我还早。"见杨盛迟面色不佳，便一脸惊讶道，"这一大早又谁惹你生气了？看你这脸色可不大好。"

"没什么，只是这几天天天审问那些赤匪，比较疲惫罢了。哦，你来得正好，你看那颜玉林怎么处置？我本想着让他交出矿工会所有名单，让他多活几天。刚才属下来报，说他们关在牢里都还念念不忘宣传赤化，还唱了一夜歌。我刚刚打算打电话跟刘老爷商量，恰好你来了。你说说看，该给他们定个什么罪名？"

"罪名你在那海捕令上不是都说了吗，咋还为这个犯愁。不过我还是要提醒杨团长，再不可重蹈邹海全的覆辙，放虎归山，给这些赤匪留有余地。此人不可久留，一旦时局有变，上面怪罪下来，你可就骑虎难下了！他就成了那烫手的山芋，掉到灰堆里的豆腐。”

“这个不用你说。我昨天晚上想了一夜，要不咋一大早就跑到办公室来了呢。我左思右想，为了防止节外生枝，就不把他移送警察署了，跟几个骨干一道，给他来个先斩后奏。到那时，即便时局有变，县党部追究下来，反正人死不能复生，谁也奈何不了我。上海那边就是这样干的，宁可错杀一千，不可放过一个！”

瘦猴杨善人听了他这样一番话，拍着马屁道：“经过商团的那件事，杨团长变得更加聪慧了！这招棋走得真叫一个绝！”

桌上的电话“叮铃铃”地响了起来，电话员的声音从里边传了出来：“来，刘老爷公馆接通了，您听着。”

“算了，没事了，挂了。”杨盛迟没好气地把电话挂断了。他不想再跟他提起处置颜玉林的事儿，他心里明白，别看那些大矿主平日里跟自己称兄道弟，走得很近，但关键时刻人影都见不着，一个个都成了缩头乌龟。这杀人的事儿，跟他们商量别把他们吓着了。

他冲门外使劲地喊了一句：“去给那些上路的赤匪准备酒菜，午时三刻都给我拉出去毙了！”

萧汉中得知颜玉林在枣子台被挨户团抓了的消息，从路边上折了一束醉鱼草，在矿工师傅那儿讨了几个錾子，径直来到三角坪袁老六的铁匠铺，进门就说：“师傅，能插个空，帮我把这两个錾子赶个急吗？”

袁老六应着："多了不行，两根没事。来，给我，这就帮你打。"

他看到了捆鋬子的醉鱼草，知道怕是来接头的，把手锤递给大徒弟，拉着萧汉中进了里屋。

萧汉中一走进去，回手关了门，急切地对袁老六说道："由于前几天在屯军山开了会，会后可能有人走漏了风声，颜玉林同志据传是被一个过去被我们打击过的监工盯了梢，在枣子台被抓了。我刚刚又得到消息，说是今天下午，他和另外一批参加矿工会的人一起，将在岳高岭下被枪毙。"

袁老六看了一眼外面的天，吩咐道："你快去龙虎山找大管家侯兴宇，看他能不能说服王汉清今天去劫刑场，把颜玉林抢出来。事不宜迟，你赶快走。会骑马吗?"

"不会。"

他从里屋走出来喊郭子："你跟他一起跑一趟龙虎山。去客栈租匹快马，带上他去。"又对萧汉中道："不管成不成，你们都要同去同回。"

在山门外把守的人跑进大堂向大管家禀报，说有两个人在山门外，找大管家有急事。

侯兴宇提着长袍跟了出来，一见郭子便问："你顶着这么大的太阳跑上龙虎山，找我有什么事吗?"

"噢，是我师傅让我带他来找你的，让他跟你说。"

萧汉中对大管家拱了拱手，把他扯到一僻静处，把颜玉林被挨户团抓了，今天午时三刻就要被杀的事，竹筒倒豆子般地说了一遍，又补充道："是铁匠袁老六的主意，让我来请龙虎山大当家，可否派弟兄们设法劫了法场，营救玉林兄。"

侯兴宇抬头望了望天："恐怕是来不及了。不过，我还是去跟大当家商议，看可否有更好的营救办法。你在这等着，我这就去找大当家。"他三步并作两步跑进了山门。

王汉清坐在牌桌上打骨牌，大管家在他耳旁耳语了几句，王汉清把牌一推，说道："你们玩着，我跟大管家说点事。"

两个人边走边说，进了议事堂。听完大管家的说辞，王汉清寻思了片刻，望了一眼天："这样吧，你带上十一二个功夫好的人下山去跑一趟，见机行事。这颜玉林一准是共产党人，跟平民学校萧老爷是一伙的。当下时局动荡，也看不准个风头。前两年矿工会在大矿山上闹腾时也没为难我们，国民党商团那会儿也不敢把我们怎么样。我相信，挨户团也是不太敢得罪我们龙虎山的。你就大摇大摆地去看个热闹，当然，也要给袁老六一个薄面，能顺手牵羊你就把人捞回来，剩下的就不用我吩咐了吧。别拖了，你赶快带人去。"

一队人马风驰电掣般向岳高岭赶来，冲上童家院，刚赶到岳高岭下，就听到一排枪响。赶到跟前，颜玉林等一干人已倒在血泊中。杨执正举着铁皮喇叭大喊："各位矿工兄弟们，颜玉林等赤匪扰乱矿山秩序，宣传赤化，组织矿工会暴动，经县府核准，已经被挨户团正法，以儆效尤！"

萧汉中目睹这一切，泪水夺眶而出。他默默自责道："玉林兄弟，我来晚了，你一路走好。"

老叫花子清缘师傅从后面拉了拉萧汉中的衣角，轻声地说了句："还站在这干什么？还不快走！没见过死人吗？"他扯着萧汉中混进拥挤的看热闹的人群，闪进茅草丛，才喘了几口粗气，对萧汉中说："你快下山找地方躲躲吧！挨户团的人正在抓你。"

萧汉中警觉地问："你怎么知道？"

"好啦，别再多问。我走了，是组织上通知你转移的。"

"我走了，那郭子怎么办？"

"他没事。"

清缘刚走，侯兴宇就找了过来，对萧汉中说："你还是跟我上龙虎山入伙。刚才有人给我放了信，这大白天的，你是走不出去的。我让人在前边山洼里等我们，马就在那边。"说着，他牵着萧汉中的手，钻进了树丛。

萧汉中又回头问："我走了，郭子怎么办？"

"我已经打发他回去了，你不用担心。"

三十七

袁老六自打发徒弟跟萧汉中上龙虎山，就再也没有心思打家伙什了，几根錾子在炉膛里烧融了他都没去管事。大徒弟拎着铁锤在一旁等着："师傅，那铁料应该要得了。"他这才缓过神来，死要面子地搪塞一句：“多烧会儿，好去渣。”

老婆见他心事重重，关切地问：“怎么了？是哪里不舒服吗，还是累了？”

他没好气地夹着通红的铁錾料在錾子上使劲地打了几引锤，回着老婆的话：“没事儿，你赶快去煮饭。今天不知怎么了，有点饿。”

郭子满头大汗、一脸惨白地跑了回来。袁老六放下手锤，拉过他焦急地问：“人救下来了吗？”他又伸出头向后面望去，“萧汉中呢？没跟你一道回来吗？”

郭子一脸无奈地摇了摇头：“人被枪毙了，还枪毙了好几个。尸体都派人守着不让他们屋里人收。”

“萧汉中呢？”

“大管家侯兴宇让我不用管他，先回来。不知道他上哪去了。哦，我在岳高岭下还看见老叫花子清缘师傅也在那看热闹，他还赶我走，不让我在那儿守着。”

“龙虎山派人下山没？”

袁老六的老婆见他问得颠三倒四，对他喊道：“看你问的！大管家侯兴宇都跟他说了话，还能没带人下山吗？才跟你说过他们刚到山底下就听到了枪响，走近看了才知道人都被打死了。”

袁老六这才明白，是大管家侯兴宇打发郭子一个人回来的，心里就有了数。萧汉中虽然平日里在矿工会不显山露水，但大家都知道他姓萧，也是常宁人，跟平民学校的萧大老爷是同姓，说不定还是宗亲。如果有人到挨户团去告密，他自然脱不了干系。加之他今天又去龙虎山搬援兵，万一有人走漏了风声，挨户团的人就更不会放过他了。

虽然没能救下颜玉林，但是郭子回来说的这些话足以证明萧汉中是救下了。如果不是今天上龙虎山给大管家侯兴宇报信，侯兴宇一定不知道萧汉中还没有撤离。如果萧汉中让挨户团的人逮了去，给他定个通赤匪的罪名，就跳进黄河也洗不清了。大管家侯兴宇在通知郭子回来的同时，也一定把萧汉中打发了。想到这里，他对侯兴宇的身份产生了质疑，就如同他怀疑老叫花子清缘一样，百思不得其解。他匆匆地放下碗筷，找出一张纸，躲在屋里，在砚台里掺了点水，拿起笔在里面和了几下，飞快地在纸上写了两行小字，把这里发生的情况传递给上级党组织。

袁老六的老婆在门外喊："当家的，早就喊饿了，一碗饭都没呷完，还要不要呷？我收碗了！"

"不要啦，你收了吧。"话音刚落，他就从屋里走了出来。

"当家的，你今晚是怎么了？是哪里不舒服吗？一碗饭都没呷完。"她伸出那双长满老茧的手在袁老六的脑门上摸了摸，"还好呀，不发烧。一准是累着了。"便对郭子喊了句："今天早点上门板！让你师傅早点歇着。"

"不碍事的，没你说得那么娇气。这大热天的哪个铺子这么早就关门板？"

"师娘，师傅说得对。不用关，师傅歇着，我跟大师兄打錾子。”

“行！练练手艺。平日里师傅可舍不得让我们摸小锤。”

袁老六不再作声。他从炉子后边拎出一只积满灰尘的茶桶，提到外面，使劲地吹了吹，随手在窗格上扯下一块破抹布，用力地擦了几下，又转身拎进卧室，关好门，翻转茶桶底，打开茶桶底部的暗盒机关，把先前写的那纸条塞了进去，再拿起桌上的陶瓷壶，往茶桶里倒了些许茶。做完这一切，他拿起茶桶仔细检查了一遍，确认万无一失后，随手拎出屋，挂在铺子进门的窗边上。随后，他在炉子上捡起了长烟杆，装了烟丝，对着炉膛使劲地抽了几口，默默地望着门外来往的行人，走了出去。

街面上三三两两的路人大声或小声地在议论什么，他不用猜就知道人们是在议论今天挨户团杀人的事。他想听个明白，紧赶了几步跟在路人身后，若无其事般听着。突然，他听到一阵极度悲愤的哭喊声，忽高忽低地从远处传来，紧随其后的是一阵叫骂声。他听出来了，这一准是被枪毙的矿工会成员的老婆或亲戚伤心的哭喊。他提着烟杆，紧走了几步，在路上拦下一个似曾相识的妇人，问道：“这是哪来的哭声啊？这长龙界上没听说谁家故了老人呐。”

“唉，这哪里是故了老人。今天下午兴源矿洞冒了顶，把后面的几个人砸在洞子里了，矿主喊了挨户团的人封了洞子，不许下去救人。”

“你怎么知道的？”

“我屋里男人命大，他那一拨人都背了出来，后面的人就堵在里面了。”

“有多少人？”

“怕是有好几个。刚刚在长龙界哭喊的，就是堵在洞子里的人的亲人。曹克祥的老婆还有他大舅哥来矿山没几个月，这不，就砸洞子里了，尸体都看不见一个。唉，要是前两年矿工会的人知道发生这种事，是一定会派人管事的。矿老爷没那个胆不让救人，就是人救不上来，也会赔些光洋安抚家人。再怎么强势的矿老爷都不敢这么一封洞子就了事！”说完这几句话，妇人如梦初醒般四处望了望，自嘲道：“瞧我这木脑壳，我屋里当家的还在等着敬菩萨嘞……”说着她扬了扬手上的香烛。

“那你快回屋里。今天躲了灾星，是你家祖菩萨担力，山神老爷保佑。”

“是嘞，是嘞！”妇人加快了脚步，头也不回地向童家院走去，走进了小巷，消失在夜幕中。

颜玉林被害，挨户团守着尸体不准亲人收。大管家侯兴宇一上龙虎山就找大当家拿主意。王汉清在议事堂一见侯兴宇就问：“人抢了吗？”

“没那么容易。挨户团那帮鬼做事还蛮缺德，毙了人还不准收尸。”

“听你的口气是想帮他对吗？”

侯兴宇倒也不隐瞒自己的想法：“我来找大当家拿主意，就是想帮他把尸收了。大当家在大矿山也算是有头有脸的人物，今天龙虎山的人也受人之托，我又带人去了法场，活人没抢回来，你出面跟那杨团长要个死人，想必他不会不给龙虎山个薄面吧！”

“唉！这事我们还真得从长计议。被杀的那几个人又不是我龙虎山的，也没有跟我龙虎山沾亲带故，去找他要人也得有个由头呀！”

“大当家，咱们今天去要的人姓颜呀！龙虎山跟颜家是世交！”

听侯兴宇这么一说，一拍脑门儿：“我倒把这茬给忘了！颜家是老多把子的救命恩人！”

“颜玉林是这大矿山上土生土长的颜姓，他祖上跟龙虎山的渊源颇深。大当家您的老爷爷早年组织船帮在资江上放毛板，下武汉。由于生意做得大，在汉正街被官军绑了肉票，说是抗捐。身在外，他一时半会凑不足赎银，还是颜玉林他太爷取的保。他太爷早年可是大矿山出了名的性情中人，乐善好施不说，特别有矿山情怀。老多把子托人到汉正街他家商号，一说是老鼠巷船帮的人，二话没说就给垫上了光洋。要不然你家老爷子一准会被撕了票。”

“你怎么知道这么多？”

侯兴宇一字一句地说道：“不瞒你说，早年我是颜家商号的账房，参加过京汉铁路工人大罢工，被官府通缉，颜家人才写了推荐信打发我随拉纤的人逆资江而上，来到这大矿山讨生计，入伙龙虎山。”

“呵！原来你是同盟会呀！怪不得我一直摸不透，你每每对时局的看法似神仙般未卜先知，偶尔说出的结果要不了几日就能得以应验，是省城或者汉正街有高人指点吧！今天这事我就听你的，直接找挨户团杨团长，要他把颜玉林的尸首还给我，就算是还了他祖上救我家老多把子的人情。要是杨盛迟不给面，这冤家就算结上了。颜玉林是不是赤匪我管不了，就算是赤匪，他死了也就了了。我跟杨团长要个死人，劝他修个阴德，他若硬是不给的话，我龙虎山定平了他挨户团！”

“大当家，我看不如这样，你先去找警察所所长邹满金，请他从中周旋，他一准儿会给大当家您一个薄面。在这大矿山，龙虎山一向以仁德著称，即便是‘砸明火’，也是拿人钱财，与人消灾，没做什么伤天害理之事。他警察所一准儿不愿意得罪您，与龙虎山为敌。警察所才几十号人，我们随便带一队人马下山，一袋烟的工夫，也能平了它！更何况今天你找他去帮忙要几个死人。”

“你说的有道理，好像也可行。我这个人办事更直接，没那么多啰唆。今天下半夜我亲自带人下山，把那几个人的尸首抢上来。你这就安排人去茶树坳北坡，去平日里埋兄弟的坟地挖几个金井，再捎信去老鼠巷棺材铺，让他们送几口棺材，走化溪送上山，放到老地方。这事就这么办了，找官浪费我的口水。我量他杨团长、邹满金就算知道是我干的也不敢来找我算账。”

一弯冷月高高地挂在岳高岭上，夏夜的风在树梢上走着，倒映着一串人影在草尖上掠过。脚步声惊起一山野兔乱窜，吓得挨户团那几个守尸的团丁一溜烟地跑了。

大管家侯兴宇让人把尸首都松了绑，拿过手下抱着的被子铺在颜玉林身边，就着绳子七手八脚地把他裹了，对后面的人摆了摆手："快抬走！"三四个人立即上前扛起就走。

月光把山路照得通明，偶尔撞见几个担矿砂的脚夫，看着一帮穿着一色青衣、扎着长汗巾的汉子，知道是龙虎山的老客，都闪到一边让道。他们不知道他们扛的是死人，还以为是绑了哪家有钱人的肉票。

一大早，枪毙的人昨夜被人抢走不见的事在陶塘街上传得沸沸扬扬。有人说，昨天下半夜，看见一队人在岳高岭的山路上跳着走；有人说，在山路上看见一帮穿青衣的人扛着几棵树，吓得半死；挨户团守尸的团丁则说，他们听到了一阵毛骨悚然的怪叫，一串黑影在茅草丛中，惊起满山遍野的野兔乱窜，他们以为是那些死人诈尸了。一时间，各种版本的谣传令龙虎山抢尸的事充满了神秘的色彩。

这还不算稀奇。一大早，几户遇难的矿工会成员房门下都摆放着一袋三四十斤重的米，一张图纸卷着十块光洋。纸上留着一串字："冤魂已驾鹤西去，且已入土为安，生者节哀。"几户人家收到的纸条都是一个内容，没谁知道是谁送的，但他们猜测这一准是工友们的心意。

三十八

袁老六早早起身，他终于发现挂在墙上数日的那只竹茶桶被人换了，一朵盛开的醉鱼草花插在窗格上。他迫不及待地取在手上，在底下的暗格里抠出纸条。纸条上传递的是共产党领导的八一南昌起义取得胜利，并正在向广州挺进的消息。

他反复地看着纸条，随后小心翼翼地把它烧了。这个消息证实了这几个月来陶塘街的变化：挨户团的人不知什么时候销声匿迹了；矿工会时期，那些并不抛头露面的工友们，在这陶塘街上频繁活动起来；矿工互助会的牌子在平民学校的老校址上挂了起来。袁老六心想，这也许就是我党在与反动派做斗争，新的转折开始了……

他按捺不住内心的喜悦，高兴地抓起炉边的柴，扒开炉膛，使劲地拉着风箱。炉膛里的火苗瞬间窜起老高，把他的脸颊映得通红。

大徒弟伸着懒腰从房里走出来："师傅，你咋起那么早？这烧火起炉的事你咋还亲自动手呀？昨天晚上休息好了？"

"嗯！你看我这不是一大早就起来了嘛。"

"起来您就叫一声我，省得自己动手生炉火。"

"干活是不分亲疏的，谁做都一样累人。这大热天的，你们也难得睡个早床。"

两个人正说着，乌泱泱的一群人抬着一块门板从铁匠铺门前经过。

门板上抬着的人身上盖着窗帘布，手耷拉在门板外，露出花衣袖。旁边一群人推搡着一个衣着阔绰、烫着一头卷毛的洋女人。这时的她蓝眼睛没有了光泽，一副沮丧相。几个高个子、高鼻梁、穿西装、挺着啤酒肚的外国佬护着那个洋女人，与众人边走边争辩："我们是俄国的商人！是享有外交豁免权的商团使者！她死了，跟我们没有什么关系！商行之所以容留她，是她自己找上门来，要在商行里做女仆的……"

这时，跟在他们后面正哭得伤心的几个女人发疯般地冲上去，扯烂了这几个外国佬的衣服，把他们的脸挠得像猫抓一样，鲜血直流。男人们一哄而上，拳打脚踢，直打得那几个洋人七窍流血、跪地求饶，嘴里喊着："我们赔钱！我们赔钱！"

围观看热闹的人越来越多，里三层外三层。捡砂的妇女、孩童，担煤的脚力，一街商铺的伙计、老板，背矿砂的苦力都围拢来大喊助威："打！打死他！"

人群中央一个哭喊得撕心裂肺的声音在向众人诉说着事情的原委。她俯下身子，用力掀开盖在门板上的一条窗帘，指着那躺在门板上、赤裸着的姑娘的下身："各位兄弟姐妹、大叔大婶们，你们看这帮洋畜生，把我家红英还当人不！"她又指着那个洋女人，"这个丧尽天良的洋人，每天夜里把三粒干枣子硬塞到我女儿身子里，一晚上都不准抠出来；第二天早晨抠出来自己呷，说是呷了能变美，还能长命百岁。大矿山的老少爷们，你们看，我家红英拼命挣扎不让他们塞，这个女妖精就拿烧红的烙铁烫英子的下身。昨天夜里，不知英子怎么从洋行里爬回罗家院的。我听到敲门声，把她抱进屋。她把发生的事情说给我听，还没说完就咽了气。”说完，她又声嘶力竭地指着洋女人质问道：“你也是女人，你怎么会有这等毒蝎心肠！”

听到红英娘泣不成声的控诉，围观的人个个义愤填膺，扁担雨点般打在洋人身上。有人带头高喊：“打倒列强！打倒列强！洋鬼子滚出中国去！”呐喊声响彻云霄，愤怒的人群高喊着：“去洋行！把她抬到沙俄洋行去！让洋人跪地抬着去……”

警笛声从肖家湾由远至近地响了起来，几声清脆的枪响和着一声声吆喝：“都让开！让开！”两队警察冲开了拥挤的人群。

洋人一见警察来了，鸡啄米似的跪着求救：“我们是沙俄洋行的合法商人，享有外交豁免权。”

在这一刻，平日里趾高气扬、傲慢的洋人形象荡然无存。邹满金用枪指着洋人的脑袋，破口大骂道：“你们这帮洋鬼子，在大矿山坏事做尽，不好好做生意，尽惹事。今天，要不是上峰有令，拿外交豁免权做你们的护身符，我非一枪毙了你们这些人，为死在你们手上的平民百姓做主、报仇！”

一席话赢得了一阵阵怒吼：“打死洋鬼子！打死洋鬼子！”

邹满金举起手中的枪冲着天上连放几枪：“老少爷们，你们容我把这帮畜生押到县警察署，交由上方依法查办。我会给大家一个说法，厚葬逝者，给红英一家一个满意的交代！”

说完，他指挥警察押着一帮洋人，向警察署走去。沿途不时地有人向洋人砸石头，怒气冲天的汉子们时常冲散警察，踢打洋人，直打得洋人们抱头鼠窜。卷发女洋人的鞋子都不知道什么时候被打丢了，光着脚踩在滚烫的石板路上……

袁老六跟着人群到了肖家湾，在一转角处，被从后面赶上来的老叫花子清缘拉了拉袖子，说一定要请他去鸿吉街呷猪头肉、喝水酒。袁老六几经推辞，拗他不过，只好跟在他后边，顺着山路，穿过了谭家冲。两人一路上东拉西扯，走进了鸿吉街专门烧猪头肉的鸿吉酒馆。还没进门，老叫花子清缘就冲着里边喊："给我上一个红烧'半壁江山'，一壶三尖老水酒。好久没呷肉了，肚子里的那点儿油都刮没了！"

店家跑出来应着："清缘师傅，你可是好久没到我店里来光顾了。今天是哪阵风把您给捎来了！"

"是我肚子里的馋虫想你的'半壁江山'了。"

店家又向他身后扫了一眼，见身后跟的是袁老六，连忙拱了拱手道："呵，袁师傅，您今天也得闲？您可是我这鸿吉酒馆的稀客。快来，里边请！"

"您二位可真有口福，我今天一大早蒸的几份'半壁江山'都让客人呷完了，只剩一份在蒸屉里，是给鸿吉公司曾把头预留的。您二位远道而来，他那份就没有了！"

袁老六立马插话道："那别人不会怪你做买卖不讲诚信？"

"不会的！我怎么会怪他不讲诚信呢？都是老弟兄。"进来一个人，一束醉鱼草花在手上漫不经心地摇着。

"哎哟，你看这天下事就是不经念叨，刚才还在说是您定的'半壁江山'，要是您再晚来一步，我就请清缘师傅的客了，您恰好就进了门，这可如何是好？两边都是爷，我谁都得罪不起！要不这样，您三位一块呷，这酒菜我做东！”

来的人把手上的醉鱼草往酒桌上一放，扫了一眼老叫花子和袁老六，打了个拱手道：“如两位不嫌弃我呷得多，愿意同桌陪我喝几杯，那自然是开心的事呀！”

老叫花子对他拱了拱手，笑道：“能跟曾老爷一同喝几杯，那自然是快活啰！”

说着，几个人谦让着上了桌。袁老六把桌上的醉鱼草拾在手上闻了闻，开口道：“这醉鱼草可是个好东西。前些日子我有点咳，肩膀痛，用它煮了点茶，喝了还真管用。你今天扯着来是？”

“呵，和你一样，常年在洞子里干活，腿染上了风湿。有人说用这东西煮水喝就能治好。这个不假，我们呷千家饭的，没钱请郎中开药。这大矿山上满山的野草，就是给我们这些人治病的良方啊！”

店家捧着一大钵冒着热气、飘着肉香的“半壁江山”放在酒桌上，烫得双手直摸耳朵。

“来！你们先呷了菜，我去给你们倒酒。”

清缘师傅举着筷子，客套道：“曾老爷，您请！”随手又夹了一块放在袁老六的钵子里，“你先尝尝，看看蒸好了没有？”

店家给每个人倒了满满一碗酒：“你们先喝着，我去给你们煎碗一面黄的豆腐来。看你们还呷坛子里的辣椒萝卜皮不？”

“好！好！那是下酒的好菜！”

酒过三巡，曾把头放了筷子，从腰里掏出一张黄表纸，对袁老六说：“你写的这张纸条，清缘师傅一送来我们就及时地汇了总，上报省总工会。党组织要求我们要借着南昌起义胜利的契机，在大矿山工人中扩大我们党的外围组织，实施帮扶济贫活动，救助那些贫困矿工，扩大我党在他们心中的影响力。同时开展广泛的募捐活动，动员有进步思想的矿主捐钱、捐物，支持起义部队。”

袁老六惊讶地问道：“你也是我们的同志？”

“是啊！你以为把头就不能闹革命、参加共产党了？”他又指着清缘师傅道：“他也是老党员啦，长期用这样的身份在这大矿山上收集情报，联络各阶层人士，宣传我们党的主张，同时组织了一支不容小视的以丐帮为掩护的革命队伍。”

袁老六终于解开了自己困惑已久的问题，端起酒碗：“来！清缘师傅，我敬你一碗！你的隐蔽工作做得可真好！”

店家也凑了进来，端起一碗酒，一脸严肃地说道：“同志们，当下反动派一刻也没有停止对我们共产党人的迫害、追杀，大家一定要保护好自己！在做好党交给我们的任务的同时，注意监视矿山国民党党部的动向，逐步以工人互救会为掩护开展工作。一旦时机成熟，组织清算挨户团残害矿工会工人侦察队的罪行，把矿山革命运动推向高潮！你们看到没有，通过今天发生的事情，矿山广大工人兄弟只要有人引领、发动，革命的激情依然在！”

三十九

连续下了多日秋雨，终于放晴了。山坡上捡砂的人们、关在屋里多时的妇女们踏着泥泞的山路涌向山坡，抢着去捡拾那被雨水冲刷后裸露在地表的锑砂，山坡上熙熙攘攘。

一大早鸿吉矿的大把头就领着一帮打手，一个挨一个从工棚里把炮工们都赶了起来，嘴里不停地骂着："不到月底你们都想支钱，洞子里出了富矿带，还不抓紧去把矿砂背上来，不然你们多支的钱拿什么还上？老爷说了，今天中午矿上杀头猪，蒸米粉肉，给你们打牙祭。"

一百多矿工在一群监工、把头的带领下，风风火火地爬进了矿洞。一时间，黑暗的矿洞里，桐油灯的光亮如萤火虫般在矿道里闪烁，闪亮的锑砂折射着光亮，洞子里一瞬间亮堂不少。

铁錾的敲击声和着竹筒抽拉"哗哗"的流水声，都被几声硝炮的轰鸣掩盖了。烟尘散去，监工们声嘶力竭的叫喊声在矿道里响起："背那么少！多背点上去，能多换些光洋！"

"监工老爷，我已经背了六趟了，实在没有力气了。"

皮鞭雨点般落在倒在地上的矿工身上："快点背出去，别在这儿装死！要死也死到外面去。"监工转身看到身后的几棵顶柱吊着几大块"锑菩萨"，坐在灰锑构成的莲花座上。他围着柱子转了几圈，如获至宝，立即招呼了十几个炮工："今天把这几个'菩萨'给我请下来，上去打牙祭呷双份！"

老矿工阻止道："这是顶着矿洞的墩，挖不得，会死人的。"

"什么挖不得！你看看，这矿洞里都是石头，我说挖得就挖得。出了事我负责，你们尽管干活就是了。"

太阳晒得鸿吉街上工棚的茅草冒着热气，吸干了石板路上的积水。老人们躺在竹椅上慵懒地晒着这秋阳。街面上商铺林立，一排排屠桌前围满了剁肉的人、砍肉的妇女，卖小菜的农夫的吆喝声和着篾匠铺破竹的爆竹声，展现着这条古老鸿吉街的繁荣。

鸿吉公司的伙房里，十几个伙夫有说有笑地聊着天；一群妇女有的择菜，有的洗菜，嘴还不停地聊着张家长李家短；两个女人使劲地摇着磨盘，推着米粉。门外边一口大锅烧着开水，冒着热气。几个帮厨的女人七手八脚地剁着两扇肉。炒菜的大师傅不停地敲着锅问："买盐的张老子还没回来吗？怕是掉到盐井里去啰！菜正等着放盐呢，米粉肉还等着盐腌嘞，真不性急！呷饭的人回来了怕是只能呷没有盐的菜了！"

正在这时，平日里趴在门边不管闲事的大黄狗突然狂吠起来，咬着大师傅的裤腿就往外拖。山坡上，不知谁家喂的鸡"咯咯"直叫，到处乱飞。一时间，猪叫声四起，伴着天崩地裂般的轰鸣，一整条繁华的鸿吉街顷刻间消失了。

大黄狗飞也似的冲到远远的山上狂吠着。张老子担着一担盐，喘着粗气，在山梁的青石板路上歇脚。听到狗叫声，他随身望去，见是伙房里的大黄狗，吆喝了一句。黄狗一边朝他跟前跑，一边汪汪地叫着，一身颤抖地趴到他脚下，发出婴儿般的啼哭声。张老子俯身在它脑门上拍了拍，大黄狗又对着他叫了两声，径直向山下跑去。大黄狗跑一程，停一停，回头望望；再跑一程，再停一停，再望望，不停地叫着。

张老子转过山坳，见石板路突然到了尽头，山坡上的人家和参天大树都不见了踪影，他生活了一辈子的鸿吉街也不见了。他丢下盐担，跌跌撞撞哭喊着冲下山坡。旷野里没有一丝回音，他坐在地上使劲地拍着大腿，号啕大哭："我的崽呀！你们都到哪里去了？"

一阵哭喊后，不远的石缝里传来微弱的声音："救命呀……救命呀……有人听见吗？救命呀！"

他趴到这个石缝听一会儿，趴到那个石缝听一会儿，大声地回应："你们等着！我这就来救你们！"他使劲地用双手扒着松软的泥土，搬着石头，十个手指盖都掀掉了。那声音似乎越来越近，张老子累倒在地上，他喘了几口粗气，不管不顾地向前疯跑，边跑边喊："快救人呐！鸿吉街的人都不见了！"他跌倒了，又爬起来，漫无边际地疯跑。不知跑了多久，他终于看到了屋子，屋外有好多人，这里一堆、那里一堆地朝他跑来的方向看，指指点点。

张老子一头冲进人群，问："这是什么地方？"人们告诉他，这是谭家冲。

"这里怎么没事？"他逢人便喊，"求求你，快招呼人，去鸿吉街救人！那地底下有人在喊救命！”

“你怎么晓得的?”

“我大清早去化溪担盐，回来鸿吉街就不见了，房子和山上的树都不见了。”

“难怪，我们听到了轰隆隆的响声，屋子的房门也一片响，瓦也从房顶上往下掉，怕是龙翻身，就都跑出来了。”谭家冲的人惊恐地告诉张老子。

“大家没事就好。求求你们都快去鸿吉街救人吧，那土底下有好多人喊救命！我去陶塘街上喊人。”

袁老六听到消息，铁锤一放，喊了郭子：“走，咱们去瞧瞧!”他心里惦记着鸿吉酒馆，更惦记着曾把头。他来到山坡上，巡视着周边，他曾熟悉的鸿吉街变成了一块光秃秃的坡地。

黑压压的人群哭喊声一片，一拨人围着一条石缝捶胸顿足。袁老六急忙跑过去，拨开人群，趴在石缝上喊：“有人吗?听得见吗?”

围观的人大呼小叫，袁老六反过身来冲着他们骂道：“都别出声啰!”又趴在石缝上使劲地喊两句，把耳朵贴在石缝上细细地听，见听不到什么动静，他索性在身上撕一块布，点燃，放在石缝上烧，蹲在那儿仔细地看烟子。

有人嘲笑着问他：“一块破布，还能把这石头烧出个洞不成?”

袁老六头也不回地说：“你懂个屁！下面如果有洞，就一定有风吹上来，也能判断出他们埋得有多深了。”

点燃的布被烧得“呼呼”地响，灰烬被底下的风吹得通红，灰尘飞起老高。他断定，这底下一定是矿洞。他趴在地上又使劲地喊了几句，却听不见回声。也许是因为这儿人多，太嘈杂，也许是呼救的人喊干了口水。

山坡上的人越聚越多，邹满金也带着一队警察跑了过来，这里看看，那里望望，转着圈儿，对众人说：“唉，真不幸，我回去给县老爷打电话报告救人。”便领着人马头也不回地走了。

鸿吉塌陷的噩耗顷刻间传遍了整个大矿山，迅速蔓延到省城及周边区域。各路来寻亲的人们哭着喊着，在塌陷的鸿吉街废墟上呼喊着埋在下面的矿工的名字，哭得死去活来。有人掏出背来的香纸，点燃背来的衣服，跪在地上使劲地磕着头。他们当中有白发人送黑发人的老人，有年少丧夫的女子，有背上背一个、手上牵一个的半老徐娘，也有拄着木棍、拖着残腿、咳嗽不止的男人……一时间，整个大矿山都笼罩在凄凉与悲愤之中。

袁老六自打从鸿吉废墟上回来，一进屋就喊老婆熬了两担稀稀的米汤水。后半夜夜深人静时，他便喊上郭子和大徒弟担上，自己扛了一根长长的钢钎，提着马灯，找到白天那条石缝，用钢钎使劲地插进去，撬开一个拳头般大小的缝，用力对着里面喊，他惊喜地听到里面微弱的呼救声。声音很小也很远，似乎像山间的回响。

他摇了摇头，含着眼泪，对着地下呼喊着："我给你们倒点米汤下来。如果能接到，就喝两口，别嫌脏!"

没等下面回应，他就让郭子提起一桶米汤水，对着石缝慢慢地往下倒。米汤水在石缝间冒着气泡，缓缓地渗入地下，石缝上只留下一片白花花的米粒。

袁老六抽出烟袋点燃，守着那石缝，一会儿趴下听听，米粒粘在他的脸上，偶尔还能隐约听到几句断断续续的哀号。

袁老六连续七天后半夜夜深人静的时候，都担两担米汤水往这石缝里面灌。每晚，他走之前都会用钢钎把石缝里的米粒捣一捣。第二晚再来时，再把被烈日晒干的米粒撬松，把米汤倒进去，一直守着。

几滴雨打在了他的脸上，他抬头一看，岳高岭上，一道闪电划破了夜空，旋即豆大的雨点像断了线的珠子，噼里啪啦地淋湿了师徒三人的衣服。

郭子把一只水桶递给袁老六举在头上，雨点敲着水桶啪啪作响，袁老六却哈哈地笑了。他心想：唉，老天爷也心疼你们呀，怕你们在地下口渴，给你们引来了天河水。

一队人马打着雨伞，稀稀落落地簇拥着锑业协会会长杨大老爷，站到塌陷的山头上。杨大老爷望着山脚下的一片废墟，对着众人发出了一声长叹："唉，可惜了一块好地方呀!"

四十

矿山妇救会的一帮姐妹高举着横幅，上面写着：为鸿吉塌陷的死难矿工亲人们返乡募捐。后面跟着一大群头缠白布、腰系麻绳、嘤嘤哭泣的死难者的亲人和来自各矿场、炼厂的矿工。他们扬着五颜六色的三角小旗，穿行在矿区的街巷里。

陶秋嫂嫂站在募捐盒前，从口袋里掏出几块法币丢了进去。一帮同来捡砂的姐妹们也或多或少丢了些钱进去。

端箱的人向他们点头，护箱的人向他们拱手道谢。陶秋嫂嫂还着礼，望着这群失去亲人、背井离乡，又没有盘缠回家的人们，不觉鼻子一酸，掉下眼泪来。她索性领着姐妹们走在人群前面。

遇到担煤的脚夫，她就上前拉着人家赔着笑脸说："多多少少帮一点吧，让这些来奔丧的人回家!"每到一间店铺，她们便端着募捐箱，喊着："老板，舍得舍得，多舍多得，行善积德。"

人群走出陶塘街，讨过长龙界，在童家院绕了一圈。有人在后面喊："把每家炼厂都转一遍，相信那里的矿工师傅们会行善事的。"

有人附和着，出着主意："我们倒不如去大矿山矿业协会找杨大老爷，让他也出些钱帮助死难矿工的亲人们回家。想必鸿吉公司的梁老板每年一定给矿业协会交了钱，让杨大老爷出点钱也是理所当然。"

陶秋嫂嫂跑到队伍中，拉出张老汉："来，你是这鸿吉街几百号人唯一的活人，你就是他们的代表。走，去找矿业协会！"

人群簇拥着张老汉，转向了谭家冲。从洋行门前经过，吓得洋人们都大门紧闭。只有几个牧师站在马路边，对着众人在自己胸前划着十字，喃喃自语着："阿门。"

矿业协会杨大老爷接到陶塘街警察署的电话，说是很多群众来找他讨说法了，要他有所准备。他在电话中不屑一顾地说："鸿吉一条街都没了，这是天灾，与我矿业协会有何干系？要赔钱，要他们把鸿吉公司该死的梁老板从地下挖出来，给他们打发路费！"

邹满金在电话里不冷不热地回了一句："你是矿业协会的会长，别人找你理论也不无道理，你好自为之吧。我提醒你，众怒难违呀！"

杨大老爷还想说点儿什么，电话里却只剩下电流声了。他冲着电话骂了一句："一到关键时候你邹满金也脚底板抹油了！"

嘈杂的人群涌进了杨大老爷的北山别墅，一帮护院出来挡在门前。陶秋嫂嫂指着张老汉对护院说道："我们妇救会今天是来给鸿吉街遇难的人家开吊的，请杨大老爷多少做点好事，劳驾请杨大老爷出来。"

护院转身进门，与出来的管家撞了个满怀。管家后退一步，数落道："你没长眼睛吗，慌什么？"

护院怯生生地一手指着门外："外面来了好多人，说是妇救会的，让我进来喊老爷出去。"

"别去喊了，老爷有吩咐，你跟我一道出去就是了。"

管家走到门口的石阶上，赔着笑脸向众人问明来意，煞有介事地摘下头上的瓜皮帽，给众人鞠了一个躬，然后双手示意众人安静："诸位，我受矿业协会杨大老爷之托，全权招呼大家。首先，我对妇救会姐妹们为鸿吉街塌陷遇难的父老乡亲们募捐这一善举深表敬意！同时，也请允许我代表杨老爷向各位遇难矿工的亲人们表示慰问。"

说着，他向身后摆了摆手。老妈子端出来一个漆木托盘，上面散放着一堆银圆。他双手接过来，倒进了募捐箱："这是我们杨大老爷捐献的一点儿心意。最后，我愿逝者安息，生者节哀，望逝者的亲朋好友们返乡的路上，一路平安。"

说完，他走下台阶，对张老汉拱了拱手，一本正经地说道："您老大难不死，必有后福呀！"又对众人拱了拱手，目送众人远去。

跟着募捐的人群跑了一天的郭子回到铁匠铺，师傅便问："妇救会把捐来的钱都分给那些来寻亲的人了吗？"

"散伙的时候就分给他们了，还吊了蛮多的钱嘞！师傅您这主意出得可真好！陶秋嫂嫂做起事来还真是风风火火，今天领着大家硬是从矿业协会铁公鸡杨大老爷身上拔了一大把毛嘞！"袁老六笑了，是发自内心的哈哈大笑。他终于放心了，遇难矿工的亲人们有了盘缠。郭子望着师傅那开心的神态，突然想起什么，说道："师傅，邮差让我带了封信回来，是省城来的。"

"拿来我看看！"说着，袁老六接过那牛皮纸的信封，翻过来看看，再翻过去看看，仔细地查验一番，走进屋里，小心翼翼地撕开，先看了落款——"汉中兄敬上"。

> 久无音信，失联几载，此乃愚弟失礼，还望兄长勿怪！数年未见，兄长一向可安好？自那年陶塘一别，愚弟辗转省城，居无定所，漂泊数年。因初心未改，入赣从戎。虽艰辛，但一切尚可。恐兄长牵挂，特书报平安……

袁老六看完信，长长地舒了口气，走出房门，从炉里抽出一块烧熟的毛铁，飞快地打出一把镰刀……

四十一

初冬的原野，群峦萧索，同时也给人们带来无尽的山野之美。几天前，萧汉中得知队伍将要挺进大矿山，按捺不住内心的喜悦。一路上，他尽情地观赏着他经过的每一座山，蹚过的每一条河。

在他心目中，这一路的山都没有大矿山上的鹰嘴岩那苍劲之美，水更没有飞水岩瀑布波澜壮阔之魂。他望着山坡上结满果实的醉鱼草，思绪万千。一路上他滔滔不绝地给战友们讲述大矿山上的风土人情，如数家珍般介绍着大矿山上的美味佳肴：飞水岩的水豆腐、陶塘街上老水酒馆的猪耳尖、大坨的米粉肉、三尖的水酒、铎山的牛席、吉利常的黄鳝面……

好奇的战友们还会调侃取笑道："这地方那么繁华，也一定有怡红院吧？"

萧汉中并不避讳："有，还有洋女人呢，就像大上海十里洋场里那种蓝眼睛的金发女郎。"

"那你一定去逛过。"

"哎，我在矿山那时，穷得口袋比水洗的都干净。下矿洞四脚着地背矿砂，爬一天腰都直不起来，累得个半死，挣得那几块光洋能糊口就不错了。我倒是想去。"一席话逗得大家一阵哄笑。

原地休息的口令从队伍的前面传了过来。坐在路边茅草地上，有人意犹未尽问萧汉中："你是从大矿山走出来的，这是什么地方你知道吗？"

"哦，刚才我们经过的是新化县城，过的河叫资江，它是湖南的四大水系之一——资水。我们翻越的山同属雪峰山脉。现在我们歇的地儿，先前我向路边的老乡打听过，是石窖村的独树岭。"

"嗬！你咋知道的那么多呀！你以前读过书？"

"没读过书。"

"那你是大矿山上土生土长的吗？对这一带那么熟悉。"

“不是。那年我跟着常宁老乡们一起闯大矿山讨生计来的。”

“没读过书你怎么说起话来一套一套的?”

“那就得感谢这大矿山了。早年我在这矿山上背矿砂，加入了矿工会，每天晚上都去肖家湾平民学校的扫盲班学习文化知识。那会儿有个萧老爷，就是我们共产党矿山第一支部的领导人，在那里当先生。我就是跟他学的，也是跟着他一起参加了工人纠察队。‘四一二’反革命政变后才加入红军。”

“哟！原来是老革命了!”

“也不老，原先在地方做地下工作，来咱们红六团十七师也就三四年吧，调到五十一团还不到一年嘞。”

“那也是老革命了。”

一阵急促的马蹄声直奔而来。团部通信员从马背上一跃而下，对着坐在路边的战士们大声地问:“谁叫萧汉中?”

萧汉中站起身，大声地应道:“报告，我是萧汉中!”

“参谋长调你到先遣连去当向导，让我领你去贺连长那报到!”通信员飞身上马，勒住了缰绳，萧汉中爬上去，两人便一遛烟地呼啸而去。

骑在马背上，萧汉中不觉地回想起几年前去龙虎山搬救兵时的场景，他和郭子也是两人骑着一匹马。今天，随部队挺进大矿山，为部队当向导，仍然是两人一匹马。大千世界，不知为什么有这么多的巧合!

四十二

红六军团到了新化的消息在大矿山不胫而走。国民党反动派在矿山上大肆宣扬，瘦猴子杨善人四处散布谣言，一时间，陶塘街上昔日拥挤的人流不见了，市井一片萧条，各大公司、洋行的大老爷们都如惊弓之鸟，惶惶不可终日。

矿业协会杨大老爷几天来一直在催促几房姨太太、管家、老妈子们收拾东西，把能带走的都打好包，带不走的古董、值钱的东西，都趁着黑夜藏匿在北山别墅的后花园里。桌上的电话铃响个不停，他也无暇顾及。

老妈子拿起听筒，跑过来告诉他，说是源和炼厂大管家打来的，他这才一脸不耐烦地走过去。电话那头传来大管家惊恐的话语："你听说红军到了什么地方了没有？"

"我也和你一样，上哪打听去？早几天，县城的人告诉我说红军是从溆浦过来的，停在天门。你们段大老爷什么打算？"

"我哪里知道呀？"

"我看还是出去躲躲吧。"

"嗯，我现在就跟他去说。"

"那挂了。"

大管家放下电话，一刻不停地招呼所有的人，牵着载满细软的驮马，踏上了逃生的山路……

正午的太阳照耀在一坡金黄的冬茅草上，尾絮在山风的吹拂下摇曳着。一朵朵洁白的、似降落伞般的花絮，伴着浓烈的焦煤燃烧的气息，在风中飘荡。

萧汉中太熟悉这个味道了。他走在队伍的前面，回头向队长报告：“我们已接近坝塘山，进入了矿区。”

队长命令道：“为了防止反动派的袭击，同志们一定要提高警惕，搜索前进！萧汉中，你对这一带的地形清楚，山路又熟，跟我在前面引路。”

顺着坝塘山的田埂，闻着那炼厂散发的刺鼻的焦烟味，一行人马搜索着来到了水口山小学堂。正午时分，萧汉中领着队长找到了校长的屋子，说明来意的同时，再三说道：“我们是红六军团十七师五十一团的先遣小分队，是革命的队伍。请校长协助，提供方便。”

校长一听说是红军，把每个人都仔细地打量了一遍，突然笑了，笑得红军战士们都一头雾水。校长便自嘲道：“你们怎么没有像传说中说的那么可怕呀？”

红军战士一听，也忍不住笑了起来，解释道：“那是国民党反动派污蔑红军的言辞，我们也是来自广大劳苦大众。”

“我相信！看着你们这一身土布衣裳，与国民党军穿的不一样，就知道红军一定是老百姓的队伍。我们早就盼着你们来这大矿山了。”

上课的孩子们在老师的带领下呼啦啦地围在红军战士们的身边。顽皮的孩子伸出那黑乎乎的小手去摸战士们手中的枪，天真地问着：“这是几响的？能打多远？子弹会转弯吗？能打死山那边的野猪吗？”孩子们的无邪逗得战士们笑得前仰后合。

校长驱赶着孩子们："都别围着了，让红军叔叔到教室里面坐下来休息。"自己则去吩咐煮饭的工友为红军准备呷食。一时间，水口山小学堂里沸腾了，校长让老师们提早放学。

冲出校园的孩子们在街上奔走相告："我们学堂里来了红军，不像他们传得那么可怕，长得和我们矿山的人一样。不一样的地方只是他们帽子上有一颗红的五角星，领子上钉着两块红布，背着长枪，还有一袋米。"

红军到了水口山小学堂的消息，一夜间便传遍了南北矿区。矿老板、小炼厂的老爷再也坐不住了，纷纷逃到乡下避风头去了。

大清早，袁老六听到这一消息，打发郭子担上补锅的担子去小学堂打探虚实。郭子甩着串铃，沿途吆喝着："补锅啰——补鼎锅——打铁索——配钥匙——挂鼎锅提把——"吆喝声把整个街巷都唱响了，由远至近，不绝于耳。

正领着人给大部队筹措给养的萧汉中听到这熟悉的声音，循着声音追去，在长龙界四方井那儿撞上了郭子。他紧走几步，拦住了郭子，一摘帽子，喊道："郭子兄弟！"

郭子犹豫了片刻，立马放下肩上的担子，把串铃往扁担钩上一挂："哎呀，天下哪有这么巧哇！你就是街上传的'红军'？红军是你领来的？走，快跟我去见我师傅，他担心死你了。"

萧汉中转身，对跟在身后的战友们说了一句："来，战友们，我给你们介绍一下，他就是那会儿和我在矿山上一同参加工人纠察队的三角坪铁匠铺的学徒。他师傅的手艺在这方圆几十里那可是出了名的好，还会打鸟铳嘞！”

郭子还没进门，老远就扯着嗓子喊：“师傅，师娘，快出来接客啦！萧汉中领着红军看你们来了。”

袁老六没有听见似的，跟大徒弟两个人继续打着砧子上那把榔头，锤音还是那么铿锵有力。师徒两人挥汗如雨，汗水顺着脸颊流下，溅在錾子上，发出滋滋的声响。

听着这熟悉的锤声，萧汉中加快脚步走到门口，喊着师傅。袁老六头都没抬，在錾子上打了一串锤音，对着拉风箱的老婆喊了句：“去倒茶。”

从他脸上滴滴答答滚落下来的，不知是泪水还是汗水。他放下手锤，用袖子在脸上抹了一把：“招呼你的兄弟一起进来坐吧。天冷，围着这炉膛烤烤火。”说着，他把风箱又拉了两下，炉膛里的火苗蹿起老高。

郭子把錾子提了进来。袁老六就吩咐道：“你去老水酒馆炒几个菜回来。”

袁老六的老婆则喊道：“别去，屋里还有两块腊肉，我拿出来煮了。萧老弟离开大矿山这么多年了，一定想呷这矿山上的老腊肉了。”

萧汉中倒也不推辞：“好！好！”眼中也闪着晶莹的泪光。

片刻，萧汉中起身，拉过袁老六那粗壮的胳膊，使劲地摇了摇：“袁大哥，我太高兴了。我一走进三角坪，听到你那一串串锤音，你猜给我的第一反应是什么？你身子骨还好。前几年给你写了封信，不知你收到了没有？”

“收到了，都好些年了。知道你到了队伍上，但我真不知道你参加的是红军。”

“我写明白了的。‘初心未改，入赣从戎’，就是告诉你，我是跟着毛委员，上了井冈山！”

“那你这次回来是路过，还是……”

“红军就是奔着这大矿山来的。筹措军饷，为大部队北上做准备。”

“就你们这几个人？”

“我们是来打前站的先遣队，大部队明天就会到。回来少不了劳烦大哥嘞。”

“我能干什么，帮你们联络几个人，让他们带着你们去认认路，行个方便倒是可以。”

“那太好了。”

“郭子，你去寡妇村把陶秋嫂嫂找来，就说汉中回来了，让她赶来呷中饭。再到街上转转，看能不能碰到老叫花子，让他一道来。”

“那我这就去找。”

寡妇村的溪水边，一帮女人在扁桶上麻利地摇着竹筛，忙着洗锑砂。一群孩子不畏寒冷，在溪边捡拾洗籽，一会儿跑过来，举着手上的洗籽让妈妈看。

女人们细心地把孩子手上捡来的洗籽扫进桶里，扬起一点儿水，把手上的沙子洗净，心疼地啰唆几句：“别去弄了，手都冻红了，快去屋里烤火！”

寡妇村里住的大多是女人，屋里或多或少都有一帮孩子。年轻的寡妇屋里有年幼的孩子，上了年纪的寡妇就守在屋里。房前屋后种点小菜，靠大了的孩子们放炮或背矿砂艰难度日。村子里寡妇们相互照顾，外面的人是不敢来欺负的。洗砂的寡妇们成群结队，互相帮助，成为这村子里不成文的民约。

十八姐妹就住在这村子里，闻名南、北两矿区。她们专门为受欺负的矿工打抱不平，因此成了那些欺负女人的地痞们的眼中钉、肉中刺。

郭子来到陶秋嫂嫂的洗筒旁，她正好刚洗完一筛矿砂。郭子弯腰又帮她把矿砂铲到筛子里，陶秋嫂嫂抬头望了他一眼问：“小铁匠，今天那么闲？跑到寡妇村来啦？莫不是看上了哪个屋里的小寡妇？”

“陶秋姐，看你说的，好像我郭子是个见了老母猪都发情的人似的。这会儿来，是师傅打发我来找你的，要你过去一起呷中饭。”

“什么好事？”

“你还记得吗，早年工会的那个不声不响的萧汉中领了红军回来了。我来喊你就是让你去和他一起呷中饭，好一起叙叙旧。”

“昨天晚上就听说水口山小学堂来了一队红军，真不知道领头的还是这大矿山出去的人！”

“那就快洗洗手一道走吧，我还要去陶塘街寻老叫花子清缘师傅呢……”

郭子围着陶塘街来回转了几圈都不见老叫花子的身影，几经打听，才知道他落脚在童家院井边上的木楼里，便顺着小溪找了过去。老叫花子平时穿的那件烂棉衣随意地挂在门外的木柱上，窗台上趴着一只狸花猫。见郭子走近，花猫拱起腰，警觉地喵喵叫了两声，蹿上了屋柱，把几只在那儿打盹的灰鸽子吓得咕噜咕噜地叫，飞上了房顶。

屋里立马传来问话声：“谁呀？别逗我的猫喔，它可是会挠人的！抓伤了，我可没钱给你找郎中。”

“清缘师傅，是我嘞！郭子，三角坪铁匠铺的小铁匠！”

“有事吗？”

“我师傅喊您去三角坪铁匠铺喝酒！”

“有啥好事？还特意请我去喝酒？”

“萧汉中领着红军回来啦！”

“哎哟！这酒我可一定得去喝一杯！来，天冷，你先进屋烤烤火，我换个衣服、洗把脸，就一道走！”

“不了，您快点就行，要不然客人等着呷饭可该等急了！师娘煮的是老腊肉！”

“就好！”门吱呀呀地拉开了，老叫花子身着蓝色长棉袍，梳着整齐的头发，脚蹬一双厚底黑灯芯绒面的棉鞋，手上不见了他昔日的那根老竹马鞭，脸洗得白白净净，那毛茸茸的胡子也不见了，脖子上还搭了一条长长的围脖。

郭子一下子看呆了，这哪是平日里那个邋邋遢遢的老叫花子清缘呀！

清缘也看出了郭子的疑问，他两只手扯着袖子，笑着问道：“这身行头，你看着还行吗？”

“行，太行了！不像要饭的了，倒像哪个炼厂的老爷。”

清缘师傅笑而不答，抓起围脖向身后一扬，轻声地喊了句：“走，陪你师傅喝酒去。”

狸花猫从屋梁上跳下来，在清缘师傅的裤腿上蹭了两下，叫了两声。清缘师傅弯下腰，在猫的脖子上轻轻地抓了两下，丢下一句：“快进屋里去，守着屋，回来给你带肉呷。”

狸花猫听懂了人话似的，往窗子的洞里一钻，便不见了踪影。

酒菜已经上桌，陶秋嫂嫂见清缘师傅打扮成这般模样，一脸惊讶地说道：“嘿！要不是看到你跟郭子一道来，我都认不出你这个老叫花子了！”

袁老六的老婆在一旁打着圆场：“这叫‘人靠衣装，马靠鞍’。你们瞧，今天的清缘师傅不是也很帅气嘛！和平日里的他相比，判若两人嘛。”

袁老六立马阻止道：“好啦，别说了，大家肚子都饿了。这大冬天的，再不呷，菜也该凉了。”他端起酒碗，“这顿饭，是为我们久别的汉中兄弟接风洗尘！来，大家一起喝，我先干为敬！”说着，他拿起筷子，蘸了酒，向天上扬了扬，又蘸了酒，向地上点了点，便一饮而尽。众人也陪着他喝了这一碗酒。

放下碗，袁老六夹起一块腊肉，送到萧汉中的碗里。清缘师傅也给坐在身边的两个红军战士夹了肉。

“来，别客气。这清煮的腊肉，没放辣椒，不辣。谁呷？”

萧汉中却告诉众人：“他是四川的，不怕辣。在我们红军队伍上，大家都说‘四川人，不怕辣；湖南人，辣不怕’。”又指着另外一个红军说道，“他怕辣，江苏的。”

谁知，被萧汉中指着说是江苏的小红军却把筷子伸到了白辣椒的碗里，夹起一把塞到嘴里，使劲地嚼着，额头上直冒汗，不停地咧嘴直嘶哈。

袁老六的老婆见状，急忙给他倒了一碗茶递过来，笑道：“他可能没呷过白辣椒皮，以为是不辣的嘞！”饭桌上这段小插曲逗得大家乐不可支。

吃完饭，陶秋嫂嫂一边帮着收碗，一边有一句没一句地问着萧汉中：“你们红军来矿山筹措给养，我们妇救会的姐妹们能帮着干点什么？”

“你们能干的事情可多了，到时候我来请你们就是。”萧汉中把话头一转，对袁老六说道：“眼下急需的是牵头帮忙做向导的人。”

清缘师傅立马插话道：“这大矿山早年成立过矿工会和工人纠察队，革命基础还在。过会儿我就去召集几十个思想进步、有热心肠又肯出头露面的工人师傅们来帮红军引路、做向导。至少，他们熟悉各炼厂、矿洞的老爷们。他们带你们去，游说也方便，在街上走，老百姓也不会再怕你们了。”

萧汉中立马拉着清缘师傅的手："那太感谢了，有你们大力支持，我相信红军的筹措任务一定能够完成，尽快北上！"

一干人走出三角坪铁匠铺，一弯皓月已经爬上树梢。萧汉中拱手告辞。袁老六把他送到门外，说道："我就不远送了，清缘师傅，您多费神，把他们领到水口山小学堂去。"

"不用，我认得路。"

清缘师傅接话道："还是我送你们去吧。你们刚到大矿山，别把老百姓吓着了。"

几个人边走边聊着。路过陶塘街时，清缘看到石板路两边铺面的街沿上靠着一排排跟萧汉中穿着一样衣服的红军战士。他们怀抱着长枪，紧紧地靠在一起，就着月影，打着盹儿。

警戒的哨兵来回巡视着过往的行人，担炭的脚夫们看着这阵仗都加快了踉踉跄跄的脚步。一个老者一脚踏偏，摔在地上，一担焦煤洒了一街。贺连长看到脚夫们这般模样，急忙跑过去，一边帮老汉往担子里捡焦炭，一边笑着安慰道："老乡，不用怕，我们是红军，是不会伤害你们的。"

老汉则一边慌忙地往筐里捡焦炭，一边偷眼扫视着帮他捡焦煤的红军，怯生生地说："我自己捡，别弄脏了您的贵手。"

听到贺连长的说话声，又跑来两个红军战士，把大枪往身后一背，俯身帮大爷捡焦煤。老汉嚷着道："老总们，这可使不得，我自己能行！

两个战士附和道："没关系的，人手多捡得快一些。"

红军战士一边帮着捡一边笑着说："我们红军不兴叫老总，

我们都叫同志。”拾完了焦煤，老汉两手扶着扁担，一个劲儿地点头道谢。

四十三

一大早，店铺的伙计们推开铺门时，昨夜屋檐下靠着打盹的红军都早已起身。店铺门前、石板路上都被清扫得干干净净。人们相互议论着：“这是什么军队？不但秋毫不犯、不扰民，还扫大街嘞！纪律如此严明！”

有人突然指着墙上贴的几张标语，可又不识字，于是好奇地跑进店铺，喊出账房先生，指着标语问：“这上面画的是什么？”

账房先生举着老花镜，默读了片刻，这才摇头晃脑地对众人说：“这是用行楷写的标语。看墨迹是昨天晚上写的，功力颇深，谈不上是书法大家，却也有几分功底。”说完，便拿腔拿调地念道：“红军是革命的队伍。”

有人又指着另外一面墙上的标语，问道：“这头写的呢？”

“哦，这上头写的是‘红军是工农的武装’。”人们这才理解，这支队伍为什么一大早就帮着干扫街、挑水的活计，是爱民之举。大家心里不觉透出几分敬意，纷纷对扫街的红军战士竖起了大拇指。

清缘师傅带着二十余人走进水口山小学堂，对站岗的哨兵说："请您帮个忙，帮我们喊萧汉中出来一下，就说帮他找的带路的人在门口等他。"

"那我领你们进去。"

哨兵直接把他领到贺连长的跟前，说："这个工人师傅领着这帮人来找萧汉中。他说是来给我们带路的。"

贺连长伸出双手，与清缘师傅握了握，热情地寒暄道："太好了！我们正在分配任务，一会儿你们每个人带一个组到各个炼厂去做宣传。"

萧汉中也从教室里跑出来，老远就跟清缘打招呼："嘿！想不到你的号召力还挺大的嘛，一个上午就请了这么多工人师傅来帮忙。太感谢了！"

贺连长对萧汉中说道："这些工人师傅你负责。我去把分好组的战士到操场上集合，你们带着走。"

一阵急促的紧急集合哨在学堂里响起，队伍迅速在操场集合。随着值班排长"立正、稍息"的口令落下，值班排长向贺连长报告道："报告连长，先遣连所有官兵全员到齐，请指示！"

贺连长转身跑到队伍中间："同志们，为了迎接大部队明天上山，做好给养补给工作，下面，我分配任务。一组，去南区飞水岩源和炼厂、机电厂以及几个矿场；二组，负责北区宝大兴、德华盛、畴富堂、大德生等公司和公益炼厂；三组，负责康家院、陶塘街、谭家冲、长龙界及周边农村工作。下面，让我们以热烈的掌声欢迎领路的矿工兄弟们到你们身边去！”

萧汉中对清缘师傅说：“你看，哪几个人带哪一组？”师傅们纷纷举手。

“我带一组，那边我熟。”

“我带二组，我就是在那里做工的。”

清缘师傅则自告奋勇地说：“我带三组，这几个院子里的老人我比谁都熟！”

一阵掌声过后，贺连长对大家做了一个安静的手势：“同志们到达各自负责的区域后，要充分发动群众，宣传我们红军的方针政策。请各个炼厂、矿场当家的支持红军，解囊相助，并为大部队的进驻做好给养供给工作，筹款筹粮。同时要严明军纪，耐心、细致地做好思想工作。”

贺连长还特别强调：“除去那些平日里欺压百姓、压榨矿工、破坏革命、诋毁红军的反动官僚资本家，罪大恶极的监工、把头外，一定不得使用武力。如果这些人胆敢反抗，坚决彻底地消灭他们！”说完，他振臂一挥，命令道：“出发！”

陶塘街上几个汉子抬着一头头挂着大红花的肥猪，后面跟着的鼓乐班子敲着欢庆的锣鼓点，伴着悠扬的唢呐声，在喜笑颜开的人群的簇拥下，直奔水口山小学堂而来。

人群中高喊着：“欢迎红军大部队进驻矿山！”

恰在这时，一杆杆红旗在坝塘山的山路上迎风招展。队伍里红军战士高唱着红军纪律歌：

红军纪律最严明，行动听命令，不胡行。

打土豪，分田地，要归公。

买卖要公平，工农的东西，不可拿分文。

讲话要和气，开口不骂人。

无产阶级，劳苦群众，个个尽相亲。

出发与宿营，样样要记清。

上门板，铺细草，房子扫干净。

借物要送还，损失要赔银。

便溺找厕所，不搜俘虏身。

欢迎红军的人们把猪摆在路中央。贺连长立马跑过去，向团长报告道："这是大矿山工农商各界知名人士、工农群众自发组织的欢迎队伍，还抬猪、担粮夹道欢迎，慰问我们红军。"

团长即刻下马，走到欢迎队伍跟前，拱手施礼后，便大声地喊道："各位工农兄弟们，你们辛苦了，谢谢大家！"

队伍浩浩荡荡地穿过人群，陶塘街上，红军每走过一个店铺，店家都点燃鞭炮。队伍经过后，石板路上铺了一层红红的鞭炮纸，犹如铺了一层厚厚的红地毯。在陶塘街口的广场上，举行了进驻大矿山的集会。集会以发动群众、宣传共产党的主张、宣讲红军的性质、消除群众疑虑、扩大广大群众对红军的认知、宣传革命主张、争取社会各界支持为目的。

会后，战士们便兵分几路，分别驻扎在各个炼厂、街巷。顷刻间，大矿山上由于红军的到来沸腾了。白天人们议论的是你给红军捐了多少光洋，互相攀比着；夜晚，路边上摆着一排排的马灯，为红军战士走街串巷了解群众疾苦、宣传革命道理照亮。

童家院的父老乡亲们更是热情备至，在堂屋里烧起一堆堆大火，敞开大门，把睡在街沿的战士们往屋里拉："同志，外边冷，到堂屋里烤烤衣服。"

宝大兴的红军司令部里，几天来一直灯火通明，门庭若市。各路人员络绎不绝，电话铃声响个不停。里面不时传来向军需官报数字的声音。

"我是第一小组，我们这边工作进展顺利，老板们都非常支持我们红军。今天累计筹得三百光洋，还有一些布匹。"

"好，我马上跟地方的同志联系，让他们把布匹加工成军装，发给新入伍的战士。"

萧汉中等军需官放下电话，搭话道："那我去联系矿山妇救会，让她们来缝制军装。"

"好！大矿山是你的老根据地，外联的事，自然你去最合适。"

萧汉中风风火火地赶到三角坪，把为红军赶制军服的事跟袁老六一说，袁老六的老婆立马插话道："这个事你交给我好了，我娘屋里的妹妹就在童家院开裁缝铺。让她帮忙，一准儿误不了事。"

袁老六则没好气地说："你以为是做一件衣服？数量太大，她一个小店主也完不成那么大的量。人手多了，地方就小了，也施展不开。汉中呀，不如这样，你把棉花和布都送到肖家湾，到早年的平民学校去。那里楼上楼下有几间教室，你是知道的，再多的人手也摊得开。”

“那人呢？”

“要陶秋嫂嫂去喊人，让她们带针线过去做就是。裁剪的事你就去童家院跟你妹妹说。”

“好，我这就去。”

萧汉中立马插话道：“我陪你一块儿去，说得清楚些，人的个子有高矮胖瘦之分。这么多人，也要定几个尺寸才行。”

“那布料什么时候能送过去？”

“我回去联系，会尽快的。这样吧，最迟明天早上，最早今天晚上，布料一定会送到。”

两人走出三角坪，没走几步萧汉中就被几个年轻人拦住了：“红军叔叔，我们是来报名参加红军的。在哪儿报名，您能给我们指个道吗？”

萧汉中扫了一眼几人，问道：“你们从哪里来？”

“我们是从七里江过来的。昨天，一伙红军在我们那里开大会，动员我们参加红军。今天早上去找他们报名，他们告诉我们说征兵报名站设在北区，我们就赶过来了。”

有人好奇地问：“在红军里当兵有饷发吗？长官打人吗？”

没等萧汉中回答，一道儿来的另一个年轻人抢先道：“你怕是个猪脑壳哦！昨天在七里江做宣传的红军班长都交代得很清楚了呀，红军队伍中官兵一致、人人平等。今天你还问这种小孩子的问题，也不怕别人烦。”

萧汉中笑着接过话茬：“这位兄弟说得对，我们红军队伍连俘虏都不准虐待，更何况我们自己的战友呢?”

说着，袁老六的老婆指着围在街边上的一大群人道：“几位大兄弟，你们看，那围一大堆人的地方就是征兵报名站。”

萧汉中看了一眼那高挂的横幅，对几个年轻人说道：“你们快去吧，那上面写的就是‘征兵报名站’。”

两人目送几个年轻人离开，直到见他们挤进了报名的人群才转向童家院，走到袁老六老婆的娘家妹开的裁缝店。进门就见她正在帮几个红军战士补衣服，手飞快地摇着缝纫机。

一见姐姐领着个红军进门，她冲几个徒弟喊了声：“你们谁腾个手，帮我倒杯茶?”又对着两人一脸歉意地说道：“我这会儿手不空，活儿正忙，你们先到桌边烤烤火、喝杯茶，我缝完这块补丁就好。”

站在一边的红军战士见又来了客人，说道：“大姐，你家来客了，我们不急。要不你借个针线给我们，我们自己缝。”

“没事，那是我亲姐。没几针了，机子打补丁，快。”

萧汉中聚精会神地盯着那缝纫机，听着缝纫机突突的声响，看着机头上的压脚杆一上一下飞快地跳动，自语道：“这机器干活就是比人工省力。”说完，他起身，对几个红军战士说：“你们在这儿正好，一会儿让裁缝师傅根据你们的身材量个尺寸留着，好做样子。”他又仔细地打量了一番几个红军战士，“恰好，找都找不到这么齐整。你看，高的矮的都有，胖瘦都差不多。”又对刚停下手的裁缝师傅说：“请你帮我也量一个。”

袁老六老婆的妹妹一抬头问：“你们也不做衣服，量个样子干什么?”

萧汉中笑了：“我们就是来请你做衣服的，要做很多衣服呢!”

“妹妹，我跟你说吧，他们大男人说不清楚。”说着，她把红军要做军装的事儿竹筒倒豆子般跟她说了个明白。

“哎，行！你们把料备齐了，有个宽敞地方，多喊些嫂嫂来帮忙弹棉花、缝棉衣、钉扣子，反正是看着布料来，做得出的。咱大矿山上的女人都能干着呢！为红军做事，也都愿意着呢!”她又指着刚刚穿好衣服的几个红军战士说：“他们几个在我屋外面的街沿上都歇了两个晚上了，我怎么喊他们到屋里来烤火都不肯进来。先前要不是我说帮他们补补衣服，这会儿一定还在屋外冻着呢!”

萧汉中听了裁缝师傅这番话，一脸感激地说道：“谢谢你对我们红军的支持，我这就去催棉花和布料，到时候直接就去肖家湾平民学校帮着赶军装。”

“行，布料到了来喊我一声就成。我今天晚上就找出红布来，先把你们领子上那个红布块、帽子上的五角星按着你们的尺寸打几十块出来。”

身边的红军战士抓着自己的领子对她笑着说：“这不叫红布块，叫领章，五角星叫帽徽。”

“噢！知道了。”她在布匹架上抽出一块胭脂红，在红军战士的领子上用尺子量了一下长短和宽度，麻利地把红布叠了三折。不一会工夫，四边形的红领章就做了出来。她问身边的战士：“你看，我做的合格吗？”

“好！好着呢！”

四十四

太阳从岳高岭上冉冉升起，把整个大矿山都笼罩在鲜红的霞光中。霞光映红了屋顶，映红了小溪，波光粼粼。新成立的工人纠察队队员手臂上的红袖章在阳光的照耀下显得格外鲜亮。队员们两人一组，手持红军发给他们的长枪，守护在谭家冲田坝里人们刚搭起的戏台旁，维持着秩序。

红军宣传队经过几天深入开源公司的怡兴矿厂、矿洞体验生活，走村入户，走访了贫困的矿工兄弟，了解寡妇村里死难矿工的亲人的生活现状。今天的联欢会上，首演了他们含泪创作出的揭露资本家剥削、压迫工人的罪恶及其残酷手段的情景剧《矿山泪》。参演的男演员扮成炮工、恶监工、黑把头；女演员装扮成井下抽水的水工，在舞台上真实展现了矿工们在矿洞里的生活、剥削阶级欺诈劳动人民的罪恶场景。

台下从各个炼厂闻讯赶来的矿工、附近乡村的父老乡亲像赶大集般地从四面八方蜂拥而至，黑压压的一片，坐在这冬日的暖阳下。整齐坐在台下的红军战士肩上的钢枪在阳光下闪耀，红领章映红了脸庞。一千多人的红军队伍声音洪亮地唱着军歌，拉歌的号子一浪高过一浪。

贺连长挥舞着他那强有力的臂膀，指挥着先遣连，高唱《义勇军进行曲》："起来！不愿做奴隶的人们！把我们的血肉，筑成我们新的长城！中华民族到了最危险的时候……"

全场会唱的人都跟着唱了起来。贺连长一个箭步跳上戏台，站在台中央，右手紧紧地握着拳头，随着音乐的节拍舞动着。

报幕员手里拿着铁皮喇叭，走到戏台中央，在贺连长的后背上拍了拍："演出开始了。"贺连长这才对报幕员做了个鬼脸，飞身一跃，跳下台去。

"红六军团十七师五十一团文艺宣传队慰问矿山的工农兄弟、父老乡亲文艺演出现在开始！"

舞台的左侧，一队衣衫褴褛、嘴里叼着桐油灯、背上驮着砂框、四脚着地的演员爬着登上舞台。女演员挎着一只破篮子，用凄凉的声音唱着婉转的民谣《养崽莫上大矿山》：

养崽莫上大矿山，上山容易下山难。

打炮如敲催命鼓，放炮如过鬼门关。

养女莫嫁石匠郎，口吐烟子无下场。

卖了房屋卖土地，嫁了老婆做道场……

当监工挥舞着鞭子鞭打矿工的场景出现时，台下响起一片枪上膛的咔咔声。贺连长一听，马上跳上台，抢过报幕员手上的喇叭筒，使劲地喊了几句："战友们，这是宣传队排的反映矿工们地狱般生活的节目，监工是我们战友们扮演的。”

台下顷刻间一片骚动，愤怒的红军战士起身高喊：“打倒剥削阶级！打倒恶霸监工！”“红军为广大矿工兄弟做主！”喊声此起彼伏，在冬日的大矿山回荡。

“我们要当红军”的口号把整个晚会推向了高潮。

报幕员走上舞台：“下一个节目，《送郎当红军》。”

送郎去当红军，革命要认清。

豪绅呐地主呐，剥削我穷人。

哎呀我的郎，我的郎……

节目一个接一个地登台，演员一次又一次地返场。时辰已过正午，戏台下的人们仍然不愿离去。

金枪师傅救场般地登上戏台，对着台下拱手道：“今天，我就就着这红军的戏台，给大矿山的老少爷们来一路‘梅山拳’。”说着，他步如行风，身手矫捷，一招接一招，一式接一式，直打得台下观众叫好声一片。他接着说：“红军来到我们大矿山，我们矿山人要有力出力、有钱出钱，支持红军北上抗日！打倒一切反动派！”

报幕员也接着这个话题，快步走到台中央。后面跟着自愿为红军募捐的矿工，抬着募捐箱放在台上，接过报幕员递过来的喇叭筒，喊道：“大矿山的各界人士、矿工兄弟、父老乡亲们，我们的募捐箱就在台上。你多捐一点，是对红军的大力支持，为红军北上抗日、驱逐列强出力；你少捐一点，也是对红军北上助了绵薄之力，一样功不可没。下面由大矿山各界贤达乡绅，为支持红军北上抗日认捐!”

话音刚落，平日里在大矿山有头有脸的几十个大小矿主、洋买办互相谦让着依次上台，把手里的银票高高地举起，丢进募捐箱。

登记的人要帮他们记个数，他们却说：“支持红军北上、驱赶列强乃吾等本分，能为红军尽我等绵薄之力，是我等荣耀之事。”

一干人互相点着头附和道：“正是，正是。”一时间，上台捐款的人络绎不绝。每见一张银票投进募捐箱，在场的人们都予以热烈的掌声。那场面，让所有人都激情澎湃。

清缘师傅领着一帮人，在工人纠察队的护送下，抬着十几个募捐箱走进宝大兴红军司令部。一帮人把一个个捐款箱里的银圆、银票都倒进大扁桶里。顷刻间，银圆“哗啦哗啦”的响声，掺杂着五颜六色的票子，把这平时用来杀猪的大澡盆装得满满当当。主管后勤的军需官们围着扁桶，乐呵呵地对清缘师傅赞许道：“你们可真能干。这矿山的父老乡亲们也真给力。”随后他们招呼一帮人，七手八脚地清点着数目入账。

刘参谋从扁桶里抓起一把银圆，举起老高，又一块一块地丢进去，听响声，随手又捡起一块使劲吹了一口气，放到耳边听着那嗡嗡的响声。

清缘师傅看到刘参谋这般模样，拍了拍刘参谋的肩膀，笑呵呵地打趣：“你长这么大，看到过这么多光洋吗?”没等刘参谋回答，他又随手捡起一张红色纸币，问道：“你知道这是哪国的钱吗？”

有人正要开口，清缘师傅笑着阻止道：“我在和刘参谋开玩笑，考考他，没问你们，知道你们这些搞补给的财神爷们都认得。”

刘参谋接过他手上的票子，翻来覆去地看了一会儿，指着那头像说：“这画上的人怎么像一只卷毛狗呀？”一句话，把在场的人都惹笑了。

清缘卖关子似的告诉刘参谋：“这是英镑。”他又随手捡起一张绿票子，说道：“这是美元，上面这个人叫华盛顿，是美国的第一任总统。”又拿了一张红蓝线条的票子说：“这一张应该是法兰西的票子。”接着，他在里面使劲地翻了翻，找出了一张茶绿色的纸币，指着上面叶卡捷琳娜的头像说：“这是卢布。”

清点的人拿出来几张纸票，问道：“这又是什么钱？”

清缘师傅只是扫了一眼：“源和炼厂的代金券。”

“这些呢？”

“上面有商行名字的，写着哪个商行就是哪个商行的，写着哪个炼厂就是哪个炼厂的。”

“这个我们带走怎么流通？”

“你们把这些都分类数出来，是谁家的就到谁家去兑。”

一帮人听了清缘师傅的这番话，都露出了敬佩的神情，问道：“这大矿山怎么流通这么多国家的钱？你怎么都认识？”

“这有什么好奇怪的，矿山的锑大多数都是外国人买走的。这些国家在矿山都设有商行、买办，法国人还在这里开了炼厂。矿工们去他们的厂子干活，结算回来的就是他们的钱。陶塘街那儿还有一个专门兑换各国钱币的银号。这些五颜六色的花花票子，估计就是那些外国商行、买办捐的。”

“我们是说，你咋认得那么多钱?”

“哎，我在这矿山上沿街乞讨那么多年，给什么钱的都有。再说了，在这大矿山上，认识钱的人多了去了，捡砂的女人都认得。”

募捐款从下午一直数到天黑，从天黑一直数到公鸡打鸣，统计的算盘珠子还在“噼里啪啦”地响着。鸡叫第二遍的时候，有人向军需官高兴地报告道：“所有的募捐款都清理、统计出来了，别的不算，光洋就有 16000 块哩!”

四十五

连续几天，肖家湾平民学校昔日的教室里，女人们的笑声伴着几句打情骂俏的嬉戏，掺杂在手摇缝纫机的运作声中。

“我说，顺子老婆，你真舍得你们家顺子跟着红军走呀?”

“他要去当红军，他伢老倌都阻不住，我还拦得住吗?”

“他走了你可别后悔哦！嫁了人的女人家一旦没个当家的

在屋里，守空房的味道你是没尝过，那一夜一夜地熬，可不是个滋味儿。”

“哼！你都守了这么多年寡了，没个男人不是也过来了吗？”

“你跟我可不一样。我屋里当家的是没福气，成了烟子鬼，去了。不瞒你说，还有胆子大的馋猫，敢来我屋里窗子下边叫个春。顺子走了，你那叫守活寡，怕只有你老公公敢来爬灰了。”

“哼！我们家的老公公没你说的那么不正经。我婆婆这会儿，比我都年轻！”

“好啦，我还是劝你，别让顺子去。”

“今天你不这么说，我还有点儿犹豫。你这么一说呀，我倒还放心让他去了。反正他在大矿山也赚不到一块夜壶大的银子。出去当了红军，在外边跑，还能躲了成烟子鬼的命嘞。”

“哟！顺子媳妇还真是个善良的女人。”袁老六家的姨妹在一边嚷着，“别说没用的啦，还剩几件没钉扣子的，大家抓紧做，红军管事都来催了几趟了，这些衣服得赶紧做出来，发给咱大矿山先组建的工人团！顺子婆娘，你们家顺子说不定还能穿上你亲手为他做的军装嘞！”

平日里善良的顺子婆娘听她这么一点拨，还真的就把一件衣服的第一个纽扣用红线钉了，棉衣的白里子上有意地绣了一小朵醉鱼草。她心想，如果改天发到顺子手上的真是这件衣服，她也跟顺子一块儿去当红军。这几天，她无论是在陶塘街上，还是长龙界，看到了许多剪短发的女红军。有的胳膊上带着一个白袖章，画了十字，有的腰里还别了支短枪！想着想着，她一不留神，针扎到了手指头。她赶快把手放进嘴里，使劲地吸了两口，吐出一口鲜红的血痰。

军装在太阳快落山的时候赶完了，堆满了大半个屋子。女人们走出房门，解下包在头上的毛巾，使劲地抖着，碎棉絮像雪花般随风飞舞。她们相互拍打着背上粘着的棉花，嬉笑着互相打趣："这人多，在一起干活就是快活！不像在溪边洗矿砂，一个人撅着屁股干，累得腰酸背痛也没个说话的。好不容易偷眼儿，在石板路上看到一个担脚的汉子路过，和他搭讪两句，说'放下，歇口气，我去屋里给你端碗热茶'。当时人都应着好，可是等你进屋去端了茶出来，这人都没影啦。你瞧不上眼的，担着一担焦煤，摆在你屁股后头，一不小心，簸箕扁担把你屁股都钉了去。偷腥的汉子像蚂蟥一样黏着你看，那眼神恨不得能脱了你的裤子。"

顺子老婆知道这话是说给自己听的，一边用毛巾抽打着身前的棉花，头也不回地向童家院自己屋里走去。

还没进门，就闻到了从屋里飘出的炸油豆腐的香味。老公公掌着锅，婆婆在一边把豆腐一坨一坨均匀地切进木盆里，嘴里还不停地唠叨着："你不是不同意崽去当红军吗？咋还给他炸油豆腐呷？"

"唉，别唠叨了，当红军又不只我们崽一个人。这大矿山上都组了什么工人团，那得多少人呐！他执拗着要去，就让他去吧，说不定还能混点出息嘞！”

顺子婆娘想从婆婆手上抢过刀，自己来切豆腐坨。婆婆一躲：“我来弄吧，你还是陪陪你男人吧，说不定红军哪个时辰就开拔了。出了远门的汉子，再见一面就难了。”

她脸一红，到堂屋里拉起顺子，进了里屋，轻轻地关上房门，轻言细语地问道：“当家的，你是铁了心要去呀？我可说好了，你要是三年五载不回来，我就另嫁人。反正我跟你圆房也没几天，也没养下个一男半女。今天跟我一道给你们做军装的寡妇嫂子们跟我说了一大通，没有汉子在屋里的女人日子难。”

顺子一把把她牵到怀里，在她耳根上使劲地亲了一口：“好婆娘，我最多在外面混两年，参加红军北上，把日本人打跑了就回来。”

“那你带上我一道儿去当红军。”

“哎，你没听老戏里边说吗？捍疆守土是男子汉的事儿，女人家不成。”

“哼！那我也知道老戏里还有‘穆桂英挂帅’‘杨家将寡妇出征’呢！”

顺子似乎无法说服老婆，也不再说什么，只是紧紧地抱着老婆，喃喃道：“老婆，老婆。”身子一弯，扑通一声倒在了床上。

切豆腐的顺子娘在外面喊：“顺子，什么东西倒了？”

抓着铲子炸豆腐的顺子爹冲着老伴瞪了一眼：“就你耳

朵尖。”

顺子一只手紧紧地抱着老婆，另一只手解着衣襟，忙应道：“娘，什么都没倒，是我屁股太重，凳子坐偏了。”

听到外面的喊声，顺子老婆使劲地把头藏进被子里，贴着顺子的耳朵说：“别吵我了，别一会儿娘进来了。”

“不会的，我闩了门。”

“她要敲咋办?”

“就说两口子睡了。”

“你今天咋这么急?”

“这不明天就走了。”说完，他不等老婆回话，便人一翻，身子一挺，屋子里便传出了顺子急促的呼吸声，和着女人娇滴滴浪荡的呻吟……

鸡叫两遍了，顺子轻轻地把老婆搂着自己脖子的手放进被窝里，起身穿好棉衣，坐在床沿，盯着自家女人的脸，望了良许，俯下身去，在她的脑门上亲了亲，便起身轻轻地推开房门。开门的响声终究是吵醒了老婆。

“一大早冻死个人，起那么早做么子，不在床铺里多睡一会儿!”

“哦，去四方井担水。起晚了，担水的人多，难等。”

屋外传来水往石缸里倒的哗哗声，和着顺子爹瓮声瓮气的话语：“水我担回来了，你再多睡会儿吧。早饭熟了，我让你娘喊你们!”

“那我也得去宝大兴那看看。昨天报名的人告诉我今天上午要发衣裳嘞。”

“哎，你怕是捡了热鸡蛋，喜到了，真不懂事，一大早的也不知道多陪陪你婆娘。”说完，顺子爹没听到顺子应，转过身来四处地寻，才发现人早没影了。

他摇了摇头叹息道：“这崽真是少不懂事，没有尝过‘在家千日好，出门处处难’的滋味。”

顺子娘忙活了一早上，炖了顺子平日里最爱呷的油豆腐煮排骨，煎了一碗荷包蛋，走到里屋房门前，轻轻地在门上拍了几下，慢声细语地喊道：“都起来呷早饭了，天冷，就着热好呷。”见里面没有人应，她索性推开房门，倚在门框上。

“起来得了，洗把脸呷早饭了。”见还是没有人应，她索性走到床边，掀起被子一角，床上不见一个人影，便冲着外面喊：“当家的，你崽什么时候走了？他婆娘呢？也跟着去了？”

“崽一大早就起来了，他婆娘我也没见着。”

“哎，这两个没用的！出门要走也不跟我打个招呼！”

“快走，我们去宝大兴门前找。”

领军装的队伍都排到肖家湾平民学堂的门外了，发衣服的红军对着花名册喊着名字。

顺子老婆跟着一帮女人，远远地站在人群的后边，竖起耳朵听。人群很是嘈杂，喊号子的红军常常停下来，一个名字喊几遍。情急之下，他对着人群大声说：“大家都安静，要不然喊到你那听不见，我一个名字喊三遍，没人应我就把名字划了！”

“姚满顺！姚满顺！姚满顺！来了没有?”顺子两个手扒拉着人群，大声地应着：“来了，来了，在这儿呢！”他挤到前边，发衣服的人对着他上下打量了几眼，提起一件棉衣，递到他手上。

“我看这衣服，你穿一定合适！”说完，把帽子往他头上一扣，说，“换了衣服，在后面等着，别走远了。”

顺子婆娘见他领了衣服，便上前扯了他的袖子，喊了句：“快走，回屋里呷早饭，衣服到屋里去换。”

顺子娘也凑了过来：“你们两个没用的，一大早饭也不呷，就为了来领这件衣服，呷了饭再来领也不迟呀！”

顺子老婆拿过衣服，翻开袖口，看了一眼，对顺子说：“你可真有福气，去当红军，还能穿上我给你做的衣服。”

“怎么会?你们那么多嫂嫂帮着做，你咋知道这就是你做的。”顺子娘也过来看了看衣服的针脚，鼻子哼了哼：“别争了，是你婆娘的手艺。”顺子还是半信半疑，顺子婆娘却胸有成竹地说道：“那第一粒扣子是不是用红线缝的?还有，你翻开左边的红里子，还在左胸里子上扎了一小朵醉鱼草花嘞。”说着，她把那衣服一翻，指给顺子看，“你瞧！我说得没错吧！”

“哟，还真是你做的呀！我太有福气了。”

顺子娘催促道：“好嘞，快回去呷早饭。”

耳朵里却传来参加红军的矿工兄弟们的呼唤声：“没领到衣服的，到下一站再补上。天气冷，大家都先穿着自家的棉衣，到时候我们再补罩衣。”

顺子听得这话，对着婆娘伸了伸舌头，满脸得意的样子：“走咯，回屋里呷早饭去咯！”

一进屋，没等顺子落座，顺子娘就把他喊到神龛前跪下。点燃了几炷香，递到他手上，又喊来顺子婆娘也跪在蒲团上，嘴里念念有词：“南岳圣帝、观音菩萨、南宫北斗，各路神仙降吉降灵，保佑我姚家屋里崽当红军后，事事顺心，躲得炮子脱，遇难都能逢凶化吉！”又喊道：“你们两个快磕头！快磕头！”说着，又把神龛上的两杯茶端起，一杯递到顺子嘴边，说着：“快喝了，可以保佑你的嘞。”又把另外一杯端到顺子婆娘嘴边，“你也快喝了。汉子走了，可要守妇道。”

顺子爹站在一旁，对着神龛列祖列宗的排位做了两个揖，上了香，喊道：“好啦，呷早饭了，肚子都该饿了！”

顺子呷着娘给他夹在碗里的油豆腐、排骨，嘴角直流油。顺子婆娘看着他这副狼吞虎咽的呷相，又立马给他夹了两个荷包蛋，自己只在一旁端着碗看着他呷，偷偷抹了一把眼泪，随即对顺子说道：“你先呷饭，我去给你捡拾包袱……”

一队队红军从大矿山的各个山路上会集到谭家村的田坝里，驮马嘶鸣着，背着各类物资，后面跟着送行的人群。老人们的叮咛，女人们抱着孩子抹着眼泪的笑容，把这大矿山的冬都焐热了。

开拔誓师大会上，红军指挥员冒着蒙蒙细雨热情洋溢地说：“大矿山的工农兄弟们，几天来，我们红六军团的将士们充分感受到了大矿山工人群众的力量！更深刻体会到我们大矿山广大劳苦大众团结一心、支持红军北上抗日的决心！”他指着队伍中胸戴大红花的千人工人团说道，“这就是我们工农革命的力量！这就是我们大矿山人的勇敢与血性！驱逐外辱！抗日到底！有钱出钱、有力出力！”一席话赢得了热烈的掌声与惊天动地的呼喊声。

金枪师傅代表工人团的新战士登台发言：“大矿山的工人兄弟、父老乡亲们，今天我们就要跟着队伍一起北上了。天下无不散之筵席。今天别过，待我凯旋时，定会回来给老少爷们唱三天三夜的大戏！”

队伍在雨中开拔，雨水落在石板路上，在寒风中迅速变成了薄冰；雨水落在山野间的茅草上，被冻成一串串的冰溜子；雨水打在没有斗笠的红军战士脖子里，使大伙儿的脊背一片冰凉。雨水慢慢浸透了人们的衣服，红军战士的脸上已经分不清是雨水还是汗滴。

队伍延绵数公里，顺子婆娘左躲右闪，一直跟在队伍后面，直到天黑了，才到了自己的娘家——陡拜坑。

四十六

熬过了一冬，山野在人们不经意间悄悄地发生了变化。一坡的冬茅草下拱出了新绿，灌木的枝条上冒出了绿芽，昔日染霜的醉鱼草也抖落了一身陈年旧枝，穿上了新衣。

陶秋嫂嫂约了三五个平日里在一起洗砂的“扫星麻子”，在谭家冲收了几担洗籽，担得满头大汗。和她一道来的姐妹们担子没她那么重，早就坐在合心溪石板桥上歇脚了。有人老不见陶秋嫂嫂，过来帮她盘担。女人接过她的担子，关切地问：“怎么了？平日里担这么点货你都能飞，今天怎么落这么大一截呀？”

“唉，肚子疼。”

“昨天呷了么子东西？”

“没呷什么。”

“那是着了凉？”

“好啦，别问了。”

“那我担前面走，你快点跟过来，我在黄家岭石板桥上等你。”

陶秋嫂嫂赶到石板桥时，见许多人都站在桥上望向对面的山，指着一山洁白的野花相互问。陶秋嫂嫂也顺着她们手指的方向向山上扫了一眼。

“这里，怎么会有这么多的花呀？”

她虽常年奔波在这大矿山上讨生计，却从来没有在意过季节的变化，她心想：以前自己怎么没有发现这里有这么多小白花呀？她仔细地观赏着，难不成这是梨花？她索性走近一棵树，随手折下一枝，闻了闻，一股淡淡的清香扑鼻而来。

在桥上歇脚的人也都凑过来，问："这是什么树开的花？结果子吗？"

陶秋嫂嫂摇了摇头："不知道。"

一群抬着锑块、喊着号子的脚力"呼哧呼哧"地登上桥面，后面跟着的把头大声地吆喝着："歇脚啦！歇脚啦！"说着，随手掏出挂在腰间的酒壶喝了几口，看着陶秋嫂嫂手里摇着的花，扯了几块放到嘴里，嚼了嚼。

陶秋嫂嫂急忙问："这花能呷？"

"呷得呀，没见过吗？这就是李子树。李子花还可以做李子酱呢！"

脚力听出把头在卖关子，撩女人，鼻子一哼，抢白道："这哪里是什么李子花呀，它是樱花。每年二三月间，这合心溪两边的山上到处都是雪白的一片。你们瞧，这不都开花了嘛。这树不结果，李子结果。"

没等汉子说完，把头便吆喝起来："起身了，起身了！"又转身对陶秋嫂嫂说："那洗籽你准备担到哪个炼厂去卖？"

"谁给的钱多，就担到哪里去卖。"

"那就送到楚丰去吧，我们老爷给的价码很高。"

陶秋嫂嫂也不示弱："昨天的价码高，今天要是跌了呢？我不是白费这力气担过去？"

"不会的啰，你就担过去。今天的行情一定比昨天的好。"

"不靠谱，洋行买矿都先付定钱呢。我们要卖到洋人的炼厂去，还能多赚一些。它的价钱高，又是现钱，我可不要代金券。”

把头无奈，走了很远，还不忘冲着陶秋嫂嫂喊两句：“‘扫星麻子’，楚丰离这近，你还少担几步路呢！”

龙虎山大管家侯兴宇领着两个跟班，大摇大摆地挎着盒子枪，迈着方块步，晃着膀子，站在袁老六铁匠铺门前。

袁老六一见，放下手锤走出来：“嚯！侯大管家，快进屋喝茶。”

侯兴宇倒也不客气，对身后的人吩咐道：“你们在外边看着。”

袁老六四处瞟了瞟，把侯兴宇领进屋里，忙问：“有事吗？”

“嗯，你没听说吗？日本鬼子打过了山海关。”

“我说呐，各个炼厂都在拼命地干活，不用说洗籽了，花砂都卖出了好价钱。为了争买卖，几大炼厂的守卫都打得不可开交。”

“这是一定的。咱大矿山这锑是打仗必需的物资，造子弹、做炮弹，都少不了它。早年我在武汉兵工厂里做过事，汉阳造的子弹头里灌的，就是咱大矿山的锑。你没见各大外国商行为了军需疯狂地抢购锑矿砂、存锑制品，囤积居奇。从国内调来冶炼的专家还把坝塘那几家小炼厂都买了。他们那里来了好多洋人，他们亲自动手炼锑。听说他们炼出来的锑成色比宝大兴的还好，洗籽还炼得干净。我这次来找你，就是根据上级党组织的指示，想方设法阻止洋人在这大矿山上对战略性物资的掠夺性开采，发动矿工阻工阻产，炼厂里面不干活，让洋行、买办们无法把囤积的锑制品运出大矿山。”

一大早，长龙界上不知怎么了，一夜间墙上贴满了招工的告示，开出高出平日几倍的价钱。

把头们摇着蒲扇，逢人就问：“来我们商行做工吧？条件优越，一天管两顿饭。矿洞的老爷更是慷慨，先预支生活费，月底结账。”

然而，人们只是摇头，避而远之：“唉，只怕我有力挣，没命花那钱呐。”说完，担着铺盖卷，头也不回地走了。

半个月的时间不到，溪边的工棚里只剩下一地的稻草，陶塘街上也很少能见到几个洋人的影子。平日里一向跟在洋人屁股后面打转的杨善人独自坐在老水酒馆里喝着闷酒。让他更糟心的事还不止这些，胖洋人临走前给了他一笔钱，让他想方设法秘密打探工程管理处收存的那一批精锑的动向，为联络方便，还给他留了一部小型发报机，一支勃朗宁手枪。国民党党部也命令他，秘密监视这批精锑的去向，同时了解大矿山地下共产党的动向。他来老水酒馆，是想物色能在工程管理处做事的职员。他深信，有钱能使鬼推磨。

瘦猴子在门外喊：“哎呀，你还在这喝酒呢！我跟你老婆都把陶塘街的铺子找遍了。”

“有事吗？坐下来喝两杯再说。”

杨善人老婆翠姑的声音从街上传了进来。一进门，不管三七二十一，揪着杨善人的耳朵就往外面扯。瘦猴子赶忙上前劝："别急呀，喝完了酒再走不迟。"

翠姑怒斥道："这喝酒比命还要紧吗？"

出了门，翠姑挽着杨善人的胳膊，气道："你别怪我动手。这大矿山上，老爷们都走了。"

杨善人一听，一甩胳膊，骂道："你个贱人，自作聪明，长沙都变成了火海，你让我带你往哪儿跑？洋人们是跑回了国，老爷们是跟着去了广州、香港。你哪有他们有钱？跑出去还不得饿死在路上？"

"咱们还是走吧，我把我从娘屋里带来的那些金银首饰都拿出来当了还不行？"

"我说你蠢得像个猪样。这会儿你拿着你那些破烂东西到新化当铺里去打个价看。都给他，能当回你买的一半价钱都算你狠。"

瘦猴子赶了上来，喊道："杨老爷，我这么多年都跟着你鞍前马后，对你马首是瞻，你要是走，说什么都得把我带上。你走了，没人给我撑腰，不要说是龙虎山的人，就是那帮在洞子里打枪儿的炮工也得把我这身皮扒了。"

翠姑立马接话道："带上你的，会带上你的，这会儿我们不是还没走嘛。走不走先不说，万一有事，我们都还仰仗着你护驾呢。"

"我听说宝大兴的老爷走了，早早就没回来了；楚丰的老爷前一年就去了广州，他们屋里的生意，都是管家在打理。"

杨善人听出他的画外音，心想：你还要当我的家？狠狠地对着山上吐了口唾沫。意识到瘦猴子是在套他的口风，巴不得自己逃出去就不回来了，好吞了他屋里的小楼。

他把一直搂着自己胳膊的翠姑的手扯开：“你先回家，我就回来。”一面拉过瘦猴子，叹气道：“唉，看这时局，各路老爷虽说人已逃了出去，实则不然。走！我们去飞水岩工程管理处探探风声。到那后，你要记得打听打听，让他们带你去库房瞧瞧。如果锑品、矿砂都运走了，那这局势就不妙了；如果没有，还在收矿，那我们就设法托人留在工程管理处。将来不论时局如何变化，都会有饭呷、有酒喝！”

“你是让我到工程管理处去做苦力？那我还不如去龙虎山找侯大管家呢。先前我跟他打过照面，他曾经跟我许诺过，不好混了，就去找他！”

“你这是不想跟我去？那就随你的便吧！”

“去！跟你去！”

杨善人见瘦猴子果真听话，从口袋里掏出几块银圆放到他手上：“知道你最近手头紧，我身上只带了这么多，你先拿着用，回头我再给你一些。进了工程管理处，一定记住我跟你说的，找人去他们仓库看看那些精锑还在不在，如果能打听到具体的数量更好。”

两个人慢悠悠地下了七里江，进了机电厂。许多人都认识杨善人，见面相互打着招呼。在机器的轰鸣声中，杨善人面带笑容，这里走走，那里逛逛。他突然发现，许多工人胸前都戴着一枚圆形的、写着“工余研究会”的徽章，三五成群地围在一起，看着《工友园地》小报。他好奇地凑过去，一副求贤若渴的样子："师傅们，能给我也看看，学习学习吗？"

拿着报纸的工人师傅极不情愿地说："那你要等会儿，等我看完你再拿去。"

"好，好，好，我去那边转会儿，等会儿来拿。"师傅见他要走，起身有些不舍地把《工友园地》递给杨善人。

"我看完一定还回来。"

有人在边上搭话："一张报纸，拿着看就是了。你家在陶塘那，大老远的还一张报纸过来，没必要。"

"那怎么行！借根针都要还的。我过来就给您带过来，没过来就给您搭过来。这会儿我得赶着去矿山工程管理处，还有点事，就拿着先走了。"他对众人打了打拱手，瘦猴子也跟着打着拱手。

两人沿着小路，爬上工程管理处的石阶。门岗问其来意，杨善人拿出大矿山商会的通行证，亮了亮，一脸微笑地对门岗说了句："公干！你能带我去办公室吗？"

"我给您打电话。"

"哦，不用，不用，我找过去就是了。门口都有牌子，来过的，来过的。"

一院的大香樟树，把楼房都遮掩在树荫里。杨善人每遇到进进出出的人，认识的，不认识的，都会意地点点头。他转过办公楼，径直向后院走去，闪进了仓库院落。见四周没人，他把库房的大门推开一小条缝，向里面张望着，一屋闪耀的锑矿尽收眼底。正一转身时，后面传来呵斥声："什么人？鬼鬼祟祟地干什么？"

几个工人纠察队队员提着长枪，指着两个人盘查。杨善人赔着笑脸笑眯眯地说道："是我。"又指着瘦猴子说，"他屎憋不住了，来找茅厕。"

"哟！杨善人呀，今天怎么到我们工程管理处来了？"

"公干，公干。"

"你咋没跟着去广州呀，或者跟着洋人去国外？"

"看你们说的。我们矿商工会那么多弟兄们，都走了，这大矿山谁来给我们工程管理处干活呀？你们不是也在坚持收矿吗？"

他又从怀里掏出那张《工友园地》说："我刚在机电厂看到报纸上说的，工程管理处领导广大矿工学技术、学文化，防止有人破坏矿山，扰乱矿山的秩序。你们几个这一来呀，证实了《工友园地》上说的都是真的。"旋即又补上一句："北区几大洋行、商会收购的锑制品，都没有缴利就运出去了。工程管理处收的那么多锑品，还没运往广州吗？"

"这个我们不知道，是老板的事。唉，现在就麻烦了，商行那也存了蛮多的货。现在这会儿找脚力运都难，没人干活了。说外面一路上都很乱，土匪抢货的多，怕有命挣钱没命花。"

"还是工程管理处好，有咱们工人纠察队可以护矿押运。哎，说那么多干什么，我去办公室公干了。各位，少陪，少陪。”

瘦猴子踩着点从茅厕冒了出来，杨善人不忘对着众人打趣道：“你们瞧，懒牛懒马就是屎尿多呀！”

杨善人转了个弯，点头哈腰地出了门岗。一到家就迫不及待地拿出《工友园地》仔细地翻阅起来。字里行间，他似乎闻到了一些味道。这是共产党的宣传：“资本家不劳动，金银堆成山；地主不劳动，粮食堆满仓。”报上还鼓动工人团结起来，相互帮助，抱团取暖。

看完这些，他关好门窗，拉紧窗帘，一阵滴滴答答的声音在夜空中响起……

一阵急促的敲门声，惊醒了还在熟睡的“工余研究会”袁主任。来人一进门就焦急地告诉他：“你快出去躲躲吧！科长带人正在往这边赶！找你调查《工友园地》上那些文章是谁写的。你要有思想准备，还是出去躲躲较好，要不然会有很多麻烦。”

科长带着一帮人跟脚就进了屋，拿腔拿调地指责道：“工程管理处办的《工友园地》是大家交流冶炼锑矿技术经验、相互学习的平台，同时刊发一些诗歌、散文，提高生活趣味。看看这几期的报纸，你们都登了些什么！竟敢煽动工程管理处的人，为违反规定被开除的矿工募捐、纳粮。你们是受了谁的指使？你们的幕后是谁？是不是共产党？你们利用《工友园地》蛊惑人心，煽动工人造反！”

袁主任听到这样的说辞，据理力争：“科长，你这样说就不好了。《工友园地》的办报宗旨就是根据工程管理处的要求，团结广大矿工学技术，学习先进的生产技能及掌握国外的锑矿冶炼设备，宣传矿工生产生活中优秀的人和事，增强大矿山各地的凝聚力，更好地为锑矿生产服务。你怎么能够说受人指使呢？所刊发的各类文章都是经过严格审核的。至于看报的人，在文章里面读出了什么，因人而异。它不代表我们《工友园地》的舆论导向。人们向往民主与自由，难不成科长就不向往自由吗？就不倡导民主吗？”

此刻，科长恼羞成怒：“不要听他那些荒谬的论断，把他给我带走，送到党部去！”

特务们一窝蜂地把他摁倒在地，五花大绑，百般刁难，威逼诱惑，要他说出同伙是谁，受什么人的指使。

机电厂的工人师傅得知“工余研究会”被国民党特务取缔，义愤填膺地找了科长讨说法，又组织工人纠察队到陶塘街国民党党部要人。要人的同时，没有停下秘密编辑一期报纸，在报纸头版刊登声援文章，散发在南、北两大矿区，在矿工中间传阅。一时间，要求放人的示威游行在大矿山爆发。

机电厂的进步工人在中共地下党组织的领导下，以设备检修为名，制造矿区停电，给国民党特务施加压力。

经过十几天的努力，特务们只好迫使矿山工程管理处以解散“工余研究会”，停办《工友园地》，开除编辑人员为条件，释放被抓人员。

杨善人得意扬扬地领着一帮喽啰们走进老水酒馆，准备为这次破坏活动庆功。在里面呷饭的矿工见他们走进来，便立马起身离去。杨善人吆喝店家："快！快把桌子捡拾一下！我们人多!"然而，当他正欲走到桌前落座时，却发现凳子上摆着几张油印小报《蓓蕾》及《新华日报》。杨善人捡在手上，寻找着离去矿工的背影。

四十七

江南的冬即便是大寒季节，人们也只需穿上一件厚一点的棉衣便可御寒。忙碌了一上午，颜志远接到湖南省工作委员会的通知，要他即刻赶往书记办公室。他在屋里转了一圈，揣摩组织的意图。随着人民解放军在辽沈战役中捷报频传，书记亲自找他，肯定是有什么重要工作等着他去做。

他找出平日里不舍得穿的那件长棉袍，对着镜子，把那因工作忙碌很久没有刮的胡子弄得干干净净，提起公文包，仔细地检查里面的本子和笔。一切收拾妥当，便急匆匆地向省委赶去。

长沙的大街上，小贩们在寒风中吆喝着："臭豆腐喽……烤红薯喽……"吆喝声从这条巷子传到那条巷子。也许是走得急，也许是由于忙碌，颜志远的肚子在这时发出"咕咕"的腹鸣。他摸了摸口袋，掏出几块铜板，走到小摊前买了一个烤红薯，边呷边继续赶路。

秘书把他直接引进了书记的办公室。一进门，书记便立马起身，把他拉到沙发前，紧紧地握着他的手。秘书给他倒了杯茶，他正欲起身道谢，书记一把按住了他。

“我过会儿还有一个会，你不用客气，我们尽可能地节省时间。志远，解放军在东北战场上取得节节胜利，你是知道的。国民党政府气数殆尽，军队已成土崩瓦解之势。可是敌人并不甘心他们的灭亡，在全国各解放区潜伏了大量的特务和秘密组织，对解放区肆意破坏。就拿我们位于新化的大矿山来说，接到我们地下组织的同志报告，敌人准备在撤退前炸毁矿洞和炼厂，劫走矿山工程管理处内存放的九百多吨精锑。为了粉碎敌人的阴谋，省委决定秘密派人进入矿山开展工作，配合那里的地下党组织进行护矿保锑运动。上午省委的几位领导开了个碰头会，决定派你打入大矿山，与那里的工人纠察队和地下党组织紧密配合，在我们这号称‘世界锑都’的大矿山，开展‘护矿迎解’斗争。你有困难吗？有什么困难可以提出来我们大家一起商量，共同解决。”

“报告书记，就算有再大的困难，我也一定完成党交给我的任务。”

书记对他的表态赞许地点了点头：“上午在会上，常委们仔细地研究了那里的工作难度，也仔细地分析了那里的斗争形势，认为派你过去最合适。你上山以后，首先要从这几个方面入手。你的任务是尽快依靠地下党组织，在各个炼厂、矿洞、商行建立秘密党小组，大力宣传保护大矿山的重要意义，宣传党的方针政策，依靠那里的地下党组织、广大矿工以及那里的进步矿主、我党的外围组织和群众，提高他们的认识，团结一切可以团结的力量，为大部队到来开辟道路，迎接解放。你必须尽快组织一支得力的工人武装队伍，坚持做细致的甄别工作，发展一支靠得住、有坚定共产主义信念的矿工师傅队伍为己所用。同时你也要做好打持久战、做长期潜伏的准备，积蓄革命力量，依靠矿山党组织，抓住时机，等待机会。志远呀，这任务很是艰巨！首先，你首先一定要发展局部势力，对那些炼厂、矿洞，特别是几个要害部门，做深入的了解。比如说飞水岩的机电厂、北区的宝大兴炼厂，以及几个人群密集的自然村落，童家院的甲长、保长，陶塘街的掌柜、伙计都可以作为中坚力量去争取团结他们。其次，你要掌握时机，孤立那些顽固的反动派，恶霸监工，以及一直以来与人民为敌、盘剥广大矿工的矿主老爷，在适当的时候可以组织锄奸队。志远呀，做好这些工作，要把公开宣传与秘密工作结合起来，凡事都要想得远一些。这回党派你到大矿山去，相信你一定能粉碎敌人的阴谋，'护矿迎解'。它既是我们党的政治斗争，同时也是我党与反动派开展的一项经济斗争。能不能把一个完整的大矿山交到人民手中，就看你的了！"

听书记这么说，颜志远立马起身给书记敬了个标准的军礼。书记也微笑着对他说："看到你这副胸有成竹的样子，我就放心了。难怪会上大家一致推荐你去大矿山。"

颜志远追问了一句：“还有其他同志一道吗？”

“没有。我不是说过了吗，你过去以后，要充分依靠那里的地下党组织。”说着，他走到办公桌前，从抽屉里拿出两个信封，先拿起其中一个递到颜志远手上：“来，你先看下这个。省工委通过秘密渠道为你进山后能够尽快进入角色，不引起敌特的注意，做了非常缜密细致的准备。你手上拿的是资源委员会第二区特种矿产管理处资深顾问——我们共产党人的好朋友、民主人士马子鼓给你写的推荐信。你过去后直接去找大矿山工程管理处的现任主任赵天祟。为了到那能够行动方便，对付敌特及路上行走方便，规避路上的盘查，这里还有一封信。这是他以私人信件的方式写给矿山警察所邹所长的，说是请他们为你这个马老先生的远房亲戚找份事做，给你提供方便和帮助。”

待颜志远看完这两封信，书记又再三叮嘱道：“你一定要记清楚这两封信是由谁写的，你是他家的什么亲戚，什么时候拜他为师，学的是什么。别到时候一问三不知或驴唇不对马嘴就麻烦了。来，这是我给你准备的能够证明你身份的履历表，以及和马老先生的关系称谓。你马上背熟，这个是不能带到身上的。”

颜志远接过来，认真反复地默记着。书记笑着说道：“志远，你坐在这儿慢慢地看，慢慢地记。我到那边处理下公文，等会儿我来考你。”

颜志远反复默记着纸上的内容，他心里明白，这是党组织为自己潜入大矿山开展“护矿迎解”对敌斗争精心设计的护身符。

这时，秘书走进来，轻声地说：“参会的领导们都到齐了，请书记到会议室去。”

书记抬起左手，看了一下腕上的手表：“你先过去，把会议议题的文件先发下去，告诉他们我还有重要的事情没处理完，请他们先酝酿十分钟，我晚到十分钟。”

书记坐在办公桌前，望着正在聚精会神默记的颜志远。刚才秘书进来、出去的脚步声，他都似乎没有察觉。书记提起水壶走过去，给他的杯子倒了点水。颜志远立马起身道谢，并把手中的那几张纸递到书记手上，极其自信地说道：“书记，我全记下了。让您陪了我这么久，还耽误您开会的时间。”

书记摆了摆手：“你这里是大事，没处理好，我不放心，开会晚一点儿没关系。你是要深入大矿山，那里情况复杂，各种意想不到的情况都可能发生，弄不好还会流血牺牲。现在，你把履历表上的内容背给我听一下，看还有没有什么遗漏的环节。”

“好。”颜志远神态自然，把所有内容说了一遍。

书记笑道：“看来我没有看错人，你的记忆力非常好，但这只是背下来了，真正遇到麻烦时，不知你是否还能保持冷静，不慌不忙，随机应变，这个很关键。来，我来做盘查你的警察，试一下看。”

两个人你来我往，把预想到的基本盘查情况演练了一遍。

书记最后叮嘱道：“有些突发情况，就要你沉着应对了，要牢记。”

“书记，您快去开会吧，十分钟到了。”

“你怎么知道我推了十分钟？”两个人边往门外走，书记边问。

“我听到了呀。”

“想不到，你还真是眼观六路、耳听八方！好啦，我赶着开会，就不远送了。对了，给你准备了一些经费，你到财务那里去办理一下手续。上山后一定要注意自身安全，有什么问题要及时向省委汇报。”

汽车沿着土石板路开到了湘乡，就再也没有车路了。颜志远背着铺盖卷，手里拿着一把油纸伞，随着赶路的人群，边走边天南地北地聊着天。过了蓝田，就踏上了通往矿山的石板路。他在渣渡铁山的驿站里呷饭时，跟驮队的脚力们聊起了大矿山。

他有一句没一句地问着：“驮运一趟锑到蓝田能赚几块光洋？路上好走吗？从驿站到朱木山要走多长时间？”

担脚的汉子们告诉他：“挣不了几个钱，我们只会做这种力气活。不过，你要是来找活干的，跟着我们干就是。别看挣得少，得不了烟子病哦。”

汉子们接着又说道：“路上还算好，大家都知道抢矿是要死人的。段老爷有矿警队，北矿的杨老爷有护矿团，刘老爷的孙子都是惹不起的人物。你这是要去哪儿？”

“我去大矿山走亲戚。”

“他家在南区还是北区?”

“我也说不上。信上说，他在田再湾。”

“哦，那是北矿。田再湾那儿是矿山工程管理处，我们驮的锑就是从那儿起运!”汉子又用手指了指石板路，“你就沿着这个石板路直走，不用转弯。从胜利山下去，问道七里江，走石板路就直接到了南矿。走得快天黑前就能赶到。”颜志远给众人打了拱手，背上行李，踏上了被脚夫们踩得发光的石板路。

一路上赶路的人匆匆忙忙，不时地碰到一队队担煤、担焦炭的脚夫，与他擦身而过。

天渐渐地暗了。走过十八茅湾，山下已是万家灯火。颜志远拦住一个年长的过路人问道：“大爷，这山下哪里有伙铺吗?”

老汉打量了他一番：“听口音，你不是大矿山山上的人吧?”

“哦，我是从长沙来的。”

“长沙的？来这矿山干什么？看行头，你还是个官老爷。”

“不是的，是来投奔亲戚，找活路的。”

“天就大黑了，你也没带个亮，这路可不平哦。往下走两三里路，从这里走下去就是童家院。你要住好一点的伙铺，就去陶塘街永福和伙铺。那铺子是大矿山最好的一家了，既干净又实惠。”

颜志远道了谢：“耽误大爷赶路了。”说完，他从包里找出了手电筒拿在手上，顺着老大爷指的方向，深一脚浅一脚地下了山。

刚到永福和路口，就碰着矿警队的人设路卡在盘查路人，老远就听到有人在说："来了个打手电的。你们几个过去，好好问问!"

"唉！过来，过来!"几条刺眼的手电光直照在他的脸上，"这么晚了，打哪来呀?"

"走蓝田过来。"

警察们一听，还是个讲长沙话的人。他们急忙跑到领头的队长那，报告说："他是个长沙人。"

队长说："喊过来，我问问!"

"屋里哪里的?"

"长沙的。"

队长模样的人围着他转了一圈，在他背的铺盖卷上拍了拍："这里边包的什么呀?"

"没什么，就是一套铺盖。"

"哟！你们当老爷的，出门还用背铺盖吗？怎么就你一个人?"

"我是来大矿山找活路的，做工哪能不带铺盖呀?"

"来这投奔谁呀?"

"我有个远房哥哥，在这矿山上做了好多年事了，是他捎信要我过来投奔他的。"

"在哪个炼厂干活?"

“这我就不知道了。只是告诉我，在大矿山。”

“姓什么?”

“本家哥哥，自然是姓赵了。”

一番刁难过后，队长没好气地对几个喽啰们说：“搜搜看，身上带枪吗?”

颜志远伸开双手：“警察老爷，我一个找活路的人，哪来的枪咯？来搜，任你们搜。”

一个警察在他身上拍了拍，摸了摸，一只手伸到他的口袋里，除了一块擦汗的手绢外，什么都没有。给队长报告说：“一看就是个穷鬼。”

“去吧，去吧，”又回头喊，“过来，过来。你的手电是三节电油的。来，我们两个换一个。”

说着，从颜志远手上抢过手电筒，把自己手上发着红光的两节电油的手电筒往他脚边一丢。

颜志远弯腰捡起了那支手电筒：“行，我有个亮就行。”

通过警察设的路卡，颜志远回想起书记说的那番透着关爱、语重心长的叮嘱：遇事一定要沉着、冷静。

四十八

一觉醒来，天已经大亮了。颜志远急忙起身收拾好行李，穿上一身便装，匆匆忙忙地在店家呷了碗面，跟店家商量道："我的行李先寄放在你这里，我先去找我家亲戚，找着了我再来拿。"

"可以的，你把钱财带走，铺盖卷放在这里没事，我帮你收着。"他又问了一句，"你的房是现在退，还是回来再退?"

"我去找亲戚，找着了回来就退，没找着我还回来住。该怎么付房钱，算我的就是。"

他几经打听，人们告诉他，矿山工程管理处在毛家塘田再湾里，还告诉他边上有一家很大的洋行，叫多富洋行。

来到了矿山工程管理处，门岗问他找谁，他便谦逊地回复着："我找赵主任。您能告诉我他的办公室在哪里吗?"

"哦，赵主任，就在这楼上。我带你去吧!"

"他在办公室吗?"

"在的。我们主任上班来得比谁都早，下班走得比谁都晚。"门岗把他领到矿山工程管理处的办公室门前，对里面喊了一句："主任，有人找您，说是您家的亲戚。"

颜志远站在门口，一眼望去，那个坐在老板桌前被称作赵主任的人，棉衣外面套着一件灰色的中山装，头上扣着鸭舌帽，戴着一副黑框眼镜，年龄比自己大不了许多。

听到喊声，他抬起头，下意识地把眼镜往上推了推，停顿了片刻，才不温不火地说道："进来吧。"随后指着窗边放着的皮沙发，"这边坐。"又对着门外喊了句："小张，帮我给客人倒杯茶过来。"

寒暄的同时，赵主任仔细打量着这个自称是自己亲戚的人。只见他一米七八的个头，浓眉下挂着一双炯炯有神的大眼睛，瘦高的身材显得有些单薄。赵主任打量了许久，脑海里无论如何也想不起他是自家哪房的亲戚。颜志远看出了自己要找的人心中的疑虑，急忙从内衣的口袋里取出那封信，双手递了过去：“这是马老爷要我给您带来的他的亲笔信。”

赵主任撕开信认真地读了起来，不用他自我介绍就说道：“你是我的同门师兄呀！从长沙过来，走了几天？一路上不好走吧？”

颜志远点着头：“坐车到了湘乡。那路真的不好走，坑坑洼洼的，骨头架子都要颠碎了。不过还好，我年轻，身板儿好，路上人多，大家凑在一起走，说说笑笑的，也就不觉得累了。”

“什么时候到的？”

“昨天晚上。”

“住在哪里？”

“在永福和。一大早就赶过来找您了。”

“早饭呷过了吗？”

“呷过了。”

“在这矿山上你还有其他亲戚朋友吗？”

“没有了，就是一心投奔您来的。”

赵主任考虑了许久。恰在此时，走廊上传来了一阵激烈的争吵声，伴着谩骂。

“我在这工程管理处干了七八年了，没有功劳也有苦劳，要论业绩，也不比谁差呀，怎么说裁员就裁我们几个人？我要找主任评评理，一定要给我们一个说法。”

后面的人耐心地做着解释：“你们都是老职工了，单位的情况你们也知道。如果不裁员，大家连一口稀饭都呷不上了。你家是农村的，家里有地种，种点小菜，加上给你结的一笔钱，总比在这里日子好过些。”

话还没落音，几个吵闹的职员就闯进了赵主任的办公室。

“主任，你裁员怎么就裁我们几个人？其他人为什么不裁？”

赵主任寻思了片刻，问道：“你们说哪些人该裁，哪些人不该裁？总不能把一些专家和技术人员裁了吧？这样工程管理处还怎么开展工作？让你们走只是暂时的，等生意好做了，你们再回来我们是欢迎的。都几个月没发钱了，再这么耗着你们以后呷什么呀？”

一席话说得几个老职员都明事理地不再闹腾：“行，那我们先回去，到时候您一定要安排劳资科喊我们回来上班。”

颜志远看到这个情形才意识到工程管理处正在裁员，这时请他安排职位一定很难为他。看着那些被裁的老职员走出门，赵主任起身把门关了。

“这样吧，我现在就让总务科的人来帮你安排工作。你初来乍到，对这里的情况不了解，你看这样好不好，马老先生的信上说你以前做过编辑，我就让总务科安排你负责工程管理处

《新闻简报》的编辑工作好了。”

颜志远想都没想就答应了：“行，我在长沙是做编辑工作的，我一定能做好。”

“那好，你等着，我就叫总务科科长来。”他拿起桌上的电话轻轻摇了摇。一袋烟的工夫，总务科科长就进了办公室。

一进门看颜志远坐在沙发上，总务科科长礼貌地拱了拱手。赵主任指着颜志远对总务科科长介绍道：“这是我的远房亲戚，又是我老师的学生，同门师兄弟。老师推荐他来咱们工程管理处谋个差事，我想安排他负责《新闻简报》的编辑工作。你看如何？”

“很好，很好，我正愁着找不到人呢！咱们矿山工程管理处除了那几个高级工程师和技术员文化水平高一些外，其他人也没做过编辑。先前的几个人凑合着编了几期出来。你也知道，眼下时局动荡，工程管理处又不景气，原先的总编已经下山回城了，只剩下几个小职员在那里一天无所事事地混日子。这不，因为找不到合适的主编，《新闻简报》都停刊小半年了，你这师兄弟来得正好。”

赵主任明知总务科科长在拍他的马屁，也就坡下驴地说道：“那你就把他领去，把住处安排一下，找间办公室给他。”

“行，行。就住在后面那栋楼里吧，桌子现成的，有两间房，一间做卧室，一间做办公室，我看蛮合适的。”

“那就劳你费心了。”赵主任又对着颜志远说道：“这样安排你行吧？如果没意见的话你就跟着科长去吧，有什么问题我们再说。中午的时候我陪你呷饭。科长，你到食堂安排一下，加几个菜，弄几瓶好酒，我们大家一起为我们新来的颜主编接风。”

总务科科长领着他转到后栋，爬上木楼梯，随后掏出钥匙打开一扇门，里面杂乱无章地堆放着手摇油印机，挨着墙根堆放着一大堆油印纸。他赔着笑脸对颜志远说道：“这就是你负责的《新闻简报》编辑部。因没有编辑，都停刊小半年了，屋子里也没有人来收拾。”说着，他把钥匙递到颜志远手上，“给，这是门钥匙。过会儿我再安排几个人来给你打扫一下卫生。”说着，他又打开另一扇门，“这里面有两间房，一间给你做办公室，一间做卧室。来，你可以进来看看。”

颜志远扫了一眼，只见里边一地的灰尘，一脚踩下去，地板上的灰直蹦。桌上砚台里粘着一支小楷笔。他意识到这间房子已经很久没有人走动了。

他问科长：“这里哪里有桶子和抹布吗？我这就把卫生弄一弄。”

“不用，我即刻安排人过来帮你搞定。你等着，我这就喊人去。来，这是房门钥匙，都交给你！”

科长急急忙忙地走出去。颜志远走到窗前推开窗子，一阵冷风吹起满屋的尘埃。他急忙关上。科长的声音已经在走廊上响起：“小张，你们几个人把编辑部和这两间房里好好打扫打扫，我们工程管理处新调来的编辑到了。”

小张在下边应着：“好嘞，我这就去喊人带卫生工具过来。”

“科长，既然您已经安排人帮我收拾房子了，我就去永福和伙铺里把铺盖搬过来。”

科长从上衣口袋里掏出怀表，扫了一眼：“都快到呷中饭的时候了，赵主任一会儿要陪你一起呷饭，倒不如呷了中饭我再安排两个人和你一道去背行李。”

“不用麻烦。”

“哎呀，你不用客气，多两个人跟你去搬东西也会轻松一些。这里不比城里，没有黄包车，这大矿山上靠的是脚力。小张，你再到后面仓库喊两个脚力过来，跟着颜主编去永福和搬行李。”他又掏出怀表来看了看，“哎呀，这会过去肯定回不来呷中饭。颜主编，还是下午再去吧，食堂的酒菜都安排下去了。这大冬天的，菜热过两三遍也不好呷了。”

“好，那就把这儿的卫生搞好了再去。”

“这样吧，你别过去了，我让挑夫去帮你担回来。”

“我那边的房钱还没结呢。”

“这还不简单吗？我让他们那边开个发奉过来，工程管理处帮你结了就是。小张，你拿几块钱给那个挑夫，让他把伙铺钱帮着结一下，开发奉回来。”

总务科科长这番热情地为自己安排，颜志远心里明白，这都是赵主任的面子，也反映出赵主任在工程管理处的威望之高与地位之稳固。

“叮当叮当”的钟声响起，帮忙搞卫生的职员们都放下了手中的活计，冲着颜志远说道：“颜主编，里面的卫生都搞得差不多了，咱们一块儿去食堂呷饭了。去晚了，饭菜就凉了。”

“好，辛苦大家了。你们先走，我把这些垃圾担出去就完事了。”

“哎，这些都是废纸。咱们下去的时候，一人抱一摞，到垃圾堆那里一丢就是。”说着，几个人都抱起了一摞废纸。

颜志远也抱了一些在手上，跟在后面问：“垃圾堆在哪里？”

“就在房头那边，你跟我们来就行。”

颜志远抢在前头，在垃圾圈里掏出火柴，把自己抱来的油墨、蜡纸点燃。后面的人也纷纷把手上的废纸丢到火堆上。风吹得烈焰熊熊燃烧，卷起漫天烟尘。

总务科科长站在食堂门口张望着，见颜志远一帮人走过来，笑着冲他摆了摆手：“哎呀，搞卫生累着了吧！快走，主任在里面等你呷饭。”又对身后的小张吩咐道：“帮你们也准备了饭菜，你带着兄弟们过去。”

总务科科长把颜志远领到雅间。桌上的火锅咕咕地冒着热气，散发着肉香。先前来的一帮人已经围在了桌前，总务科科长把颜志远领到赵主任身边的空位上。

颜志远推让着：“科长，您坐这，我坐边上就行。”

一帮人都起了身。赵主任拉了一下颜志远的手：“别客气了，今天大家是来为我们的颜主编接风。来，我给你介绍一下，这是矿山地质总工程师；这位是锑品冶炼工程师；这位是锑品检验师；这位是我们的劳资科科长；总务科科长你都认识一上午了，我就不再介绍了。”最后，他又对众人说道：“这是我的同门师兄，资委会第二区特种矿产管理处给我们派来的《新闻简报》的编辑。”

众人立马伸出手来跟颜志远握了握，寒暄道：“颜主编一准是学富五车、才高八斗哇！来我们大矿山做编辑，实乃工程管理处之幸事。”

赵主任端起酒杯：“这第一杯酒，欢迎颜先生来我们工程管理处上任。一路历经艰辛，辛苦了！来，大家共同举杯，欢迎颜先生的到来。”

酒过三巡，大家话渐渐多了起来。颜志远不失时机地在闲聊中问道：“我初来乍到，很多情况都不了解，还要仰仗各位领导多多帮助、提携才是。”说完，他端起酒杯，一一地敬了酒。

与劳资科科长闲聊时，他得知这大矿山分南北两个矿区，矿工都集中在北矿的陶塘街、南矿的飞水岩。矿工又由两部分人组成，大多数都是来大矿山讨生计的农民，还有从全国各地逃避战乱、上山谋生的盲流。

劳资科科长说：“好说，好说。实际上啊，这大矿山说起来大，眼下已不如从前了。我们工程管理处现在也只有千把职工了，跟先前比，减了一半还不止。”

“我看着办公楼上人来人往的，挺热闹的呀。”

“也少多啦。里外加在一起，也不过就两三百人。工程管理处这么大的家当，要是把人招募齐了，三五百人都少了。”

一席话，说者无心，听者有意。

直到上班的钟声响了，大家才打着饱嗝，喷着一嘴酒气，相互寒暄着离去。

安排好一切，颜志远便背着布包，按照省委预先的指示和联络方式，找到了三角坪铁匠铺。

他把路边上扯来的醉鱼草攥在手上，进门就问：“师傅，打把菜刀要多少钱?”

袁老六看了看这中年汉子：“打把菜刀能要几个钱？你要打多重的刀？反正按斤两算。”

“家里切菜用的，你就帮我打一把。”

“切菜用的我这儿有现成的，你挑一把就是了。来，就在那地上筐里装着，你自己选。”

颜志远随手捡了把在手上，削着手上的醉鱼草，自语道：“嘿，这刀还真快，就要这把了。”说着，就伸手在口袋里取钱。

袁老六观察着他的一举一动，试探着问道：“听着老爷的口音，是省城来的吧?”

颜志远应着：“是的，昨天刚到。”

“在哪个地方当差?”

“矿山工程管理处。”

袁老六便对上了暗号，放下手锤：“天冷，你到里屋烤烤火等着，我再帮你把那刀加点钢。”

叮叮当当的一阵锤响，随着一声“刺啦啦”淬火的水声，袁老六手里提着那把菜刀走了进来。两人一碰面，袁老六就伸出双手，与颜志远握了握手，说道：“你是姓颜吧？”

“对，您叫我志远就行。”

“在你动身之前，我们接到了通知，要求我们大矿山地下党组织紧密配合你的工作，展开‘护矿迎解’斗争。”

“我刚到，对这里的情况不是很了解。建议你召集同志们召开秘密工作会，我想了解一下大矿山的基本情况。时间、地点，你们定好了通知我。我现在的公开身份是大矿山工程管理处《新闻简报》的编辑。”

“好，我这就通知下去。地点你看在什么地方好？”

“就去矿山工程管理处，我那里有两间房。同志们来了，就说是我约你们来采访的。”

“不行，你初来乍到，认识的人又不多，会引起特务们的注意。地点还是就在这铁匠铺吧，谁来都不会引起怀疑。我这后院里还有一个堆废铁的杂房，出入也方便。”

“好，那就这么定了。”

冬夜，四处一片漆黑。劳作了一天的人们早早地进入酣睡。然而，在三角坪这平日里锤声四起、炉火通红的铁匠铺里，四五个人围着一张四方桌，一个个在给颜志远介绍大矿山的民情民风，进行敌我间实力的对比，商讨如何深入群众，如何把那些散落在各个炼厂、矿洞的进步群众组织起来。

清缘师傅的一席话令人目瞪口呆：“经过我多年的深入了

解，我们必须要完成几个关键性的任务。我们要面对的，有国民党党部的杨始仁。他可是老奸巨猾，在历次矿山工人运动中，双手沾满了矿工的鲜血。这个人西装革履，平日里带着一帮人，见到谁都是一套正人君子的模样，道貌岸然。他经常深入矿工中间，访贫问苦，在矿工中有着较好的口碑。实际上，他是个老牌的国民党中统特务。杨善人是他的本家，把持着矿商工会。两个人都有一个共同的特点，利用善良伪装自己，俘获人心；背地里部署手下，无孔不入，监视着共产党人及进步矿工。一旦被他们抓住把柄，便心狠手辣地联合圈子会组织暗杀。他们把我们组织内部的共产党人视为眼中钉、肉中刺。我们的同志一旦被捕，就直接用麻袋装着，丢进废弃的矿洞。除了他之外，就是邹满金了。他手上的矿业警察所拥有两百多条枪。这个人依仗手中拥有武器，更是一个杀人不眨眼的刽子手。在他们国民党内部，被称为‘对付共产党的屠夫’，可谓恶贯满盈。在他们当中还夹杂着一个圈子会首领——杨润平。这个人可谓八面玲珑，触角遍布整个大矿山。他们拉人入圈，歃血为盟，跟新化县官府有着千丝万缕的联系。不管你是来自法兰西的洋人商行，还是来自别国的买办，只要你在这大矿山上开炼厂，动一簇土、挖一粒矿，没有他的参与，你将一事无成。可以这样说，在大矿山，圈子无所不在。各个炼厂的把头、监工，几乎全数都在圈子会里担任一定的职务。平日里，他们称兄道弟，一有重大事情，便一哄而起，替人了难。一有矿工反抗，更是搅得你一家人不得安宁，其手段卑劣至极！我刚才说的这些，就是我们‘保矿迎解’的阻力。但是，同志们，不要怕，不要畏惧。在我解放军大军南下，全国基本解放的大局势下，我相信他们也预感到了末日即将来临，惶惶不可终日。在为自己想一条后路的前提下，只要我们讲明党的政策，他们也会审时度势的。我们只要充分地发动群众，依靠广大矿工，就一定能够取得‘保矿迎解’的成功。”

颜志远认真地听着每一个人的发言。侯兴宁的说辞让他更有些震撼。

“大矿山南北两个矿区，我认为革命基础最好的就是你所在的矿山工程管理处。我这么说有两部分的因素。第一，那里的矿工基本稳定，因为矿山工程管理处是官办，职员人数众多，且有一定的文化程度。他们人员组成虽然复杂，但是有利因素更多。有一些人的家乡在解放区，虽然初期他们对解放区的认知不足，但是经过长期与家人往来，耳濡目染，会感受到家乡解放的变化，与过去形成对比。这帮人只要有人牵头，最容易被感化、组织起来。再就是南矿的机电厂。他们与矿山工程管理处有着共同的人员构架，技术人员多，有知识、有文化的人多。多数人都是从长沙以及各地引进来的技术产业工人。这里还有一个特点，机电厂的工人爱学习、理解快、感悟得也深。与其他私人炼厂、矿洞不同，那里劳工、矿工分散，附近的农民较多。以往的经验告诉我们，这帮人由于长期受圈了会的欺压，胆小怕事。所以我认为，我们要把工作的重点放到矿山工程管理处以及机电厂，先在那里点燃星星之火，发展我们的组织，壮大我们的力量。想方设法在那里秘密成立我们的共产党小组，发展一批党员，巩固群众基础，才能逐步在大矿山推进铺开。”

眼下，见大家都把自己的想法说了出来，袁老六起身给每人都倒了一杯热茶，停顿了片刻，说道：“我看，首先要把分散在各个矿区、炼厂的工人纠察队组织到一起来。自从红军走后，工人纠察队一直都是公开行动的。那里还有几十杆枪，是矿工们自己的组织。扩大工人纠察队武装是当务之急，力量强大了，做起事来就有底气。我们现在要筹措一笔钱，想方设法去购置一批武器弹药。大革命时期，毛委员就说：‘枪杆子里出政权’。”

颜志远肯定地说：“这确实是我们急需要做的事情。赤手空拳，拿什么去护矿？赤手空拳，拿什么去‘迎解’？”

黎明的曙光透过瓦屋上的缝隙洒了进来，把屋里照亮。门外传来了轻轻的脚步声，侯兴宇立马抽出腰间的驳壳枪，闪到门后。颜志远抓起靠墙竖着的一根铁棍。袁老六慢声细气地问道：“谁呀？”

“掌柜的，是我。”袁老六的老婆端着几碗甜酒煮鸡蛋推门进来，笑着说，“你们这帮人呐，一夜没合眼，想必也饿了。我给你们煮了碗甜酒，喝了暖和暖和身子。一会儿饭熟了，我再给你们端过来。先说好，可没什么好菜哦。”

“好啦，别唠叨了，我们还在说事。”

袁老六关了门，侯兴宇才把枪插进腰间，抹了一把头上的冷汗，笑着说："这大清早的，挺吓人。还好，喝上碗甜酒，也就压住惊了。"

一番话，引得大家都哈哈大笑起来。

四十九

颜志远回到矿山工程管理处，虽然一夜没有合眼，但没有一丝倦意。他飞快地拟好了一封电文："安抵矿山。勿念。"

正在此时，赵主任走了进来，问道："我昨天晚上来敲过你的门，见里边没有动静，以为你睡熟了。今天晚上，我约了几个在矿山上有头有脸的人物，在玖高楼帮你拉拉场子。以后当编辑，在这矿山各个地方走动也方便。我还请了矿业警察所的邹满金所长。以后在这矿山上遇到什么麻烦，可以打电话给他，请他出面。"

颜志远听赵主任这么说，赶忙起身道："真的谢谢主任了！让您费心了。"

"哎，都是区区小事。那我们晚上一起过去。"

"一定的。"他把赵主任送出门。其他编辑部的职员也都陆续来上班了，看着赵主任从编辑部出来，几个人都揣摩起刚来一天的主编：他是什么人？赵主任一上班就来看他。

一时间，颜志远的身份就成了人们茶余饭后的谈资。

颜志远出来跟几个编辑打了声招呼，把几份稿子分发给大家："这是一版的，这是二版的。"

三版的编辑马上起身摇了摇手中的稿子，说："我这里已经收到了一份稿子，您看这份稿子能用吗？"

他扫了一眼题目：《读〈蓓蕾〉有感》。他接过稿子看了几行，大体内容是我们要做大矿山的主人，落款是机电厂的工人，便问："这篇稿子怎么样？"

"我看了两遍，内容确实挺新颖的，文笔也不错。"

"看好了就用。"

"那我编好了请主编过目。"

颜志远点头，然后说："我有事先出去一下，你们先忙着，我就回来。"便急匆匆地向邮政所走去。他买了一张电报纸，工工整整地把电文誊上去。

突然，后面有人拍了拍他的肩膀。他一回头，对方惊呼道："颜志远！你怎么到这儿来了？不是在长沙吗？"

颜志远心下一悚，原来是他的一个同学，旋即冷静下来，说道："唉，别说了，我不是没饭呷嘛，过来投奔你王志坚。"

"好，那今天晚上我做东，请你呷饭、喝酒！你还不知道吧，这大矿山上，我们还有四五个同学呢！"

"我前天才到，屁股都没坐热呢，哪知道谁在这大矿山，今天要不是凑巧碰上你，我都不知道你也在大矿山上嘞！"

"那今天晚上我把他们几个人都约上，咱们去玖高楼喝花酒去。"

颜志远一听玖高楼，急忙摆手道：“好意我领了，改天吧，今天晚上我们赵主任已经安排在玖高楼了。”

“什么？你也在矿山工程管理处上班？”

“是的，负责《新闻简报》的编辑。”

“哎呀，你这个曾经干过人民世纪社《天下文萃》的编辑能屈尊来到大矿山，编一张小报？真是大材小用呀！”

“别胡说，能挣口饭呷就好。那你呢？”

“我也在那里呀！”

“哟！那么巧！你我不但同门，还同工呢！这世界也太小了吧。”

“我看不是，是你我有缘。”

“哎，我忘了问了，你来邮政所干什么？”

“老父亲从南京给我寄了几块钱来，我是来取汇票的。”

“怎么？你在这大矿山挣得钱还不够花吗？”

“你是刚来，不了解这里的情况。矿山工程管理处已经两三个月没有发薪了。我们每个月只能拿到四斗米、二元五角的菜金。你说，这哪够花呀？”

“那你还要请我去玖高楼？”

“不够花是真的，老同学的客还是请得起的。”

“改天吧，改天我请大家。你可以多邀些你在大矿山的好朋友。”

“没问题，那咱们就定在周末的晚上。”

“行，你约好了人，就到编辑部来跟我说一声。”

办完事，颜志远走进办公室，几个编辑立马就围了过来。有的拿了稿子问他怎么排版，版面这样设计是否合理。

他指着排版小样，说道："一张报纸，怎样能够吸引读者，必须在以下几个环节下功夫：版面整洁美观，标题清新醒目，内容新颖时尚，新闻简要精准。"

几个人对他这样一段内行的说辞佩服得五体投地。

他又说道："兄弟们，抓紧把这一刊编出来，争取早点印出来。有空我们再共同探讨。"

他拿出包里的本子，整理起昨晚会议的记录，在脑海里反复地回忆着，思考着。他要利用今天晚上去玖高楼喝酒的机会，观察这大矿山有头有脸的上层人物，寻找有进步思想的人员作为发展对象，为"保矿迎解"出力。

他除了知道矿业警察所所长邹满金外，其他人一概不知。但是这个邹满金，从昨天晚上了解到的情况看，要争取他，有一定的困难。可以找准机会，把组织上为自己准备的那封信转给他。至少，在大矿山开展与敌斗争工作中，那封信会成为他的一块挡箭牌。

在邮政所无意中巧遇的这个老同学王志坚，从前可是一个靠得住的人。虽然他出生于南京国民党官僚家庭，但在学校期间，他的言谈传递出来的信息都是国民党左派的论调。那时，这人一向思想进步，参加过学校的共产党外围组织。但是现在已经分别多年，他的思想变化有多大，对当前国内形势的认知度有多高，还是一个问号。但不管怎么说，这次巧遇对自己开展工作、发展组织，都是有利因素。

午饭的钟声响了，编辑部唯一的女编辑贺静探出半个身子，笑眯眯地喊道："总编，到呷饭的点了，一起走吧？"

"好，你等我一分钟，我拿个碗。"

其他人也在门外等他。一帮人边走边聊，贺静问："颜主编，你是哪里人？"

"邵阳人。"

"那你说话怎么都是一口长沙腔呀？"

"以前常年在省城读书、做事，习惯了说长沙话。"

"我家也是邵阳的，住在下河街东塔寺附近。主编你呢？"

"我是巨口铺的。"

贺静一听，对众人说道："你们瞧，总编还是我的邵阳老乡嘞。"众人都投以羡慕的目光。

来自陕北的编辑邹杨看到贺静得意忘形的样子，调侃般地唱起了家乡的小调《你不在》。

头一回我到你家，你呀么你不在，你妈妈打了我两呀么两锅盖；第二次我到你家，你呀么你不在，你爸爸敲了我两呀么两烟袋；第三次我到你家，你呀么你不在，你家的大黄狗把我咬出来……

光唱还不解气，他还要对着贺静做鬼脸。贺静也不示弱，把手做成刀样，嘴里唱着："大刀向鬼子们的头上砍去……"

两人追打着，嬉闹着，一直追进了食堂。贺静端着饭钵，凑到颜志远跟前坐下。邹杨也凑了过来。

颜志远调侃道："你们两个冤家呀，你有情我有意的，歌又唱得那么好，要不凑一块儿算了。你俩凑到一起，可以给大家来一个男女二重唱。"

贺静倒不遮掩自己，大言不惭地说道："那是，我唱歌是练过的。在长沙女中读书时，还参加过《救亡进行曲》的演唱呢！别不信，我这会儿都还能记得住歌词呢。"

工农兵学商，一齐来救亡。拿起我们的铁锤刀，走出工厂田庄课堂，到前线去吧，走上民族解放的战场。

颜志远咽下嘴里的饭，赞许道："想不到你还是一个热血青年呀！"

"那是，国家兴亡，匹夫有责嘛！"

颜志远没再说什么了，起身告辞道："我呷完了，先走一步，你们慢慢呷，慢慢聊。"

饭桌上，贺静背诵歌词时，颜志远发现饭堂里那么多呷饭的人，没有人投来异样的目光，反倒有人报以赞许的眼神。他确认，自己找到了一个团结、发动广大矿工及进步群众的突破口。坐在办公桌前，他反复地思考：以什么样的名义来实施这样的行动呢？由谁来牵头？他要尽快地请王志坚的客，通过王志坚的同学关系，联系矿山更多的年轻人，协助自己开展宣传、鼓动工作。

在忙忙碌碌中，屋子里投进了一抹夕阳。小张进来喊："赵主任在楼下等您呢。"

他急忙起身，从衣架上取下来那条长长的围脖，跟在小张身后。一见赵主任，连忙打了拱手："不好意思，我一忙就忘了时辰，让您久等了。"

"没关系，时间还早。"

玖高楼外高挂着四盏大红灯笼。店小二每见有人进来，都使劲地吆喝着"里边请"。待人走进门，他又会喊着报人头。

颜志远跟在赵主任身后，三个人进了大堂。跑堂的一见赵主任，立马弯着腰、伸着右手，道："赵老爷，您请。您订的聚英阁给您留着呢！"

赵主任问道："我的客人都到了吗？"

"还没到点儿呢！您请的客人都是有头有脸的人物，都会踩着点来的。"

"一会儿他们来了，就把我早上订的菜炒好端上来。一定给我上纯正的。"

"您放心，赵老爷，玖高楼的菜都是最新鲜的食材，猪是早上杀的，羊是夜里宰的，三尖的水酒假不了，铎山的牛肉更是地道！"

小张听得有些不耐烦了，怒道："你这小二，嘴可真碎。"

店小二并不理会，依然堆着笑对众人道："各位老爷，你们先坐着，我这就给你们去提壶热茶来。"

店小二刚转身，就传来了喊声："邹老爷到！"

赵主任听到吆喝声，立马起身，走到门前，打着拱手："邹兄，你可真准时。"

"你赵老爷请我喝酒，敢不准时吗？在这大矿山上，你那可是最大的商号：矿山工程管理处。哪个矿老爷想发财，不都得看你的脸色吗？这几年，你赵老爷麾下的矿山工程管理处可是我们大矿山的衣食父母呀！”

赵主任打着哈哈道：“哪有你说得那么厉害？我们这矿山工程管理处不也得仰仗你满金兄保平安嘛。”

“我养的那百十条枪，只能起个看家护院的作用。你就不一样了，手下兵强马壮，是这整个矿区真正的保护神。”

见邹满金还想开口说点什么，赵主任话锋一转：“快来，快来，请上座。”

邹满金却指着身边的颜志远问赵主任：“这位是？”

“哦！我忘了介绍了，这是上面刚派来我们矿山工程管理处的《新闻简报》的主编小颜，小张你是认识的。”

“哦，这么年轻！幸会，幸会。”

颜志远谦让地附和道：“从今日起，我在这大矿山上走动、谋生，还仰仗邹所长多多指教、提携才是。”

“这不必说，赵主任跟我都是一把伞下的人，有什么事儿都好商量。”

来喝酒的人陆续到齐了，赵主任一一地介绍给颜志远：“这是宝大兴的杨老爷；这是坝塘炼厂的刘老爷；这位是源和炼厂的大管家段老爷；这位是区党部杨书记……”

跑堂的揭开那热气腾腾的火锅盖。赵主任对众人说道：“你们看，今天我们多有口福，这是我早上订菜时恰巧碰上店家刚弄到的麂子肉。”

邹满金立马笑道："这个好，这个好。我们大家这是托颜主编的福，大冬天能呷上个野味火锅，喝上杯小酒，这是过上了神仙般的好日子嘞！来，大家一块趁热呷。"

在邹满金的吆喝下，一桌人推杯换盏。他还不时东一句西一句地问着颜志远从哪里来，查户口般地问这问那。

颜志远抓住时机，一本正经地说："邹所长，我们两个还很有缘分嘞。我怀里还揣着从省城来矿山时，我的老师马老先生给您写的信。"

"马老先生？他可是湖南省特种矿务局管理处的专门委员。"

"就是他。您跟他的交情一定很深。"

邹满金则敷衍地打着哈哈。说着，颜志远从怀里掏出那封信，双手递了过去。邹满金喷着一嘴酒气，飞快地看完信，拍了拍颜志远的肩膀："颜主编，你是马老先生的学生，他可是我们新化人尽皆知的一代名流。他都亲自写推荐信给我，你又是赵主任门下的红人，在这大矿山上，就没有你办不成的事儿了。"

酒喝到酣处，邹满金笑着问赵主任："你瞧，酒都快喝完了，也没见个妹子来陪两杯。这大矿山玖高楼的妹子可是出了名的漂亮哦。"

赵主任对小张使了个眼色，小张会意地起身走了出去。

不久，一串银铃般的笑声从门外传了进来。一个打扮入时的妹子进门就直扑到邹满金的身边，嗲声嗲气地喊道："哟，邹大所长，你跟这么多老爷在一起喝酒，也不招呼一声我小娟子。”说着，端起桌上的酒递给邹满金，“你没叫上我，来，我罚你三杯。”

其他人也凑着热闹：“是该罚他三杯！谁让他这般没心没肺。”

小娟子把酒喂到邹满金的嘴里，索性一屁股坐到他腿上，搂着他的脖子。酒喂完了，邹满金才语无伦次地说：“刚才在议事，议事。”

“喝酒议什么事呀！来玖高楼，就是寻个放松、快活。”

邹满金捏了捏小娟子的脸蛋：“怎么着，心肝宝贝，等不及了吗？”说着，他起身对赵主任说道：“赵兄，我看这酒也喝得差不多了，天也不早了。怎么样，散了吧？”

说完，他端起酒杯：“来，来，来，咱来个大团圆，喝干杯中酒！”

赵主任接过他的话：“那咱们就改日再聚。”

其他人也都起身，打着哈哈，拱着双手：“再聚，再聚。”

邹满金走到门口，又回过头来对颜志远说道：“颜主编，有事你跟我说就是，有空来肖家湾警察所喝茶。”而后便搂着小娟子的腰，醉醺醺地上楼去了。

走出玖高楼，此时本应是陶塘街上最热闹的时刻，颜志远却发现街上并没有许多人气，商铺门前出入的人寥寥无几。看到这景象，他问身边的赵主任：“我没来之前就听说，这大矿山上有个陶塘街，这里的夜生活可跟大上海的外滩一比，是个不夜城。你瞧，这街上也没几个人呀!”

“这个不奇怪，我这样告诉你吧。大矿山是整个国内政治、经济的晴雨表，从我们锑价的潮起潮落，你就能感受到世界各地市场经济的气息。这陶塘街的繁荣与萧条，同样也是大矿山矿工收入、人民生活水平的晴雨表。近几个月来，这矿山上物价飞涨，各种谣言四处传播，说什么解放军来了，要没收一切资本家及从业者的资产。当下，各个矿洞、炼厂的大小老板们都忙着转移资产外逃，矿工收入明显下降，谁还有钱到这里花天酒地呀？生活在社会底层的一部分人都是过着做一天事拿一天钱、挣一升米呷一餐饭的日子。眼下时局动荡，不稳定因素倍增，这大矿山上各种黑帮势力层出不穷，十三太保的人昼伏夜出，打家劫舍，谁还敢出来看夜景呀?”

两个人聊着，突然听到一个女人声嘶力竭的喊声：“抓强盗哦！抓强盗哦!”

颜志远听到喊声，飞快地往前跑了几步。一个女人倒在“大群馆”门前的石板路上，额头上鲜血直流。颜志远一见，把她扶了起来，掏出手绢捂在她额头上，问道：“怎么啦?”

“我也不知道怎么了，我正在往前走，后面冲上几个人来。他们一掌把我打到地上，抢了我的布包，就不见人影了。”

小张赶过来问道：“你家住哪里?”

她顺手指了指：“就在利正斋后面，没几步路。”

“那我们顺路把你送回去吧。”

女人颤抖着双腿，走在三人中间，一步三回头，到了家门口，才颤颤巍巍地说了声谢谢，便失魂落魄地跑了进去。

三个人站在那里，直到传来几声“吱吱”的门枢声，和着一声关门的声响，才往前走。

五十

一夜间，大矿山上漫山开满了杜鹃。岳高岭下，田再湾里不时地传来一阵阵歌声，《团结就是力量》《山那边有好地方》响彻整个大矿山，歌声回荡在山谷。随着解放大军渡江南下的消息传来，大矿山上各种反动势力惊恐万状。

源和炼厂会议室里，正在开着董事会，围绕着“停工、停产”做着最后的抉择。

源和炼厂正在开会准备停工、停产的消息一下子就由源和炼厂党小组报到了颜志远这里。他立马召集几个党支委，开了一个短暂的碰头会。大家一致认为必须马上派人赶往会场，以公开身份宣传我们党的方针政策。

会议决定，由源和炼厂党小组组长完成这一艰巨的任务。为确保万无一失，还要联合附近杉山里机电厂、南炼厂两个党小组，组织工人赶往源和炼厂助阵，以防止源和炼厂矿警队武装弹压。

银菩萨摆出一副无可奈何的样子：“各位董事，现在锑在国际市场的价格大家都清楚，是每况愈下。我们炼一吨锑出来，不但不挣钱，反而要倒贴本钱。又加上泰元、阜成、源远等几个矿洞逼着要我们清算货款，这炼厂我是实在支撑不下去了。我准备炼完手头的几十吨矿砂，就遣散工人，歇业。”

会议室里一下子炸开了锅。有的董事据理力争：“我说总经理，这样做恐怕不妥。就眼下的时局来看，如果真的把炼厂关了，会引起矿工大面积失业，流落街头，乃至整个大矿山动荡不安。不仅仅是我们一个炼厂，为我们提供矿砂的几家矿洞也会产生连锁反应，失业的矿工将成倍增加。你看是不是从长计议，可以采取在保留工人基本生活费的前提下，放假待业。”

“你这不是站着说话不腰痛吗!”长期潜伏在源和炼厂的国民党特务拍案而起，“段大老爷的考虑我看是周全的。我跟杨润平商量过，我们的失业工人可以到他那里去参加护工队，大家有饭同呷，有福同享。这不是两全其美的事情吗?”说完，他便对着众董事双手一摊：“你看，我这个主意不错吧?”

说完这番话，他暗自得意，心想有了这帮失业工人参加护工队，也就有了人手，再加上沙鳖的残部和“圈子”的力量，把南区、北区所有的小矿洗劫一空就指日可待了。趁着这节骨眼上，大部分工人家里都揭不开锅，随便发几个小钱让他们拿回去买米、养家糊口，还愁这帮失业工人不跟自己干吗?

他正在忘形之时，一个洪亮的声音打碎了他的美梦。

“各位董事，我建议大家不能停工停产，应该保护好源和炼厂，防止别有用心的人破坏我们的生产。当务之急，应该尽快成立护厂纠察队，迎接矿山的解放。”

听这人说完，特务狂吼道：“你是共产党？”

“对，我就是共产党！我就明说了，停炉停产并不是因为炼厂资金周转困难，而是段大老爷听信谣传，说解放军来了会共产共妻。这些都是反动派破坏矿山、扰乱矿山秩序的阴谋。”说着，他从公文包里掏出一大把文件，发给每一个与会的董事，“你们看，这里有共产党人民解放军的《三大纪律八大事项》，有《土地法大纲》。大家都可以认真地看一看，不难发现，中国共产党人不是土匪，更不像街面上四处谣传的那样。”说着，他又拿出一份在解放区已经实行的党的民族工商业政策，以及接受工矿企业的三大原则，解释道：“大矿山一旦解放，接收我们源和炼厂，中国共产党也会本着‘三原’的规定，保持正常的开工生产。我们原来干什么的，接收以后，共产党也会安排你干什么，保持原职、原薪；炼厂也会保持原来的管理制度。我们共产党人也会努力化解管理人员与工人之间的矛盾。在座的各位尽管放心，我今天公开身份，在这个会上和你们说了这么多共产党的方针政策，如果谁还一意孤行地跟广大工人群众作对，必将自食其果！”

会议室外，聚满了源和炼厂的矿工。“护厂保家”的口号声震得会议室的玻璃哗哗作响。

参会的董事听到这喊声，在窗口看到黑压压的人群，都吓得面如土色。

党小组组长李振章笑着安慰道：“各位董事不用怕，这些工人师傅是由三家联合组建的南区护厂纠察队。”

这场蓄谋已久的破坏“迎解”、制造矿山混乱的阴谋，就这样在党组织的领导下，被广大进步矿工扼杀在摇篮里。

颜志远突然想到，今天三个党小组发动工人群众去组织抗议示威时，都是手无寸铁，空手而至。如果银菩萨恼羞成怒，派出他的矿警队，实施武装弹压，后果将不堪设想。想到此，他不觉地冒出一身冷汗。

他立马安排人去三角坪铁匠铺，让袁老六连夜赶制梭镖、长矛，并派去了几个有一定锻造技术的矿工师傅去帮忙。第二天下午，两百多条梭镖、几十杆鸟铳，便武装起了两百多人的护厂纠察队。他们在党小组的统一领导下，站岗、放哨、巡逻，监视着羊牯岭碉楼矿警队的动向。

共产党矿山总支委起草了《致银菩萨的一封信》，并派人亲自给他送过去。信上阐明了当前的国内国际形势，深刻揭发了他企图以停业停产为幌子，转移资产、制造假象的阴谋，企图破坏大矿山迎接解放的大好局势。同时也给“圈子”首领杨润平发出了警告信，劝他认清形势，不要与共产党和广大人民群众为敌，如果执迷不悟，必将遭到广大人民群众的清算。

这次共产党与大矿主针锋相对的交锋极大地鼓舞了广大矿工及矿区人民群众“保矿迎解”的士气，大家革命热情高涨，各种学习组织遍布了整个矿区。

田再湾成了大矿山上各种外来信息的发源地。矿与矿之间、炼厂与炼厂之间展开的歌咏比赛、读书竞赛、大规模的群众聚会，从坝塘山开到了谭家冲。在党组织的领导下，宣传保矿护矿、迎接解放的重要意义。

宣传的标语贴满了大街小巷。在工人中，各类传单、解放区的报纸纷纷被秘密传阅。

颜志远游走于新化县城、邵阳、蓝田等地，与各地党组织取得了广泛的联系。一时间，大矿山上革命之火已成燎原之势。

小张来到编辑部，敲了下主编的门。见没人应，又敲了几下。隔壁房间里的贺静走出来，见是秘书小张，便赔着笑脸地告诉他："主编不在家，去新化还没回来呐。到这边来坐会儿吧。"

"不了，我那边还忙着呢。如果他回来了，请你帮忙捎个话。告诉他，赵主任急着找他。"

"哦？赵主任回来了？"

"是的。"

"好的，我一定转告给主编。"

一个下午，贺静像失了魂似的，把门打开，一听到脚步声就跑出来看，但每次都令她失望而返。到晚上八点多，她才听到一串熟悉的脚步声咚咚咚上楼来了。

一见颜志远，她便说："哎呀，可把你等回来了！害得我连晚饭都没去呷。"

这话让颜志远丈二和尚摸不着头脑："你等我干什么？有事吗？报纸上的稿子我都看过了，你们放到印刷厂去印就是。"

"不是啦。刚呷过中饭，主任秘书小张就来找你了，让我一定捎话给你，让你回来后到主任办公室去。这不，我就一直开着办公室的门，等着你到现在，晚饭都没去呷。"

"赵主任回来了？什么时候到的？筹到钱了吗？"

"这个我怎么知道，我还想等你回来，到赵主任办公室去了，再问你呢。"

一番话，说得颜志远忍不住地笑了："你咋那么死心眼呀？我要是今天晚上一夜不回来，你还要在这里守一夜不成？"

"不知道，也许会。我是这么想的，在这'护矿迎解'的特殊时期，主任找你一定是有重要的事情。"

颜志远屋都没有进，转身说了句："那我去他的办公室，看他还在不在。"

他刚走到主任办公室楼下，剧烈的争吵声就传了出来。工程管理处的主要科长都站在各自部门的利益上，讲着条件，要多分些钱。还有人恐吓赵主任："要么发钱给我们，要么分锑给我们，要不然别怪我们在这矿山工程管理处卖苦力多年的人动粗撒泼。"

正在这时，颜志远走了进来。一见刚刚讲话的人，正是一个在工程管理处潜伏已久的特务，借此机会发难。

他不动声色地走到赵主任跟前，飞快地掏出本子，写了一行字递给他：我去安排护矿纠察队带几十人过来把守金库，安排好了就过来向你报告。

赵主任在纸条上用手指画了一个钩，推了回来。然后端起水杯，喝了两口茶。任他们如何争吵逼宫，始终一言不发。

当颜志远的身影再一次出现在门口时，他便大声地问道：“你们说够了没有？还有谁要说点什么吗？如果没有，就安安静静地听我说两句。这笔钱，不单单是我们矿山工程管理处一家的。说不定到明天早上你们就会知道，如果我们自己先动了这笔钱，可能大部分人都会有命领、没命花。我劝大家今天晚上都先回去，我们商量好对策后，一定会给大家一个说法。”

“你今天晚上不给，我们就抢！”

赵主任这时候胸有成竹地大手一挥：“不怕死，你们就去抢吧！恐怕，要让你家里人先借钱买副棺材来。”说完这番话，他气愤地挥了挥手：“请你们都出去。工程管理处总工程师以上干部留下。”他扭头问了一句颜志远，“你都安排好了吗？”

颜志远点了点头：“继续开会。”

“我预料明天一大早，这大矿山上各路诸侯都会蜂拥而至，来瓜分今天我们运回来的这五万大洋。为了应付这个场面，想请大家出出主意，如何守住这五万大洋，给我们工程管理处上下三千多人留碗饭呷。是我们主动召集他们来开会商议，还是等他们来抢？刚才你们都听到了，我们工程管理处隐藏的内鬼已经向我们发难了。我们院子里存有五万大洋的消息，说不定一会儿就会传遍整个大矿山，炸起惊雷。”

场上，没有一个敢作声的。颜志远揣摩着每一个人的心理：有人想要钱，又不愿意冒险出主意；有人事不关己，别人发了，也少不得我的，得过且过；有人胆小怕事，因为自己出的主意，得罪了哪一方，自己都担待不起，于是坐山观虎斗。

赵主任等了很久，见没有人发言，说了句："我赶了几天的路，身体实在累了，散会吧……"

乌云笼罩在岳高岭上，炼厂的黑烟带着刺鼻的气息，压在田再湾上空。

矿业警察所里一百多名矿业警察倾巢而出，两挺机枪开道。这阵仗前所未有，所经之处，人们唯恐躲闪不及。在所长邹满金的亲自带领下，他们气势汹汹地直冲矿山工程管理处，一下子就占领了田再湾左边的制高点，对准办公楼的院落架好机枪，枪口直指二楼的会议室。

国民党区党部书记杨始仁、"圈子"大首领杨润平也紧跟着带领一大帮人冲进了会议室。没等主持人开口，便喧宾夺主。

杨始仁首先开炮发难，桌子一拍，指着赵主任先声夺人地吼道："你们工程管理处欠我锑钱，这会儿有钱了也该还给我们了。从前我们没来收货款，是因为我们都念交情，没上门来讨债。而今你们一笔就收回来五万光洋，也该把我们的债结清了吧。常言道，'有饭大家一起呷，有酒大家一起喝'。这才叫有交情。"

他这一番话激怒了在门口守着、走廊上听着的矿工们，他们隔了门在外面高喊："不能还，这是我们的保命钱！"

这喊声召来了院子里大批矿工们的呼应。一时间，"不能还，这是我们的保命钱"的呼喊声震得会议室的玻璃哗哗作响。会议室的门被愤怒的矿工挤开了，几只土钵子径直朝杨始仁飞来。

会场陷入一片混乱。邹满金拔出手枪，对着门外拥挤的人群挥舞着，大骂道："谁甩钵子？有种你站出来。"

田再湾山上的机枪手听到邹满金的叫骂声，以为是要开打了，稀里哗啦地推弹上膛。一时间，矿工与矿业警察队之间剑拔弩张，一场流血冲突，似一把干柴，一点就着。

正在这时，四面八方的矿工向矿山工程管理处汇集。人越来越多，一大批左手臂戴着红袖章，手持铁棍、标枪、梭镖、长枪、鸟铳的护矿纠察队队员赶来了。

这群人一进院子，首先安抚群众。有人爬上楼梯，大喊道："兄弟们，大家都不要乱，听我们的统一指挥。有我们在，谁都别想把钱抢走。"

会议室里，赵主任把邹满金举枪的手按下去，把他拉到桌前坐下，把一杯茶往他身前推了推，道："喝茶，少安毋躁，少安毋躁。"又走到坐在边上的颜志远跟前，拍了拍他的肩膀，把他拉到耳房里，问道："你看，今天这会还有必要再开吗？"

颜志远想都没想，脱口而出："开呀！这笔钱今天非得拿出个分配方案才行！否则，夜长梦多，会更棘手。我建议，主任采取分散处置的方法比较好。先让工程管理处参加会议的各科室负责人撤出会场，免得人多口杂，是非多。这样，也能顺理成章地把昨天晚上那个人赶出去，免得他推波助澜、搬弄是非。只留下区党部、警察所那几个大老爷，聚在一起，商量怎么给就行。在他们提出来的还款数额上，与他们讨价还价。先满足警察所邹满金的要求，只要他带人一走，剩下的那几个人就没有底气跟你漫天要价了。不用怕，他警察所不过也就是百八十条枪。”他对着窗外一指，“你看，咱们团结起来的矿工有多少人在这守着？量他邹满金没胆量开枪。实际上，他比谁都明白，我们人民解放大军已经渡江南下，南京都已解放了，他还敢与我们大矿山广大矿工为敌吗？解放军来了，他还能活得了吗？只要我们满足一点儿他提出来的要求，我想，他一定会给自己留条后路，以便将来能活命。党部那几个市井小人，只要邹满金一撤，就会立马滚蛋。”

颜志远与赵主任商量完对策之后，说了句：“一会儿，我跟其他人一起撤出去，去检查一下金库守卫的情况，防止有人趁火打劫，节外生枝。再从机电厂、源和炼厂调一批护矿纠察队队员，把山上的警察，还有这个院子包围起来，给那帮人施压，也保护你，以防不测。”

说来也巧，小会刚一开始，一大早就挂在岳高岭上的那片乌云就稀稀落落地飘起雨来，雨点一会儿大，一会儿小。田再湾山坡上的警察谁都没有带雨衣。一会儿工夫，雨就从大檐帽上流进脖子里，湿了背心。院子里的矿工们就不同了，大家都躲在屋檐下，或躲进走廊里。守仓库的管理员还打开了几间空库房，矿工们都挤进去躲雨。

一道闪电，跟着一声声惊雷，震得会议桌上的茶杯直颤。邹满金听着窗外那淅沥沥的雨声，心急如焚：我那帮兄弟，一准儿都被雨淋跑了。要真的撇下老子走人了，一旦惹怒了外边那帮红了眼的矿工，呷了我的肉还不算，怕连骨头都会被嚼碎了。今天，只要工程管理处答应，给我矿业警察所提出的维持费——两万大洋的一半，我就心满意足地带队走人。如果自己不知足，再耗下去，真把这帮矿工弄急了眼，打起来必定是两败俱伤。

想到这儿，他起身，对着赵主任一抱拳，接着说道："我提出的要求并不高。先前说过的，我矿业警察所两百多号人，维持着这大矿山的治安、秩序，可以不夸张地说，这大矿山的平安，没有我们保驾，你这矿山工程管理处的生产怕也得不到保障吧。"

赵主任不卑不亢地应道："邹兄说得不无道理，但是这区区五万大洋，对当下的矿山工程管理处来说，也只是杯水车薪。我工程管理处的矿工、职员们早已数月未发薪水，还拖欠各个矿场收砂的货款不计其数。你们也看到了，自打昨天这笔款项一到，矿工们已经在这里围了一夜了。如果真把这笔钱都还了旧账，我怕我们这帮人谁都走不出去了。就是邹兄带来的那几条枪护着，怕也难全身而退。倒不如这样，我这里拨五千大洋，给矿业警察所做维持秩序的经费，矿工们可能会答应让你们带上钱，安全撤出。至于以前的旧账，这次就不还了，咱们再从长计议。不知邹兄意下如何？可否同意我的办法？"

这会儿邹满金倒也开明，但是为了自己那点面子，装腔作势一番："我们矿业警察所是最体谅各位的难处的。如果不是兄弟们跟你们一样数月都没有发饷了，绝不会来这里跟矿工兄弟们争这口饭呷。再说了，凭你我的交情，我也不会在这里为难你不是？”说着，他便起身，对着众人打了打拱手：“好啦，我先走一步。外边的人都等着我，把衣服都淋湿了。”

一直站在门外的颜志远听到他要走，让护矿纠察队分开人群，让出一条路来。邹满金从人群中走过时，人们发现，他的腿还有几分打抖，脸上的肌肉抽搐着。

杨始仁见邹满金走了，也坐不住了，跟杨润平耳语了几句：“既然是这样，你也要请求赵主任和在座的各位考虑考虑我们的账，多少也还一些给我们。”

有人立马接话说：“刚才大家伙是一块儿过来的，还了旧账，工人们一定会造反的。眼下，饿红了眼的人，什么都敢呷。”

还有人打趣道：“早些年，鹰嘴岩上不是还有卖人肉包子吗？”

杨润平明知道这话是说给自己听，威胁自己的，也只好赔着笑脸，招呼杨始仁：“那咱们也走吧。”

赵主任也给了他一个台阶：“等将来生意好做了，旧账一定会还的。”

在雨中围了一天的矿工们，见这一帮人都被赶走了，笑着打着“哦豁”，把雨都喊停了。

五十一

岳高岭经过一夜暴风骤雨的洗礼，远远地望去，山野显得更加郁郁葱葱，苍松翠柏显得更加挺拔。小溪在山间流淌，苍鹰在山间翱翔。

赵主任站在窗前，远望着这一幅大自然赐予的画卷，脑海中不断回想着昨天，为保全那五万光洋，保全三千矿工、职员的保命钱，自己与众官僚展开的那一场唇枪舌剑的场景，有几分感慨的同时，又有几分后怕。

他反复设想着，如果山坡上的那两挺机枪真的对着矿工们打响了，造成流血事件，会是怎样一种惨状。那几只土钵子飞进会场后，邹满金挥舞着枪对着矿工，那枪要是打响了，后果不堪设想。那天晚上，如果颜志远调来的大批护矿纠察队没有及时赶到，严守金库，工程管理处的那伙人如果真的去抢劫金库，又会是一场怎样的混乱局面。

梳理近几天发生在自己身边的这些事情，他充分意识到，工程管理处当下必须立刻成立护矿委员会。昨天的事实足以证明，只有牢牢地依靠广大矿工，才能保证工程管理处正常的生产经营，才能保证工程管理处所属企业、炼厂、矿洞不遭到别有用心的人的干扰破坏；也只有团结广大矿工、机关职员，增强凝聚力，牢牢地拧成一股绳，方可遇难成祥。

昨天，要不是颜志远他们组织了一帮矿工，团结一心，一致对外，恐怕自己就是有天大的本事，面对强权，也无力回天。想到这里，他便冲门外喊道："小张，你去编辑部把颜主编请来。"

贺静等一干人坐在颜主编的办公室里，绘声绘色地描述着昨天发生的事情。贺静表功般地说道："前天要不是我在这里死磕着等主编回来，赶过去调来了护矿纠察队，把工程管理处那帮锅里争肉闹事的给镇住了，守住金库，保住大洋，今天我们哪有工钱发呀？你们谁没呷的，还有力气在这儿干活吗？"

邹杨在一边取乐道："哎呀，你在这里等主编，怕还有别的想法吧。"

"别胡说，我能有什么想法？当时我只是预感到，主编当天一定会回来。赵主任一回来，工程管理处就找他，一定有大事。所以我就开着门等。你们还别说，我听到主编的脚步声时，心里边那个兴奋呐，别提有多高兴了！"

颜志远笑着喊道："打住！让我猜猜贺静当时心里的想法，一定在心里狠狠地骂道：你这该死的，走路像蜗牛爬，路上的蚂蚁怕都让你踩完了。从新化县城走回这大矿山，就那么几十里路，我一定会清早往回赶的。这是你的第一种想法，然后你等到天黑，还不见我的人影。大概到八点多钟，你就会在心里默默地骂我，猜我一定不会回来了，因为山路不好走。即便是在回来路上，也会在曹家坪或者温塘那边歇伙铺，第二天上午再赶回来。你说我猜得对不对？这是不是你心里的真实想法？"

邹杨拍了拍还在目不转睛地盯着主编说话的贺静，问道：

"主编问你呢，是不是你的真实想法？"

"我在想，他是不是会读心术呀！我当时傻乎乎地开着门，坐在办公室，饭都没呷，就是这么想的。就连蚊子咬我，都不知道打一板。"说着，她把脸凑给颜志远看，"你看，我脸上的这几个包，就是前天晚上给蚊子咬的。就凭这几个蚊子咬的包，主编，你就得赔我。"

颜志远一本正经地看了看她的脸，真的被蚊子咬了几个红点子，惊讶道："唉，可惜了这张开满鲜花的脸呐！可是，你让我怎么赔呢？"

"我来赔！"邹杨说着，往手指上吐了一口唾沫，伸过去，收起笑容，一本正经地说道，"在我们陕西老家，小孩儿被蚊子咬了，或者是膝盖摔破了皮，大人都是给他抹点儿口水就好了。"

贺静立马从凳子上蹿了起来，一脸惊恐地骂道："你傻呀！姑娘的脸能随便让你抹口水吗？"

颜志远等一干人被他们俩逗得哈哈大笑，还拿腔拿调地学着贺静的话："是呀，邹杨，你这毛头小伙子，贺静的脸是随便让你摸的吗？"

贺静又坐回凳子上，一本正经地说："别闹了，咱们还是让主编把昨天赵主任舌战群官僚的场面说来听听，我们好写篇稿子发到咱们《新闻简报》上呀。"

颜志远回道："写这篇稿子，你们要去采访那些护矿纠察队的人，了解他们那天都干了什么，心里都想着什么。他们会比我说的更具体，你们写出来的稿子也会更有可读性，也更具有真实性，更能反映出事情的全貌。”

“咚咚咚”，有人上楼的脚步声，伴着一串清脆的敲门声。邹杨急忙跑过去开门。小张笑呵呵地走了进来：“哟，你们都在呀！怎么这么热闹？我在楼下都听到你们的笑声了。”

贺静心直口快地回道：“今天还不笑呀？今天你在这工程管理处，随便走到哪里，都是笑声。每个人都发了二十块大洋！难不成，你不高兴吗？”

“那自然是高兴的。我也和你们一样，口袋里一贫如洗了。”说着，他有意地拍了拍那并不算鼓的衣袋，里面传出了金属撞击发出的“哗啦哗啦”的声音，引得大家一阵笑。

“颜主编，赵主任要我过来请你。”

“你打个电话过来不就行了吗？还要你张大秘书亲自来喊。”

“这话说得，好像我多么金贵似的。这上传下达，是秘书该做的事。再说了，今天不是和你们一道分享了喜悦嘛。”说完，他又喊了一句：“主编，咱们一块儿走吧。”

一走进赵主任的办公室，赵主任就上前伸出手，与颜志远使劲地握了握：“来，这边坐。昨天的事多亏了你，要不然今天处里面还不知道能不能发出钱来呢！你那个主意呀，出得可真好，考虑得也周全。对那帮人的心理及他们的所思所想分析得很到位，又巧妙地结合了当前社会动荡大局势，真叫一绝呀！”说着，他又抓过颜志远的手，亲切地拍了拍，“特别是你调护矿纠察队来守金库的那一招，连我都没想到会有那么大的震慑作用。你这一举措，使处里面那些吃里扒外、兴风作浪的人在今天晚上的会议上收敛了许多，更为昨天的会议奠定了胜利的基础。了不起，你真了不起！”

“没你说得那么好，我那也是急中生智。最主要的是，只有稳定了广大矿工的人心，才能保住咱们大矿山工程管理处。”

“我今天把你喊上来，就是跟你商量一个我早上才有的想法：我准备在大矿山工程管理处成立护矿委员会。你觉得如何？你觉得由哪一部分人参与更合理？”

颜志远听到这样的话，心里立马一亮，他的想法跟省工委的指示不谋而合。本来，自己正准备跟矿山共产党组织委员会的同志们商量，怎么样跟赵主任接触，做他的工作，成立一个有矿工地下党员参与和协助的、能够引领整个大矿山“保矿迎解”的矿工队伍。听赵主任今天这么一说，不觉地喜出望外，大有“踏破铁鞋无觅处，得来全不费工夫”的感觉。

可他又一想，这可真不是得来全不费工夫。不知这是在多少次矿工弟兄们团结一致、与反动派抗争取得胜利后，他们感受到了矿工这一不可抗拒的工人力量，促使他们产生了依靠广大工人阶级、劳苦大众就能无坚不摧的想法。也正是经过这两次斗争的胜利，推动了要成立护矿委员会的进程。

他没有立即回答赵主任的提问，思索了片刻，才说道：“这是个好主意，也是我们大矿山工程管理处的当务之急。不过，您得容我回去好好地想一想该由哪些人组成。我晚饭之前给您提供一个细致的参考方案，您看如何？”

“那太好了！我刚才还在琢磨，这个方案该由谁做，一直没有敲定一个合适的人选。那你尽快做好，直接报到我手上。”

“好，我这就去考虑。”

从赵主任的办公室走出来，颜志远马不停蹄地直奔三角坪袁老六的铁匠铺。

一进门，他便指示道：“你马上派人通知清缘同志、侯兴宇同志，以及其他几个总支委，到你这里来召开紧急总支委会。”

袁老六急忙问：“发生了什么事情？这么急？”

“大矿山工程管理处准备成立护矿委员会。我们共同开会商量一下，看派哪些同志、以什么方式参加护矿委员会，为解放大矿山做准备。”

“哦，你来得正好，我也有个重要情况向你汇报。刚刚接到新化县党组织的联络员送来的情报，解放军六十九军一四七师已经从辰溪、溆浦一带朝邵阳方向移动，届时要我们地下党组织提前做好随时配合解放军的相关工作。”

“有什么具体要求吗？”

“也说了一些：筹措军鞋，准备粮草，组织欢迎活动。”

“好，那我们过会儿就一起商量商量。”

“郭子，你赶快去童家院把清缘师傅找来。”说着，袁老六又转身进屋，飞快地写了一张小纸条，塞进小竹筒里，交给郭子，“找到清缘师傅后，把这个交给他。”

袁老六的老婆听到喊郭子去找清缘师傅，插话道："还是我去吧。正好他上次落在这儿的那件衣服，我也帮他洗好了，顺便给他带过去。"

袁老六一听，立马笑道："你这不是脱裤子放屁吗？过会儿他要到这里来，一并带回去不就完了？你腿脚慢，还是郭子去快些。他一个汉子，一个女人去找，岂不是引人注意？"

"嗐，瞧我这死脑筋，怎么没想到这一茬呢？"

"对了，"颜志远插话道，"你去坝塘找陶秋嫂嫂好了，她是妇救会的，如果解放大军来了，有很多事情需要她们去做。"

杨润平坐在杨始仁家中的客厅里，品着一壶安化黑茶，一脸不悦地对杨始仁抱怨着："我说杨主席，那天我们两个人也太没面子了，眼看着五万大洋，我们两个谁都没有要回一块来。我圈子里的那帮弟兄都不知道用什么样的眼神在看着我呢！将来，说不上哪一天你有事，我还拉得动人不。以后，你怕只有指望邹满金那两百多条枪与共产党作对了。"

"糊涂！你我都得收敛着点！特别是在护矿纠察队面前，要学着顺从。眼下，这大半个中国都已落到共产党手上。解放军大举南下，解放了南京，直取武汉。据可靠消息，湖南省主席程潜与陈明仁已向全国发出通电，宣布湖南和平解放。"说着，他从桌子里抽出一张电报纸，"你看，这是程潜向全国发出的通电。"

潜等顺从民意，呼吁和平，声嘶力竭……今后当依人民立场，加入中共领导人之人民民主政权，与人民军队为伍，共同为建立新民主主义之中国而奋斗。

杨润平拿在手上看了一会儿："那我们该怎么办？总不能把这大矿山拱手让给共产党吧。"

杨始仁接过那份电文走到桌前，从烟盒里取出一支雪茄，擦燃洋火，把电文点着，就着火光深深地吸了两口雪茄，又从烟盒里取出一支递给杨润平。

"我不喜欢抽这个。"说着，杨润平从自己的口袋里掏出一盒老刀牌烟卷，抽出一支叼在嘴上，狠狠地吸了两口，吐出一串烟圈："看来这大矿山非我们久留之地了。共产党的触角已经伸向了每一个炼厂、矿洞，连陶塘街上的穷孩子都在唱《解放区的天》。党国在这大矿山上早已威风扫地。"

"你也不用那么悲观吧。我已接到了密令，让我组织人马，长期潜伏在大矿山，等待时机。我想过了，在你的'圈子'里边物色人选。"

"你说得轻巧！嘴边上的五万大洋，我们一块都没弄到。把这些人留下来，经费从哪里来？没有钱，谁在大矿山上藏得住？总不能躲在哪个洞子里，长年累月地不出门吧？呷什么？住哪里？怎么联络组织？我看这事，悬！"

"这个你不用担心，电台早就到了新化，经费自然是有的。"

"光凭你这两张嘴皮子，上下一碰，还不是随你怎么说？"

"好啦，咱们两个也别在这里瞎争了，在我接到新的指示后再议。不过，我已经安排人，准备把这大矿山上几家官办的大炼厂，包括源和炼厂，在解放军进山之前全部炸了，让他们上山看到的是遍地尸骸，一片废墟。”

卧室里传来杨始仁姨太太的喊声：“老爷，你们都聊了一上午了，也该歇会儿了吧。”

杨始仁则说：“让你收拾东西，跑出来干什么？妇道人家，就是不懂事！”

杨润平听出了他的话外音，这是要走呀！自己干吗还在傻呵呵地跟他聊那五万大洋的事情？干吗不学着他，赶快回去给自己准备后路去？

他起身对杨始仁抱了抱拳：“天也不早了，你屋里有事，我就不打扰了，告辞。”

郭子飞快地跑到了童家院。趴在窗上的花狸猫一见郭子，便通过窗洞，钻到屋里去了，发出“喵喵”的叫声。

清缘师傅推开门，伸出半个脑袋，见是郭子，便问道：“你师傅找我了，对吧？”

郭子点了点头，从腰间掏出那个小竹筒，递了过去：“这是师傅让我给你的。”

清缘师傅看都没有看，转身回屋，提出一只鸽子笼，把那小竹筒往鸽子腿上一绑，随手向空中一抛。鸽子在屋顶上盘旋了一圈，便消失在天际。

陶秋嫂嫂背着一只竹筐，里面装了满满的一筐辣椒，跟袁老六的老婆有说有笑地走了进来。她把竹筐往墙边一放，笑道：“嫂子，你快去找把剪刀来，我把这辣椒把帮你剪了。明天一定是个大太阳天，你烧锅水，烫一下，好晒白辣椒皮。”

“哎，歇会儿吧，过会儿我自己来弄就是。看你，我说不要，还给我背这么大一筐来。你自己拿去陶塘街卖了，还能换几升米钱。”

“哎，你去拿把剪刀来，我坐在这儿闲着也是闲着。”

袁老六从里屋走了出来，笑道：“不用你剪，白呷你家的辣椒就够不好意思的了。你不但帮我背来了，还要帮我剪辣椒把，岂不是更让我难为情？”说完，对她使了个眼色，冲着屋里偏了偏头。

陶秋嫂嫂会意地打着哈哈道：“你屋里茅厕在哪？背辣椒把尿都背出来了。”

一阵马蹄敲打着石板路的声音从远处传了过来，一转眼，就到了铁匠铺门前。侯兴宇从马上一跃而下，一边往拴马桩上捆着缰绳，一边大喊道：“袁师傅，帮我把这四个马掌换了。”

袁老六出门应着：“好，你里边坐着歇会儿，我这就打两副新掌钉上。”

侯兴宇进了铁匠铺，一猫腰，进了里屋。推开后门，闪进了杂货间。

众人见面，没有一句客套。颜志远把大矿山工程管理处要成立护矿委员会的事通报给众人，让大家马上推荐在工程管理处内部的秘密地下党员，谁来加入护矿委员会，把名单定下来。同时，根据袁老六的报告，要求大家做好迎接解放大军进大矿山的一切准备，保矿护矿，迎接解放。

“陶秋嫂嫂，你们妇救会要提前组织妇女，做军鞋，成立缝补组、救护队。解放军进山后，要组织担架救护队。我们矿山党总支要发动矿山各界进步人士为解放军筹粮筹款，保障后勤供给。这些工作我们现在都必须秘密地展开，正好借大矿山工程管理处组建护矿委员会的东风，动员各大矿组有钱的出钱，有力的出力，同时也要秘密地监视国民党区党部杨始仁的动向。最近，程潜主席、陈明仁将军已通电全国，宣布湖南和平解放。杨始仁肯定早已接到了中统的指令，要防止他狗急跳墙，我想我们地下党组织，要在护矿委员会成立大会上通过赵主任向各个炼厂、矿洞的矿主们讲清楚，要求每一个炼厂、矿洞都要组建各自的护矿纠察队。”

“清缘同志，你对各个炼厂的情况熟悉，你手下兄弟也多，身份特殊，不会引起注意。你缜密地安排一下，监视几个反动头目的工作就由你负责。同时通知各个炼厂、矿洞党小组，留意所在炼厂、矿洞老爷们的动向。”

“侯兴宇同志，你要注意潜入龙虎山的特务们的一举一动。坚决阻止特务利用龙虎山组织炸矿搞破坏、制造事端，运用你大管家的身份控制局面。”

“袁老六同志，你要尽快与九哥取得联系，安排他多到屯军山国民党军驻地转转，监视许公晨的动向。这会儿他们也该成了散兵游勇。一有情况迅速报告。”

颜志远有条不紊地给大家理顺了地下党当下要干的工作，接着话锋一转，提议道：“一路上，我把机电厂党小组的几位同志都过了过筛子，我认为刘继承同志，还有源和炼厂的许征同志，比较适合加入大矿山工程管理处护矿委员会，你们也安排人继续对这两个人摸摸底。”

清缘师傅即刻打断了他的话：“我看这两个同志靠得住。别的不敢打包票，就这几天，处置五万大洋的斗争过程中，刘继承和许征的表现，以及他们的组织协调能力和号召力，我认为定他们两个人没错。那天晚上你调机电厂护矿纠察队去守大洋，第一个冲上去的就是刘继承。这个人早就加入了我们地下组织，是早先怀玉同志安排在机电厂潜伏的老地下党员了。你们应该都知道，在机电厂传阅的《新观察》和《世界知识》的组织者就是刘继承。他有知识，懂技术，遇事头脑清醒，又是机电厂为数不多的几个技术工程师之一，平日里人缘好，体恤工人疾苦，深受工人的信任。”

没等他说完，侯兴宇就打断了他的话问道：“清缘同志，你又没在机电厂做工，对刘继承的了解咋那么细呀？要安插我们的同志打入工程管理处护矿委员会可是件大事，马虎不得嘞！”

“这个人，你就把心放肚子里吧！有些话我不便多说，因为我要对我的上级负责。对这位同志，我建议按照党的组织原则，以举手表决的方式来决定。”

袁老六望了一眼颜志远，又望了望陶秋嫂嫂。颜志远开口道：“袁老六同志，有话就说。”

“哦，没什么，我支持清缘同志的意见。”

“那其他同志呢，有没有不同意见?”颜志远停了片刻，“那咱们就按清缘同志的提议，举手表决。”

说着，颜志远率先举起了右手。他扫了一眼，笑道：“同志们都同意，那就推荐刘继承、许征。还有什么问题要商量吗？如果没有，就到这儿了。我还得赶紧回去帮赵主任做大矿山工程管理处成立护矿委员会的方案，约好了晚饭前要带着方案去汇报嘞!”

走在街上，许多人都往工程管理处的方向跑。颜志远感到，可能发生了什么事情。他拉过一个扛着扁担的汉子问：“你去干什么?”

汉子说：“看热闹去呀!”

他又问：“看什么热闹呀?”

汉子说他也不知道，只是跟着人群跑过来。他在坝塘那儿就听人说：田再湾里打死人了。

“打死了什么人？什么人打死的?”

“那就不晓得了，等跑去看了才会知道!”

听完汉子的话，他加快了脚步。通往工程管理处的石板路上挤满了人，几十个荷枪实弹、身穿蓝色制服的人守在大门口，阻止人们进院子。

颜志远仔细地看了一会儿，从装束上看，这帮人不是矿业警察所的人，也不是国民党军，更不像国民党特务队。他知道，中统特务不会公开做这样的事情，他们更不会背着“汉阳造”，他们的武器装备要精良得多。

恰在此时，许征的身影进入了他的视线。他正领着几个右手臂上戴着红袖章的护矿纠察队队员，和把守的人说着什么。

颜志远急忙拨开人群，挤到了大门口，径直往里面走，结果立马被两支长枪拦住了，守卫呵斥道："你别过来，这里不准进，戒严了！"

他听出来了，守卫的口音是长沙腔，便也用同样的腔调问道："为什么戒严？你们是哪个部门的？"

"问那么多干什么？别往前走！别在这儿站着，快离开！"

颜志远摸出了自己的通行证，对那人亮了亮，道："我是《新闻简报》的记者。"

守卫一听《新闻简报》，也不知道是什么东西，便收了枪，放他过了卡。

许征这时也看到了颜志远。只见他左手握着拳头，向右手臂拍了拍后，脚步稍做停顿，又加快了脚步。

许征会意地对身边的几个护矿纠察队队员耳语了几句，便转身消失在人群中。

进了院子，颜志远直奔赵主任办公室。走廊上，三人一伙、五人一堆的各科室职员们都在那儿交头接耳。赵主任办公室门前也站着荷枪实弹的人把守着，里面传出一个男人很强硬、近乎喊叫的声音，掺杂着拍打桌子的"咚咚"声："你必须马上组织人马，由我们押运这批精锑去长沙！这是湖南省建设厅的指令，你必须立即执行，否则，不用我说，后果你也能够想得到。"

颜志远听到这话，闪进了另外一间办公室。他心里明白，这一定是大矿山国民党潜伏的特务的阴谋，企图抢夺大矿山工程管理处积存的那一千多吨精锑，以此制造事端，造成困扰。

他静静地思考了片刻，拿起桌上的电话，使劲地摇了摇。电话里立刻传来女接线员温润的声音："喂，要哪里?"

"请帮我接一下大矿山工程管理处赵主任的办公室。"

他在这边的办公室都听得见那边的电话铃声。过了很长一段时间，电话里才传来赵主任的声音："喂，你好，我这里正忙着，有什么事以后再说。"

颜志远急忙说道："是我。我已经到了你办公室外面，他们不让我进去。"

听到是颜志远的声音，赵主任说道："你过来吧。"

电话挂断了。颜志远又按了几下电话键，摇了几下电话机："喂，请帮我接一下杉山里机电厂。"

"好嘞。"

一阵等待的声音后，电话那头传来一个声音："喂，你找谁?"

"请帮我找一下刘继承工程师接个电话，谢谢。"

"喂，我是刘继承。"

"哦，继承兄，你马上组织护矿纠察队，火速赶往大矿山工程管理处。多带一些人，带好家伙。赶到后，到那里找许征，你们共同商量着办事，目的只有一个：一定要阻止外面的人来运锑。"

他急匆匆地把电话挂了，稳定了下情绪，推门走向赵主任的办公室。守在门口的人不准他进去，颜志远提高音量："我找赵主任，有重要的事情要当面汇报。"

"我们余特派员正在和他谈重要的事情，你不能进去。"

颜志远急中生智，对着里面大喊道："赵主任，我来了！"

听到颜志远门外的喊声，赵主任对着余特派员说了句："让你的人放他进来。"说着，自己走到门口，拉开了门。

赵主任给颜志远介绍道："这是湖南省建设厅派来的余特派员。"又拿着桌上的一份公函给颜志远看了看。

余特派员急忙走过来，一把抢过颜志远手上的公函，问赵主任道："他是什么人？有资格看这份重要的公函吗？"

颜志远见他如此粗鲁，斩钉截铁地回道："我是谁不重要，但我一定有资格看你这份公函，因为我是这大矿山工程管理处三千多职工的一分子。余特派员单凭一纸公函，就要提走千吨精锑——这，不是赵主任同不同意，而是要问我们大矿山工程管理处的全体职工答不答应。因为，我们已经有几个月没发饷了，大家都指望大矿山工程管理处卖了这批精锑糊口！即便是赵主任同意了，工人们拿不到一分钱，你们也休想运走一两精锑，走出这大矿山！我可以明确地告诉你，余特派员，就凭你带来的那几个人、几十条枪，想在这大矿山耍威风，怕是行不通的！"说着，他对着窗外一指："不信，你到下面去问一问。这些矿工有谁愿意为你做脚力？不解决矿工的实际困难，矿工们绝对不会让你抢走库存的一块锑！"

余特派员被颜志远这番掷地有声的话激怒了，他对着门外大喊：“卫兵，把机枪给我架到窗口上，我看谁敢阻止我们提锑！”

赵主任听了这话，义愤填膺地指出：“余特派员，你竟敢把枪口指向手无寸铁的矿工。如果造成流血事件，后果都由你自己担着！”说完，一甩手，气愤地喊了颜志远，两人头也不回地走了。

五十二

走出办公室，颜志远劝道：“赵主任，用不着跟他怄气，他们带来那几条枪，翻不了天。”

赵主任则说：“我担心工人们的安危，一定要阻止流血事件。你先回去，我跟工程管理处的其他领导开个会，商量一下对策。”

颜志远刚刚走进办公室，贺静就闪了进来，手里拿着一张纸，递到他手上。他一看，是湖南省工委发来的急电。只有几个字：反对破坏，反对迁移。

他问贺静：“这电文怎么会到你手上？”

贺静拉着他的手，走进油印间，指着一台收音机，说道：“它传过来的。”

颜志远走过去，在收音机的背板上摸了摸，还有几许温度，便明白了一切，笑着问道：“你刚接收的？”

“是的，我们大矿山发生的一切，也都是通过它报告给省工委的。”

两个人紧紧地握了一下手后，相互对视着，会意地笑了。

贺静问：“赵主任呢？”

“哦，他组织工程管理处的其他人商量对策去了。”

“根据省委的指示，你打算怎么办？”

“我觉得，我应该去找赵主任，以工人要求补发欠薪作为阻止他们把锑运下山的理由，选派一些工人代表直接与余特派员接触，要赵主任回避，给工人代表留出足够的谈判时间。同时，组织各护矿纠察队把守仓库，发动大矿山工程管理处所有工人围住办公楼，集体请愿。”

很快，请愿的队伍高举着白布横幅，高喊着“补发欠薪，保障生存，维护工人利益，我们要活命！不达到要求，坚决不准运锑”的口号，举行大规模的请愿游行，沿途张贴标语。人越聚越多，队伍不断壮大，如潮水般涌向大矿山工程管理处。

余特派员听到这震耳欲聋的口号声，独自一个人在空荡的办公室里来回踱步，对手下的人气急败坏地吼道：“这一定是共产党在背后唆使的。这锑，我非运走不可！你马上去找赵主任来见我。”

他抓起电话，使劲地摇着，电话里却没有一点儿声音。去找赵主任的人回来报，说赵主任不在，找不到人。

这时，守门的士兵急急忙忙地跑来向他报告说，有几个工人代表要进来与特派员谈判，问他见不见。

他走到窗前，望着窗外那黑压压的满怀愤怒的人群，说道："你们做好开火的准备，一旦事态有变，听我的命令。把门给我守严实了，让工人谈判代表进来，看他们有什么花花肠子。"

他在窗前忐忑地看着，见走进大门的只有五个人，才长长地舒了口气。

一进门，工人代表便说道："余特派员，我们代表工人，把我们现在的生存环境给您汇报一下。当下，大矿山工程管理处三千多工人兄弟已经几个月没有发一分钱了，大家都在艰难度日，靠典当家产，甚至把冬天御寒的棉衣都拿来换米呷了。你看看外面这些请愿的人们，有多少人都是光着膀子、饿着肚皮来的。我们都指望着工程管理处卖了这些锑，发工资，养家糊口呀。如果你这会儿能拿出钱来，把我们的欠薪补了，工人们一定会答应让你们把锑运走，还会帮助你们把锑运出山，大家还可以在你们这里挣到一份脚力钱嘞，何乐而不为？如果你满足不了工人提出的最低要求，想把锑运走，我在这儿说一句不好听的话，那就别怪工人兄弟们不讲道理了！"

听完工人代表的这样一段话，余特派员倒也觉得有一番道理。自己除了带了这五十几条枪和一纸公函来外，上峰没有给他一分钱银票。如果自己死拼着要把锑运走，恐怕小命都难以保全。

窗外的呼喊声打断了他的思绪，几个工人代表欲起身，他急忙放缓了口气，挽留道："几位兄弟，你们提出来的问题不无道理。眼下，时局每况愈下，赤匪猖獗，工人们生活潦倒也是实情。容我禀报上峰湖南省建设厅再做定夺。你们先回去，安抚工友，等待消息。补薪运锑的要求，我一定如实上报。"

望着工人们离去的背影，余特派员心急如焚，他喊进来几个自己的手下，吩咐道："你们赶快去寻找赵主任，让他一定来见我，或者我去见他。"他心想：我要尽快离开这个是非之地！

太阳落山时，守在门口的士兵还在那里打着哈欠，可是第二天早晨却都不见了踪影。谁都不知道他们是什么时候走的，是上半夜，还是下半夜？是鸡叫头遍，还是黎明时分？

颜志远拿着起草好的矿山工程管理处护矿委员会的名单来到了赵主任的办公室，一进门就问："咦，特派员呢？"

赵主任打着哈哈笑道："你问我，我问谁去呀？早被工人们赶跑了。我还告诉你，这个余特派员一定是很狼狈地被你们吓跑了，连跟我打招呼告辞的胆量都没有。我今天早晨还特意到他的住处喊他一起呷早饭，可是我一推门，已是人去楼空！我还去门房那儿问了一下，门房说他也不知道人是什么时候走的。你看，是不是已经被我们大矿山的矿工吓得慌不择路了？"

两个人开怀地笑着。颜志远拿出了方案，两个人讨论了一会儿。

“我看，你这个方案做得很细致，要保证大矿山工程管理处正常生产，眼下必须依靠广大工人。这段时间的实践证明，依靠工人，团结一致，才是我们大矿山工程管理处发展的保障。我看，下个月就挂牌成立大矿山护矿委员会。”

“好！”

一队队肩扛梭镖、左臂上戴着护矿纠察红袖章的队伍从四面八方汇集到田再湾。主席台的上方高高地悬挂着长长的红底黑字镶嵌的会标——大矿山护矿委员会成立大会。台下一左一右矗立着四名手持长枪的护矿纠察队队员，给这庄严的主席台平添了几分威严。周围挂满了各色彩旗，墙上贴满了宣传标语。鼓乐班子敲响了欢快的锣鼓点，吸引着左邻右舍、七里八乡的人们纷纷赶来凑热闹。高音大喇叭里放着《刘海砍樵》的花鼓戏。这阵仗，已是这大矿山上少有的景象了。

主持人走到赵主任跟前，附耳低语道：“我看台下人也来得差不多了，时间也到了，您看是不是开始？”

赵主任从上衣口袋里掏出怀表，又望了望天，向台下扫了一眼：“嗯，恰好是九点一十八分。开始吧。”

主持人即刻走到麦克风前拍了几下，大喇叭里传出“咚咚咚”的声音，喊道：“各位矿工兄弟们，大家安静了，大家安静了。”他停顿了片刻，便大声地宣布道，“大矿山工程管理处护矿委员会成立大会现在开始！下面由护矿委员会主任赵主任宣读任命状及机构设置、各组负责人名单，并做重要讲话！”

“各位矿工兄弟们，今天我们在这里集会，成立我们矿工自己的护矿委员会，成立我们自己的护矿队伍，守护我们赖以生存的炼厂、矿井，防止各种势力采取各种方式破坏炼厂、矿井，阻止我们的生产、妨碍我们的生活。这是新形势下保住广大矿工兄弟的饭碗之举。当下，中国共产党领导的人民解放军已攻占了南京，程潜主席、陈明仁将军已通电全国，接受中国共产党的主张，宣告湖南和平解放，军队和平起义。这也标志着，在不远的某一天，解放大军就会挺进我们脚下这座大矿山。在这场变革到来之前，大矿山必然会动荡不安。我们大矿山工程管理处成立护矿委员会，就是要保护这座被世人称为'世界锑都'的大矿山不被破坏，牢牢端稳我们赖以生存的饭钵子。矿工兄弟们，我们要做大矿山的主人，就要团结起来，保矿护矿!"

会场里响起雷鸣般的掌声。刘继承高举拳头，带头高喊："我们要做矿山的主人！团结起来，保矿护矿！团结起来，迎接大矿山的解放!"口号声、呐喊声震耳欲聋，淹没了高音喇叭。赵主任后来在台上说了什么，没有人再听得清了。从这一刻起，"保矿迎解"斗争的熊熊烈火在大矿山点燃，也完全成为公开的革命行动。

坐在台上的邹满金，望着这激情高涨的矿工群众，内心五味杂陈。大矿山护矿委员会白底黑字的大牌子高挂在大矿山工程管理处的大门上，庆祝的鞭炮炸响，他更感到了自己将随蒋家王朝一道，大势已去。

五十三

野菊花如一颗颗小太阳，开满了山坡。旷野湿润的空气中，时而飘来几许桂花的香气。这香味冲淡了残留在大矿山里那股焦炭燃烧的味道，让人们感到清新而愉悦，又把太阳早早地吸引来，发出耀眼的光芒。

九哥担着补鞋的担子，笑呵呵地跟在清缘师傅的后面，不停地问："我说，老叫花子，咱俩这次下山去新化接解放军解放大矿山。胜利后你想做的第一件事是什么？总不会是重操旧业，再去呷百家饭吧？那也太没出息了。"

"我那会儿是革命工作的需要，用它来掩护自己的身份，便于开展工作。这回我要跟组织申请，跟大部队去解放全中国。你呢？"

"我也跟你想的一样！昨天夜里，颜书记让我跟你一道去新化接大部队时，我激动得一夜都没合眼，翻来覆去地睡不着。我想好了，带着修鞋的家伙什跟队伍一道走。估计走到哪儿，只要一休息，我就能帮战友们把磨破的鞋修好，那将是一件多么开心的事呀！"

清缘师傅望着九哥那一脸心花怒放的表情，说着自己的心事："我呀，解放了大矿山，跟上队伍也得回武汉，去看看我的爹娘老子。我潜入大矿山已二十六年了，还从来没有回老家看看。那会儿是白色恐怖，我是被通缉的赤匪。如今全国解放了，我也该回去看看了。"

"嗯，也是该回去看看了。你屋里娶了妻?"

"没有。"他又想了片刻，"不能说没有，小的时候父母曾给我领了个童养媳。"他又捋了一把胡子，"你看，我都这一把年纪了，能没娶亲吗？不过，这会儿也不知道她还在汉正街上等我吗?"

两个人聊着走着，一抹晚霞打在北塔尖上的时候，赶到了设在晏家院一四七师的司令部。

九哥把补鞋的担子放在院子里，扯着清缘师傅的手，走到门岗跟前，自报家门："我们是大矿山党总支派来向解放军汇报情况的，请帮我通报一声。"

警卫把他们领到了屋里，师长正在开着作战会议，部署解放大矿山。听到警卫的报告，师长立刻起身走过来，握着清缘师傅和九哥的手："你们来得正好，我们正在商量明天开进你们大矿山呢！快把你们那里的情况说一说。"他又喊道，"通信员，先给两位同志倒两杯茶，再让炊事班准备呷的。"

九哥便起身："不用客气。"

师长则笑着说道："哎，你们赶了一天的山路，一定是又累又饿了，先喝杯热茶，我安排他们炊事班给你们准备呷的去了。你们先说说你们那里的情况!"

清缘从怀里掏出一张地图递了过去，说道："这是我这么多年在大矿山实地绘制的草图。反动派的兵力主要是在屯军山一带白崇禧手下的治安军，大概有一个营的兵力，他们分散在七里江的胜利山。还有就是新化县警察局长，现在担任大矿山矿业警察所所长的邹满金，他手下有两百多警察。还有就是在鹰嘴岩上，有一股沙鳖死灰复燃的土匪、国民党区党部的特务队，人数就不知道了。再就是“银菩萨”源和炼厂守在羊牯岭碉楼里的矿警队一两百人。这帮人武器装备比国民党军的还好：短枪是德国造的驳壳枪，还有几挺机关枪在碉楼上架着。除了他们就是无恶不作的‘圈子’了”。

师长仔细地看着地图，笑着说道：“呵！听你们说来，这大矿山的反动派还很多嘛。”他又指着地图说道：“你这图绘得不错！除了没有等高线、经纬度标识外，反动派设防在哪里、路怎么走还是很清楚的。能绘出这样的图来，不简单呐！”

九哥拍了拍清缘师傅的肩膀：“那是！他可是参加过二七大罢工的老同志嘞！”

师长马上伸出手来，与清缘师傅握了握，说道：“你们先去呷饭，我按照你们送来的情报再部署一下。”

九哥上前拉着师长的手：“我们大矿山党组织一直秘密地组织矿山各界进步人士，为解放军筹措补给。我们出门的时候，据不完全统计已经筹措到了三十二两黄金、七八百块光洋，妇救会早就筹措好了四五百双军鞋！就盼着解放军早日解放大矿山呢！”

师长握紧九哥的手，说道：“你们辛苦了！回去一定代我谢谢地下党的同志们！”

炊事员进来报告师长说饭菜已经准备好了。

“好！你把两位地方的同志带过去呷饭。”师长又对着清缘师傅和九哥笑道："我这还在忙，就不陪你们了。你们呷完好好睡一觉，明天我们一道上大矿山！"

解放军已到了新化的消息一夜间便传遍了整个大矿山。反动派、土匪四散逃窜。陶塘街上家家户户都插着三角旗，人们敲锣打鼓，提着茶壶、端着鸡蛋夹道欢迎解放军的到来，齐聚坝塘山召开了声势浩大的军民联欢会，把筹措来的黄金、光洋抬到台子上，举行了隆重的交接仪式。主持人拿腔拿调地念着捐赠者的名字和数额："振泰炼厂大洋五十，华谊炼厂、宝德矿、宝兴矿、德兴炼厂……大矿山妇救会军鞋五百双……"

台下响起热烈的掌声。军需官上台致辞感谢大矿山各界父老乡亲、矿工兄弟的大力支持，并发表了热情洋溢的讲话。

一匹快骑随着一声马的嘶鸣而来，马上下来一人，手里拿着电文，跑到师长跟前报告道："军首长命令我部全部撤出大矿山，向安化、益阳方向前进！这里的清剿任务由其他兄弟部队担任，我们只留小股部队等待兄弟部队的换防，他们很快会赶来接替。"

解放军还没有走，反动势力便蠢蠢欲动。嚣张的国民党区党部书记杨盛迟得知这一消息后，迫不及待地跳出来，直接打电话到了大矿山工程管理处，得意忘形地叫嚣："给你们撑腰的赤匪们都走了！你们还是得听我区党部的！要不然首先清算的就是你们这些变节的赤匪分子！"

黑老大"圈子"首领杨润平也从黑暗的角落里爬出来，明目张胆地策划抓捕共产党地下组织成员。邹满金也从新化匆匆忙忙地赶了回来。一时间，解放军被国军打败了、国军马上就要打上大矿山的谣言在大矿山四处传播。顷刻间，乌云笼罩在岳高岭上，一些进步群众对大矿山的解放产生了质疑。

颜志远针对解放军即将战略转移的情况，为防止反动派的反攻倒算，巩固胜利果实，立即召开了有解放军留守侦察排长参加的地下党组织的联席会议。

与会人员认真分析了当前形势，认为新化县伪县长已宣布起义，要利用这一契机马上策反大矿山警察所所长邹满金，要他交出警队所有的枪支弹药，武装工人纠察队。

侦察排长当机立断："我认为这个主意好！我们一道去做他的工作。"

颜志远和侦察排长领了四五个人赶到了肖家湾矿业警察所。站岗的警察一见解放军来了，急忙跑进去向邹满金报告说："来了一伙解放军，要见所长。"

"那快请进来呀！"邹满金说着整理了一下着装，亲自走到门口迎接，一见颜志远便责怪道："颜老弟，你领着长官们到我这里来，也不提前给我打个电话，我好安排一下呀！快，屋里请！"

颜志远则解释道："走得急，就没打电话了。"

"什么事那么急？"

侦察排长立马把话接了过来："我们今天找你，是来和你商量和平改编矿业警察所的事。新化县伍县长已经宣布和平起义，想必你也接到了他的通告。"

"哦！刚刚得到消息。"

"他一定指令你接受我们共产党的和平改编了吧。"

"没有具体交代。"

"那你的打算呢？是接受我们共产党的改编，还是……"后面的话，他没有再继续说下去。

邹满金也听出了他的话外音，一本正经地说道："县长都宣布和平起义了，我自然也接受共产党的和平改编啦！不过，也要保证我这两百多手下的生命安全。"

颜志远立马插话道："邹老兄，这个您不必担心！愿意留下的，我们把他们编入工人纠察队；不愿意留下的，也会发足路费，开具路条，保证他们平安返乡。"

邹满金犹豫了片刻，思前想后：在这种形势下，自己还是以保全性命为主——跑路。全国大部分地区都已解放。现在县长已宣布和平起义，我也没了靠山，加之自己又没有攒下几两银子，谈何负隅顽抗？倒不如自己爽快一点，还能落得个积极配合改编的好名声。

他反问道："如何接受改编？"

颜志远拿出一张联席会议上早已拟好的方案，递到邹满金手上："其一是把矿业警察所交由大矿山党总支委员会领导。其二，马上移交二十支驳壳枪、四十支步枪，及相应的子弹。其三，将现有在编、在册的警察全部撤回县城，接受改编；肖家湾矿业警察所由工人纠察队监督。至于你本人，为保护你的人身安全，我们首长决定，由我们护送你到安化，参加在那里举办的起义军官的思想教育学习班。”

“哎呀！你们共产党人为我邹满金考虑得这么周到！”

送走了邹满金，大矿山洋溢在解放的喜悦之中。出走的人们纷纷返回了大矿山。工人纠察队日夜在大街小巷巡逻，陶塘街上、童家院里、坝塘山下，小贩们的吆喝声和着胜利的笑语，不绝于耳。

正在这时，贺静带着一脸焦急的表情冲进了颜志远的办公室，拿着一份急电道：“颜书记，上级党组织要求你赶快撤离！白崇禧的十四军第十师已窜至新化县城。新化县地下党组织接到线报，对方已经派出一个营，在杨润平的引导下快速向大矿山扑来。指挥这个营的许营长是个老牌的国民党军统特务，对付我们共产党人极其残忍！”

听完这些，颜志远立马说道：“我马上设法通知已暴露的地下党成员，让他们即刻转移。”

急促的敲门声打断了两人的谈话。贺静迅速掏出别在腰间的勃朗宁手枪，轻声问道：“谁?”

“我是铁匠铺的郭子。”

颜志远上前一步拉开门。郭子冲进来焦急地说道：“我师傅让我跑来通知你们赶快撤离！杨润平带着国民党兵已经在长龙界四处抓人了，要不了一会儿就会赶来田再湾！”

“其他人呢?”

“我师傅说都已经通知到了，让你们放心地撤。”

“九哥和清缘师傅都通知到了吗?”

"他们都撤了。"

"好啦！别说了，快走吧！"郭子拉着两个人的手向门外冲去。

他们翻出院墙，郭子牵着两个人躲在茅草丛中，听到院子里有人在喊："先前他还在办公室里……"

贺静听出那是邹杨的声音，不觉得惊出了一身冷汗，心里咬牙切齿地骂道："狗特务！"

杨润平领着许营长疯狗似的在大矿山各个炼厂、矿厂按照他先前掌握的名单展开了连续数天的搜捕。杉山里机电厂曾厂长面对敌人的逼问，不慌不忙地拿出一张花名册，指给他们看："你们要的人一个月前就被我们辞退了。要不信，任你们怎么搜。"躲在阁楼上的地下党人都为他的安危捏了一把汗。敌人眼见抓不到人，便气急败坏地拉拢、诱惑一些曾经参加过工人纠察队的矿工，逼着他们写悔过书、认罪状，四处张贴，劝他们脱离"工人解放社"。

潜伏在大矿山工程管理处的特务邹杨，仅凭平日里的言行，带人抓走了工程管理处的谢技术员，并由许营长派人押往新化国民党师部。党组织得知这一消息，迅速展开营救。

大矿山工程管理处吴总工程师以劳军为由亲赴新化，找国民党师长要人。几经打听，多方周旋，才终于把人保了出来。

九哥那天接到了袁老六的信，担着修鞋的担子，穿过谭家冲，顺着山路走走躲躲。到化溪后，他便大摇大摆地摇着钏子，吆喝着："修鞋咯！"他绕进了曹家坪，正好碰上解放军一六〇师从安化赶到曹家坪，在做挺进大矿山前的准备，又遇到了从矿山赶过来参加战前准备会的工人纠察队队员袁家先。两个人一见面就兴奋地抱在了一起，袁家先对九哥嘘寒问暖："九哥，你还活着呀！大矿山上都在传你被那许营长抓了去，丢了洞子，还说颜书记让他们弄了去，沉到了岩宝塘，害得我们大家都伤心了好几天。"

"尽造谣！这都是那帮坏人乱说的，到处造谣，蛊惑人心，制造混乱！"

"也是啊，也吓坏了几个胆小的、参加了'工人解放社'的人嘞！自己到处张贴'告白书'。咱矿工的脸都让他们丢尽了。"

"我九哥可不是那样的人！砍了脑袋不过是碗大的疤。这不，今天我不还在这好好的嘛！"

"哎，那会儿一听说我就帮你争辩来着。九哥，属猫的，有九条命嘞！我还和铁匠铺的郭子打过赌。"

"怎么，你来之前看到郭子了？"

"是呀，我还给你带来一个老熟人，他是跟我一道儿来开会的。"

"谁呀？"

"我一喊你就知道了。陶秋嫂嫂，你看谁在这？"

牛栏边上的厕所里突然传出一个女人的声音："谁呀？"

"陶秋嫂嫂，你出来看看就知道了。九哥来了。"

"啊？他还活着？"陶秋嫂嫂一只手提着裤子，一只手扯着腰绳，一溜烟地跑了过来，对着九哥的胸口就是重重的一锤：“你这该死的，害得我还哭了一晚上呢！”

“是吗？还真伤心呐？”

“我心里想着，你要是死了，这大矿山上就没有补鞋匠了。”

几个人会心地笑了。

负责联络的刘参谋从临时会议室里走出来，对着几个人喊：“大矿山参加会议的同志快进来，参会的人都到齐了，就等着你们了。”

一走进门，刘参谋便拍了拍袁家先的肩膀：“今天会议的主角可是你们大矿山的人哦！”

袁家先这会儿才记起来，退了半步，把九哥拉到刘参谋面前，介绍道：“他可是有功之臣，上个星期就是他领着解放军一四七师打到大矿山的。九哥对大矿山的山路、反动派军营的情况了如指掌。”

“那你们怎么不一道儿过来？”

“咳，这可说来话长了，刚刚我们还在取笑他呢！我们都一个星期没见面了，大家都以为他被反攻倒算了呢！”一席话引得大家哈哈大笑。

刘参谋也豪爽地在九哥的胸口锤了一下：“咱们共产党人没那么容易死的。瞧瞧，这身子骨多硬朗呀！你大难不死，必有后福。”

他把几个人让到座位上，自己走到前面：“今天，我们在这里召开解放大矿山战前联席会议，主要是来请大家帮忙的。由于部队长途奔袭，作战任务又重，为了加快行军速度，许多被装、行李都丢给了后面的收容队。可部队行军速度快，收容队跟不上，给养严重供应不足。我就长话短说了，请大家来，就是要协助部队做三件事：第一，筹集给养，支援战斗；第二，迅速组织战场救护队，征集担架三十副；第三，组织一支阵前运输队，搬运弹药。同时，提前做好宣传动员工作，宣传解放军解放大矿山的重要意义，也要做好迎接解放大军进驻大矿山的准备工作。我要说的就只有这些，有哪位同志要补充吗？”

散会后，九哥好奇地在院子里转了一圈，心里默默地数着解放军战士，才只有十多个人。他便跑到刘参谋面前，惊奇地问道：“解放大矿山就你们十多个人吗？”

刘参谋笑道：“怎么，你嫌少吗？还担心打不赢反动派？”

正在这时，一个身背步话机的战士跑了过来：“参谋长跟你通话，追问先遣分队的工作开展是否顺利。”

刘参谋接过步话机：“报告参谋长，这里的群众基础很好。刚刚开完联席会议，任务已经分配给地方的同志。”

“好，抓紧落实，部队已经轻装前进。现已过了新化的圳上，预计明天早晨就可以与你们汇合了。小刘呀，要做好一切大部队到达之前的保障工作及宣传工作。”

“是，保证完成任务！”

九哥一听，大部队已到了圳上，虽然不懂轻装前进是什么意思，但他明白大部队快到了，便对着刘参谋指了指大门口，袁家先在外面使劲地喊：“九哥，快走啦!”九哥与刘参谋告别。

陶秋嫂嫂一见九哥，也责怪道：“一转眼你就不见了，做么子去了？会上布置的任务那么重，又那么急，我们得赶夜路回去汇报才是。”

“是呀，刚才我听刘参谋说，大部队已经过了圳上，还说是轻装前进。估计我们还没到，大部队先到了，那就麻烦了。圳上到吉庆，吉庆到温塘，没有多少路程了。就算是山路，我估计明天早上不到，中午也一定能到。咱们快往回赶!”

九哥到门口担起修鞋担子，袁家先摁着他的扁担，劝道：“这担子你就寄在这儿吧，别担回去了，赶夜路不方便。”

“那可不行，这是呷饭的家伙什，我还得担着它到队伍上去修鞋呢。这样吧，你们两个轻手轻脚，腿快，抄近路头前走，就不用管我，快点往回跑。你们两个谁先赶到，就去找颜书记汇报。”

袁家先应道：“那我就头前走，路上不等你们就是。咱们大矿山上汇合。”

九哥担着担子，鸡叫头遍的时候，跌跌撞撞地赶到了水口山小学堂的门前，正好碰到袁家先领着一干人在这里等着迎接大部队。

一见面，九哥的第一句话就是问陶秋嫂嫂：“你们把昨天会上的事都说了？”

“肯定说了，这个还用问！没等我们回来，颜书记他们早就安排好了。”

岳高岭在几声金鸡的长鸣声中，露出了鱼肚白。一线红晕染映着天边，一轮红日顷刻间冲破地平线，把这晨曦的大矿山照得通红。

一队骏马从坝塘山脚下飞奔而来。九哥一眼就认出来，跑在前面的是刘参谋。他招着手，飞快地迎上去。刘参谋勒住缰绳，战马嘶鸣着，在原地转了一个圈儿。

刘参谋飞身跳下马背，对着九哥笑道：“嗬，你们是飞毛腿呀，比我们还先到！”

九哥忙把刘参谋带到颜志远的跟前，介绍道：“这是我们大矿山地下党总支书记，颜志远同志。”

刘参谋马上给颜志远敬了军礼，自我介绍道：“我是一六〇师四七八团先遣队联络参谋。”

“知道了，家先他们回来都跟我说了。大部队什么时候到？”

“就在后面。”刘参谋说完急忙问：“书记，司令部设在哪里？”

颜志远一指身后的小学堂：“就在这里。”

刘参谋转身跑到后面，向还在马背上的人报告道：“报告参谋长，大矿山地下党的同志已安排好了司令部的驻地，就在这里。”

“好的。你赶快去布置一下，尽快开通电台，收听北京开国大典的实况，同时召开作战联席会。”

参谋长下马后，刘参谋指着颜志远介绍道：“这是大矿山地下党总支书记，志远同志！”参谋长笑道：“好，咱们进去一起开会。你对这大矿山的敌情比我们熟悉。刘参谋，通知下去，联席会干部马上赶到这里开会！”

参谋长展开作战地图，挂在教室的黑板上，随手在门口的竹扫把上抽了一根竹条，指着作战地图上方的箭头说道：“同志们！一路行军打仗，客套的话我在这里就不多说了。据我们先前侦察队发回来的情报确认，驻守在大矿山上的敌人为素有‘匪兵’之称的国民党中将陈光中的六十三军残部的一个团，以及刚刚窜出大矿山时间不长的国民党流寇——白崇禧的十四军第十师。同志们！我先说说陈光中，他可是一个老牌的反共急先锋。这还不算，他最擅长的就是占山为王。1937 年，他的番号被蒋介石撤了以后，他便依仗自己手中的枪投奔何键，长期靠绑票、敲诈勒索筹措军饷。他的残部流窜驻守在大矿山，靠的就是洋行买办出钱养着他。白崇禧的部队我就不多说了，大家都是老对手了。同志们！知己知彼方可百战不殆，大家可不能轻敌呀！”

说完这些，他跟师长交流了一下，问道：“可以下命令了吗？”师长点了点头。

“同志们！这次解放大矿山，我们的作战部署是兵分三路，包围敌人。一营作为团预备队，由二营、三营担任主攻任务。二营六连迅速进入七里江阵地，攻占胜利山主峰及鹰嘴岩一线制高点，封锁十八茅湾，阻断敌人向蓝田逃跑的退路。二营再派出一个连赶往黄家岭设伏，切断敌人逃往安化的通道。派哪个连担任这个任务就由二营自己来定。三营的任务更加艰巨，抢占羊牯岭碉楼，控制源和炼厂及杉山里机电厂，封锁敌人通往新化的退路！命令部队马上出发！到达指定位置后即刻打响战斗！”

走出指挥部，各个营长都摩拳擦掌。正在呷午饭的战士们看营长们出来了，都端着碗纷纷跑上去问：“哪个连是主攻连？”

紧急集合哨突然响起，战士们丢下碗筷，迅速集合。各营长简单地下达任务后，命令队伍出发。

驻守在胜利山顶的敌六十三军残部趁我军立足未稳之际，首先对我二营六连展开猛烈的攻势。争夺制高点的战斗异常激烈，进入白热化。敌人集中火力把六连压制在半山腰处动弹不得，六连陷入极度被动挨打的处境。参谋长手拿步话机，不断询问着各营战斗进展情况。

“二营，你们情况怎么样？”

“报告参谋长，我们二营六连战斗受阻，被敌人火力压制在了半山腰，推进缓慢！”

“我命令你，马上把机炮连拉上去投入战斗！打掉敌人的机枪！”

接到命令，机炮连连长率先扛起炮管，冲在队伍的最前面。由于地形受限，他奋不顾身地采用了极其危险的无底座发射，炸得鹰嘴岩上碎石满天飞，敌军鬼哭狼嚎。营长命令司号员吹响了冲锋号，和着战士们的喊杀声，一举拿下了两个制高点。激烈的战斗打了整整一天。

敌军丢盔弃甲，扔下一山坡尸体、无数倒在地上哀号的伤员仓皇鼠窜。

战友们在胜利山下安葬了在战斗中牺牲的教导员吴振中、连长吕廷轩等九位烈士的遗体。

参谋长用极其悲愤的语调致着悼辞："同志们，我们在共和国成立的同时在这里送走为解放大矿山牺牲的九位战友，他们是为新中国而献身的共和国的英雄。他们的革命精神与共和国同在、与大矿山同辉。同志们，鸣枪为英雄们送行！"

五十四

萧继升醒了，他掀开萧权给他盖在身上的衣服，问道："我在这睡了很久了吗？"萧雅一脸不高兴地说道："您不但睡着了，还有的时候笑，有的时候哭嘞。老爷爷你是不是梦着什么了？我几次跟爷爷说坐在这石板上凉，背靠着这炮楼墙上也凉，想摇醒你，但都被他拦住了。他还说这么好的太阳，在这眯一会儿是件很惬意的事情，还说您一定会高兴的。"

"可不是吗，我高兴着嘞！唉，我梦见我爹萧汉中了。他再三叮嘱我说我们共产党人要铭记历史，不忘全心全意为人民服务的初心。”

萧雅扶起老爷爷，远远望去，山坡上绿意盎然，几只雄鹰在鹰嘴岩上翱翔，和着飞水岩瀑布的哗哗流水。她指着那一山的翠绿对老爷爷说：“您一定也梦到这满山的绿意了吧？”

“没有，那时候这大矿山上千疮百孔，除了有几丛冬茅草外，植被都被破坏了，哪有这会儿的青山绿水呀……”

萧继升望着眼前的大矿山，沉默了片刻，随后欣然大声地吟起了北宋王安石的《渔家傲·春景》：

平岸小桥千嶂抱，柔蓝一水萦花草。茅屋数间窗窈窕。尘不到，时时自有春风扫。

午枕觉来闻语鸟，欹眠似听朝鸡早。忽忆故人今总老。贪梦好，茫然忘了邯郸道。

后记

我们从百年老矿洞前覆盖着的那一丛冬茅草中钻出来，每一次都感觉收获满满。我们告别羊牯岭碉楼，走谭家冲、进童家院、入肖家湾、访陶塘老街，感受昔日矿工生活的凄苦，追寻先烈们追求真理的足迹。三年多来，我们无数次驻足长龙界、坝塘山、十八茅湾等地，收集列强们掠夺锑矿的万般劣迹，聆听红军的英雄事迹。

我们的足迹踏遍矿区每一个角落。在通往世界各地的石板路上，寻找被那挑夫们的草鞋磨光了的石板上留下的光阴，体会这深浅不一的足痕里无法泯灭的沧桑与岁月，冥想昔日担炭、运粮、送锑品的汉子为生计忙于奔波的景象，常常在感叹！于感动中夯实了我们的担当，深感我们创作《大矿山》责任重大、意义深远。

一路走来，发生在大矿山里无数的喜、怒、哀、乐的情景和悲欢离合的故事，都是大矿山惊天地、泣鬼神般的史诗。比如“鸿吉”塌陷的惨烈、“魔芋豆腐”的智慧，驰援长沙倒蒋途中留给自己最后一颗子弹的信仰与追求，还有那举大矿山众人之力支持红军北上抗日的军需，以及一千矿工挺身而出参加红军的壮举，无不彰显百折不挠的中华民族之魂。

如果说智守五万光洋的智慧里有矿山人的包容、向善和坚韧、通达，那么胜利山军民英勇奋战，赢得锡矿山解放的英雄壮举，更昭示着矿山人民坚定不移跟党走的决心，后人都将永远铭记。

在大矿山的原野上，我们仿佛还听得到运锑驮马的嘶鸣和着冲锋号里激烈的枪炮声，这些荡气回肠的生命交响曲里有对命运的不屈与抗争。呐喊声在这大矿山上回荡了一百年，我们循声探迹，把它记录在我们笔下的《大矿山》里，添为“百年锑都”辉煌的佐证。

我们创作时常常与古人对话、与先贤为伍，通宵达旦、废寝忘食，在时空里常常因感动而泪染衣襟。欣慰的是，我们虽然相隔时空，却在同一轨迹里水乳交融，心灵相通。

在长篇小说《大矿山》的创作过程中，我与挚友袁育文先生常常因采访对象的“责怪”而深感内疚不已。

“唉，你们再晚来一些日子，可能我就不在了。这大矿山里的事儿，也就没人能知道了呀……”

老人们有的拄着木棍步履蹒跚找来，常常过了饭点还意犹未尽；有的特地赶几十里山路，落座后还来不及喝一口热茶，便跟我们说起关于红军的故事……我们一直被他们感动着，更被发生在这大矿山上的一桩桩往事揭示的精神激励着。

百年矿山，百年辉煌，长篇小说《大矿山》叙述的只是我们掀起的冰山一角，但它却凝聚着矿山之魂，体现着矿山人民勇于奉献、敢于牺牲的精神，记录着中国锑工业从原始落后逐步走向世界前列的不朽功勋。

《大矿山》承载着我们对矿山的那份深情的同时，更承载着社会各界朋友们为我们创作《大矿山》提供素材及第一手资料的无私奉献。在这里，要感谢中国五矿集团、中国五矿稀土集团的鼎力支持与协助，感谢湖南电子音像出版社综合出版事业部钟可女士的策划，感谢潇湘电影公司李涛先生的慧眼识珠，感谢著名文学评论家陈善军先生的协调与指导，感谢中共冷水江市委宣传部、冷水江市文学艺术联合会、锡矿山闪星锑业有限责任公司的未雨绸缪，更要特别感谢娄底师范高等专科学校党委书记姜永红、校长李振兴及行政部门强有力的支持。感谢冷水江市委党史研究室胡元偶主任的协调与指导。

《大矿山》在创作过程中，中国五矿稀土集团党委书记、董事长刘雷云，党委副书记、总经理王涛，纪委书记王云林以及党群部黄略先生、张炜先生多次听取汇报，并给予高度肯定与支持！

锡矿山闪星锑业有限责任公司党委书记张夫华先生自始至终关注《大矿山》的创作进程，党委副书记、总经理康东升先生，锡矿山党群工作部主任廖朝勇先生为《大矿山》作序，是他们给了我们创作的动力与源泉。同时请让我们和大矿山一起，记住这一串为《大矿山》的创作伸出过援手的同仁及挚友们：刘晨光、段志东、张丽、冯剑鸣、吴麟、游涛、潘瑞祥、颜治平、肖体长、潘伟峰、周本海、黄卉、陈晓莲、刘婷园、谢紫英、张志如、贾赛兰、张倩、李求甫、李六飞、陆娜、李天舒、许艳萍、吴慧琳、刘丽萍、杨松春、朱凌、罗慧群、周乐群、颜进、曹荣、陈晓华等。

在此，致以最诚挚的谢意。

2021 年 4 月 6 日

图书在版编目(CIP)数据

大矿山/刘道云，袁育文著. —长沙：湖南电子音像出版社，2021.7
ISBN 978-7-83004-431-2

Ⅰ. ①大… Ⅱ. ①刘…②袁… Ⅲ. ①长篇小说—中国—当代
Ⅳ. ①I247.5

中国版本图书馆 CIP 数据核字(2021)第 124353 号

大矿山

DA KUANGSHAN

出 版 人：贺永祥
著　　者：刘道云　袁育文
责任编辑：钟　可　尹梦娜
封面设计：罗志义

出　版：湖南电子音像出版社　*www. xyin. com*
印　刷：湖南天闻新华印务有限公司
开　本：880mm×1240mm　1/32
印　张：12.75
字　数：264 千字
版　次：2021 年 7 月第 1 版
印　次：2021 年 8 月第 1 次印刷
书　号：ISBN 978-7-83004-431-2
定　价：49.00 元

如有印装问题，请与我社生产服务中心联系调换。
联系电话：0731-82228602